pocket**book**

ЭМИЛИ БРОНТЕ

Грозовой перевал

ЭКСМО
МОСКВА
2013

УДК 82(1-87)
ББК 84(4Вел)
Б 88

Emily Jane Brontë

WUTHERING HEIGHTS

Составитель серии *Александр Жикаренцев*

Оформление *Андрея Саукова*

Бронте Э.

Б 88   Грозовой перевал / Эмили Бронте ; [пер. с англ.
Н. Д. Вольпин]. — М. : Эксмо, 2013. — 448 с.

ISBN 978-5-699-53428-9

Единственный роман Эмили Бронте, который был при-
знан во всем мире как главная романтическая книга всех времен. Но это не история любви Ромео и Джульетты в Йоркшир-
ских топях, это история мести. Хитклифф, главный герой романа, одержим Кэтрин, он озлоблен и мстителен, месть его
распространяется не только на тех, кто, как он считает, разру-
шил его жизнь, но и на их детей. «Грозовой перевал» — золотая
классика мировой литературы, роман мощный, страстный, тра-
гичный, перевернувший в свое время представление о романти-
ческой прозе.

УДК 82(1-87)
ББК 84(4Вел)

ISBN 978-5-699-53428-9

Глава I

1801

Я только что вернулся от своего хозяина — единственного соседа, который будет мне здесь докучать. Место поистине прекрасное! Во всей Англии едва ли я сыскал бы уголок, так идеально удаленный от светской суеты. Совершенный рай для мизантропа! А мистер Хитклиф и я — оба мы прямо созданы для того, чтобы делить между собой уединение. Превосходный человек! Он и не представляет себе, какую теплоту я почувствовал в сердце, увидав, что его черные глаза так недоверчиво ушли под брови, когда я подъехал на коне, и что он с настороженной решимостью еще глубже засунул пальцы в жилет, когда я назвал свое имя.

— Мистер Хитклиф? — спросил я.

В ответ он молча кивнул.

— Мистер Локвуд, ваш новый жилец, сэр. Почел за честь тотчас же по приезде выразить вам свою надежду, что я не причинил вам беспокойства, так настойчиво добиваясь позволения поселиться на Мызе Скворцов: я слышал вчера, что у вас были некоторые колебания...

Его передернуло.

— Скворцы — моя собственность, сэр, — осадил

он меня. — Никому не позволю причинять мне беспокойство, когда в моей власти помешать тому. Входите!

«Входите» было произнесено сквозь стиснутые зубы и прозвучало как «ступайте к черту»; да и створка ворот, к которой он прислонился, не распахнулась в согласии с его словами. Думаю, это и склонило меня принять приглашение: я загорелся интересом к человеку, показавшемуся мне еще большим нелюдимом, чем я.

Когда он увидел, что моя лошадь честно идет грудью на барьер, он протянул наконец руку, чтобы скинуть цепь с ворот, и затем угрюмо зашагал передо мной по мощеной дороге, выкликнув, когда мы вступили во двор:

— Джозеф, прими коня у мистера Локвуда. Да принеси вина.

«Вот, значит, и вся прислуга, — подумалось мне, когда я услышал это двойное приказание. — Немудрено, что между плитами пробивается трава, а кусты живой изгороди подстригает только скот».

Джозеф оказался пожилым — нет, старым человеком, пожалуй, очень старым, хоть крепким и жилистым. «Помоги нам господь!» — проговорил он вполголоса со сварливым недовольством, пособляя мне спешиться; и хмурый взгляд, который он при этом кинул на меня, позволил милосердно предположить, что божественная помощь нужна ему, чтобы переварить обед, и что его благочестивый призыв никак не относится к моему нежданному вторжению.

Грозовой Перевал — так именуется жилище мистера Хитклифа. Эпитет «грозовой» указывает на те атмосферные явления, от ярости которых дом, стоя на юру, нисколько не защищен в непогоду. Впрочем, здесь, на высоте, должно быть, и во всякое время изрядно прохватывает ветром. О силе норда, овевающего взгорье, можно судить по чрезмерному наклону малорослых елей подле дома и по череде чахлого терновника, ветви которого тянутся все в одну сторону, словно выпрашивая милостыню у солнца. К счастью, архитектор был предусмотрителен и строил прочно: узкие окна ушли глубоко в стену, а углы защищены большими каменными выступами.

Прежде чем переступить порог, я остановился полюбоваться гротескными барельефами, которые ваятель разбросал, не скупясь, по фасаду, насажав их особенно щедро над главной дверью, где в хаотическом сплетении облезлых гриффонов и бесстыжих мальчиков я разобрал дату «1500» и имя «Гэртон Эрншо». Мне хотелось высказать кое-какие замечания и потребовать у сердитого владельца некоторых исторических разъяснений, но он остановился в дверях с таким видом, будто настаивал, чтоб я скорей вошел или же вовсе удалился, а я отнюдь не желал бы вывести его из терпения раньше, чем увижу, каков дом внутри.

Одна ступенька ввела нас прямо — без прихожей, без коридора — в общую комнату: ее здесь и зовут *домом.* Дом по большей части служит одновременно кухней и столовой; но на Грозовом Перевале кухне, видно, пришлось отступить в другое помещение — по крайней мере, я различал гул голосов и лязг кухонной утвари где-то за стеной; и я не обнаружил в большом очаге никаких признаков, что здесь жарят, варят или пекут; ни блеска медных кастрюль и жестяных цедилок по стенам. Впрочем, в одном углу сиял жарким светом набор огромных оловянных блюд, которые, вперемежку с серебряными кувшинами и кубками, взобрались ряд за рядом по широким дубовым полкам под самую крышу. Никакого настила под крышей не было: вся ее анатомия была доступна любопытному глазу, кроме тех мест, где ее скрывало какое-то деревянное сооружение, заваленное овсяными лепешками и увешанное окороками — говяжьими, бараньими и свиными. Над камином примостилось несколько неисправных старых ружей разных образцов да пара седельных пистолетов; и в виде украшения по выступу его были расставлены три жестяные чайницы грубой раскраски. Пол был выложен гладким белым камнем; грубо сколоченные кресла с высокими спинками покрашены были в зеленое; да еще два или три черных, потяжелее, прятались в тени. В углублении под полками лежала большая темно-рыжая легавая сука со сворой визгливых щенят; по другим закутам притаились другие собаки.

И комната и обстановка не показались бы необычными, принадлежи они простому фермеру-северянину с упрямым лицом и дюжими лодыжками, силу которых выгодно подчеркивают его короткие штаны и гетры. Здесь в любом доме на пять-шесть миль вокруг вы увидите такого хозяина в кресле за круглым столом, перед пенящейся кружкой эля, если зайдете как раз после обеда. Но мистер Хитклиф являет странный контраст своему жилью и обиходу. По внешности он — смуглолицый цыган, по одежде и манере — джентльмен, конечно, в той мере, в какой может назваться джентльменом иной деревенский сквайр; он, пожалуй, небрежен в одежде, но не кажется неряшливым, потому что отлично сложен и держится прямо. И он угрюм. Иные, возможно, заподозрят в нем некоторую долю чванства, не вяжущегося с хорошим воспитанием; но созвучная струна во мне самом подсказывает мне, что здесь скрывается нечто совсем другое: я знаю чутьем, что сдержанность мистера Хитклифа проистекает из его несклонности обнажать свои чувства или выказывать ответное тяготение. Он и любить и ненавидеть будет скрытно и почтет за дерзость, если его самого полюбят или возненавидят. Но нет, я хватил через край: я слишком щедро его наделяю своими собственными свойствами. Быть может, совсем иные причины побуждают моего хозяина прятать руку за спину, когда ему навязываются со знакомством, — вовсе не те, что движут мною. Позвольте мне надеяться, что душевный склад мой неповторим. Моя добрая матушка, бывало, говорила, что у меня никогда не будет семейного уюта. И не далее как этим летом я доказал, что недостоин его.

На взморье, где я проводил жаркий месяц, судьба свела меня с самым очаровательным созданием — с девицей, которая была в моих глазах истинной богиней, пока не обращала на меня никакого внимания. Я «не позволял своей любви высказаться вслух»; однако, если взгляды могут говорить, и круглый дурак догадался бы, что я по уши влюблен. Она меня наконец поняла и стала бросать мне ответные взгляды — самые нежные, какие только можно вообразить. И как же я повел себя дальше? Признаюсь со стыдом: сделался ледяным и ушел в себя, как улитка в раковину; и с каждым взглядом я делался все холоднее, все больше сторонился, пока наконец бедная неискушенная девушка не перестала верить тому, что говорили ей собственные глаза, и, смущенная, подавленная своей воображаемой ошибкой, уговорила маменьку немедленно уехать. Этим странным поворотом в своих чувствах я стяжал славу расчетливой бессердечности — сколь незаслуженную, знал лишь я один.

Я сел с краю у очага, напротив того места, которое избрал для себя мой хозяин, и, пока длилось молчание, попытался приласкать суку, которая бросила своих щенят и стала по-волчьи подбираться сзади к моим икрам: губа у нее поползла кверху, обнажив готовые впиться белые зубы. На мою ласку последовало глухое протяжное рычанье.

— Оставьте лучше собаку, — пробурчал в тон мистер Хитклиф и дал собаке пинка, предотвращая более свирепый выпад. — К баловству не приучена — не для того держим. — Затем, шагнув к боковой двери, он кликнул еще раз: — Джозеф!

Джозеф невнятно что-то бормотал в глубине погреба, но, как видно, не спешил подняться; тогда хозяин сам спрыгнул к нему, оставив меня с глазу на глаз с наглой сукой и двумя грозными косматыми волкодавами, которые с нею вместе настороженно следили за каждым моим движением. Я отнюдь не желал познакомиться ближе с их клыками и сидел тихо. Но, вообразив, что они едва ли поймут бессловесные оскорбления, я вздумал, на беду, подмигивать всем троим и корчить рожи, и одна из моих гримас так обидела даму, что та вдруг взъярилась и вскинула передние лапы мне на колени. Я ее отбросил и подвинул стол, спеша загородиться от нее. Этим я всполошил всю свору: полдюжины четвероногих дьяволов всех возрастов и размеров выползли из потайных своих логовищ на середину комнаты. Я почувствовал, что мои пятки и фалды кафтана стали объектом атаки; и, отбиваясь кое-как кочергой от самых крупных противников, был принужден громко призвать на помощь кого-либо из домашних для водворения мира.

Мистер Хитклиф и его слуга поднимались по ступенькам из погреба с возмутительным хладнокровием; не думаю, чтоб они поторопились явиться хоть на секунду быстрее, хотя возня и визг у очага разбушевались вихрем. К счастью, подоспела помощь из кухни: дюжая тетка с подоткнутым подолом, засученными рукавами и раскрасневшимся от огня лицом ринулась, размахивая сковородкой, в самую гущу боя: своим оружием, а также и языком она действовала так успешно, что буря, как по волшебству, улеглась, и только у воительницы еще вздымалась грудь, точно море после сильного ветра, когда на сцене появился наконец хозяин.

— Что за чертовщина? — спросил он и так на меня поглядел, что я едва сдержался, обозленный столь негостеприимным обращением.

— Чертовщина и есть, — проворчал я. — В стаде одержимых евангельских свиней злой дух едва ли был так силен, как в этих ваших собаках, сэр. Оставить с ними гостя все равно что бросить его в тигриное логово!

— Они никогда не тронут человека, если он сам

ничего не тронет, — заметил хозяин, ставя предо мною бутылку и водворяя на место сдвинутый стол. — Собакам положено быть настороже. Стакан вина?

— Нет, благодарю.

— Не покусали?

— Когда бы так, я отметил бы укусившего своей печатью.

Черты Хитклифа смягчились в усмешке.

— Ну-ну, — сказал он, — вы разволновались, мистер Локвуд. Выпейте стаканчик вина. Гости в этом доме такая редкость, что ни сам я, ни мои собаки, признаюсь, не умеем их принимать. За ваше здоровье, сэр!

Я поклонился и ответил «за ваше!» — сообразив, что было бы глупо сидеть и дуться на неучтивость собачьей своры. Да и не хотелось мне доставить хозяину лишний повод позабавиться на мой счет, если придет ему такая охота. Он же, уступая, вероятно, мудрому соображению, что неразумно оскорблять выгодного жильца, предпочел изменить своему лаконическому стилю — с пропуском личных местоимений и глагольных связок — и завел речь о предмете, который считал для меня занимательным: о достоинствах и недостатках избранного мною места уединения. Я нашел его очень сведущим в затронутом нами вопросе и перед тем, как уйти, решился по собственному почину объявить, что завтра зайду опять. Он, как видно, вовсе не желал вторичного вторжения. Тем не менее я приду. Удивительно, каким общительным кажусь я сам себе по сравнению с ним!

Глава II

Вчера к полудню стало холодно и сыро. Я уже почти решил, что лучше посидеть у камина в своем кабинете, чем брести по бездорожью, по слякоти на Грозовой Перевал. Однако, когда я, отобедав (кстати, замечу, я обедаю в первом часу; ключница, почтенная матрона, которую мне сдали вместе с домом, как его неотъемлемую принадлежность, не может или не хочет понять мою просьбу, чтобы обед подавали мне в пять), поднялся наверх в ленивом этом намеренье и хотел уже войти в свою комнату, — я увидел горничную, которая, стоя на коленях среди щеток и корзин для угля, развела адский чад, стараясь загасить огонь кучей пепла. Это заставило меня тотчас повернуть назад; я взял шляпу и, отшагав четыре мили, подошел к воротам в сад Хитклифа как раз вовремя: падали уже первые перистые хлопья снега.

Здесь, на голой вершине холма, земля затвердела от ранних бесснежных морозов, и холодный ветер пронизывал меня насквозь. Сколько я ни напирал, цепь не подавалась, и я, перескочив через забор, пробежал мощеную дорожку, окаймленную редкими кустами крыжовника, и тщетно стучал в дверь, пока мне не свело пальцы и собаки не подняли вой.

«Проклятый дом, — сказал я мысленно. — Его обитатели так негостеприимны, такие невежи, что их стоило бы на всю жизнь засадить в одиночку. Я, во всяком случае, не стал бы днем держать дверь на запоре. Но все равно я войду!» С таким решением я взялся за щеколду и стал изо всей силы трясти дверь. Джозеф высунулся в круглое оконце сарая, показав свое кислое, как уксус, лицо.

— Чего вам? — закричал он. — Хозяин там, на овчарне. Пройдите кругом в конец двора, если у вас к нему дело.

— Есть кто-нибудь в доме, кто мог бы открыть дверь? — прокричал я в свой черед.

— Никого нет, одна хозяйка. А она не откроет, хоть бы вы тут до ночи грохотали.

— Почему? Вы, может быть, скажете ей, кто я такой, Джозеф?

— Ну уж нет! Не стану я путаться в это дело, — пробурчал он, и голова исчезла.

Снег падал густо. Я схватился за ручку двери в новой попытке, когда на заднем дворе показался молодой человек без пальто и с вилами на плече. Он прокричал мне, чтоб я следовал за ним, и, пройдя через прачечную и мощеный двор с сараем для угля, водокачкой и голубятней, мы наконец вошли в просторную, теплую и приветливую комнату, где меня принимали накануне. Ее весело озарял пылавший в очаге костер из угля, торфа и дров; а у стола, накрытого к обильному ужину, я с удовольствием увидел «хозяйку» — особу, о существовании которой я раньше и не подозревал. Я поклонился и ждал, полагая, что она предложит мне сесть. Она смотрела на меня, откинувшись на спинку кресла, и не двигалась, не говорила.

— Скверная погода! — сказал я. — Боюсь, миссис Хитклиф, не пострадала ли ваша дверь из-за нерадивости слуг: мне пришлось изрядно потрудиться, пока меня услышали.

Она и тут промолчала. Я глядел на нее, она глядела на меня — во всяком случае, остановила на мне холодный невидящий взгляд, от которого мне стало до крайности не по себе.

— Садитесь, — буркнул молодой человек. — Он скоро придет.

Я подчинился; кашлянул, окликнул негодницу Юнону, которая соизволила при этом повторном свидании пошевелить кончиком хвоста, показывая, что признает во мне знакомого.

— Отличная собака! — я начал снова. — Не думаете ли вы раздать щенят, сударыня?

— Они не мои, — молвила любезная хозяйка таким отстраняющим тоном, каким не ответил бы и сам Хитклиф.

— Ага, вот это, верно, ваши любимцы? — продолжал я, указывая на кресло в темном углу, где, как мне показалось, сидели кошки.

— Странный предмет любви, — заметила она с презрением.

Там, как на грех, оказались сваленные в кучу битые кролики. Я еще раз кашлянул и, ближе подсев к очагу, повторил свое замечание о дурной погоде.

— Вам не следовало выходить из дому, — сказала она и, встав, сняла с камина две яркие жестянки.

До сих пор она сидела в полумраке; теперь же я мог разглядеть всю ее фигуру и лицо. Она была тоненькая и совсем юная, почти девочка — удивительного сложения и с таким прелестным личиком, какого мне еще не доводилось видеть: мелкие черты, необычайно изящные; льняные кольца волос, или скорей золотые, падали, несобранные, на стройную шею; а глаза, если бы глядели приветливей, были бы неотразимы; к счастью для моего впе-

15

чатлительного сердца, я прочел в них только нечто похожее на презрение и вместе с тем на безнадежность, странно неестественную в ее возрасте. Чайницы стояли слишком высоко, она едва могла дотянуться до них; я сделал движение, чтобы ей помочь; она повернулась ко мне, как повернулся бы скупец, если бы кто-нибудь сунулся ему помогать, когда он считает свое золото.

— Мне не нужно вашей помощи, — огрызнулась она, — сама достану.

— Прошу извинения, — поспешил я ответить.

— Вас приглашали к чаю? — спросила она, повязывая фартук поверх милого черного платьица, и остановилась с ложкой чая над котелком.

— Я не отказался бы от чашки, — ответил я.

— Вас приглашали? — повторила она.

— Нет, — сказал я с легкой улыбкой. — Вам как раз и подобало бы меня пригласить.

Она бросила ложку с чаем обратно в чайницу и с обиженным видом снова уселась; на лбу наметились морщины, румяная нижняя губа выпятилась, как у ребенка, который вот-вот заплачет.

Между тем молодой человек набросил на плечи совсем изношенный кафтан и, выпрямившись во весь рост перед огнем, глядел на меня искоса сверху вниз — ну, право же, точно была между нами кровная вражда, неотомщенная обида. Я не мог понять — слуга он или кто? И одежда его и разговор были грубы и не выдавали, как у мистера и миссис Хитклиф, принадлежности к более высокому сословию; густые русые кудри его свисали лохматые, нечесаные щеки по-мужицки заросли бакенбардами, а руки были у него загорелые, как у простого работника; но держался он свободно, почти высокомерно, и не проявлял рвения слуги перед хозяйкой дома. Не видя явных признаков, по которым я мог бы судить, какое место занимает он в доме, я почел за лучшее не замечать его странного поведения; а через пять минут явился Хитклиф, и я почувствовал себя не так неловко.

— Как видите, сэр, я пришел, как обещал! — воскликнул я с напускной веселостью. — И боюсь, мне придется посидеть у вас полчаса, если вы предоставите мне на это время пристанище от непогоды.

— Полчаса? — сказал он, стряхивая белые хлопья со своей одежды. — Удивляюсь, почему вам вздумалось гулять в самый разгар бурана. Знаете ли вы, что рисковали заблудиться на болоте? Даже людям, хорошо знакомым с местностью, в такие вечера случается сбиться с дороги; а сейчас, доложу вам, нельзя рассчитывать на быструю перемену погоды.

— Не дадите ли вы мне в проводники какого-нибудь паренька? А заночевал бы он на Мызе. Вы не можете отпустить со мной кого-нибудь из работников?

— Не могу.

— Нет, в самом деле? Что ж, придется мне положиться на собственное разумение.

— Гм! Когда же мы наконец сядем чай пить? — крикнул он парню в потрепанном кафтане, бросавшему попеременно свирепый взгляд то на меня, то на молодую хозяйку.

— Он тоже будет пить? — спросила та, обратившись к Хитклифу.

— Извольте подавать на стол, — прозвучало в ответ, и так яростно, что меня передернуло. Тон, каким сказаны были эти слова, изобличал прирожденную злобность нрава. Теперь я уже не назвал бы Хитклифа превосходным человеком. Когда все было приготовлено, он пригласил меня к столу, сказав: «Ну, сэр, придвигайте ваш стул». Мы все, не исключая деревенского парня, сели за стол и в строгом молчании принялись за ужин.

Я полагал своим долгом, раз уж я навел тучу, как-нибудь ее рассеять. Не могли же они изо дня в день сидеть так угрюмо и молчаливо. Казалось немыслимым, чтобы люди, как ни дурен их нрав, могли изо дня в день сходиться за столом с такими сердитыми лицами.

— Странно, — начал я, жадно выпив первую чашку и ожидая, когда мне нальют вторую, — странно, до чего привычка меняет наши вкусы и понятия: иной человек даже и вообразить не в состоянии, что можно быть счастливым, живя в таком полном отрешении от мира, как живете вы, мистер Хитклиф. Да, я сказал бы, что вы, в кругу своей семьи, с вашей любезной леди, чей гений правит вашим домом и вашим сердцем...

— Моей любезной леди! — перебил он с усмешкой чуть не дьявольской. — Где она, моя любезная леди?

— Я имел в виду миссис Хитклиф, вашу супругу.

— О, превосходно! Вы хотели сказать, что ее дух взял на себя роль ангела-хранителя и оберегает благополучие Грозового Перевала теперь, когда ее тело покоится в земле! Не так ли?

Поняв, что оплошал, я попытался поправить промах. Мне бы следовало сообразить, что при такой разнице в возрасте эти двое едва ли были мужем и женой. Ему лет сорок, пора расцвета духовных сил, когда мужчина редко обольщается надеждой, что девушка пойдет за него по любви: эта мечта становится утехой наших преклонных лет. А той с виду семнадцать.

Тут меня осенило: верно, этот деревенщина, что сидит со мною рядом, прихлебывает чай из блюдца и берет хлеб немытыми руками, — ее муж. Хитклиф-младший, конечно! Похоронили себя заживо, и вот последствия: девушка бросилась на шею этому мужлану, попросту не зная, что есть на свете люди получше! И жалко и грустно! Нетрудно понять, как сильно должна была она пожалеть о своем выборе, увидев меня! Эта мысль покажется, верно, самонадеянной, но нет, такою она не была. Мой сосед представлялся мне почти отталкивающим; о себе же я знал по опыту, что я довольно привлекателен.

— Миссис Хитклиф приходится мне невесткой, — сказал Хитклиф, подтверждая мою догадку. При этих словах он метнул странный взгляд в ее сторону — взгляд ненависти; или мышцы его лица устроены иначе, чем у всех людей, и не передают языка души.

— Разумеется, теперь я вижу. Это вы — счастливый обладатель благодетельницы-феи, — заметил я, поворачиваясь к своему соседу.

Ошибка оказалась хуже прежней: юноша побагровел, сжал кулак с явным намерением пустить его в ход. Но, видимо, одумался и отвел душу, разразившись грубой руганью по моему адресу — которую, однако, я предпочел пропустить мимо ушей.

— Не везет вам с догадками, сэр, — проговорил хозяин, — ни один из нас не имеет счастья обладать вашей доброй феей; ее супруг умер. Я сказал, что она моя невестка; значит, она была замужем за моим сыном.

— А этот молодой человек...

— Не сын мой, конечно.

Хитклиф опять улыбнулся, словно было слишком смелой шуткой навязать этого медведя ему в сыновья.

— Меня зовут Гэртон Эрншо, — рявкнул юноша, — и советую вам уважать это имя!

— Я отнюдь не выказал неуважения, — сказал я в ответ, посмеявшись в душе над тем, с каким достоинством доложил он о своей особе.

Он глядел на меня слишком долго — я не счел нужным выдерживать его взгляд, боясь, что уступлю искушению отпустить ему пощечину или же громко рассмеяться. Я чувствовал себя решительно не на месте в этом милом семейном кругу. Гнетущая атмосфера дома сводила на нет доброе действие тепла и уюта, и я решил быть осторожней и не забредать под эту крышу в третий раз.

С ужином покончили, и, так как никто не проронил ни слова, чтоб завязать разговор, я встал и подошел к окну — посмотреть, не переменилась ли погода. Печальная была картина: темная ночь наступила до времени, смешав небо и холмы в ожесточенном кружении ветра и душащего снега.

— Вряд ли я доберусь до дому без проводника, — вырвалось у меня. — Дороги, верно, совсем замело; но даже если б они были расчищены, едва ли я хоть что-нибудь увидал бы на шаг впереди.

— Гэртон, загони овец под навес. Их засыплет,

если оставить их на всю ночь в овчарне. А выход загороди доской, — сказал Хитклиф.

— Как же мне быть? — продолжал я с нарастающим раздражением.

Ответа не последовало; и я, оглядевшись, увидел только Джозефа, несшего собакам ведро овсянки, и миссис Хитклиф, которая склонилась над огнем и развлекалась тем, что жгла спички из коробка, упавшего с камина, когда она водворяла на место чайницу. Джозеф, поставив свою ношу, обвел осуждающим взглядом комнату и надтреснутым голосом проскрипел:

— Диву даюсь, что вы себе воображаете: вы будете тут сидеть без дела или баловаться, когда все работают на дворе! Но вы праздны, как все бездельники, вам говори не говори, вы никогда не отстанете от дурных обычаев и пойдете прямой дорогой к дьяволу, как пошла ваша мать!

Я подумал было, что этот образчик красноречия адресован ко мне; и, достаточно уже взбешенный, двинулся на старого негодника с намереньем вышвырнуть его за дверь. Но ответ миссис Хитклиф остановил меня.

— Ты, старый лицемер и клеветник! — вскинулась она. — А не боишься ты, что всякий раз, как ты поминаешь дьявола, он может утащить тебя живьем? Ты лучше меня не раздражай, старик, или я испрошу для тебя его особой милости, и он заберет тебя к себе. Стой! Глянь сюда, Джозеф, — продолжала она, доставая с полки узкую продолговатую книгу в темном переплете, — я покажу тебе, как я далеко продвинулась в черной магии: скоро я буду в ней как дома. Не случайно околела красно-бурая корова. И приступы ревматизма едва ли посылаются тебе как дар божий!

— Ох, грешница, грешница! — закряхтел старик. — Избави нас господь от лукавого!

— Нет, нечестивец! Ты — отверженный! Отыди, или я наведу на тебя порчу! Я на каждого из вас сделала слепки из воска и глины. Первый, кто преступит намеченную мною границу, будет... нет, я не скажу, на что он у меня осужден, это вы увидите сами! Иди прочь — я на тебя гляжу!

Красивые глаза маленькой ведьмы засверкали притворной злобой, и Джозеф, затрепетав в неподдельном ужасе, поспешил прочь, бормоча на ходу молитвы и выкрикивая: «Грешница, грешница!» Я думал, что ее поведение было своего рода мрачной забавой; и теперь, когда мы остались вдвоем, попробовал поискать у нее сочувствия в моей беде.

— Миссис Хитклиф, — начал я серьезно, — извините, что я вас тревожу. Я беру на себя эту смелость, так как уверен, что при такой наружности вы непременно должны обладать добрым сердцем. Укажите же мне, по каким приметам я найду дорогу. Как мне добраться до дому, я представляю себе не яснее, чем вы, как дойти до Лондона!

— Ступайте той дорогой, которой пришли, — ответила она, спрятавшись в своем кресле со свечою и с раскрытой толстой книгой на коленях. — Совет короткий, но более разумного я вам дать не могу.

— Значит, если вы услышите, что меня нашли мертвым в трясине или в яме, занесенной снегом, ваша совесть не шепнет вам, что в моей смерти повинны отчасти и вы?

— Ничуть. Я не могу проводить вас. Мне не дадут пройти и до конца ограды.

— Вы? Я не посмел бы вас просить выйти ради меня даже за порог в такую ночь! — вскричал я. — Я прошу вас разъяснить мне, как найти дорогу, а не показать ее; или же убедить мистера Хитклифа, чтоб он дал мне кого-нибудь в проводники.

— Кого? Здесь только он сам, Эрншо, Зилла, Джозеф и я. Кого вы предпочтете?

— А нет на ферме какого-нибудь мальчишки?

— Нет. Я всех назвала.

— Значит, я вынужден заночевать здесь.

— Об этом договаривайтесь с хозяином дома. Я тут ни при чем.

— Надеюсь, это вам послужит уроком. Не будете впредь пускаться в неосторожные прогулки по горам, — прокричал строгий голос Хитклифа с порога кухни. — Если вам тут ночевать, так у меня не заведено никаких удобств для гостей. Вам придется разделить постель с Гэртоном или Джозефом, если вы остаетесь.

— Я могу соснуть в кресле в этой комнате, — ответил я.

— Нет, нет! Чужой всегда чужой, беден он или богат, и меня не устраивает, чтобы кто-то тут рыскал, когда я не могу оставаться за сторожа! — заявил неучтивый хозяин.

Эти оскорбительные слова положили конец моему терпению. Я что-то сказал, выражая свое возмущение, бросился мимо хозяина во двор — и с разгону налетел на Эрншо. Было так темно, что я ничего не видел; и пока я блуждал, ища выхода, я услышал кое-что еще, что могло служить образцом их вежливого обращения друг с другом. Сперва молодой человек, по-видимому, склонен был помочь мне.

— Я провожу его до парка, — сказал он.

— Ты проводишь его до пекла! — вскричал его хозяин или кем он там ему был. — А кто присмотрит за лошадьми?

— Когда дело идет о человеческой жизни, можно ради нее на один вечер оставить лошадей без присмотра: кто-нибудь должен пойти, — вступилась миссис Хитклиф дружелюбней, чем я ожидал.

— Но не по вашему приказу! — отрезал Гэртон. — Если он вам так мил, лучше помалкивайте.

— Что же, я надеюсь, вам будет являться его призрак. И еще я надеюсь, мистер Хитклиф не получит другого жильца, пока Мыза Скворцов не превратится в развалины! — ответила она резко.

— Слушай, слушай, она проклинает! — бормотал Джозеф, о которого я чуть не споткнулся.

Старик сидел неподалеку и доил коров при свете фонаря, который я не постеснялся схватить; и, крикнув, что завтра пришлю им фонарь, я устремился к ближайшей калитке.

— Хозяин, хозяин! Он украл фонарь! — заорал старик и кинулся за мной вдогонку. — Эй, Клык, собачка моя! Эй, Волк! Держи его, держи!

Едва я отворил калитку, два косматых чудища защелкали зубами, подбираясь к моему горлу, и сбили меня с ног — свет погас, а дружный хохот Хитклифа и Гэртона довел до предела бешенство мое и унижение. К счастью, псы больше склонны были, наложив свои лапы на жертву, выть и махать хвостами, чем пожирать ее живьем; однако встать на ноги они мне не давали, и пришлось мне лежать до тех пор, пока их злорадствующие хозяева не соизволили меня освободить. Наконец, без шляпы, дрожа от ярости, я приказал мерзавцам выпустить меня немедленно, если им не надоела жизнь, — и сопроводил эти слова бессвязными угрозами, которые своею беспредельной злобой и горечью напоминали проклятия Лира.

От слишком сильного возбуждения у меня хлынула из носу кровь, но Хитклиф не переставал хохотать, а я ругаться. Не знаю, чем завершилась бы эта сцена, не случись тут особы, более рассудительной, чем я, и более благодушной, чем мои противники. Это была Зилла, дородная ключница, которая вышла наконец узнать, что там у нас творится. Она подумала, что кто-то поднял на меня руку; и, не смея напасть на хозяина, обратила огонь своей словесной артиллерии на младшего из двух негодяев.

— Прекрасно, мистер Эрншо! — кричала она. — Уж не знаю, что вы еще придумаете! Скоро мы станем убивать людей у нашего порога. Вижу я, не ужиться мне в этом доме — посмотрите на беднягу, он же еле дышит! Ну-ну! Нельзя вам идти в таком виде. Зайдите в дом, я помогу вам. Тихонько, стойте смирно.

С этими словами она вдруг выплеснула мне за ворот кружку ледяной воды и потащила меня в кухню. Мистер Хитклиф последовал за нами. Непривычная вспышка веселости быстро угасла, сменившись обычной для него угрюмостью.

Меня мутило, кружилась голова, я совсем ослабел, пришлось поневоле согласиться провести ночь под его крышей. Он велел Зилле дать мне стакан водки и прошел в комнаты; а ключница, повздыхав надо мной и выполнив приказ, после чего я несколько оживился, повела меня спать.

Глава III

Подымаясь со мной по лестнице, она мне наказала прикрыть ладонью свечу и не шуметь, потому что у ее хозяина какая-то дикая причуда насчет комнаты, в которую она меня ведет, и он никого бы туда не пустил по своей охоте. Я спросил почему. Она ответила, что не знает: в доме она только второй год, а у них тут так все не по-людски, что лучше ей не приставать с расспросами.

Слишком ошеломленный для расспросов, я запер дверь и огляделся, ища кровать. Всю обстановку составляли стул, комод и большой дубовый ларь с квадратными прорезями под самой крышкой, похожими на оконца кареты. Подойдя к этому сооружению, я заглянул внутрь и увидел, что это особого вида старинное ложе, как нельзя более приспособленное к тому, чтобы устранить необходимость отдельной комнаты для каждого члена семьи. В самом деле, оно образовало своего рода чуланчик, а подоконник заключенного в нем большого окна мог служить столом. Я раздвинул обшитые панелью боковые стенки, вошел со свечой, снова задвинул их и почувствовал себя надежно укрытым от бдительности Хитклифа или чьей бы то ни было еще.

На подоконнике, где я установил свечу, лежала в одном углу стопка тронутых плесенью книг; и весь он был покрыт надписями, нацарапанными по краске. Впрочем, эти надписи, сделанные то крупными, то мелкими буквами, сводились к повторению одного лишь имени: *Кэтрин Эрншо*, иногда сменявшегося на *Кэтрин Хитклиф* и затем на *Кэтрин Линтон*.

В вялом равнодушии я прижался лбом к окну и все перечитывал и перечитывал: Кэтрин Эрншо... Хитклиф... Линтон, — пока глаза мои не сомкнулись; но они не отдохнули и пяти минут, когда вспышкой пламени выступили из мрака белые буквы, живые, как видения, — воздух кишел бесчисленными Кэтрин; и, сам себя разбудив, чтоб отогнать навязчивое имя, я увидел, что огонь моей свечи лижет одну из тех старых книг и в воздухе разлился запах жженой телячьей кожи. Я оправил фитиль и, чувствуя себя крайне неприятно от холода и неотступной тошноты, сел в подушках и раскрыл на коленях поврежденный том. Это было Евангелие с поблекшей печатью и сильно отдававшее плесенью. На титульном листе стояла надпись: «Из книг Кэтрин Эрншо» — и число, указывавшее на четверть века назад. Я захлопнул ее и взял другую книгу и третью — пока не пересмотрел их все до единой. Библиотека Кэтрин была со вкусом подобрана, а потрепанное состояние книг доказывало, что ими изрядно пользовались, хотя и не совсем по прямому назначению: едва ли хоть одна глава избежала чернильных и карандашных заметок или того, что походило на заметки, покрывавшие каждый пробел, оставленный наборщиком. Иные представляли собою отрывочные замечания; другие принимали форму регулярного дневника, писанного неустановившимся детским почерком. Сверху на одной из пустых страниц (показавшихся, верно, неоценимым сокровищем, когда на нее натолкнулись впервые) я не без удовольствия увидел превосходную карикатуру на моего друга Джозефа — набросанную бегло, но выразительно. Во мне зажегся живой интерес к неведомой Кэтрин, и я тут же начал расшифровывать ее поблекшие иероглифы.

«Страшное воскресенье! — так начинался следующий параграф. — Как бы я хотела, чтобы снова был со мной отец. Хиндли — плохая замена, он жесток с Хиклифом. Мы с Х. договорились взбунтоваться — и сегодня вечером сделали решительный шаг.

Весь день лило; мы не могли пойти в церковь, так что Джозефу волей-неволей пришлось устроить молитвенное собрание на чердаке; и пока Хиндли с женой в свое удовольствие грелись внизу у огня — и делали при этом что угодно, только не читали Библию, могу в том поручиться, — нам с Хиклифом и несчастному мальчишке-пахарю велено было взять молитвенники и лезть наверх; нас посадили рядком на мешке пшеницы, и мы вздыхали и мерзли, надеясь, что Джозеф тоже замерзнет и ради собственного блага прочтет нам не слишком длинную проповедь. Пустая надежда! Служба тянулась ровно три часа; и все-таки мой брат не постыдился воскликнуть, когда мы сошли вниз: «Как, уже?» Прежде в воскресные вечера нам разрешалось поиграть — только бы мы не очень шумели; а теперь достаточно тихонько засмеяться, и нас сейчас же ставят в угол!

— Вы забываете, что над вами есть хозяин, — говорит наш тиран. — Я сотру в порошок первого, кто выведет меня из терпения! Я требую тишины и приличия. Эге, мальчик, это ты? Фрэнсиз, голубушка, оттаскай его за вихры, когда будешь проходить мимо: я слышал, как он хрустнул пальцами. — Фрэнсиз добросовестно выдрала его за волосы, а потом подошла к мужу и села к нему на колени; и они целый час, как двое малых ребят, целовались и говорили всякий вздор — нам было бы стыдно так глупо болтать. Мы устроились поудобней, насколько это было возможно: забились в углубление под полками. Только я успела связать наши фартуки и повесить их вместо занавески, как приходит Джозеф из конюшни, куда его зачем-то посылали. Он сорвал мою занавеску, влепил мне пощечину и закаркал:

— Хозяина едва похоронили, еще не прошел день субботний, и слова Евангелия еще звучат в ваших ушах, а вы тут лоботрясничаете! Стыдно вам! Садитесь, скверные дети! Мало тут разве хороших книг? Взяли бы да почитали! Садитесь и подумайте о ваших душах!

С этими словами он усадил нас немного поближе к очагу, так что слабый отсвет огня еле освещал страницу той дряни, которую он сунул нам в руки. Я не могла долго сидеть за таким занятием: взяла свой пакостный том за застежку и кинула его в собачий закут, заявив, что мне не нравятся хорошие книги. Хитклиф пинком зашвырнул свою туда же. И тут пошло...

— Мистер Хиндли! — вопил наш духовный наставник. — Идите сюда, хозяин! Мисс Кэти отодрала корешок у «Кормила спасения», а Хитклиф ступил ногой на первую часть «Прямого пути к погибели»! Это просто ужас, что вы позволяете им идти такой дорожкой. Эх! Старый хозяин отстегал бы их как следует — но его уж нет!

Хиндли покинул свой рай у камина и, схватив нас одного за шиворот, другого за руку, вытолкал обоих в кухню, где Джозеф поклялся, что «Старый Ник»[1], как бог свят, уволочет нас в пекло. С таким утешительным напутствием мы забились каждый в свой угол, ожидая, когда явится за нами черт. Я достала с полки эту книгу и чернильницу, распахнула дверь во двор (так светлей) и минут двадцать писала, чтобы как-нибудь убить время; но мой товарищ не так терпелив и предлагает завладеть салопом коровницы, накрыться им и пойти бродить по вересковым зарослям. Хорошая мысль: если старый ворчун вернется, он подумает, что сбылось его прорицание, а нам и под дождем будет не хуже, чем дома: здесь тоже и холодно и сыро».

* * *

По всей видимости, Кэтрин исполнила свое намерение, потому что следующие строки повествуют о другом: девочка разражается слезами.

«Не думала я, что Хиндли когда-нибудь заставит меня так плакать, — писала она. — Голова до того болит, что я не в силах держать ее на подушке; и все-таки не могу я отступиться. Бедный Хитклиф! Хиндли называет его бродягой и больше не позволяет ему сидеть с нами и с нами есть; и он говорит, что я не должна с ним играть, и грозится выкинуть его из дому, если мы ослушаемся. Он все время ругает нашего отца (как он смеет!), что тот давал Хитклифу слишком много воли, и клянется, что «поставит мальчишку на место».

---

[1] Черт, домовой.

* * *

Я подремывал над выцветшей страницей; глаза мои скользили с рукописного текста на печатный. Я видел красный витиеватый титул — «Седмидесятью Семь и Первое из Седмидесяти Первых. — Благочестивое слово, произнесенное преподобным Джебсом Брендерхэмом в Гиммерденской церкви». И, в полусне ломая голову над вопросом, как разовьет Джебс Брендерхэм свою тему, я откинулся на подушки и заснул. Увы, вот оно, действие скверного чая и скверного расположения духа! Если не они, то что же еще могло так испортить мне ночь? С тех пор как я научился страдать, не припомню я ночи, которая сравнилась бы с этой.

Я еще не забыл, где я, когда мне уже начал сниться сон. Мне казалось, что настало утро и что я иду домой, а проводником со мной — Джозеф; снег на дороге лежит в ярд толщиной; и пока мы пробираемся кое-как вперед, мой спутник донимает меня упреками, что я не позаботился взять с собою посох пилигрима: без посоха, говорит он, я никогда не войду в дом; а сам кичливо размахивает дубинкой с тяжелым набалдашником, которая, как я понимал, именуется посохом пилигрима. Минутами мне представлялось нелепым, что мне необходимо такое оружие, чтобы попасть в собственное жилище. И тогда явилась у меня новая мысль: я иду вовсе не домой, мы пустились в путь, чтобы послушать проповедь знаменитого Джебса Брендерхэма на текст «Седмидесятью Семь», и кто-то из нас — не то Джозеф, не то проповедник, не то я сам — совершил «Первое из Седмидесяти Первых» и подлежит всенародному осуждению и отлучению.

Мы приходим в церковь. Я в самом деле два или три раза проходил мимо нее в своих прогулках: она стоит в ложбине между двумя холмами, идущей вверх от болота, торфяная сырость которого действует, говорят, как средство бальзамирования на те немногие трупы, что зарыты на погосте. Крыша пока в сохранности; но так как викарий может рассчитывать здесь только на двадцать фунтов жалованья per annum[1] и на домик в две комнаты, которые грозят быстро превратиться в одну, никто из духовных лиц не желает взять на себя в этой глуши обязанности пастыря, тем более что его прихожане, если верить молве, скорее дадут своему священнику помереть с голоду, чем увеличат его доходы хоть на пенни из собственных карманов. Однако в моем сне церковь была битком набита, и слушали Джебса внимательно; а проповедовал он — о боже, что за проповедь! Она подразделялась на *четыреста девяносто* частей, из которых каждая была никак не меньше обычного обращения с церковной кафедры, и в каждой обсуждался особый грех! Где он их столько выискал, не могу сказать. Он придерживался своего собственного толкования слова «грех», и казалось, брат во Христе по каждому отдельному случаю необходимо должен был совершать специальный грех. Грехи были самого необычного свойства: странные провинности, каких я раньше никогда бы не измыслил.

О, как я устал! Как я морщился и зевал, клевал носом и снова приходил в себя! Я щипал себя, и колол, и протирал глаза, и вставал со скамьи, и опять

---

[1] В год *(лат.)*.

садился, и подталкивал Джозефа локтем, спрашивая, кончится ли когда-нибудь эта проповедь. Я был осужден выслушать все; наконец проповедник добрался до «Первого из Седмидесяти Первых». В этот критический момент на меня вдруг нашло наитие; меня подмывало встать и объявить Джебса Брендерхэма виновным в таком грехе, какого не обязан прощать ни один христианин.

— Сэр! — воскликнул я. — Сидя здесь в четырех стенах, я в один присест претерпел и простил четыреста девяносто глав вашей речи. Седмидесятью семь раз я надевал шляпу и вставал, чтоб уйти, — вы седмидесятью семь раз почему-то заставляли меня сесть на место. Четыреста девяносто первая глава — это уж слишком! Сомученики мои, воздайте ему! Тащите его с кафедры и сотрите его в прах, чтобы там, где его знавали, забыли о нем навсегда.

— Так это ты! — воскликнул Джебс и, упершись в свою подушку, выдержал торжественную паузу. — Седмидесятью семь раз ты искажал зевотой лицо — седмидесятью семь раз я успокаивал свою совесть: «Увы, сие есть слабость человеческая, следственно, сие прегрешение может быть отпущено!» Но приходит Первое из Седмидесяти Первых. Вершите над ним, братья, предписанный суд! Чести сей удостоены все праведники божьи!

Едва раздались эти последние слова, собравшиеся, вознеся свои пилигримовы посохи, ринулись на меня со всех сторон; и я, не имея оружия, которое мог бы поднять в свою защиту, стал вырывать посох у Джозефа, ближайшего ко мне и самого свирепого из нападающих. В возникшей сутолоке скрестилось несколько дубинок. Удары, предназначенные мне, обрушивались на другие головы. И вот по всей церкви пошел гул ударов. Кто нападал, кто защищался, но каждый поднял руку на соседа; а Брендерхэм, не пожелав оставаться праздным свидетелем, изливал свое рвение стуком по деревянному пюпитру, раздававшимся так гулко, что этот стук в конце концов, к моему несказанному облегчению, разбудил меня. И чем же был внушен мой сон о шумной схватке? Кто на деле исполнял роль, разыгранную в драке Джебсом? Всего лишь ветка ели, касавшаяся окна и при порывах ветра царапавшая сухими шишками по стеклу! С минуту я недоверчиво прислушивался, но, обнаружив возмутителя тишины, повернулся на другой бок, задремал — и опять мне приснился сон, еще более неприятный, чем тот, если это возможно.

На этот раз я сознавал, что лежу в дубовом ящике или чулане, и отчетливо слышал бурные порывы ветра и свист метели; я слышал также неумолкавший назойливый скрип еловой ветки по стеклу и приписывал его действительной причине. Но скрип так докучал мне, что я решил прекратить его, если удастся; и я, мне снилось, встал и попробовал открыть окно. Крючок оказался припаян к кольцу: это я приметил, когда еще не спал, но потом забыл. «Все равно, я должен положить этому конец», — пробурчал я и, выдавив кулаком стекло, высунул руку, чтобы схватить нахальную ветвь; вместо нее мои пальцы сжались на пальчиках маленькой холодной, как лед, руки! Неистовый ужас кошмара нахлынул на меня; я пытался вытащить руку обратно, но пальчики вцепились в нее, и полный горчайшей печали голос рыдал: «Впустите меня... впустите!» — «Кто вы?» — спрашивал я, а сам между тем все силился освободиться. «Кэтрин Линтон, — трепетало в ответ (почему мне подумалось именно «Линтон»? Я двадцать раз прочитал «Эрншо» на каждое «Линтон»!). — Я пришла домой: я заблудилась в зарослях вереска!» Я слушал, смутно различая глядевшее в окошко детское личико. Страх сделал меня жестоким; и, убедившись в бесполезности попыток отшвырнуть незнакомку, я притянул кисть ее руки к пробоине в окне и тер ее о край разбитого стекла, пока не потекла кровь, заливая простыни; но гостья все стонала: «Впустите меня!» — и держалась все так же цепко, а я сходил с ума от страха. «Как мне вас впустить? — сказал я наконец. — Отпустите вы меня, если хотите, чтобы я вас впустил!» Пальцы разжались, я выдернул свои в пробоину и, быстро загородив ее стопкой книг, зажал уши, чтоб не слышать жалобного голоса просительницы. Я держал их зажатыми, верно, с четверть часа, и все же, как только я отнял ладони от ушей, послышался тот же плачущий зов! «Прочь! — закричал я. — Я вас не впущу, хотя бы вы тут просились двадцать лет!» — «Двадцать лет прошло, — стонал голос, — двадцать лет! Двадцать лет я скитаюсь, бездомная!» Затем послышалось легкое царапанье по стеклу, и стопка книг подалась, словно ее толкали снаружи. Я попытался вскочить, но не мог пошевелиться; и тут я громко закричал, обезумев от ужаса. К своему смущению, я понял, что крикнул не только во сне: торопливые шаги приближались к моей комнате; кто-то сильной рукой распахнул дверь, и в оконцах над изголовьем кровати замерцал свет. Я сидел, все еще дрожа, и отирал испарину со лба. Вошедший, видимо, колебался и что-то ворчал про себя. Наконец полушепотом, явно не ожидая ответа, он сказал:

— Здесь кто-нибудь есть?

Я почел за лучшее не скрывать своего присутствия, потому что я знал повадки Хитклифа и побоялся, что он станет продолжать поиски, если я промолчу. С этим намереньем я повернул шпингалет и раздвинул фанерную стенку. Не скоро я забуду, какое действие произвел мой поступок.

Хитклиф стоял у порога в рубашке и панталонах; свеча оплывала ему на пальцы, а его лицо было бело, как стена за его спиной. При первом скрипе дубовых досок его передернуло, как от электрического тока; свеча, выскользнув из его руки, упала в нескольких футах, и так сильно было его волнение, что он едва смог ее поднять.

— Здесь только ваш гость, сэр! — вскричал я громко, желая избавить его от дальнейших унизительных проявлений трусости. — Я имел несчастье застонать во сне из-за страшного кошмара. Извините, я потревожил вас.

— Ох, проклятье на вашу голову, мистер Локвуд! Провалитесь вы к... — начал мой хозяин, устанавливая свечу на стуле, потому что не мог держать ее крепко в руке. — А кто привел вас в эту комнату? — продолжал он, вонзая ногти в ладони и стиснув зубы, чтобы они не стучали в судороге. — Кто? Я сейчас же вышвырну их за порог!

— Меня привела сюда ваша ключница Зилла, — ответил я, вскочив на ноги и поспешно одеваясь. — И я не огорчусь, если вы ее и впрямь вышвырнете, мистер Хитклиф: это будет ей по заслугам. Она, видно, хотела, не щадя гостя, получить лишнее доказательство, что тут нечисто. Что ж, так оно и есть — комната кишит привидениями и чертями! Вы правы, что держите ее на запоре, уверяю вас. Никто вас не поблагодарит за ночлег в таком логове!

— Что вы хотите сказать? — спросил Хитклиф. — И зачем вы одеваетесь? Ложитесь и спите до утра, раз уж вы здесь. Но ради всего святого, не поднимайте опять такого страшного шума: вы кричали так, точно вам приставили к горлу нож!

— Если бы маленькая чертовка влезла в окно, она, верно, задушила бы меня! — возразил я. — Мне совсем не хочется снова подвергаться преследованию со стороны ваших гостеприимных предков. Не родственник ли вам с материнской стороны преподобный Джебс Брендерхэм? А эта проказница Кэтрин Линтон, или Эрншо, или как ее там звали, она, верно, из породы злых эльфов, эта маленькая злючка... Она сказала мне, что вот уже двадцать лет гуляет по земле, — справедливая кара за ее грехи, не сомневаюсь!

Я не успел договорить, как вспомнил связь этих двух имен, Хитклифа и Кэтрин, в книге, — связь, которая ускользнула у меня из памяти и только теперь неожиданно всплыла. Я покраснел, устыдившись своей несообразительности, но, ничем не показывая больше, что осознал нанесенную мною обиду, поспешил добавить:

— По правде сказать, сэр, половину ночи я провел...

Тут я опять осекся — я чуть не сказал: «провел, перелистывая старые книги», — а этим я выдал бы свое знакомство не только с печатным, но и рукописным их содержанием; итак, не допуская новой оплошности, я добавил:

— ...перечитывая имена, нацарапанные на подоконнике. Однообразное занятие, к которому прибегаешь, чтобы нагнать сон, — как к счету или как...

— С чего вы вздумали вдруг говорить все это мне? — прогремел Хитклиф в дикой ярости. — Как... как вы смеете под моею крышей?.. Господи! Уж не сошел ли он с ума, что так говорит! — И Хитклиф в бешенстве ударил себя по лбу.

Я не знал, оскорбиться мне на его слова или продолжать свое объяснение; но он, казалось, был так глубоко потрясен, что я сжалился и стал рассказывать дальше свои сны. Я утверждал, что никогда до тех пор не слышал имени «Кэтрин Линтон»; но, прочитанное много раз, оно запечатлелось в уме, а потом, когда я утратил власть над своим воображением, воплотилось в образ. Хитклиф, пока я говорил, постепенно отодвигался в глубь кровати; под конец он сидел почти скрытый от глаз. Я угадывал, однако, по его неровному, прерывистому дыханию, что он силится превозмочь чрезмерное волнение. Не желая показывать ему, что слышу, как он борется с собой, я довольно шумно завершал свой туалет, поглядывал на часы и вслух рассуждал сам с собою о том, как долго тянется ночь.

— Еще нет и трех! А я поклялся бы, что не меньше шести. Время здесь точно стоит на месте: ведь мы разошлись по спальням часов в восемь?

— Зимой ложимся всегда в девять, встаем в четыре, — сказал хозяин, подавляя стон и, как мне показалось по движению тени от его руки, смахивая слезы с глаз. — Мистер Локвуд, — добавил он, — вы можете перейти в мою спальню; вы только наделаете хлопот, если так рано сойдете вниз, а ваш дурацкий крик прогнал к черту мой сон.

— Мой тоже, — возразил я. — Лучше я погуляю во дворе до рассвета, а там уйду, и вам нечего опасаться моего нового вторжения. Я теперь вполне излечился от стремления искать удовольствия в обществе, будь то в городе или в деревне. Разумный человек должен довольствоваться тем обществом, которое являет он сам.

— Восхитительное общество! — проворчал Хитклиф. — Возьмите свечку и ступайте, куда вам угодно. Я сейчас же к вам присоединяюсь. Впрочем, во двор не ходите, собаки спущены; а в доме держит стражу Юнона, так что... вы можете только слоняться по лестнице да по коридорам. Но все равно, убирайтесь! Я приду через две минуты!

Я подчинился, но лишь наполовину — то есть оставил комнату; потом, не зная, куда ведут узкие сени, я остановился и стал невольным свидетелем поступка, который выдал суеверие моего хозяина, странно противоречившее его очевидному здравомыслию: мистер Хитклиф подошел к кровати и раздвинул загородки, разразившись при этом неудержимыми страстными словами. «Приди! Приди! — рыдал он. — Кэти, приди! О, приди — еще хоть раз! Дорогая, любимая! Хоть сегодня, Кэтрин, услышь меня!» Призрак проявил обычное для призраков своенравие: он не подал никаких признаков бытия; только снег и ветер ворвались бешеной закрутью, долетев до меня и задув свечу.

Такая тоска была в порыве горя, сопровождавшем этот бред, что сочувствие заставило меня простить его безрассудство, и я удалился, досадуя на то, что вообще позволил себе слушать, и в то же время виня себя, что рассказал про свой нелепый кошмар и этим вызвал такое терзание; впрочем, причина оставалась для меня непонятной. Я осторожно сошел в нижний этаж и пробрался в кухню, где сгреб в кучу тлеющие угли и зажег от них свою свечу. Ничто не шевелилось; только полосатая серая кошка выползла из золы и поздоровалась со мною сварливым «мяу».

Две полукруглые скамьи со спинками почти совсем отгораживали собою очаг; на одной из них я вытянулся сам, кошка забралась на другую. Мы оба дремали, пока никто не нарушал нашего уединения; потом приволокся Джозеф, спустившись по деревянной лестнице, которая исчезала за люком в потолке; лазейка на его чердак — решил я. Он бросил мрачный взгляд на слабый огонек, вызванный мною к жизни в очаге, согнал кошку со скамьи и, расположившись на освободившемся месте, приступил к процедуре набивания табаком своей трехдюймовой трубки. Мое присутствие в его святилище расценивалось, очевидно, как проявление наглости, слишком неприличной, чтоб ее замечать; он молча взял трубку в рот, скрестил руки на груди и затянулся. Я не мешал ему курить в свое удовольствие; выпустив последний клуб дыма и глубоко вздохнув, он встал и удалился так же торжественно, как вошел.

Послышались более упругие шаги; и я уже открыл рот, чтобы сказать «С добрым утром», но тут же закрыл его снова, так и не поздоровавшись: Гэртон Эрншо совершал sotto voce[1] свое утреннее молебствие, состоявшее в том, что он посылал к черту каждую вещь, попадавшуюся ему под руку, пока он шарил в углу, отыскивая лопату или заступ, чтоб расчистить заметенную дорогу. Он глядел через спинку скамьи, раздувая ноздри и столь же мало помышляя об обмене любезностями со мной, как с моею соседкой, кошкой. По его сборам я понял, что можно выйти из дому, и, покинув свое жесткое ложе, собрался последовать за парнем. Он это заметил и указал концом лопаты на дверь в столовую, давая понять нечленораздельными звуками, в какую сторону должен я идти, раз уж вздумал переменить место.

Я отворил дверь в *дом*, где уже суетились женщины: Зилла могучим дыханием раздувала огонь в печи; миссис Хитклиф, стоя на коленях перед огнем, при свете пламени читала книгу. Она ладонью защитила глаза от печного жара и, казалось, вся ушла в чтение, отрываясь от него только затем, чтобы выругать служанку, когда та ее осыпала искрами, или отпихнуть время от времени собаку, слишком дерзко совавшую ей в лицо свой нос. Я удивился, застав здесь также и Хитклифа. Он стоял у огня спиной ко мне, только что закончив бурную отповедь бедной Зилле, которая то и дело отрывалась от своей работы, хватаясь за уголок передника и испуская негодующий стон.

— А ты, ты, негодная... — разразился он по адресу невестки, когда я входил, и добавил слово, не более обидное, чем «козочка» или «овечка», но обыч-

---

[1] Вполголоса (*ит.*).

но обозначаемое многоточием. — Опять ты взялась за свои фокусы? Все в доме хоть зарабатывают свой хлеб — ты у меня живешь из милости! Оставь свое вздорное занятие и найди себе какое-нибудь дело. Ты у меня будешь платить за пытку вечно видеть тебя перед глазами — слышишь ты, шельма проклятая!

— Я оставлю свое занятие, потому что, если я откажусь, вы можете меня принудить, — ответила молодая женщина, закрыв свою книгу и швырнув ее в кресло. — Но я ничего не стану делать, хоть отнимись у вас язык от ругани, ничего, кроме того, что мне самой угодно!

Хитклиф поднял руку, и говорившая отскочила на безопасное расстояние — очевидно, зная тяжесть этой руки. Не желая вмешиваться в чужую драку, я рассеянно подошел, как будто тоже хочу погреться у очага и ведать не ведаю о прерванном споре. Оба, приличия ради, приостановили дальнейшие враждебные действия; Хитклиф, чтоб не поддаться соблазну, засунул кулаки в карманы, миссис Хитклиф поджала губы и отошла к креслу в дальнем углу, где, верная слову, изображала собою неподвижную статую до конца моего пребывания под этой крышей. Оно продлилось недолго. Я отклонил приглашение к завтраку и, едва забрезжил рассвет, воспользовался возможностью выйти на воздух, ясный теперь, тихий и холодный, как неосязаемый лед.

Не успел я дойти до конца сада, как хозяин окликнул меня и предложил проводить через торфяное болото. Хорошо, что он на это вызвался, потому что все взгорье представляло собой взбаламученный белый океан; бугры и впадины отнюдь не соответствовали подъемам и снижениям почвы: во всяком случае, многие ямы были засыпаны до краев; а целые кряжи холмов — кучи отработанной породы у каменоломен — были стерты с карты, начертанной в памяти моей вчерашней прогулкой. Я тогда приметил по одну сторону дороги, на расстоянии шести-семи ярдов друг от друга, линию каменных столбиков, тянувшуюся через все поле; они были поставлены и сверху выбелены известью, чтобы служить путеводными вехами в темноте или, когда снегопад, как сегодня, сглаживает под одно твердую тропу и глубокую трясину по обе ее стороны; но, если не считать грязных пятнышек, проступавших там и сям, всякий след существования этих вех исчез; и мой спутник счел нужным не раз предостеречь меня, чтоб я держался правей или левей, когда я воображал, будто следую точно извивам дороги. Мы почти не разговаривали, и у входа в парк он остановился, сказав, что дальше я уже не собьюсь с пути. Мы торопливо раскланялись на прощание, и я пустился вперед, положившись на свое чутье, потому что в домике привратника все еще никого не поселили. От ворот парка до дома — Мызы, как его называют, две мили пути; но я, кажется, умудрился превратить их в четыре: я то терял дорогу, торкаясь между деревьями, то проваливался по горло в снег — удовольствие, которое может оценить только тот, кто сам его испытал. Так или иначе, когда я после всех своих блужданий вошел в дом, часы пробили двенадцать; получается — ровно час на каждую милю обычного пути от Грозового Перевала!

Домоправительница и ее приспешники бросились меня приветствовать, бурно возглашая, что уже не чаяли увидеть меня вновь: они-де думали, что я погиб накануне вечером, и прикидывали, как вести розыски моих останков. Я попросил их всех успокоиться, раз они видят, что я благополучно вернулся, и, продрогший так, что стыла в жилах кровь, потащился наверх. Там, переодевшись в сухое платье и прошагав с полчаса или больше взад и вперед по комнате, чтоб восстановить живое тепло, я дал отвести себя в кабинет. Я был слаб, как котенок, так слаб, что, кажется, не мог уже радоваться веселому огню и дымящейся чашке кофе, который служанка сварила мне для подкрепления сил.

Глава IV

Все мы — сущие флюгера! Я, решивший держаться независимо от общества, благодаривший свою звезду, что она наконец привела меня в такое место, где общение с людьми было почти невозможно, — я, слабый человек, продержался до сумерек, стараясь побороть упадок духа и тоску одиночества, но в конце концов был принужден спустить флаг. Под тем предлогом, что хочу поговорить о разных мероприятиях по дому, я попросил миссис Дин, когда она принесла мне ужин, посидеть со мной, пока я с ним расправлюсь; при этом я от души надеялся, что она окажется обыкновенной сплетницей и либо развеселит меня, либо усыпит болтовней.

— Вы прожили здесь довольно долгое время, — я начал, — шестнадцать лет, так вы, кажется, сказали?

— Восемнадцать, сэр! Я сюда переехала вместе с госпожой, когда она вышла замуж — сперва я должна была ухаживать за ней, а когда она умерла, господин оставил меня при доме ключницей.

— Вот как!

Она молчала. Я начал опасаться, что миссис Дин если и склонна к болтовне, то лишь о своих личных делах, а они вряд ли могли меня занимать. Однако, положив кулаки на колени и с облаком раздумья на румяном лице, она некоторое время собиралась с мыслями, потом проговорила:

— Эх, другие пошли времена!

— Да, — заметил я, — вам, я думаю, пришлось пережить немало перемен?

— Конечно! И немало передряг, — сказала она.

«Эге, переведу-ка я разговор на семью моего домохозяина! — сказал я себе. — Неплохой предмет для начала! Эта красивая девочка-вдова — хотел бы я узнать ее историю: кто она, уроженка здешних мест или же, что более правдоподобно, экзотическое создание, с которым угрюмые indigenae[1] не признают родства?» И вот я спросил миссис Дин, почему Хитклиф сдает внаем Мызу Скворцов и предпочитает жить в худшем доме и в худшем месте.

— Разве он недостаточно богат, чтобы содержать имение в добром порядке? — поинтересовался я.

— Недостаточно богат, сэр? — переспросила она. — Денег у него столько, что и не сочтешь, и с каждым годом все прибавляется. Да, сэр, он так богат, что мог бы жить в доме и почище этого! Но он, я сказала бы... прижимист! И надумай он даже переселиться в Скворцы — едва прослышит о хорошем жильце, нипочем не согласится упустить несколько

---

[1] Туземки *(лат.)*.

сотенок доходу. Странно, как могут люди быть такими жадными, когда у них нет никого на свете!

— У него, кажется, был сын?

— Был один сын. Помер.

— А эта молодая женщина, миссис Хитклиф, — вдова его сына?

— Да.

— Откуда она родом?

— Ах, сэр, да ведь она дочка моего покойного господина: ее девичье имя — Кэтрин Линтон. Я ее вынянчила, бедняжку! Хотела бы я, чтобы мистер Хитклиф переехал сюда! Тогда мы были бы снова вместе.

— Как! Кэтрин Линтон! — вскричал я, пораженный. Но, пораздумав полминуты, убедился, что это не Кэтрин моего ночного кошмара.

— Значит, — продолжал я, — до меня в доме жил человек, который звался Линтоном?

— Да.

— А кто такой этот Эрншо, Гэртон Эрншо, который проживает с мистером Хитклифом? Они родственники?

— Нет, он племянник покойной миссис Линтон.

— Следовательно, двоюродный брат молодой хозяйки?

— Да. И муж ее тоже приходился ей двоюродным братом: один с материнской стороны, другой с отцовской. Хитклиф был женат на сестре мистера Линтона.

— Я видел, на Грозовом Перевале над главной дверью дома вырезано: «Эрншо». Это старинный род?

— Очень старинный, сэр; и Гэртон последний у

них в семье, как мисс Кэти у нас, то есть у Линтонов. А вы были на Перевале? Простите, что я расспрашиваю, но я рада бы услышать, как ей там живется.

— Кому? Миссис Хитклиф? С виду она вполне здорова и очень хороша собой. Но, думается, не слишком счастлива.

— Ах, боже мой, чего ж тут удивляться! А как вам показался хозяин?

— Жесткий он человек, миссис Дин. Верно я о нем сужу?

— Жесткий, как мельничный жернов, и зубастый, как пила! Чем меньше иметь с ним дела, тем лучше для вас.

— Верно, видел в жизни всякое — и успехи, и провалы, вот и сделался таким нелюдимым? Вы знаете его историю?

— Еще бы, сэр, всю как есть! Не знаю только, где он родился, кто были его отец и мать и как он получил поначалу свои деньги. А Гэртона ощипали, как цыпленка, и вышвырнули вон. Бедный малый один на всю округу не догадывается, как его провели!

— Право, миссис Дин, вы сделаете милосердное дело, если расскажете мне о моих соседях: мне, я чувствую, не заснуть, если я и лягу; так что будьте так добры, посидите со мною, и мы поболтаем часок.

— Ох, пожалуйста, сэр! Вот только принесу свое шитье и тогда просижу с вами, сколько вам будет угодно. Но вы простыли: я вижу, вы дрожите, надо вам дать горячего, чтобы прогнать озноб.

Добрая женщина вышла из комнаты, а я пододвинулся поближе к огню; голова у меня горела, а всего меня пронизывало холодом. Мало того, я был на грани безумия, так возбуждены были мои нервы и мозг. Поэтому я чувствовал — не скажу недомогание, но некоторый страх (он не прошел еще и сейчас), как бы все, что случилось со мною вчера и сегодня, не привело к серьезным последствиям. Ключница вскоре вернулась, неся дымящуюся мисочку и корзинку с шитьем; и, поставив кашу в камин, чтоб не остыла, уселась в креслах, явно радуясь тому, что я оказался таким общительным.

— До того, как я переехала сюда на жительство, — начала она, сразу, без дальнейших приглашений, приступив к рассказу, — я почти все время жила на Грозовом Перевале, потому что моя мать вынянчила мистера Хиндли Эрншо (Гэртон его сын), и я обычно играла с господскими детьми; кроме того, я была на побегушках, помогала убирать сено и выполняла на ферме всякую работу, какую кто ни поручит. В одно прекрасное летнее утро — это было, помнится, в начале жатвы — мистер Эрншо, наш старый хозяин, сошел вниз, одетый, как в дорогу; и, наказав Джозефу, что надо сделать за день, он повернулся к Хиндли и Кэти и ко мне, потому что я сидела вместе с ними и ела овсянку, и сказал своему сыну: «Ну, малый, я сегодня отправляюсь в Ливерпуль, что тебе принести? Можешь выбирать что угодно, только что-нибудь небольшое, потому что я иду в оба конца пешком: шестьдесят миль туда и обратно, не близкий путь!» Хиндли попросил скрипку, и тогда отец обратился с тем же вопросом к мисс Кэти; ей было в ту пору от силы шесть лет, но она ездила верхом на любой лошади из нашей конюшни и попросила хлыстик. Не забыл он и меня, потому что у него было доброе сердце, хоть он и бывал временами суров. Он пообещал принести мне кулек яблок и груш, потом расцеловал своих детей, попрощался и ушел.

Время для всех нас тянулось очень медленно — те три дня, что не было хозяина, и маленькая Кэти часто спрашивала, скоро ли папа придет домой. Миссис Эрншо ждала его к ужину на третий день, и ужин с часу на час откладывали; однако хозяин не появлялся, и дети в конце концов устали бегать за ворота встречать его. Уже стемнело, мать хотела уложить их спать, но они слезно просили, чтоб им позволили еще посидеть; и вот около одиннадцати щеколда на двери тихонько щелкнула, и вошел хозяин. Он бросился в кресло, смеясь и охая, и попросил, чтоб его никто не тормошил, потому что в дороге его чуть не убили, — он, мол, и за все три королевства не согласился бы еще раз предпринять такую прогулку.

— Чтоб меня вдобавок исхлестали до полусмерти! — добавил он, разворачивая широкий кафтан, который держал скатанным в руках. — Смотри, жена! Сроду никогда ни от кого мне так не доставалось. И все же ты должна принять его, как дар божий, хоть он так черен, точно родился от дьявола.

Мы обступили хозяина, и я, заглядывая через голову мисс Кэти, увидела грязного черноволосого оборвыша. Мальчик был не так мал — он уже умел и ходить и говорить; с лица он выглядел старше Кэтрин, все же, когда его поставили на ноги, он только озирался вокруг и повторял опять и опять какую-то тарабарщину, которую никто не понимал. Я испугалась, а миссис Эрншо готова была вышвырнуть оборвыша за дверь. Она набросилась на мужа, спрашивая, с чего это ему взбрело на ум приволочь в дом цыганское отродье, когда им нужно кормить и растить своих собственных детей? С ума он, что ли, сошел, — что он думает делать с ребенком? Хозяин пытался разъяснить, как это получилось; но он и в самом деле был чуть жив от усталости, и мне удалось разобрать из его слов, заглушаемых бранью хозяйки, только то, что он нашел ребенка умирающим от голода, бездомным и почти совсем окоченевшим на одной из улиц Ливерпуля; там он его и подобрал и стал расспрашивать, чей он. Ни одна душа, сказал он, не знала, чей это ребенок, а так как времени и денег осталось в обрез, он рассудил, что лучше взять малыша сразу же домой, чем тратиться понапрасну в чужом городе; бросить ребенка без всякой помощи он не пожелал. На том и кончилось; хозяйка поворчала и успокоилась, а мистер Эрншо велел мне вымыть найденыша, одеть в чистое белье и уложить спать вместе с детьми.

Хиндли и Кэти только глядели и слушали, пока старшие не помирились; а тогда они оба стали шарить в карманах у отца, ища обещанные подарки. Мальчику было четырнадцать лет, но, когда он извлек из отцовского кафтана обломки того, что было скрипкой, он громко расплакался, а Кэти, когда узнала, что мистер Эрншо, покуда возился с найденышем, потерял ее хлыстик, принялась со зла корчить рожи и плеваться; за свои старанья она получила от отца затрещину, которая должна была научить ее более приличным манерам. Ни брат, ни сестра ни за что не хотели лечь в одну кровать с незнакомым мальчиком или хотя бы пустить его в свою комнату; я тоже оказалась не разумней и уложила его на площадке лестницы в надежде, что, может быть, к утру он уйдет. Случайно ли, или заслышав его голос, найденыш приполз к дверям мистера Эрншо, и там хозяин наткнулся на него, когда выходил из комнаты. Пошли расспросы, как он тут очутился. Мне пришлось сознаться, и в награду за трусость и бессердечие меня выслали из дома.

Так Хиклиф вступил в семью. Когда я через несколько дней вернулась к господам (я не считала, что изгнана навсегда), мне сказали, что мальчика окрестили Хиклифом: это было имя их сына, который умер в младенчестве, и так оно с тех пор и служило найденышу и за имя и за фамилию. Мисс Кэти и Хиклиф были теперь неразлучны, но Хиндли его ненавидел. И, сказать по правде, я тоже; мы его мучили и обходились с ним прямо-таки бессовестно, потому что я была неразумна и не сознавала своей неправоты, а госпожа ни разу ни одним словечком не вступилась за приемыша, когда его обижали у нее на глазах.

Он казался тупым, терпеливым ребенком, привыкшим, вероятно, к дурному обращению. Глазом не сморгнув, не уронив слезинки, переносил он побои от руки Хиндли, а когда я щипалась, он, бывало, только затаит дыхание и шире раскроет глаза, будто это он сам нечаянно укололся и некого винить. Оттого, что мальчик был так терпелив, старый Эрншо приходил в ярость, когда узнавал, что Хиндли преследует «бедного сиротку», как он называл приемыша. Он странно пристрастился к Хиклифу, верил каждому его слову (тот, надо сказать, жаловался редко и по большей части справедливо) и баловал его куда больше, чем Кэти, слишком шаловливую и своенравную, чтобы стать любимицей семьи.

Таким образом, мальчик с самого начала внес в дом дух раздора; а когда не стало миссис Эрншо (она не прожила и двух лет после появления у нас найденыша), молодой господин научился видеть в своем отце скорее притеснителя, чем друга, а в Хитклифе — узурпатора, отнявшего у него родительскую любовь и посягавшего на его права; и он все больше ожесточался, размышляя о своих обидах. Я ему сперва сочувствовала, но когда дети захворали корью, и мне пришлось ухаживать за ними, и сразу легли на меня все женские заботы, мои мысли приняли другой поворот. Хитклиф хворал очень тяжко, и в самый разгар болезни, когда ему становилось особенно худо, он не отпускал меня от своей постели: мне думается, он чувствовал, что я много делаю для него, но не догадывался, что делаю я это не по доброй воле. Как бы там ни было, но я должна сознаться, что он был самым спокойным ребенком, за каким когда-либо приходилось ухаживать сиделке. Сравнивая его с теми двумя, я научилась смотреть на него с меньшим пристрастием. Кэти с братом прямо замучили меня, а этот болел безропотно, как ягненок, хотя не кротость, а черствость заставляла его причинять так мало хлопот.

Он выкарабкался, и доктор утверждал, что это было в значительной мере моею заслугой, и хвалил меня за такой заботливый уход. Похвалы льстили моему тщеславию и смягчали мою неприязнь к существу, благодаря которому я заработала их, так что Хиндли потерял своего последнего союзника. Все же полюбить Хитклифа я не могла и часто недоумевала, что хорошего находит мой хозяин в угрюмом мальчишке; а тот, насколько я помню, не выказывал никакой благодарности за эту слабость. Он не был дерзок со своим благодетелем, он был просто бесчувственным; а ведь знал отлично свою власть над его сердцем и понимал, что ему довольно слово сказать, и весь дом будет принужден покориться его желанию. Так, например, я помню, мистер Эрншо купил однажды на ярмарке двух жеребчиков и подарил их мальчикам: каждому по лошадке. Хитклиф выбрал себе ту, что покрасивей, но она скоро охромела, и, когда мальчишка это увидел, он сказал Хиндли:

— Ты должен поменяться со мной лошадками: мне моя не нравится, а если не поменяешься, я расскажу твоему отцу, как ты меня поколотил три раза на этой неделе, и покажу ему свою руку, а она у меня и сейчас черная по плечо. — Хиндли показал ему язык и дал по уху. — Поменяйся лучше сейчас же, — настаивал Хитклиф, отбежав к воротам (разговор шел на конюшне), — ведь все равно придется; и если я расскажу об этих побоях, ты их получишь назад с процентами.

— Ступай вон, собака! — закричал Хиндли, замахнувшись на него чугунной гирей, которой пользуются, когда взвешивают картошку и сено.

— Кидай, — ответил тот, не двинувшись с места, — и тогда я расскажу, как ты хвастался, что сгонишь меня со двора, как только отец умрет, и посмотрим, не сгонят ли тут же тебя самого.

Хиндли кинул гирю и угодил Хитклифу в грудь, и тот упал, но сейчас же встал. Он был бледен и дышал с трудом; и если бы я его не удержала, он тут же побежал бы к хозяину и был бы отомщен сторицей: весь вид говорил бы за него, а кто это сделал, он не стал бы скрывать.

— Ладно, бери мою лошадку, цыган! — сказал молодой Эрншо. — И я буду молить бога, чтоб она свернула тебе шею. Бери и будь ты проклят, ты, нищий подлипала! Тяни с моего отца все, что у него есть, но только пусть он потом увидит, каков ты на деле, отродье сатаны... Бери мою лошадку, и я надеюсь, что она копытом вышибет тебе мозги!

А Хитклиф уже отвязал жеребчика и повел его в свое стойло; он шел и подгонял сзади лошадку, когда Хиндли в подкрепление своей речи дал ему подножку и, не остановившись даже посмотреть, исполнились ли его пожелания, кинулся бежать со всех ног. Я была поражена, когда увидела, как спокойно мальчик встал, оправился и продолжал, что задумал: обменял седла и сбрую, а потом присел на кучу сена, чтобы побороть тошноту от сильного удара в грудь, и только после этого вошел в дом. Я без труда уговорила его, чтоб он позволил мне свалить на лошадь вину за его синяки: ему было все равно, что там ни выдумают, раз он получил, чего желал. В самом деле, Хитклиф так редко жаловался в подобных случаях, что я считала его и впрямь незлопамятным. Я глубоко ошибалась, как вы увидите дальше.

Глава V

С годами мистер Эрншо начал сдавать. Он был всегда бодрый и здоровый, но силы вдруг оставили его; и когда ему пришлось ограничиться уголком у камина, он сделался страшно раздражительным.

Каждый пустяк терзал его; а уж если ему примнится, бывало, что с ним перестали считаться, он чуть что не бился в припадке. Особенно когда кто-нибудь осмеливался задевать его любимца или командовать над ним. Он ревниво следил, чтоб никто не сказал мальчишке худого слова; ему как будто запало в мысли, что вот из-за того, что он любит Хитклифа, все ненавидят приемыша и норовят обидеть его. Хитклифу это принесло немалый вред, потому что те из нас, кто был подобрее, не хотели раздражать хозяина, и мы потакали его пристрастию; а такое потворство было той пищей, которая питала гордость ребенка и его злонравие. Однако в какой-то мере это было все-таки нужно; раза два или три случалось, что Хиндли в присутствии отца выказывал свое презрение к приемышу, и старик приходил в ярость: он хватал палку, чтоб ударить сына, и трясся от бешенства, понимая, что был бессилен это сделать.

Наконец наш викарий (у нас был тогда викарий, живший тем, что учил маленьких Линтонов и Эрншо и сам обрабатывал свой клочок земли) посоветовал отправить молодого человека в колледж; и мистер Эрншо согласился, хоть и неохотно, потому что, говорил он, «Хиндли бездельник и, куда он ни подайся, ни в чем не добьется успеха».

Я от души надеялась, что теперь у нас водворится мир. Мне было больно думать, что наш господин должен мучиться через собственное доброе дело. Я воображала, что его старческая раздражительность и недуг происходили от неурядицы в семье, так что он как будто сам держал в руках то, что было их причиной. На деле же, как вы понимаете, сэр, беда была в том, что силы его шли на убыль. Мы всё же могли бы жить себе, и жить вполне сносно, если бы не два человека — мисс Кэти и Джозеф, слуга: вы его, я думаю, видели там у них. Он был — верно, и остался — самым нудным, самодовольным фарисеем, какой когда-либо рылся в Библии, чтоб выуживать из нее благие пророчества для себя и проклятия, которые можно обрушить на ближних. Понаторев в проповедничестве и набожных речах, он сумел произвести впечатление на мистера Эрншо; и чем слабее становился господин, тем больше подпадал под влияние своего слуги. Джозеф неотступно донимал хозяина своими наставлениями насчет заботы о душе и советами держать детей в строгости. Он научил его смотреть на Хиндли как на беспутного негодяя; и из вечера в вечер брюзгливо плел длинную нить наговоров на Хитклифа и Кэтрин — причем он всегда старался польстить слабости старого Эрншо, взваливая всю тяжесть вины на девочку.

Правда, в ней было столько своенравия, сколько я не встречала до того ни в одном ребенке; она всех нас выводила из себя пятьдесят раз на дню и чаще; с того часа, как она сойдет, бывало, вниз, и до часа, когда уляжется спать, мы не знали ни минуты покоя, ожидая всяческих проказ. Всегда она была до крайности возбуждена, а язык ее не знал угомона: она пела, смеялась и тормошила всякого, кто вел себя иначе. Взбалмошная, дурная девчонка, но ни у кого на весь приход не было таких ясных глаз, такой милой улыбки, такой легкой ножки; и в конце концов, мне думается, она никому не желала зла. Если ей случалось довести вас до слез, она, бывало, не отойдет от вас и будет плакать сама, пока не принудит вас успокоиться — ей в утеху. Она была очень привязана к Хитклифу. Худшим наказанием, какое могли мы для нее придумать, было держать их врозь. И все-таки ей из-за него влетало больше, чем всем нам. В играх она очень любила изображать маленькую хозяйку, давая волю рукам и командуя над товарищами. Так же она вела себя и со мною, но я не терпела, чтобы мною помыкали и распоряжались, и я не давала ей спуску.

Мистер Эрншо в обращении с детьми не признавал шуток: он всегда был с ними суров и важен; а Кэтрин со своей стороны никак не могла понять, почему отец в своем болезненном состоянии стал злей и нетерпимей, чем был он раньше, в расцвете сил. Его ворчливые упреки пробуждали в ней озорное желание подзадорить его; никогда не бывала она так счастлива, как если мы все разом бранили ее, а она отражала наши нападки вызывающим, дерзким взглядом и смелыми словами, поднимая на смех Джозефа с его библейскими проклятиями, поддразнивая меня и делая то, из-за чего хозяин особенно сердился: она показывала, что ее напускная дерзость, которую тот принимал за подлинную, имеет над Хитклифом больше власти, чем вся доброта его приемного отца; что мальчик следует любому ее приказанию, а приказания хозяина выполняет лишь тогда, когда они отвечают его собственным желаниям. Весь день, бывало, она ведет себя так, что хуже некуда, а вечером придет приласкаться к отцу. «Нет, Кэти, — говорил тогда старик, — не могу я тебя любить, ты хуже своего брата. Ступай помолись, дитя, и проси у бога милости. Боюсь, нам с твоей матерью впору каяться, что мы тебя взрастили!» Сперва она плакала от таких его слов; но потом, постоянно отвергаемая, девочка зачерствела сердцем и смеялась, когда я посылала ее к отцу повиниться и попросить прощения.

Но пришел час, положивший конец земным невзгодам мистера Эрншо. В один октябрьский вечер, сидя у огня, он мирно скончался в своем кресле. Ветер бушевал вокруг дома и выл в трубе дико и грозно. От этого делалось жутко, но холодно не было, и мы собрались все вместе — я, несколько поодаль от очага, занялась своим вязаньем, а Джозеф читал Библию за столом (слуги у нас, закончив работу, обыкновенно сидели в *доме* вместе с господами). Мисс Кэти нездоровилось, и потому она была тиха; она прикорнула в ногах у отца, а Хитклиф лежал на полу, положив голову ей на колени. Помню, мистер Эрншо, перед тем как впасть в дремоту, погладил ее красивые волосы — ему редко доводилось видеть ее такой милой — и сказал:

— Почему ты не можешь быть всегда хорошей девочкой, Кэти?

А она подняла на него глаза, рассмеялась и ответила:

— Почему ты не можешь быть всегда хорошим, папа?

Но как только она увидела, что он опять рассердился, она поцеловала ему руку и сказала, что сейчас убаюкает его песней. Она запела очень тихо и пела до тех пор, пока его пальцы не выскользнули из ее руки и голова не упала на грудь. Тогда, боясь, что девочка его разбудит, я попросила ее замолчать и не двигаться. Мы все притихли, как мышки, на добрых полчаса и долго бы молчали, и только Джозеф, дочитав главу, поднялся и сказал, что должен разбудить хозяина, чтобы он помолился и улегся спать. Он подошел, окликнул его по имени и тронул за плечо, но тот не шевельнулся, и Джозеф тогда взял свечу и поглядел на него. Когда же Джозеф снова поставил свечу, я поняла, что с хозяином неладно; и, взяв обоих детей за руки, я шепнула им, чтоб они «шли наверх и постарались не шуметь, сегодня они могут помолиться сами — у Джозефа много дел».

— Я сперва скажу папе спокойной ночи, — возразила Кэтрин, и не успели мы ее остановить, как она уже обвила руками его шею. Бедная девочка тут же поняла свою потерю, она вскричала: — Ох, он умер, Хитклиф, он умер! — И они оба так зарыдали, что сердце разрывалось слушать их.

Я плакала с ними вместе, громко и горько. Тогда Джозеф спросил, с чего это мы разревелись о святом в небесах. Он велел мне надеть салоп и бежать в Гиммертон за доктором и за пастором. Мне было невдомек, что́ проку теперь от того и от другого. Все же я пошла в дождь и ветер, но привела с собою только одного доктора; пастор же сказал, что придет наутро. Предоставив Джозефу рассказывать, как все произошло, я побежала к детям. Дверь их комнаты была раскрыта настежь, и я увидела, что они и не думали ложиться, хоть было за полночь; но они стали спокойней, и мне не понадобилось их утешать. Они сами утешили друг друга такими добрыми словами, какие мне не пришли бы на ум: ни один пастор на свете не нарисовал бы рай таким прекрасным, каким они его изобразили в своих простодушных речах. Я слушала, рыдая, и невольно пожелала, чтобы все мы вместе поскорее попали на небо.

Глава VI

Мистер Хиндли приехал домой на похороны и, что нас крайне удивило и вызвало пересуды по всей округе, привез с собою жену. Кто она такая и откуда родом, он нам не стал объяснять; вероятно, она не могла похвалиться ни деньгами, ни именем, иначе он не скрывал бы свой брак от отца.

Она была не из тех, кто при первом своем появлении переворачивает весь дом. С той минуты, как она переступила наш порог, все, казалось, ее восхищало, на что бы она ни поглядела, — и вещи, и все, что делалось у нас, — все, кроме приготовлений к похоронам и вида молчаливо скорбящих людей. Я приняла ее за полоумную — так она себя вела, пока совершали обряд: она убежала к себе в комнату и велела мне пойти с нею, хотя мне нужно было переодевать детей. Там она сидела, вся дрожа, сжимала руки и спрашивала беспрестанно: «Они уже ушли?» Потом она стала в истерическом исступлении описывать, какое действие оказывает на нее все черное, и вздрагивала, и тряслась, и наконец расплакалась, а когда я спросила — почему, она ответила, что не знает; но умирать так страшно! Мне подумалось, что она так же мало походит на умирающую, как и я. Она была тоненькая, молодая, со свежим цветом лица, и глаза у нее сверкали ярко, как бриллианты. Правда, я заметила, что на лестнице у нее начиналась одышка, что при всяком неожиданном звуке ее всю передергивало и что временами она мучительно кашляла. Но я тогда не имела понятия, что предвещали все эти признаки, и ничуть не склонна была ее жалеть. Мы тут вообще не расположены к чужакам, мистер Локвуд, — разве что они первые проявят к нам расположение.

За три года, что его не было дома, молодой Эрншо сильно изменился. Он похудел и утратил румянец, говорил и одевался по-иному; и в первый же день, как вернулся, он сказал Джозефу и мне, что впредь мы должны сидеть у себя на кухне, а столовую предоставить ему. Он даже хотел было застлать ковром и оклеить пустовавшую маленькую комнату и устроить в ней гостиную; но его жене так по сердцу пришлись и белый каменный пол, и большой, ярко пылавший камин, и оловянные блюда, и горка с голландским фаянсом, и собачий закут, и большие размеры той комнаты, где они обычно сидели, — хоть танцуй! — что он счел это не столь необходимым для ее доброго самочувствия и отказался от своей затеи.

Она выразила также радость, что в числе своих новых знакомцев обрела сестру; и она щебетала над Кэтрин, и бегала с ней, и зацеловывала ее, и задаривала — поначалу. Скоро, однако, ее дружеский пыл иссяк, а когда жена его, бывало, надуется, Хиндли становился тираном. Ей достаточно было сказать о Хитклифе несколько неодобрительных слов, и вновь поднялась вся его былая ненависть к мальчику. Он удалил его со своих глаз, отправил к слугам и прекратил его занятия с викарием, настояв, чтобы вместо ученья он работал — и не по дому, а в поле; да еще следил, чтоб работу ему давали не легче, чем всякому другому работнику на ферме.

Сначала Хитклиф переносил свое унижение довольно спокойно, потому что Кэти обучала его всему, чему училась сама, работала с ним вместе и иг-

рала. Они обещали оба вырасти истинными дика-
рями: молодой господин не утруждал себя заботой о
том, как они себя ведут и что делают — лишь бы не
докучали ему. Он даже не следил, чтоб они ходили
по воскресеньям в церковь, и только Джозеф и викарий корили его за такое небрежение, когда дети
не являлись на проповедь; и тогда Хиндли приказывал высечь Хитклифа, а Кэтрин оставить без обеда или без ужина. Но для них было первой забавой
убежать с утра в поля и блуждать весь день в зарослях вереска, а там пускай наказывают — им только
смех. Пускай викарий задает Кэтрин выучить наизусть сколько угодно глав, и Джозеф пускай колотит Хитклифа, пока у него у самого не заболит рука, — они всё забывали с той минуты, когда снова
оказывались вдвоем или по меньшей мере с минуты, когда им удавалось составить какой-нибудь
озорной заговор мести. Сколько раз я плакала потихоньку, видя, что они становятся со дня на день отчаянней, а я и слова молвить не смею из боязни потерять ту небольшую власть, какую еще сохраняла
над этими заброшенными детьми. В один воскресный вечер случилось так, что их выгнали из столовой за то, что они расшумелись, или за какую-то
другую пустячную провинность; и когда я пошла
позвать их к ужину, я нигде не могла их сыскать.
Мы обшарили весь дом сверху донизу, и двор, и конюшни: их нигде не оказалось; и наконец Хиндли,
озлившись, велел нам запереть дверь и строго-на-
строго запретил пускать их до утра. Все домашние
легли спать, и я, слишком встревоженная, чтобы
улечься, отворила у себя окошко и стала прислуши-
ваться, высунув голову наружу, хотя шел сильный

дождь; решила, невзирая на запрет, все-таки впустить их, если они придут. Прошло немного времени, и вот я различила звук шагов на дороге и мерцающий за воротами свет фонаря. Я набросила на голову платок и побежала предупредить их, чтоб они не стучали и не разбудили мистера Эрншо. Навстречу мне шел только Хитклиф; меня затрясло, когда я увидела, что он один.

— Где мисс Кэтрин? — закричала я тут же. — Надеюсь, ничего не случилось?

— Она в Скворцах, на Мызе, — ответил он, — и я был бы сейчас там же, но у них не хватило вежливости предложить мне остаться.

— Ох, допрыгаешься ты, мальчик! — сказала я. — Никогда ты не успокоишься, пока не приведешь в исполнение свою затею. С чего вам вздумалось идти на Мызу?

— Дай мне скинуть мокрое платье, и тогда я все тебе расскажу, Нелли, — ответил он.

Я попросила его быть поосторожнее — чтоб не проснулся хозяин; и пока мальчик раздевался, а я ждала, когда можно будет затушить свечу, он продолжал свой рассказ:

— Мы с Кэти убежали через прачечную, чтобы побродить на свободе, и, завидев вдалеке огни Мызы, решили подойти и посмотреть, как эти Линтоны проводят воскресный вечер: стоят каждый в своем углу и мерзнут, покуда их папа с мамой едят и пьют за столом, поют и смеются и портят себе глаза у жаркого очага? Думаешь, стояли и мерзли, да? Или читали проповеди, а слуга спрашивал у них катехизис? И заставлял их заучивать наизусть целые столбцы библейских имен, если они отвечали неправильно?

— Вероятно, нет, — ответила я. — Они, без сомнения, хорошие дети, их не за что наказывать, как вас, когда вы себя плохо ведете.

— Брось ты поучать, Нелли, — сказал он. — Все это вздор! Мы бежали без передышки от Перевала до парка, и Кэтрин сбила себе ноги, потому что была босиком. Завтра придется тебе поискать на болоте ее башмаки. Мы пролезли в пролом забора, прошли ощупью по дорожке и влезли на цветочную грядку под окном гостиной; оттуда падал свет; они не затворили ставней, и гардины были задернуты только наполовину. Мы оба могли смотреть в окно, встав на выступ фундамента и облокотившись на подоконник, и мы увидели — ах, это было так красиво! — роскошную комнату, застланную малиновым ковром, и крытые малиновым кресла и малиновые скатерти, чистый белый потолок в золотом ободке, а от середины потолка на серебряных цепях свисали гирлянды стеклянных подвесок, точно сверкающий дождь, и мерцали тоненькие свечки. Старых Линтонов, господина и госпожи, там не было; Эдгар со своей сестрой располагали одни всею комнатой! Ведь это же счастье, правда? Мы почитали бы себя в раю. Так вот угадай, что делали твои «хорошие дети»! Изабелла — ей, кажется, одиннадцать лет, на год меньше, чем Кэти, — лежала на полу в дальнем углу комнаты и так вопила, точно ведьмы вгоняли в нее раскаленные иглы. Эдгар стоял у камина и беззвучно плакал, а на столе, визжа и помахивая лапкой, сидела собачонка, которую они, как мы поняли из их взаимных попреков, чуть не разодрали пополам. Идиоты! Вот их забава! Ссорятся из-за того, кому подержать теплый комочек шерсти, и оба ударяются в слезы, потому что, сперва подравшись из-за него, ни он, ни она не хотят потом его взять. И посмеялись же мы над балованным дурачьем! Мы их презирали всей душой! Когда ты видела, чтобы я требовал того, чего хочется Кэтрин? Или чтоб мы с нею, оставшись вдвоем, развлекались тем, что ревели, и выли бы, и рыдали, и катались по полу в двух разных концах огромной комнаты? И за тысячу жизней я не променял бы здешнего своего положения на жизнь Эдгара Линтона в Скворцах — даже если бы мне дали право сбросить Джозефа с гребня крыши и выкрасить парадную дверь кровью Хиндли!

— Тише, тише! — перебила я его. — Однако ты еще не объяснил мне, Хитклиф, почему Кэтрин осталась там?

— Я сказал тебе, что мы рассмеялись, — ответил он. — Линтоны нас услышали и, как сговорившись, стремглав бросились оба к дверям; сперва было тихо, потом поднялся крик: «Ой, мама, мама! Ой, папа! Ой, мама, идите сюда! Ой, папочка, ой!» Нет, правда, они кричали что-то в этом роде. Тогда мы учинили страшный шум, чтобы еще больше напугать их, а потом спрыгнули с подоконника, потому что кто-то загремел засовами, и мы поняли, что пора удирать. Я держал Кэти за руку и торопил ее, как вдруг она упала. «Беги, Хитклиф, беги! — шептала она. — Они спустили бульдога, и он меня держит!» Чертов пес схватил ее за лодыжку, Нелли: я слышал его омерзительное сопенье. Она не взвизгнула, нет, она не стала бы визжать, даже если бы ее подняла на рога бешеная корова. Но я завопил. Я провозгласил столько проклятий, что ими можно бы уничтожить любого черта в христианском мире; и я взял камень, засунул его псу между челюстями и старался изо всей силы пропихнуть в глотку. Скотина лакей пришел наконец с фонарем и закричал: «Держи крепко, Ползун, держи крепко!» Однако он осекся, когда увидел, какую дичь поймал Ползун. Собаку оттащили, сдавив ей горло, большой багровый язык на полфута свесился у нее из пасти, и с обмякших губ струилась кровавая пена. Лакей поднял Кэти. Она потеряла сознание: не от страха, я уверен, а от боли. Он понес ее в дом; я прошел следом, ругаясь и грозя отомстить. «С какой добычей, Роберт?» — крикнул Линтон с порога. «Ползун поймал маленькую девочку, сэр, — ответил слуга. — И тут еще мальчишка, — добавил он, вцепившись в меня, — с виду отпетый из отпетых! Верно, грабители хотели подсадить их, чтоб они влезли в окошко, а ночью, когда все улягутся, отперли бы шайке двери, и нас без помехи прирезали бы... Заткни свою глотку, подлый воришка! Ты за это дело отправишься на виселицу. Мистер Линтон, сэр, не выпускайте из рук ружье». — «Да, да, Роберт, — сказал старый дурак, — негодяи узнали, что вчера я получал плату с арендаторов; они думали захватить меня врасплох. Пусть приходят: я им подготовил неплохую встречу. Эй, Джон, заложи дверь на цепочку. Дженни, дайте Ползуну воды. Напасть на судью в его собственном доме, да еще в воскресенье! До чего же дойдет их наглость? Ох, взгляни, дорогая Мэри! Не бойся, это только мальчик, но по его наглой улыбке сразу видно мерзавца. Разве не будет благодеянием для страны повесить его поскорее, прежде чем он успеет проявить свою натуру не только выражением лица, но и делами?» Он потащил меня под люстру, и миссис Линтон насадила очки на нос и в ужасе воздела руки. Трусишки-дети тоже подобрались поближе, а Изабелла зашепелявила: «Какой страшный! Посади его в погреб, папа. Он точь-в-точь похож на сына того гадальщика, который украл моего ручного фазана. Правда, Эдгар?»

Пока они меня разглядывали, Кэти пришла в себя; она услышала последние слова и рассмеялась. Эдгар Линтон, внимательно присмотревшись, наконец очухался настолько, что узнал ее. Они видели нас в церкви — мы редко встречались с ними где-нибудь еще, сама знаешь. «Да ведь это мисс Эрншо! — шепнул он матери. — И ты только посмотри, как искусал ее Ползун, — кровь так и хлещет из ноги!»

— Мисс Эрншо? Какой вздор! — вскричала она. — Будет мисс Эрншо рыскать по округе с цыганом! Впрочем, мой милый, девочка и в самом деле в трауре — ну да, конечно, — и она может остаться на всю жизнь калекой!

— Какое преступное небрежение со стороны ее брата! — провозгласил мистер Линтон, переводя взгляд с меня на Кэтрин. — Я слышал от Шильдеров (Шильдер был у нас викарием, сэр), что брат дает ей расти истинной язычницей. А это кто? Где она подобрала такого спутника? Эге! Да это, верно, то замечательное приобретение, с которым мой покойный сосед вернулся из Ливерпуля, — сын индусского матроса или вышвырнутый за борт маленький американец или испанец...

— Во всяком случае, скверный мальчишка, —

заметила старая дама, — которого нельзя держать в приличном доме! Ты обратил внимание, какие он употребляет слова, Линтон? Я в ужасе, что моим детям пришлось это слышать.

Я снова начал ругаться — не сердись, Нелли, — так что Роберту было приказано увести меня подальше. Я отказывался уйти без Кэти; он поволок меня в сад, сунул мне в руку фонарь, сказал, что мистеру Эрншо будет доложено о моем поведении, и, велев мне сейчас же убираться, снова запер дверь. Гардины были неплотно сдвинуты в одном углу, и я залез на прежнее наше место и стал подглядывать. Если бы Кэтрин захотела вернуться, я раздробил бы их большое зеркальное стекло на миллион осколков, попробуй они ее не выпустить! Она спокойно сидела на диване. Снимая с нее серый салоп коровницы, который мы прихватили для нашей прогулки, миссис Линтон качала головой и, как мне казалось, отчитывала ее: она-де молодая леди, и они в своем обращении делают различие между мной и ею. Потом служанка принесла таз с горячей водой и вымыла ей ноги; и мистер Линтон приготовил ей бокал глинтвейна, Изабелла высыпала ей на колени вазочку печенья, а Эдгар стоял в стороне и пялил глаза. А потом они просушили и расчесали ее красивые волосы и дали ей огромные комнатные туфли и подкатили ее в кресле к огню; и я оставил ее такой веселой, что лучше и не надо. Она делила угощенье между той собачонкой и Ползуном, которому щекотала нос, когда он ел; и зажигала искры жизни в пустых голубых глазах Линтонов — тусклые отсветы ее собственного чудесного лица. Я видел, они все были полны глупого восхищения. Кэти так неизмеримо выше их, выше всех на земле, — правда, Нелли?

— Это дело не кончится так просто, как ты думаешь, — ответила я и, укрыв его, погасила свет. — Ты неисправим, Хитклиф, и мистер Хиндли вынужден будет пойти на крайние меры, вот увидишь.

Мои слова оправдались в большей степени, чем я того желала: это злосчастное приключение привело Эрншо в ярость. А потом мистер Линтон, чтобы загладить свою неучтивость, самолично пожаловал к нам назавтра и прочитал молодому господину длинную нотацию о том, что он ведет свою семью по дурному пути, — и это побудило Хиндли серьезней взяться за мальчика. Хитклифа не выпороли, но ему было объявлено, что если он позволит себе хоть раз заговорить с мисс Кэтрин, его прогонят со двора; а миссис Эрншо взяла на себя задачу держать золовку в должном от него отдалении, когда девочка вернется домой; для этого миссис пустила в ход не силу, хитрость: силой она, конечно, ничего не добилась бы.

Глава VII

Кэти оставалась в Скворцах пять недель — до самого Рождества. К этому времени рана на ее ноге совсем зажила, а манеры заметно улучшились. Миссис Эрншо, пока она там гостила, часто навещала больную и приступила к своему плану ее перевоспитания, стараясь возбудить в девочке чувство самоуважения посредством изящной одежды и лести; и Кэти с готовностью принимала и лесть, и наряды; так что вместо простоволосой маленькой дикарки, которая вприпрыжку вбежала бы в дом и задушила бы нас поцелуями, у крыльца сошла с красивого черного пони очень важная на вид особа, в каштановых локонах, выпущенных из-под бобровой шапочки с пером, и в длинной суконной амазонке, которую ей пришлось, поднимаясь на крыльцо, придерживать обеими руками. Хиндли помог ей спешиться, восторженно восклицая:

— Ай да Кэти, ты у нас прямо красавица! Я тебя с трудом бы узнал: ты теперь смотришь настоящей леди. Изабелле Линтон не сравниться с нею, — правда, Фрэнсиз?

— У Изабеллы нет таких природных данных, — отвечала его жена, — однако Кэти должна следить за собою, чтобы снова здесь не одичать. Эллен, помогите мисс Кэтрин раздеться... Постой, дорогая, ты растреплешь прическу — дай я развяжу тебе ленты на шляпке.

Я сняла с нее амазонку, и тут появились во всем блеске пышное, все в сборках, шелковое платьице, белые панталончики и лакированные башмачки. И хотя ее глаза радостно сверкали, когда собаки запрыгали вокруг, приветствуя хозяйку, она едва посмела к ним притронуться, боясь, что их лапы оставят следы на ее великолепном наряде. Она осторожно поцеловала меня: я месила тесто для рождественского пирога и была вся в муке, так что нельзя было со мной обняться; потом она огляделась, ища глазами Хитклифа. Мистер и миссис Эрншо зорко наблюдали за их встречей, стараясь тут же выяснить, есть ли надежда, что удастся разлучить двух верных друзей.

Хитклифа сначала никак не могли отыскать. Если и раньше, покуда Кэтрин жила дома, он был неряшливым и неухоженным, то за последнее время вид у него стал в десять раз хуже. Кроме меня, ни у кого не доставало доброты хотя бы назвать его грязным мальчишкой, уговорить его раз в неделю умыться; а дети его возраста редко питают естественную склонность к мылу и воде. Так что, уж не говоря о платье, которое служило бессменно три месяца на грязной работе, и о густых нечесаных волосах, его лицо и руки были отчаянно измазаны. Недаром он притаился за спинкой скамьи, увидав, что в дом вместо ожидаемой им лохматой растрепки, под стать ему самому, вошла такая нарядная элегантная девица.

— А Хитклифа нет? — спросила она, снимая перчатки и обнажая свои пальцы, удивительно побелевшие от сиденья в комнатах безо всякой работы.

— Хитклиф, ты можешь подойти! — закричал мистер Хиндли, заранее радуясь его смущению и предвкушая, каким отвратительным маленьким разбойником он должен будет предстать. — Можешь подойти и поздравить мисс Кэтрин с приездом, как и все другие слуги.

Кэти, углядев своего друга в его тайнике, кинулась ему на шею; она за одну секунду чмокнула его в щеку семь или восемь раз, потом остановилась, попятилась и залилась веселым смехом.

— Ох, да какой же ты чумазый, сердитый! — восклицала она. — И какой... какой ты смешной и угрюмый! Но это оттого, что я привыкла к Линтонам, к Эдгару и Изабелле. Ты что ж это, Хитклиф, забыл меня?

Она не зря задала свой вопрос, потому что стыд и

гордыня заволокли мраком его лицо и не давали бедняге шелохнуться.

— Подай ей руку, Хитклиф, — снисходительно предложил мистер Эрншо, — ради такого случая разрешается.

— Не подам, — ответил мальчик, овладев наконец онемевшим было языком. — Не буду я тут стоять, чтоб надо мною смеялись. Я этого не потерплю!

И он бросился было вон, разрывая наш круг, но мисс Кэти опять схватила его за руку.

— Я вовсе не хотела над тобой смеяться, — сказала она, — я нечаянно, не удержалась, Хитклиф, ты мне хоть руку пожми! С чего ты дуешься? Просто у тебя дикий вид. Если ты умоешься и пригладишь волосы, все будет в порядке: ты такой грязный!

Кэти глядела опасливо на темные пальцы, которые держала в своих, и на свое платье; она боялась, что платье не стало красивей, соприкоснувшись с его одеждой.

— Незачем было тебе дотрагиваться до меня! — ответил он, проследив ее взгляд и отдернув руку. — Я могу ходить таким грязным, каким захочу, мне нравится быть грязным, и я буду грязным.

С этими словами он опрометью бросился вон из комнаты под веселый смех господина и госпожи и к сильному огорчению Кэтрин, которая не могла понять, почему ее замечание вызвало такой взрыв злобы.

Исполнив роль горничной при гостье, а потом поставив тесто в печь и разведши на кухне и в *доме* веселый огонь, как подобает в сочельник, я приготовилась посидеть в одиночестве и развлечься пением гимнов, не смущаясь попреками Джозефа, бубнившего, что веселые мотивы, которые я выбираю, слишком похожи на светские песни. Он удалился в свою комнату, где собрал кое-кого на молебствие, а мистер и миссис Эрншо старались занять нашу мисс кучей милых безделушек, которые они накупили в подарок маленьким Линтонам — в знак признательности за их доброту. Изабеллу и Эдгара пригласили провести завтрашний день на Грозовом Перевале, и приглашение было принято с одной оговоркой: миссис Линтон просила, чтоб ее деток уберегли от общества «неприличного мальчика, который так нехорошо ругается».

Так вот, я осталась одна. Я вдыхала ванильный запах пекущейся сдобы и любовалась сверкающей кухонной утварью и полированными часами на стене, убранными остролистом, серебряными кружками, расставленными на подносе, чтобы к ужину наполнить их подогретым с пряностями элем; а больше всего безупречной чистотою пола, тщательно мною подметенного и вымытого до блеска. Я мысленно высказала одобрение по поводу каждого предмета, и тогда мне вспомнилось, как старый Эрншо зайдет, бывало, когда я приберусь, и назовет меня молодчиной и сунет мне в руку шиллинг — рождественский гостинец; отсюда мои мысли перешли на то, как любил он Хитклифа и как боялся, что, когда его самого не станет, никто не будет заботиться о его любимце, а это естественно навело меня на размышления о том, в каком положении бедный мальчик оказался теперь; и я вместо пения настроилась на слезы. Однако тут же мне пришло на ум, что будет больше толку, если я постараюсь исправить хоть отчасти причиненную ему несправедливость, а не оплакивать ее. Я встала и пошла во двор разыскать его. Далеко ходить не пришлось; я застала Хитклифа в конюшне, где он, поглаживая лоснистую спину нового конька, исполнял свою обычную работу — задавал корм лошадям.

— Кончай скорее, Хитклиф! — сказала я. — На кухне так уютно; и Джозеф ушел к себе. Кончай скорее, и я успею приодеть тебя к приходу мисс Кэти, и тогда вы сможете сидеть вдвоем и вволю греться у печки и болтать до отхода ко сну.

Он продолжал свое дело и не обернулся ко мне.

— Иди же. Пойдешь ты или нет? — продолжала я. — У меня для вас для каждого по пирожку — уже почти испеклись, — а тебя нужно добрых полчаса одевать.

Я ждала пять минут и, не дождавшись ответа, ушла. Кэтрин ужинала с братом и невесткой. Джозеф и я составили друг другу невеселую компанию за ужином, приправленным с одной стороны попреками, с другой — дерзостями. Пирожок и сыр Хитклифа так и простояли всю ночь на столе — угощением для эльфов. Он умудрился затянуть свою работу до девяти, а в девять, немой и хмурый, прошел на свой чердак. Кэти долго не ложилась, ей надо было отдать тысячу распоряжений о разных мелочах перед приемом новых друзей. Она забежала разок на кухню поговорить со старым своим другом, но его не было, и она задержалась только на секунду — спросить, что с ним такое, — и снова ушла. Наутро он встал спозаранку; и так как был праздник, удалился со своими недобрыми мыслями в вересковые поля и не появлялся, пока все семейство не отправилось в церковь. Пост и раздумье привели его как будто в лучшее расположение духа. Он повертелся около меня, потом собрался с мужеством и резко сказал:

— Нелли, приведи меня в приличный вид, я буду хорошо себя вести.

— Давно бы так, Хитклиф; ты очень огорчил мисс Кэтрин: она, скажу я тебе, жалеет даже, что вернулась домой! Похоже, что ты ей завидуешь из-за того, что о ней больше думают, чем о тебе.

Мысль, что можно завидовать Кэтрин, осталась для него непостижимой, но мои слова, что она огорчена, задели его за живое.

— Она тебе сама сказала, что я ее огорчил? — спросил он, и взгляд его омрачился.

— Она заплакала, когда я ей доложила нынче утром, что ты опять ушел.

— Что ж, а я плакал ночью, — возразил он, — и мне было с чего плакать — больше, чем ей.

— Да, и было с чего ложиться спать с гордым сердцем и пустым желудком, — сказала я. — Гордые люди сами выкармливают свои злые печали. Но если тебе стыдно за твою обидчивость, ты должен попросить у Кэти прощенья, когда она вернется. Ты поднимешься наверх и попросишь разрешения поцеловать ее и скажешь... ты знаешь сам, что сказать. Только скажи от души, а не так, точно ты думаешь, что из-за нарядного платья она стала чужой. А теперь, хоть мне пора готовить обед, я урву время и приведу тебя в такой вид, что Эдгар Линтон покажется рядом с тобою куклой: кукла он и есть! Ты моложе его, но, побьюсь об заклад, ты выше его и вдвое шире в плечах. Ты мог бы свалить его с ног одним щелчком! Ведь знаешь сам, что мог бы!

Лицо у Хитклифа на мгновение просветлело, но тут же снова омрачилось, и он вздохнул.

— Нет, Нелли, пусть я двадцать раз свалю его с ног, он от этого не подурнеет, а сам я не стану красивей. Хотел бы я иметь его светлые волосы и нежную кожу и быть так хорошо одетым и так хорошо держаться, и чтобы мне, как ему, предстояло со временем сделаться богатым.

— ...и звать по каждому поводу маменьку, — добавила я, — и дрожать со страха, когда деревенский мальчишка грозит тебе кулаком, и сидеть целый день дома из-за дождика. Ты малодушен, Хитклиф! Подойди к зеркалу, и я покажу тебе, чего ты должен желать. Видишь ты эти две черточки у себя между бровями? И густые эти брови, которые, вместо того чтобы им подниматься дугой, западают вниз у переносья. Видишь ты эту пару черных бесенят, так глубоко схоронившихся? Они никогда не раскрывают смело окон, а только смотрят в них украдкой, точно шпионы дьявола! Так вот пожелай и научись разглаживать угрюмые морщины, поднимать смело веки; смени бесенят на доверчивых, невинных ангелов, глядящих без подозрений, без опаски и всегда видящих друга, когда не знают твердо, что перед ними враг. Не гляди ты шкодливым щенком, который знает сам, что получает пинки по заслугам, и все-таки зол за свои обиды на того, кто дает пинки, и на весь свет.

— Словом, я должен пожелать, чтоб у меня были большие синие глаза Эдгара Линтона и его гладкий лоб, — ответил Хитклиф. — Что ж, я желаю... но от этого они у меня не появятся.

— При добром сердце твое лицо, мой мальчик, стало бы красивым, — продолжала я, — даже если бы ты был черней арапа; а при злом сердце самое красивое лицо становится хуже чем безобразным. А теперь, когда мы умылись, и причесались, и перестали дуться, скажи, разве ты не кажешься себе просто красивым? Ну, так я тебе скажу: мне ты кажешься. Ты сошел бы за переодетого принца. Кто знает, может быть, твой отец был китайским богдыханом, а мать индийской царицей, и каждый из них мог бы купить на свой недельный доход Грозовой Перевал со Скворцами в придачу! Может быть, ты был похищен злыми матросами и завезен в Англию. Я бы на твоем месте составила себе самое высокое понятие о своем происхождении; и мысль о том, кто я такая, придавала бы мне смелости и достоинства и помогала переносить притеснения со стороны какого-то жалкого фермера.

Так я говорила; и Хитклиф постепенно утрачивал свою угрюмость и уже приобрел вполне пристойный вид, когда вдруг нашу беседу прервал грохот, доносившийся с дороги и затем вкатившийся во двор. Хитклиф подбежал к окну, а я к дверям, и как раз вовремя, чтобы увидеть, как двое Линтонов вылезают из семейной кареты, закутанные чуть не до удушья в плащи и меха, а Эрншо соскакивают с коней: зимой они часто ездили в церковь верхами. Кэтрин взяла за руку каждого из детей и повела их в дом и усадила у огня, от которого быстро разрумянились их бледные лица.

Я посоветовала Хитклифу не мешкать и скорее

показать свое доброе расположение, и он охотно согласился; но злому счастью было угодно, чтобы в ту минуту, когда он вздумал отворить кухонную дверь с одной стороны, Хиндли отворил ее с другой. Они столкнулись, и господин, разозлившись, что видит его чистым и веселым, или, может быть, желая сдержать свое обещание миссис Линтон, отшвырнул его неожиданно и гневно приказал Джозефу:

— Держи парня подальше от комнат! Отправь его на чердак, и пусть он там сидит, пока мы не отобедаем. Он станет совать пальцы в пирожное с кремом и таскать фрукты, если его оставить с ними одного хоть на минуту.

— Что вы, сэр, — возразила я, не удержавшись, — уж кто другой, а он ничего не тронет! И ведь он, я полагаю, должен получить свою долю угощенья, как и все мы?

— Он получит хорошую взбучку, если до вечера появится внизу! — закричал Хиндли. — Вон отсюда, бродяга! Как! Ты еще вздумал разыгрывать франта? Вот погоди, оттаскаю тебя за твои взбитые кудри — посмотрим, не станут ли они тогда немножко длиннее!

— Они и так достаточно длинные, — сказал мастер Линтон, заглядывая с порога. — Удивительно, как у него не болит от них голова. Они, точно грива у жеребчика, нависают ему на глаза!

Он отпустил свое замечание без намеренья оскорбить; но Хитклиф с его необузданным нравом не склонен был сносить даже и намека на наглость со стороны того, в ком, как видно, уже и тогда ненавидел соперника. Он схватил миску с горячей яблочной подливой (первое, что подвернулось под руку) и выплеснул ее всю в лицо и на грудь говорившему; тот не преминул поднять писк, на писк прискакали Изабелла и Кэтрин. Мистер Эрншо немедленно схватил виновника и отвел его в чулан, где, несомненно, применил не слишком деликатное средство, чтоб угасить эту бурную вспышку чувств: он был красен, когда вернулся, и тяжело дышал. Я взяла салфетку и со злостью стала вытирать Эдгару нос и губы, приговаривая, что ему досталось по заслугам — нечего было вмешиваться. Его сестрица захныкала, просясь домой, а Кэти стояла смущенная и краснела за всех по очереди.

— Вы не должны были его задевать! — упрекала она мастера Линтона. — Он был в дурном настроении, и вы теперь испортили себе весь день... А Хитклифа высекут. Я не переношу, когда его секут. Еда не пойдет мне в горло. Зачем вы сказали ему это, Эдгар?

— Я ничего не говорил, — всхлипывал юноша, вырвавшись из моих рук и сам отирая остатки подливы батистовым носовым платком. — Я обещал маме, что не скажу ему ни слова, и не сказал.

— Ладно, довольно плакать, — ответила с презрением Кэтрин, — вас не убили. Еще хуже напортите: возвращается мой брат, — успокойтесь! Тише! Изабелла! Вас-то как будто никто не трогал?

— Ничего, ничего, дети, садитесь по местам! — крикнул Хиндли, вбегая в дом. — Подлый мальчишка! Я упарился с ним. В следующий раз, мастер Эдгар, вершите правосудие собственными руками — это прибавит вам аппетита!

Запах вкусной еды быстро привел гостей и хозяев в более приятное расположение духа. Все проголодались с дороги, и утешиться было нетрудно, раз никому не было причинено настоящего вреда. Мистер Эрншо нарезал жаркое и накладывал всем полные тарелки, а его жена старалась развеселить гостей своей оживленной болтовней. Я прислуживала, стоя за ее стулом, и мне было больно, что Кэтрин с сухими глазами и безразличным видом принялась за крылышко гуся, лежавшее на ее тарелке. «Бесчувственная девчонка! — говорила я себе. — Как легко прощает она обиду, нанесенную ее недавнему товарищу. Не думала я, что она такая эгоистка». Она поднесла кусок ко рту, потом положила его обратно на тарелку. Щеки ее вспыхнули, и по ним покатились слезы. Она уронила вилку на пол и поспешно нырнула под скатерть, чтобы скрыть свое волнение. Больше я не называла ее бесчувственной, потому что видела, что весь день она была как в аду и все старалась найти предлог, чтобы побыть одной или сбегать к Хитклифу, которого Хиндли запер, как я убедилась, когда попробовала отнести ему потихоньку кое-какой еды.

Вечером у нас были танцы. Кэти попросила, чтобы Хитклифа выпустили, потому что у Изабеллы Линтон не оказалось партнера; ее заступничество ни к чему не привело, и за кавалера приспособили меня. Разгоряченные движением, мы позабыли о грусти, и веселье еще возросло, когда явился гиммертонский оркестр в пятнадцать инструментов — труба, тромбон, кларнеты, фаготы, французские рожки и виолончель, — не считая певцов. Музыканты каждое Рождество обходят все приличные дома в округе и собирают дань с прихожан; и мы пригласили их поиграть, видя в этом самое лучшее угощение для гостей. После обычных гимнов мы потребовали веселых мелодий и песен. Миссис Эрншо любила музыку, и те старались вовсю.

Кэтрин тоже любила музыку; но она сказала, что музыку лучше всего слушать с лестницы, с верхней площадки, и убежала в темноту, — а я за ней. Нижнюю дверь заперли, не замечая нашего отсутствия, — было так много народу. Кэти не остановилась на верхней площадке, а поднялась выше, на чердак, где заперли Хитклифа, и стала звать его. Он сперва упрямо не желал откликнуться; она не отступилась и в конце концов заставила его начать с ней разговор через стенку. Я ушла, предоставив бедным ребятам беседовать без помехи, пока, по моим расчетам, не подошло время кончать пенье и дать музыкантам передохнуть и закусить; тогда я снова поднялась наверх предостеречь Кэтрин. Но у дверей никого не оказалось: я услышала ее голос за стеной. Маленькая обезьянка вылезла на крышу в окно одного чердака и влезла в окно другого, и мне с большим трудом удалось выманить ее обратно. Когда она наконец вернулась, с нею явился и Хитклиф, и она настаивала, чтобы я отвела его на кухню, благо Джозеф ушел к соседям, чтобы не слышать «псалмопений сатане», как ему угодно было назвать музыку. Я сказала, что никак не намерена поощрять их проказы; но так как узник пропостился со вчерашнего обеда, я уж закрыла глаза на то, что он разок обманет мистера Хиндли. Он сошел вниз; я поставила ему стул у огня и предложила целую гору вкусных вещей; но его поташнивало, много есть он не мог, а мои попытки занять его разговором были отвергнуты. Он уперся обоими локтями в колени, а подбородком в ладони и погрузился в немое раздумье. Когда я спросила, о чем он замечтался, он важно ответил:

— Придумываю, как я отплачу Хиндли. Сколько бы ни пришлось ждать, мне все равно, лишь бы в конце концов отплатить! Надеюсь, он не умрет раньше, чем я ему отплачу!

— Постыдись, Хитклиф! — сказала я. — Пусть бог наказывает злых людей, мы должны учиться прощать.

— Нет, богу это не доставит такого удовольствия, как мне, — возразил он. — Только бы придумать, как мне его наказать получше! Оставь меня в покое, и я выищу способ. Когда я об этом думаю, я не чувствую боли.

Но я забываю, мистер Локвуд, что эти рассказы для вас совсем не занимательны. Уж не знаю, с чего это мне вздумалось пуститься в такую болтовню; и каша совсем остыла, и вам уже пора в постель — вы дремлете. Мне бы рассказать вам историю Хитклифа в двух словах — все, что вам интересно знать. — Перебив такими словами самое себя, ключница поднялась и стала складывать свое шитье; но я не в силах был отодвинуться от очага, и спать мне нисколько не хотелось.

— Посидите, миссис Дин! — попросил я. — Посидите еще полчасика! Вы правильно делали, что рассказывали вашу повесть так неторопливо. Такая манера мне как раз по вкусу; и вы должны кончить свой рассказ в том же стиле. Мне интересен в большей или меньшей мере каждый обрисованный вами характер.

— Бьет одиннадцать, сэр.

— Неважно, я не привык ложиться раньше двенадцати. Час ночи и даже два не слишком позднее время для того, кто спит до десяти.

— Вы не должны спать до десяти. Так у вас пропадают самые лучшие утренние часы. Кто не сделал половины своей дневной работы к десяти утра, тот рискует не управиться со второй половиной.

— И все-таки, миссис Дин, садитесь в ваше кресло, потому что завтра я намерен продлить ночь до полудня. Я предвижу, что у меня обнаружится тяжелая простуда — не иначе.

— Надеюсь, сэр, вы ошибаетесь. Так вот, с вашего разрешения я года три пропущу. За эти годы миссис Эрншо...

— Нет, нет, ничего подобного я не разрешаю! Знакомо вам такое состояние духа, при котором, если вы сидите в одиночестве, а на ковре перед вами кошка облизывает котят, то вы так напряженно следите за ходом этой операции, что не на шутку расстроитесь, когда Пусси забудет одно ушко?

— Самое праздное состояние, я сказала бы!

— Наоборот, утомительно деятельное. Вот так сейчас со мною. А потому продолжайте со всеми подробностями. Я вижу, люди в этих краях приобретают над горожанами такое же преимущество, какое приобрел бы паук в темнице над пауком в уютном домике — для живущего там; но большая привлекательность зависит скорее от самого наблюдателя. Люди здесь живут более сосредоточенно, живут больше своим внутренним миром — не на поверхности, не в переменах, не в легковесном и внешнем. Мне теперь понятно, что жизнь в глуши может стать желанной, а еще недавно я не поверил бы, что можно добровольно прожить целый год на одном месте. Это похоже на попытку досыта накормить голодного одним блюдом, предложив ему налечь на предложенную пищу со всем аппетитом и как следует ее оценить; когда же мы переезжаем с места на место, мы как бы сидим за столом, уставленным произведениями французской кухни: пожалуй, извлечешь не меньше удовольствия из всего в целом; но каждое отдельное блюдо в наших глазах и памяти — только малая частица целого.

— Ох! Мы тут те же, что и везде, если ближе узнать нас, — заметила миссис Дин, несколько озадаченная моею тирадой.

— Извините, — возразил я, — вы, мой добрый друг, сами — разительное опровержение ваших слов. Кроме кое-каких местных особенностей говора, в вас не подметишь и намека на те манеры, какие я привык считать свойственными людям вашего сословия. Я уверен, что вы на своем веку передумали куда больше, чем обычно приходится думать слугам. Вы поневоле развивали свои мыслительные способности, потому что лишены были возможности расточать свою жизнь в глупых пустяках.

Миссис Дин усмехнулась.

— Я, конечно, почитаю себя положительной, разумной женщиной, — сказала она, — но я такова не только потому, что мне пришлось жить в глуши и видеть из году в год те же лица, те же дела; я прошла суровую школу, которая меня научила уму-разуму. И потом, я читала больше, чем вы думаете, мистер Локвуд. Вы не найдете в этой библиотеке книги, в которую я не заглянула бы и не извлекла бы из нее чего-нибудь — не считая этой вот полки с греческими и латинскими, и этой — с французскими; да и те я все-таки умею различать между собой — большего вы не можете ждать от дочери бедняка. Однако, если я должна продолжать на тот же болтливый лад, лучше мне скорее приступить к рассказу; и пропущу я не три года, а позволю себе перейти прямо к следующему лету, к лету тысяча семьсот семьдесят восьмого года — почитай, без малого двадцать три года тому назад.

Глава VIII

— Утром одного ясного июньского дня родился мой первый маленький питомец — последний отпрыск старинной семьи Эрншо. Мы убирали сено на дальнем поле, когда девочка, которая всегда приносила нам завтрак, прибежала часом раньше срока — прямо лугами и вверх по проселку, — клича меня на бегу.

— Ой, какой чудный мальчик! — выпалила она. — Лучшего и на свете не бывало! Но доктор говорит, что госпожа не выживет. Он говорит, что она уже много месяцев в чахотке. Я слышала, как он сказал мистеру Хиндли: «...а теперь у нее ничего нет, что ее поддерживало бы, и она не протянет до зимы». Вам приказано сейчас же идти домой. Вы будете его нянчить, Нелли: кормить сладким молочком и заботиться о нем день и ночь. Хотела бы я быть на вашем месте; ведь он будет только ваш, когда не станет госпожи!

— Что, она очень плоха? — спросила я, бросив грабли и завязывая ленты чепца.

— Сдается мне, что так; но вид у нее бодрый, — ответила девочка, — и послушать ее, так она еще думает дожить до той поры, когда увидит его взрослым. Она потеряла голову от радости, такой он красавчик. Я на ее месте нипочем не умерла бы, уж это верно; глядела бы на него и от этого одного поправилась бы — назло Кеннету. Я просто помешалась на нем. Тетушка Арчер принесла ангелочка в *дом*, к хозяину, и лицо у хозяина так и засияло, а старый ворон сунулся вперед и говорит: «Эрншо, ваше счастье, что жена успела подарить вам сына. Когда она приехала, я сразу понял, что нам ее не удержать; и теперь я должен сказать вам, зима, вероятно, ее доконает. Вы только не принимайте этого слишком близко к сердцу и не убивайтесь — тут ничем не поможешь. И скажу вам: надо было выбрать себе девушку покрепче, не такую тростинку!»

— А что ответил хозяин? — спросила я.

— Выругался, верно; я на него и не глядела — все глаз не сводила с младенца. — И девочка опять принялась восторженно его описывать. Я, так же загоревшись, как она, поспешила домой, чтобы в свой черед полюбоваться новорожденным, хотя мне очень было жалко Хиндли. У него хватало места в сердце только для двух идолов — для своей жены и самого себя: он носился с обоими и боготворил одного из них, и я не могла себе представить, как он переживет потерю.

Когда мы пришли на Грозовой Перевал, Хиндли стоял у парадного; и, проходя мимо него, я спросила: «Ну как малютка?»

— Еще немного — и побежит, Нелли! — усмехнулся он с напускной веселостью.

— А госпожа? — отважилась я спросить. — Правда, что доктор сказал, будто...

— К черту доктора! — перебил он и покраснел. — Фрэнсиз чувствует себя отлично: через неделю она будет совсем здорова. Ты наверх? Скажи ей, что я к ней сейчас приду, если она обещает не разговаривать. Я ушел от нее, потому что она болтала без умолку; а ей нужно... Скажи, мистер Кеннет говорит, что ей нужен покой.

Я передала его слова миссис Эрншо; она была в каком-то игривом настроении и весело мне ответила:

— Право же, я ни слова почти не говорила, Эллен, а он почему-то два раза вышел в слезах. Ну хорошо, передай, что я обещаю не разговаривать. Это, впрочем, не значит, что мне уже и пошутить нельзя!

Бедняжка! Даже в последнюю неделю перед смертью ей ни разу не изменил ее веселый нрав, и муж упрямо — нет, яростно — продолжал утверждать, будто ее здоровье с каждым днем крепнет. Когда Кеннет предупредил, что на этой стадии болезни наука бессильна и что он не желает больше пользовать больную, вовлекая людей в напрасные расходы, Хиндли ответил:

— Я вижу и сам, что напрасные — она здорова... ей больше не нужны ваши визиты! Никакой чахотки у нее не было и нет. Была просто лихорадка, и все прошло: пульс у нее теперь не чаще, чем у меня, и щеки не жарче.

Он то же говорил и жене, и она как будто верила ему; но однажды ночью, когда она склонилась к нему на плечо и заговорила о том, что завтра, вероятно, она уже сможет встать, на нее напал кашель — совсем легкий приступ... Хиндли взял ее на руки;

она обеими руками обняла его за шею, ее лицо изменилось, и она умерла.

Как предугадала та девочка, маленького Гэртона передали безраздельно в мои руки. Мистер Эрншо, видя, что мальчик здоров и никогда не плачет, был вполне доволен — поскольку дело касалось младенца. Но в горе своем он был безутешен: скорбь его была не из таких, что изливаются в жалобах. Он не плакал и не молился — он ругался и кощунствовал: клял бога и людей и предавался необузданным забавам, чтоб рассеяться. Слуги не могли долго сносить его тиранство и бесчинства: Джозеф да я — только мы двое не ушли. У меня недостало сердца бросить своего питомца; и потом, знаете, я ведь была хозяину молочной сестрой и легче извиняла его поведение, чем посторонний человек. А Джозеф остался, потому что ему нравилось куражиться над арендаторами и работниками; и еще потому, что в этом он видит свое призвание: быть там, где творится много зла, — чтобы было, чем попрекать.

Дурная жизнь и дурное общество господина служили печальным примером для Кэтрин и Хитклифа. Хиндли так обращался с мальчиком, что тут и святой превратился бы в черта. И в самом деле, Хитклиф был в ту пору точно одержимый. Он с наслаждением следил, как Хиндли безнадежно опускается; как с каждым днем крепнет за ним слава до дикости угрюмого, лютого человека. Не могу вам передать, какой ад творился в нашем доме. Викарий перестал навещать нас, и под конец из приличных людей ни один не подходил и близко к нашему порогу — если не считать Эдгара Линтона, который захаживал к мисс Кэти. В пятнадцать лет она была королевой здешних мест; ей не было равной. И какой же она стала высокомерной упрямицей! Признаюсь, я разлюбила ее, когда она вышла из детского возраста; и я часто сердила барышню, принуждая ее поубавить свою заносчивость; у нее, однако ж, никогда не возникало ко мне неприязни. Она отличалась удивительным постоянством в старых привязанностях: даже Хитклиф неизменно сохранял свою власть над ее чувствами, и молодой Линтон при всех его преимуществах не смог произвести такое же глубокое впечатление. Он и был моим покойным господином: здесь над камином его портрет. Так они и висели раньше: с одной стороны этот, а с другой — портрет его жены; но тот потом убрали, а то бы вы могли составить себе представление, какова она была. Вам видно?

Миссис Дин подняла свечу, и я различил на холсте мужское с мягкими чертами лицо, чрезвычайно напоминавшее ту молодую женщину на Грозовом Перевале, только с более вдумчивым, ласковым взглядом. Облик был обаятелен: длинные светлые волосы слегка вились на висках; глаза большие и печальные; стан как-то слишком грациозен. Я не удивился, что Кэтрин Эрншо забыла своего первого друга для такого человека. Меня поразило другое: если его духовный облик соответствовал внешнему, как могла пленить Эдгара Линтона Кэтрин Эрншо — такая, какою она рисовалась мне?

— На портрете он очень хорош, — сказал я ключнице. — Он здесь похож на себя?

— Да, — отвечала она, — но ему очень шло, когда он оживлялся; здесь перед вами его лицо, каким оно бывало большей частью. Ему вообще недоставало живости.

Кэтрин, прожив у Линтонов пять недель, не переставала поддерживать это знакомство; и так как в их среде ее ничто не соблазняло раскрывать дурные стороны своей натуры — потому что она была достаточно разумна и стыдилась быть грубой там, где встречала неизменную учтивость, — она без всякой задней мысли сумела понравиться старой леди и джентльмену своею искренней сердечностью и вдобавок завоевать восхищение Изабеллы и сердце ее брата. Это льстило сначала ее тщеславию, а потом привело к тому, что она, вовсе не желая никого обманывать, научилась играть двойную роль. Там, где Хитклифа называли при ней «молодым хулиганом», «низменным существом, которое-де хуже скота», она всячески старалась не вести себя подобно ему; но дома она была ничуть не склонна проявлять вежливость, которая вызвала бы только смех, или сдерживать свой необузданный нрав, когда это не принесло бы ей ни чести, ни похвал.

Мистер Эдгар не часто набирался храбрости открыто навестить Грозовой Перевал. Его отпугивала дурная слава Эрншо, и он уклонялся от лишней встречи с ним. Мы тем не менее всегда принимали его как могли любезней: сам хозяин старался не оскорблять гостя, зная, зачем он приезжает; и если не мог быть учтивым, то держался в стороне. Мне думается, Кэтрин эти визиты были не по душе: она не умела хитрить, не проявляла никогда кокетства, — она явно предпочла бы, чтобы два ее друга не встречались вовсе; когда Хитклиф в присутствии Линтона выражал свое презрение к нему, она не могла поддакивать, как делала это в его отсутствие; а когда Линтон выказывал неприязнь и отвращение к Хитклифу, не могла принимать его слова с безразличием — как если бы презрение к товарищу детских игр нисколько не задевало ее. Я не раз посмеивалась над ее затруднениями, над затаенной тревогой, которую она напрасно пыталась укрыть от моих насмешек. Нехорошо, вы скажете, но Кэтрин была так горда — просто невозможно бывало пожалеть ее в ее горестях, пока не заставишь ее хоть немного смириться. И гордячка в конце концов все-таки пришла ко мне с исповедью и доверилась мне: больше ей не к кому было обратиться за советом.

Однажды мистер Хинкли ушел из дому после обеда, и Хитклифу вздумалось устроить себе по такому случаю праздник. Ему тогда, пожалуй, уже исполнилось шестнадцать лет, и хотя он был недурен собой, да и разумом не обижен, он умудрялся производить впечатление чего-то отталкивающего и по внешности и по внутренней сути, хотя в его теперешнем облике от этого не осталось и следа. Во-первых, к тому времени уже изгладилось благое действие полученного раньше воспитания: постоянная тяжелая работа от зари до зари убила в нем былую любознательность, всякую любовь к книгам и учению. Сознание собственного превосходства, внушенное ему в детские годы пристрастием старого Эрншо, теперь угасло. Он долго силился идти вровень с Кэтрин в ее занятиях и сдался с мучительным, хоть и безмолвным сожалением: но сдался бесповоротно. Когда он убедился, что неизбежно должен сойти на низшую ступень, то уже нипочем не желал сделать хоть шаг, который позволил бы ему подняться. А духовный упадок отразился и на внешности: он усвоил походку вразвалку, неблагородный исподлобья взгляд; его прирожденная замкнутость перешла в чрезмерную, почти маниакальную нелюдимость; и ему, как видно, доставляло мрачное удовольствие внушать немногим своим знакомым неприязнь — уважения он не искал.

Они с Кэтрин все еще неизменно проводили вместе часы, когда он мог передохнуть от работы; но он перестал выражать словами свое влечение к подруге и с гневным недоверием отклонял ее ребяческие ласки, как будто сознавая, что не могла она с искренней радостью расточать перед ним эти знаки любви. Итак, Хитклиф зашел в *дом* объявить, что хочет побездельничать. Я в это время помогала мисс Кэти привести в порядок ее туалет. Она не рассчитывала, что ему взбредет на ум праздновать лентяя; и, вообразив, что весь дом в полном ее распоряжении, она ухитрилась каким-то образом известить мистера Эдгара, что брат в отлучке, и готовилась теперь к приему гостя.

— Ты сегодня свободна, Кэти? — спросил Хитклиф. — Никуда не собираешься?

— Нет. На дворе дождь, — ответила она.

— Тогда зачем ты надела шелковое платье? — сказал он. — Надеюсь, никто не придет?

— Насколько я знаю, никто, — начала, запинаясь, мисс, — но тебе надлежит сейчас быть в поле, Хитклиф. Уже целый час, как пообедали; я думала, ты давно ушел.

— Хиндли не так часто избавляет нас от своего гнусного присутствия, — сказал мальчик. — Я сегодня не стану больше работать: побуду с тобой.

— Но ведь Джозеф расскажет, — заметила она. — Ты бы лучше пошел!

— Джозеф грузит известь на Пенистон-Крэге, у дальнего края; он там провозится до вечера и ничего не узнает.

С этими словами Хитклиф подошел вразвалку к огню и уселся. Кэтрин раздумывала, сдвинув брови: она считала нужным подготовить почву к приходу гостей.

— Линтоны, Изабелла и Эдгар, собирались приехать сегодня днем, — сказала она, помолчав с минуту. — Так как пошел дождь, я их не жду. Но все же они могут приехать, и если они явятся, тебе ни за что ни про что нагорит — зачем же рисковать?

— Вели Эллен сказать гостям, что ты занята, Кэти, — настаивал он, — не гони меня ради этих твоих жалких и глупых друзей! Я готов иногда посетовать, что они... Нет, не стану!

— Что они... что? — вскричала Кэтрин и посмотрела на него с тревогой. — Ох, Нелли! — добавила она капризно и отдернула голову из-под моих рук. — Ты так долго расчесываешь мне волосы, что они перестанут виться! Довольно, оставь меня в покое. На что же ты «готов посетовать», Хитклиф?

— Ничего... только взгляни на этот календарь на стене! — Он указал на листок бумаги в рамке у окна и продолжал: — Крестиками обозначены вечера, которые ты провела с Линтонами, точками — те, что со мною. Видишь? Я отмечал каждый день.

— Да... И очень глупо: точно мне не все равно! — тоном обиды ответила Кэтрин. — И какой в этом смысл?

— Показать, что мне-то не все равно, — сказал Хитклиф.

— И я должна всегда сидеть с тобой? — спросила она, все больше раздражаясь. — А что мне в том проку? О чем все твои разговоры? Да ты мог бы с тем же успехом быть и вовсе немым или бессловесным младенцем — ведь что бы ты ни говорил, что ни делал, разве ты можешь меня развлечь?

— Ты никогда не жаловалась раньше, что я неразговорчив или что мое общество тебе неприятно, Кэти! — вскричал Хитклиф в сильном волнении.

— Да какое же это общество, когда люди ничего не знают, ни о чем не говорят! — проворчала она.

Ее товарищ встал, но не успел высказать своих чувств, потому что послышался топот копыт по мощеной дорожке и, тихо постучав, вошел молодой Линтон — с сияющим лицом, осчастливленный нежданным приглашением. Кэтрин не могла, конечно, не отметить разницу между своими друзьями, когда один вошел, а другой вышел. Контраст был похож на смену пейзажа, когда с холмов угольного района спустишься в прекрасную плодородную долину; и голос Эдгара и приветствие, как и вся его внешность, были совсем иные, чем у Хитклифа. У него был мягкий, певучий разговор, и слова он произносил, как вы: не так резко, как говорят в наших местах.

— Я не слишком рано явился? — сказал он, покосившись на меня; я принялась протирать блюда на полках и прибирать в ящиках горки, в дальнем углу комнаты.

— Нет, — ответила Кэтрин. — Ты что там делаешь, Нелли?

— Свою работу, мисс, — отвечала я. (Мистер Хиндли наказал мне всегда оставаться при них третьей, когда бы ни вздумалось Линтону прийти с визитом.)

Она подошла ко мне сзади и шепнула сердито:

— Пошла вон со своими пыльными тряпками. Когда в доме гости, слуги не должны при них убирать и скрести в комнате.

— Надо воспользоваться случаем, что хозяина нет, — ответила я громко. — Он не любит, когда я тут вожусь в его присутствии. Мистер Эдгар, я уверена, извинит меня.

— А я не люблю, когда ты возишься в моем присутствии, — проговорила властно молодая госпожа, не дав гостю ответить. Она еще не успела прийти в себя после стычки с Хитклифом.

— Очень сожалею, мисс Кэти, — был мой ответ; и я усердно продолжала свое дело.

Она, полагая, что Эдгар не увидит, вырвала у меня тряпку и со злобой ущипнула меня за руку повыше локтя и долго не отпускала пальцев. Я уже говорила вам, что недолюбливала мисс Кэти и норовила иногда уязвить ее тщеславие; к тому же мне было очень больно. Я вскочила с колен и вскричала:

— Ай, мисс, это гадкая забава! Вы не вправе меня щипать, и я этого не потерплю!

— Я тебя не трогала, лгунья! — воскликнула она, а пальцы ее уже опять тянулись, чтоб ущипнуть меня, и от злости у нее даже уши покраснели. Она не умела скрывать свои чувства — краска заливала ее лицо.

— А это что? — возразила я, показывая обличительный синяк.

Она топнула ногой, секунду колебалась и затем, подталкиваемая восставшим в ней неодолимым злобным духом, ударила меня по щеке, да так сильно, что слезы хлынули у меня из глаз.

— Кэтрин, милая! Кэтрин! — вмешался Линтон, глубоко оскорбленный этим двойным прегрешением со стороны своего идола — ложью и грубостью.

— Уходи из комнаты, Эллен! Уходи! — повторяла она, вся дрожа.

Маленький Гэртон, который, бывало, всегда и всюду ходит за мной и теперь сидел подле меня на полу, увидев мои слезы, тоже заплакал и, всхлипывая, стал жаловаться на «злую тетю Кэти», чем отвлек ее ярость на собственную злополучную голову: мисс Кэтрин схватила его за плечи и трясла до тех пор, пока бедный ребенок весь не посинел. Эдгар, не раздумывая, схватил ее за руки и крепко сжал их, чтоб освободить малыша. Мгновенно она высвободила одну руку, и ошеломленный молодой человек почувствовал на своей щеке прикосновение ладони, которое никак нельзя было истолковать как шутку. Он отступил в изумлении. Я подхватила Гэртона на руки и ушла с ним на кухню, не прикрыв за собою дверь, потому что меня разбирало любопытство — хотелось посмотреть, как они там уладят ссору. Оскорбленный гость направился к месту, где оставил свою шляпу; он был бледен, губы у него дрожали.

«Вот и хорошо! — сказала я себе. — Получил предупреждение — и вон со двора. Еще скажи спасибо, что тебе показали, какой у нас на самом деле нрав!»

— Куда вы? — спросила Кэтрин и стала в дверях.

Он повернулся и попробовал пройти бочком.

— Вы не должны уходить! — вскричала она властно.

— Должен. И уйду! — ответил он приглушенным голосом.

— Нет, — настаивала она и взялась за ручку двери, — не сейчас, Эдгар Линтон. Садитесь! Вы меня не оставите в таком состоянии. Я буду несчастна весь вечер, а я не хочу быть несчастной из-за вас!

— Как я могу остаться, когда вы меня ударили? — спросил Линтон.

Кэтрин молчала.

— Мне страшно за вас и стыдно, — продолжал он. — Больше я сюда не приду!

Ее глаза засверкали, а веки начали подергиваться.

— И вы сознательно сказали неправду! — добавил он.

— Не было этого! — вскричала она через силу — язык не слушался. — Я ничего не делала *сознательно*. Хорошо, идите, пожалуйста... идите прочь! А я буду плакать... плакать, пока не заболею!

Она упала на колени возле стула и не на шутку разрыдалась. Эдгар, следуя своему решению, вышел во двор; здесь он остановился в колебании. Я захотела его приободрить.

— Мисс Кэтрин очень своенравна, сэр! — крикнула я ему. — Как всякий избалованный ребенок. Поезжайте-ка вы лучше домой, не то она и впрямь заболеет, чтобы только нам досадить.

Бедняга покосился на окно: он был не в силах уйти, как не в силах кошка оставить полузадушенную мышь или полусъеденную птицу. «Эх, — подумала я, — его не спасти: он обречен и рвется навстречу своей судьбе!» Так и было: он вдруг повернул, кинулся снова в комнату, затворил за собой дверь; и когда я вскоре затем пришла предупредить их, что Эрншо воротился пьяный в дым и готов обрушить потолок на наши головы (обычное его настроение в подобных случаях), я увидела, что ссора привела лишь к более тесному сближению — сломила преграду юношеской робости и помогла им, не прикрываясь простою дружбой, признаться друг другу в любви.

При известии, что вернулся хозяин, Линтон бросился к своей лошади, а Кэтрин в свою комнату. Я побежала спрятать маленького Гэртона и вынуть заряд из хозяйского охотничьего ружья; потому что Хиндли, в сумасшедшем своем возбуждении, любил побаловаться ружьем и грозил убить каждого, кто досадит ему или просто привлечет на себя его излишнее внимание; так что я надумала вынимать пулю, чтоб он не наделал большой беды, случись ему дойти до крайности и впрямь выстрелить из ружья.

Глава IX

Он вошел, извергая такую ругань, что слушать страшно; и поймал меня на месте, когда я запихивала его сына в кухонный шкаф. Гэртон испытывал спасительный ужас перед проявлениями его животной любви или бешеной ярости; потому что, сталкиваясь с первой, мальчик подвергался опасности, что его затискают и зацелуют до смерти, а со второй — что ему размозжат голову о стену или швырнут его в огонь; и бедный крошка всегда сидел тихонько, куда бы я его ни запрятала.

— Ага, наконец-то я вас накрыл! — закричал Хиндли и оттащил меня, ухватив сзади за шею, как собаку. — Клянусь всеми святыми и всеми чертями, вы тут сговорились убить ребенка! Теперь я знаю, почему никогда не вижу его подле себя. Но с помощью дьявола я заставлю тебя проглотить этот нож, Нелли! Нечего смеяться! Я только что пихнул Кеннета вниз головой в болото Черной Лошади; где один, там и двое — а кого-нибудь из вас мне нужно еще убить: не успокоюсь, пока не убью!

— Но кухонный нож мне не по вкусу, мистер Хиндли, — ответила я, — им резали копченую селедку. Уж вы меня лучше пристрелите, право.

— Тебе лучше всего убраться к черту! — сказал он. — И ты уберешься! В Англии закон не запрещает человеку блюсти у себя в доме порядок, а мой дом омерзителен. Открывай рот!

Он держал нож в руке и старался разжать острием мои зубы; но меня не слишком пугали эти сумасбродства. Я сплюнула и стала уверять, что нож очень невкусный — ни за что не возьму его в рот.

— Ага! — сказал он, отступив от меня. — Я вижу, этот гнусный маленький мерзавец вовсе не Гэртон, прости меня, Нелли. Будь это он, с него бы с живого надо шкуру содрать за то, что он не прибежал со мной поздороваться и визжит, точно увидел черта. Поди сюда, бесстыжий щенок! Я тебе покажу, как обманывать доброго доверчивого отца! Тебе не кажется, что мальчонку хорошо бы остричь? Собака от стрижки свирепеет, а я люблю все свирепое — дайте мне ножницы, — свирепое и аккуратное! К тому же это у нас какое-то адское пристрастие, сатанинское самомнение — так носиться со своими ушами: мы и без них форменные ослы. Шш-шш, маленький, тише! Ты же моя дорогая крошка! Ну что ты? Утрем глазки и будем веселенькими; поцелуй меня. Что? Он не хочет? Поцелуй меня, Гэртон! Поцелуй, черт тебя подери! Стану я, ей-богу, растить такое чудовище! Не жить мне на свете, если я не сверну голову этому ублюдку!

Бедный Гэртон визжал и брыкался изо всех своих силенок на руках у отца и заорал пуще прежнего, когда тот понес его наверх и поднял над перилами. Я прокричала вслед, что он доведет маленького до родимчика, и побежала на выручку Гэртону. Когда я поравнялась с ними, Хиндли нагнулся над перилами, прислушиваясь к шуму внизу и почти позабыв, что у него в руках. «Кто там?» — спросил он, услышав, что кто-то приближается к лестнице. Я тоже нагнулась, потому что узнала шаги Хитклифа и хотела подать ему знак, чтоб он дальше не шел; и в то самое мгновение, когда я отвела глаза от Гэртона, ребенок вдруг рванулся, высвободился из державших его небрежных рук и упал.

Мы еще не успели ощутить холод ужаса, как увидели уже, что мальчик спасен. Хитклиф подоспел снизу как раз вовремя; следуя естественному порыву, он подхватил ребенка на лету и, поставив его на ноги, глянул вверх, ища виновника происшествия. Скупец, отдавший за пять шиллингов счастливый лотерейный билет и узнавший назавтра, что на этой сделке потерял пять тысяч фунтов, так не изменился бы в лице, как он, когда увидел наверху мистера Эрншо. Лицо Хитклифа яснее всяких слов выразило горькую досаду на то, что он сам, собственными руками помешал свершиться возмездию. Будь кругом темно, он, верно, попытался бы исправить свою ошибку и раздробил бы Гэртону череп о ступени. Но мы все явились бы свидетелями, что ребенок был спасен; и я уже стояла внизу, прижимая к груди свое сокровище. Хиндли спустился не столь поспешно, отрезвевший и пристыженный.

— Это ты виновата, Эллен, — сказал он. — Ты должна была держать мальчика подальше от меня, чтоб я его и не видел! Он не ушибся?

— Ушибся! — крикнула я сердито. — Не удалось убить, так сделали, поди, кретином! Эх! Я только диву даюсь, почему его мать до сих пор не встала из гроба поглядеть, как вы обращаетесь с малюткой. Вы хуже язычника, если так глумитесь над собственной плотью и кровью!

Он попробовал приласкать ребенка, который, едва я взяла его на руки, забыл всякий страх и перестал плакать. Но стоило отцу прикоснуться к нему, как мальчик опять закричал громче прежнего и так заметался, точно с ним вот-вот сделается родимчик.

— Не суйтесь вы к нему! — продолжала я. — Он вас ненавидит... все они вас ненавидят, скажу вам по правде! Счастливая у вас семейка! И сами-то вы до какого дошли состояния — нечего сказать, хороши!

— Хорош! И еще лучше стану, Нелли! — засмеялся непутевый человек, снова ожесточившись. — А теперь убирайся подальше и его убери. И слушай ты, Хитклиф! Ты тоже ступай прочь — чтоб мне тебя не видеть и не слышать. Сегодня я не хотел бы тебя убивать; вот разве дом подожгу — но уж это как мне вздумается!

Эмили Бронте

С этими словами он взял с полки бутылку водки и налил себе стопку.

— Нет уж, довольно! — вмешалась я. — Вам уже было, мистер Хиндли, указание свыше. Пощадите несчастного мальчика, если себя вам не жаль!

— Ему с кем угодно будет лучше, чем со мной, — ответил он.

— Пощадите собственную душу! — сказала я, пытаясь отнять у него стопку.

— Ну нет! Напротив, я с превеликим удовольствием пошлю свою душу на погибель в наказание ее создателю! — прокричал богохульник. — Пью за ее осуждение!

Он выпил до дна и нетерпеливо приказал нам выйти, разразившись в довершение залпом страшной ругани, слишком мерзкой, чтоб ее повторять или запомнить.

— Жаль, что он не может уморить себя пьянством, — процедил сквозь зубы Хитклиф и, точно эхо, откликнулся бранью, когда затворилась дверь. — Он делает для этого все, что может, но ему мешает богатырское здоровье. Мистер Кеннет готов побиться об заклад на свою кобылку, что Хиндли Эрншо переживет всех и каждого отсюда до Гиммертона и сойдет в могилу седовласым грешником; разве что выпадет ему на счастье какой-нибудь из ряда вон выходящий случай.

Я пошла на кухню и села убаюкивать моего ягненочка. Хитклиф, думала я, ушел на гумно. После выяснилось, что он только прошел за высокой спинкой скамьи и растянулся на лавке у самой стены, поодаль от очага, и лежал там притихший.

Я качала Гэртона на одном колене и затянула
песню, начинавшуюся словами:

> Расплакались дети в полуночной мгле,
> А мать это слышит в могильной земле, —

когда мисс Кэти, которая, покуда шел скандал, сидела, прислушиваясь, в своей комнате, просунула
голову в дверь и спросила шепотом:

— Нелли, ты одна?

— Да, мисс, — ответила я.

Она вошла и остановилась у очага. Полагая, что
она собирается что-то сказать, я подняла на нее глаза. Ее лицо, казалось, выражало смятение и тоску.
Губы ее были полуоткрыты, точно она хотела заговорить, и она уже набрала в грудь воздух, но вместо
слов у нее вырвался только вздох. Я вновь принялась петь. Я ей не забыла ее давешнего поведения.

— Где Хитклиф? — спросила она, перебив меня.

— На конюшне. Работает, — ответила я.

Он не стал опровергать моих слов; может быть,
дремал. Опять последовало долгое молчание, во
время которого, как я заметила, две-три капли ска-
тились со щек Кэтрин на плиты пола. «Жалеет о
своем постыдном поведении? — спросила я себя. —
Это ново! Все равно, пусть сама приступит к изви-
нениям — не стану ей помогать!» Но нет, ее мало что
заботило, кроме собственных огорчений.

— Боже мой! — воскликнула она наконец. —
Я так несчастна!

— Жаль, — заметила я. — На вас не угодишь: и
друзей много, и забот никаких, а вы все недовольны!

— Нелли, открыть тебе тайну?.. Ты ее сохранишь? — продолжала она, опустившись подле меня
на колени и остановив на мне тот подкупающий

взгляд, который прогоняет обиду, даже когда у тебя все на свете причины считать себя обиженной.

— А стоит хранить? — спросила я уже не так сердито.

— Стоит! Она меня мучает, и я должна с кем-нибудь поделиться! Я не знаю, как мне быть. Сегодня Эдгар Линтон сделал мне предложение, и я дала ему ответ. Нет, я не скажу какой — приняла я или отказала, — пока не услышу от тебя, что я должна была ответить.

— Право, мисс Кэтрин, как я могу знать, — возразила я. — Конечно, судя по той сцене, что вы тут разыграли в его присутствии нынче днем, разумней было отказать: коли он после этого сделал вам предложение, он или безнадежный дурак, или отчаянный безумец.

— Если ты так говоришь, я больше тебе ничего не скажу, — с сердцем ответила она и встала. — Я приняла, Нелли. Ну, живо, отвечай — я поступила неправильно?

— Вы приняли? Что толку нам задним числом обсуждать то, что сделано? Вы дали слово и уже не можете взять его назад!

— Но скажи, должна я была принять? Скажи! — воскликнула она с раздражением в голосе, переплетая пальцы, сдвинув брови.

— Тут надо многое взять в соображение, чтоб ответить без ошибки на такой вопрос, — сказала я наставительно. — Самое главное: любите ли вы мистера Эдгара?

— Как можно его не любить? Конечно, люблю, — отозвалась она.

Затем я учинила ей настоящий допрос — для девушки двадцати двух лет это было не так уж неразумно.

— Почему вы его любите, мисс Кэти?

— Вздор! Люблю — вот и все.

— Нет, это не ответ. Вы должны сказать — почему?

— Ну, потому, что он красив и с ним приятно бывать вместе.

— Худо! — заметила я.

— И потому, что он молодой и веселый.

— Куда как худо!

— И потому, что он любит меня.

— Пустое, дело не в этом.

— И он будет богат, и я, разумеется, стану первой дамой в округе. И смогу гордиться, что у меня такой муж.

— Еще хуже! А теперь скажите, как вы его любите?

— Как все любят... Ты глупа, Нелли.

— Ничуть... Отвечайте.

— Я люблю землю под его ногами, и воздух над его головой, и все, к чему он прикасается, и каждое слово, которое он говорит. Я люблю каждый его взгляд, и каждое движение, и его всего целиком! Вот!

— А почему?

— Нет, ты обращаешь это в шутку! Очень нехорошо с твоей стороны! Для меня это не шутка! — сказала молодая госпожа, насупившись, и отвернулась к огню.

— Я вовсе не шучу, мисс Кэтрин, — ответила я. — Вы любите мистера Эдгара, потому что он красив, и молод, и весел, и богат, и любит вас. Последнее, однако, не в счет: вы, возможно, полюбили бы его и без этого; и вы не полюбили б его и при этом, не обладай он четырьмя первыми привлекательными качествами.

— Не полюбила б, конечно! Я его только пожалела бы... а может быть, и возненавидела бы, если б он был уродлив и груб.

— Но есть и другие красивые, богатые молодые люди на свете — может быть, даже богаче его и красивей. Что помешало бы вам полюбить их?

— Если и есть, они мне не встречались: я не видела другого такого, как Эдгар.

— Может, со временем встретите. А мистер Линтон не всегда будет молод и красив — и, возможно, не всегда богат.

— Сейчас это все у него есть, а для меня важен только нынешний день. Ты ничего не придумаешь умней?

— Хорошо, тогда все в порядке: если для вас важен только нынешний день, выходите за мистера Линтона.

— Мне на это не нужно твоего разрешения — я все равно за него выйду. И все-таки ты не сказала мне, правильно ли я поступаю.

— Правильно, если правильно выходить замуж только на один день. А теперь послушаем, о чем же вы печалитесь. Брат ваш будет рад, старые леди и джентльмен, я думаю, не станут противиться; из беспорядочного, неуютного дома вы переходите в хорошую, почтенную семью; и вы любите Эдгара, и Эдгар любит вас. Все как будто просто и легко: где же препятствие?

— *Здесь* оно и *здесь!* — ответила Кэтрин, ударив себя одной рукой по лбу, другою в грудь. — Или где она еще живет, душа... Душой и сердцем я чувствую, что не права!

— Удивительно! Что-то мне тут невдомек.

— Это и есть моя тайна. Если ты не будешь меня дразнить, я тебе все объясню. Я не могу передать тебе этого ясно, но постараюсь, чтобы ты поняла, что я чувствую.

Она снова подсела ко мне; ее лицо стало печальней и строже, стиснутые руки дрожали.

— Нелли, тебе никогда не снятся странные сны? — сказала она вдруг после минутного раздумья.

— Да, снятся иногда, — я ответила.

— И мне тоже. Мне снились в жизни сны, которые потом оставались со мной навсегда и меняли мой образ мыслей: они входили в меня постепенно, проникая насквозь, как смешивается вода с вином, и меняли цвет моих мыслей. Один был такой: я сейчас расскажу, но, смотри, не улыбнись ни разу, пока я не доскажу до конца.

— Ох, не нужно, мисс Кэтрин! — перебила я. — Мало нам горестей, так не хватало еще вызывать духов и смущать себя видениями. Бросьте! Развеселитесь, будьте самой собой! Посмотрите на маленького Гэртона! Ему ничего страшного не снится. Как сладко он улыбается во сне!

— Да; и как сладко богохульствует его отец, сидя один взаперти! Ты, верно, его помнишь круглолицым крошкой, совсем другим — почти таким же маленьким и невинным, как этот. Все-таки, Нелли, я заставлю тебя слушать: сон совсем коротенький. И сегодня ты меня уже не развеселишь!

— Не стану я слушать! Не стану! — заговорила я поспешно.

В ту пору я верила в сны — да, впрочем, верю и теперь; а в Кэтрин, во всем ее облике, было что-то необычайно мрачное, и я боялась чего-то, что могло мне показаться предвещанием, боялась предугадать страшную катастрофу. Кэтрин обиделась, но продолжать не стала. Делая вид, что говорит совсем о другом, она опять начала:

— Если бы я попала в рай, Нелли, я была бы бесконечно несчастна.

— Потому что вы недостойны рая, — ответила я. — Все грешники были бы в раю несчастны.

— Нет, не потому. Мне однажды снилось, что я в раю.

— Говорю вам, я не желаю слушать ваших снов, мисс Кэтрин! Я иду спать, — перебила я вновь.

Она рассмеялась и вновь усадила меня: я было поднялась уже со стула.

— Тут ничего такого нет! — воскликнула она. — Я только хотела сказать тебе, что рай, казалось, не был моим домом; и у меня разрывалось сердце — так мне хотелось заплакать. Я попросилась обратно на землю; и ангелы рассердились и сбросили меня прямо в заросль вереска на Грозовом Перевале; и там я проснулась, рыдая от радости. Это тебе объяснит мою тайну, да и все остальное. Для меня не дело выходить за Эдгара Линтона, как не дело для меня блаженствовать в раю; и если бы этот злой человек так не принизил Хитклифа, я бы и не помышляла о подобном браке. А теперь выйти за Хитклифа значило бы опуститься до него. Он никогда и не узнает, как я его люблю! И люблю не потому, что он красив,

Нелли, а потому, что он больше я, чем я сама. Из чего бы ни были сотворены наши души, его душа и моя — одно; а душа Линтона так отлична от наших, как лунный луч от молнии или иней от огня.

Она еще не досказала, как я уже открыла присутствие Хитклифа. Уловив чье-то легкое движение, я обернулась и увидела, как он встал со скамьи и бесшумно вышел. Он слушал до тех пор, пока Кэтрин не сказала, что пойти за него было бы для нее унижением, и тогда он встал, чтоб не слушать дальше. Самой Кэтрин, сидевшей на полу, спинка скамьи не позволила заметить ни его присутствия, ни ухода; но я вздрогнула и сделала ей знак замолчать.

— Почему? — спросила она, испуганно озираясь.

— Джозеф здесь, — ответила я, к счастью уловив громыхание его тачки по мощеной дорожке, — а следом придет и Хитклиф. Мне показалось, что он стоял только что в дверях.

— Но он не мог же услышать меня с порога! — сказала она. — Дай я подержу Гэртона, — пока ты будешь собирать к ужину, а когда все будет готово, позови меня поужинать с вами. Я хочу обмануть свою неспокойную совесть и увериться, что Хитклиф ничего не знает об этих делах. Ведь не знает, нет? Он не знает, что такое быть влюбленным?

— Это он знает, мне кажется, не хуже вашего, — возразила я, — и если его выбор упал на вас, он будет самым несчастным человеком на земле. Когда вы станете госпожой Линтон, он потеряет и друга, и любимую, и все! А подумали вы, как сами снесете разлуку? И каково будет Хитклифу остаться совсем одному на свете? Потому что, мисс Кэтрин...

— Одному на свете! Сносить разлуку! — вскричала она с негодованием. — Кто нас разлучит, скажи на милость? Пусть попробуют. Их постигнет судьба Милона![1] Не пойду я на это, пока я жива, Эллен, — ни ради кого на свете! Все Линтоны на земле обратятся в прах, прежде чем я соглашусь покинуть Хитклифа. О, не это я задумала, не это имею в виду! Нет, такой ценой я не согласна стать госпожою Линтон! Хитклиф останется для меня тем же, чем был всю жизнь. Эдгар должен забыть свою неприязнь, должен относиться к нему хотя бы терпимо. Так и будет, когда он поймет мои истинные чувства к Хитклифу. Я вижу, Нелли, ты считаешь меня жалкой эгоисткой; но неужели тебе никогда не приходило в голову, что если мы с Хитклифом поженимся, то будем нищими? А если я выйду за Линтона, я получу возможность помочь Хитклифу возвыситься, я его вызволю из-под власти моего брата!

— На деньги вашего мужа, мисс Кэтрин? — спросила я. — Вряд ли ваш друг окажется так сговорчив, как вы полагаете. И хоть я в этом деле не судья, думается мне, из всех ваших доводов в пользу того, чтобы стать вам женой молодого Линтона, этот — наихудший.

— Неправда, — сказала она, — наилучший! Все другое было ради меня самой — в ублажение моих прихотей; или ради Эдгара — для его удовольствия.

---

[1] Милон Кротонский — греческий атлет, живший в VI веке до н. э., многократный победитель на Олимпийских и Пифийских играх. Согласно легенде, под старость он попытался однажды голыми руками сломить дерево. Его зажало между половинками надломленного ствола, и в таком беспомощном положении он был съеден зверями.

А это — ради человека, в котором заключены все мои чувства — и к Эдгару и к самой себе. Я не могу этого выразить, но, конечно, и у тебя и у каждого есть ощущение, что наше «я» существует — или должно существовать — не только в нас самих, но и где-то вовне. Что проку было бы создавать меня, если бы я вся целиком была только здесь? Моими большими горестями были горести Хитклифа: я их все наблюдала, все переживала с самого начала! Моя большая дума в жизни — он и он. Если все прочее сгинет, а он останется — я еще не исчезну из бытия; если же все прочее останется, но не станет его, вселенная для меня обратится в нечто огромное и чужое, и я уже не буду больше ее частью. Моя любовь к Линтону как листва в лесу: знаю, время изменит ее, как меняет зима деревья. Любовь моя к Хитклифу похожа на извечные каменные пласты в недрах земли. Она — источник, не дающий явного наслаждения, однако же необходимый. Нелли, я и есть Хитклиф! Он всегда, всегда в моих мыслях: не как радость и не как некто, за кого я радуюсь больше, чем за самое себя, — а как все мое существо. Так вот, не говори ты больше, что мы расстанемся: это невозможно и...

Она смолкла и зарылась лицом в складки моего платья; но я с силой его отдернула. Меня выводило из терпения ее сумасбродство!

— Если есть хоть крупица смысла во всей этой бессмыслице, мисс, — сказала я, — она меня только убеждает, что вы и понятия не имеете о том долге, который возлагаете на себя, выходя замуж, или же что вы дурная взбалмошная девчонка. И больше не приставайте ко мне с вашими тайнами: я не обещаю хранить их.

— Но эту сохранишь? — спросила она ревниво.

— Нет, не обещаю, — ответила я.

Она бы не отстала, но появление Джозефа положило конец нашему разговору; Кэтрин пересела в угол и укачивала Гэртона, пока я готовила ужин. Когда он сварился, мы с Джозефом заспорили о том, кто из нас понесет ужин мистеру Хиндли; и мы всё не могли договориться, пока еда почти совсем не простыла. Тогда мы поладили на том, что подождем, когда господин сам потребует ужин, если он вообще его потребует. Мы всегда особенно боялись заходить к нему после того, как он долго просидит в одиночестве.

— Время позднее, а этот бездельник еще не вернулся с поля. Что это он? Лентяйничает? — спрашивал старик и все посматривал, где же Хитклиф.

— Пойду позову его, — сказала я. — Он, верно, на гумне.

Я вышла и кликнула, но не получила ответа. Возвращаясь, я шепнула мисс Кэтрин, что он, видно, слышал значительную часть из того, что она говорила, и рассказала, как я увидела, что он выходит из кухни в ту самую минуту, когда она стала жаловаться на дурное обращение с ним ее брата. Она вскочила в страхе, бросила Гэртона на скамью и побежала сама разыскивать друга, не удосужившись даже поразмыслить о том, почему это ее так испугало или чем ее слова могли оскорбить его. Она не возвращалась так долго, что Джозеф предложил не дожидаться больше. Он высказал хитрую догадку, что они нарочно не приходят, не желая слушать его

длинную застольную молитву. Они «такие пороч-
ные, что от них можно ждать самого нечестивого
поведения», — утверждал он. И он нарочно прочитал в этот вечер особливую молитву в добавление к
обычному пятнадцатиминутному молебствию перед трапезой и присовокупил бы еще одну после
благодарственного слова, если б не влетела молодая
госпожа и не приказала, чтоб он сейчас же бежал на
дорогу и, где бы Хитклиф ни слонялся, разыскал бы
его и заставил немедленно вернуться!

— Я хочу поговорить с ним, я должна и без этого
не уйду к себе наверх, — сказала она. — Ворота от-
крыты. И его нет поблизости: он не откликался,
хоть я звала его с крыши загона так громко, как
только могла.

Джозеф сперва отказывался, но, взволнованная
не на шутку, она не потерпела возражений; и старик наконец напялил шляпу и пошел ворча. А Кэтрин шагала взад и вперед по кухне, восклицая:

— Не понимаю, где он! Где может он быть! Что я
там наговорила, Нелли? Я не помню. Его обидело
мое дурное настроение нынче днем? Ох, напомни,
что я сказала такого, что могло бы его задеть? Я хочу, чтоб он вернулся. Хочу!

— С чего тут подымать шум? — сказала я, хоть
мне и самой было не по себе. — Такого пустяка испугалась! В самом деле, стоит ли беспокоиться, если
Хитклиф вздумал шататься при луне по полям? Да
он, может быть, лежит себе на сеновале, и так у него
плохо на душе, что он не хочет с нами разговаривать. Побьюсь об заклад, он спрятался на сеновале.
Вот увидите, сейчас я его выволоку.

Я опять отправилась в поиски. Они привели

только к лишнему разочарованию; не утешил нас и Джозеф, когда воротился.

— Парень совсем от рук отбился! — сказал он. — Оставил ворота открытыми настежь, и лошадка мисс Кэти выбежала из конюшни на гумно и оттуда рысцой, рысцой прямо на луг! Как бог свят, хозяин завтра озвереет, как черт, — и не зря! Он — само терпение с этим беспутным и нерадивым малым, само терпение! Только не всегда он будет так терпелив, вот увидите! Все увидите! Мыслимое ли дело изводить такого человека — это вам даром не пройдет!

— Ты нашел Хитклифа, осел? — перебила его Кэтрин. — Искал ты его, как я тебе велела?

— Я охотней поискал бы лошадку, — ответил он. — Больше было бы толку. Но в такую ночь не сыщешь ни лошади, ни человека — черно, как в трубе! А Хитклиф не таковский парень, чтобы прибежать на мой свист; вот коли вы покличете, он, пожалуй, окажется не так уж глух!

Вечер и впрямь был очень темным для летней поры; тучи, казалось, несли грозу, и я объявила, что лучше нам всем посидеть спокойно дома: надвигается непогода, и дождь, конечно, пригонит парня под крышу, не стоит хлопотать. Но Кэтрин нипочем не хотела успокоиться. Она все бегала взад и вперед от ворот к дверям в крайнем возбуждении, не позволявшем ей передохнуть. И в конце концов она стала, как на посту, у дороги по ту сторону забора и стояла там, не обращая внимания ни на мои уговоры, ни на гром, ни на крупные капли, которые шлепали уже вокруг нее, и время от времени звала, прислушивалась, опять звала и наконец расплакалась. Пуще Гэртона, пуще любого малого ребенка — громко, навзрыд.

Близилась полночь, а мы все еще не ложились спать. Между тем гроза над Перевалом разразилась со всею яростью. Ветер был злющий, и гром гремел, и не то от ветра, не то молнией расщепило ель за углом нашего дома; большущий сук свалился на крышу и отшиб с восточной стороны кусок дымовой трубы, так что в топку на кухне посыпались, громыхая, камни и сажа. Мы думали, что прямо промеж нас ударила молния; и Джозеф упал на колени, заклиная господа вспомнить патриархов Ноя и Лота и, как в былые времена, пощадить праведных, свершая кару над нечестивыми. Мне же подумалось, что суд божий должен свершиться и над нами. А роль Ионы, по-моему, должна была выпасть мистеру Эрншо; и я постучалась в дверь его берлоги, чтоб убедиться, жив ли он еще. Он ответил достаточно явственно и в таких выражениях, которые заставили Джозефа взмолиться громче прежнего, чтобы карающая десница соблюдала различие между святыми, вроде нас, и грешниками, вроде его хозяина. Но гроза за двадцать минут отгремела, никому из нас не причинив вреда; только Кэти промокла до нитки, потому что упрямо отказывалась уйти под крышу и стояла, простоволосая, без шали, набирая в косы и в одежду столько воды, сколько могли они в себя впитать. Она пришла и, мокрая, как была, легла на круглую скамью, повернувшись к спинке и закрыв ладонями лицо.

— Опомнитесь, мисс! — сказала я, тронув ее за плечо. — Так и помереть недолго! Знаете вы, который час? Половина первого. Ступайте лягте спать!

Теперь больше нечего ждать этого сумасброда: он пошел в Гиммертон и там заночевал. Рассудил, что вряд ли мы захотим сидеть из-за него до поздней ночи, и уж, во всяком случае, сообразил, что если кто не спит, так только мистер Хиндли, и что хорошего будет мало, если дверь ему откроет хозяин.

— Ни в каком он не в Гиммертоне, — вмешался Джозеф. — Чего тут гадать — он не иначе как лежит на дне какой-нибудь ямы в трясине. Грешник понес заслуженную кару, и хотел бы я, чтобы предостережение не прошло для вас напрасно, мисс, — может быть, и вы на очереди. Возблагодарим же небо за все! Все складывается ко благу для тех, кто отмечен и взыскан господом. Знаете, что сказано в Писании... — И он начал приводить всевозможные тексты, указывая, в какой главе и в каком стихе можно их найти.

Так и не уговорив своевольницу встать и скинуть с себя мокрую одежду, я оставила их вдвоем, его — проповедовать, ее — дрожать в ознобе, и пошла в свою комнату укладываться с маленьким Гэртоном, который спал так сладко, как если бы все вокруг спало крепким сном. Еще довольно долго доносились до меня назидания Джозефа; потом я услышала медленные стариковские шаги по лестнице и вскоре заснула.

Утром, когда я сошла вниз несколько позже обычного, я увидела при свете солнечных лучей, пробивавшихся в щели ставен, что мисс Кэтрин все еще сидит у огня. И наружная дверь была все так же распахнута настежь; в незапертые окна падал свет; Хиндли уже вышел и стоял на кухне у очага, осунувшийся, заспанный.

— Что с тобой, Кэти, — говорил он, когда я вошла. — Вид у тебя скучный, совсем как у собачонки, которую только что окунули в воду. Почему ты такая мокрая и бледная, девочка?

— Я промокла, — отвечала она неохотно, — и меня знобит, вот и все.

— Ох она, негодница! — вскричала я, видя, что господин сравнительно трезв. — Попала под вчерашний ливень да так и просидела всю ночь напролет, и я не могла ее уговорить подняться с места.

Мистер Эрншо глядел на нас в недоумении.

— Ночь напролет... — повторил он. — Что ее тут держало? Неужели страх перед грозой? Да ведь и гроза-то вот уж несколько часов как прекратилась!

Никому из нас не хотелось заводить речь об исчезновении Хитклифа, пока можно было об этом молчать. Я отвечала, что не знаю, с чего это ей вздумалось сидеть всю ночь, а Кэтрин не сказала ничего. Утро было свежее и холодное; я распахнула окно, и в комнату хлынули сладкие запахи из сада; но Кэтрин крикнула в раздражении: «Эллен, закрой окно. Я и так закоченела!» И у нее стучали зубы, когда она, вся съежившись, придвинулась к еле тлевшим углям.

— Она больна, — сказал Хиндли, пощупав ее пульс. — Верно, потому и не хотелось ей ложиться. К черту! Опять начнете донимать меня вашими проклятыми болезнями. Что тебя погнало под дождь?

— Охота бегать за мальчишками, как и всегда, — заскрипел Джозеф, пользуясь случаем, пока все мы в нерешительности молчали, дать волю своему злокозненному языку. — На вашем месте, хозяин, я бы попросту захлопнул двери у всех у них перед носом — тихо и мирно! Не было такого дня, чтобы вы ушли и тут же не прибежал бы этот проныра Линтон; а мисс Нелли тоже хороша! Сидит на кухне и караулит, когда вы вернетесь; и только вы вошли в одну дверь, он в другую — и был таков! И тут наша спесивица бежит сама к своему предмету. Куда как достойно — слоняться в полях за полночь с богомерзким чертовым цыганом, Хитклифом! Они думают, я слеп. Но я не слеп! Ни чуточки! Я видел, как молодой Линтон пришел и ушел, и видел, как ты (тут он обрушился на меня) — ты, подлая, шкодливая ведьма! — прошмыгнула в дом, едва заслышала на дороге стук копыт хозяйского коня!

— Молчи, ябеда! — закричала Кэтрин. — Я тебе не позволю нагличать в моем присутствии! Эдгар Линтон зашел вчера совершенно случайно, Хиндли. И я сама попросила его уйти: я же знаю, что в таком состоянии тебе неприятно встречаться с ним.

— Ты, разумеется, лжешь, Кэти, — ответил ее брат, — да я тебя вижу насквозь! Но сейчас плевать мне на вашего Линтона: скажи, ты гуляла этой ночью с Хитклифом? Говори правду, ну! Не бойся ему навредить: хоть я и ненавижу его, как всегда, но он недавно сделал мне добро, так что совесть не позволяет мне оторвать ему голову. Чтоб этого не случилось, я его сегодня же с утра ушлю работать куда-нибудь подальше, и, когда его здесь не будет, ты смотри у меня в оба: тут я возьмусь за тебя как следует.

— Этой ночью я в глаза не видела Хитклифа, — ответила Кэтрин, начиная всхлипывать. — А если ты прогонишь его со двора, я уйду вместе с ним. Но, кажется, это тебе уже не удастся: он, кажется, сбежал... — Тут она безудержно разрыдалась, и остальные ее слова нельзя было разобрать.

Хиндли излил на нее, не скупясь, поток презрительной брани и велел ей сейчас же уйти к себе в комнату или пусть не плачет попусту! Я заставила ее подчиниться; и никогда не забуду, какую сцену разыграла Кэти, когда мы поднялись наверх. Я была в ужасе: мне казалось, что барышня сходит с ума, и я попросила Джозефа сбегать за доктором. У нее явно начинался бред. Мистер Кеннет, едва глянул на нее, сразу объявил, что она опасно больна: у нее была горячка. Он пустил ей кровь и велел мне кормить ее только простоквашей да размазней на воде и присматривать за ней, чтоб она не выбросилась из окна или в пролет лестницы. И он ушел, потому что ему хватало дела в приходе, где от дома до дома идешь обычно две-три мили.

Хотя я не могу похвалиться, что оказалась хорошей сиделкой, а Джозеф и мистер Эрншо были и того хуже; и хотя наша больная была так несносна и упряма, как только бывают больные, — она все же выздоровела. Старая миссис Линтон, конечно, не однажды навестила нас, и все в доме наладила, и бранилась, и всеми нами командовала; а когда Кэтрин начала поправляться, настояла на том, чтобы мисс перевезли на Мызу, и все мы, понятно, радовались этому избавлению. Но бедной женщине пришлось жестоко поплатиться за свою доброту: и она и муж ее заразились горячкой, и оба умерли один за другим — в несколько дней.

Наша молодая леди вернулась к нам еще более дерзкой, вспыльчивой и высокомерной, чем раньше. О Хитклифе мы так ничего и не слышали с той грозовой ночи; и однажды, когда Кэтрин уж очень меня рассердила, я сказала ей, на свою беду, что в его исчезновении виновата она; да так оно и было, — и мисс отлично знала это сама. С того дня она на долгие месяцы совсем от меня отстранилась — разговаривала со мной, только как со служанкой. Джозеф был тоже в опале, но он все равно высказывал свои суждения и читал ей нотации, точно маленькой девочке. А она воображала себя взрослой женщиной и нашей госпожой и думала, что после недавней болезни вправе требовать особливого к себе внимания. К тому же доктор сказал, что она не выдержит, если ей постоянно перечить; что надо ей во всем уступать; и если кто-нибудь из нас, бывало, посмеет возмутиться и заспорить с нею, то он уже в ее глазах чуть ли не убийца. Мистера Эрншо и его приятелей она чуждалась, и, запуганный Кеннетом и припадками, которыми не раз кончались у нее порывы ярости, брат позволял ей все, чего бы ей ни вздумалось потребовать, и обычно избегал раздражать ее запальчивый нрав. Он, пожалуй, чрезмерно потакал ее прихотям — не из любви, а из гордости: он всей душой желал, чтоб она принесла честь своему дому, вступив в семью Линтонов; и, покуда она не задевала его лично, позволял ей помыкать нами, как невольниками, — ему-то что! А Эдгар Линтон, как это случалось и будет случаться со многими, был обольщен до слепоты; он почитал себя самым счастливым человеком на земле в тот день, когда повел ее в Гиммертонскую церковь — три года спустя после смерти своего отца.

Наперекор своему желанию, уступив уговорам,

я покинула Грозовой Перевал и переехала с ново-
брачной сюда. Гэртону было тогда без малого пять
лет, и я только что начала показывать ему буквы.
Нам горько было расставаться; но слезы Кэтрин
имели больше власти, чем наши. Когда я отказалась
идти к ней в услужение и когда она увидела, что ее
просьбы на меня не действуют, она приступила с
жалобами к мужу и брату. Первый предложил мне
щедрое жалованье; второй приказал мне сложить
вещи: он-де не желает держать у себя в доме жен-
скую прислугу, раз нет хозяйки; а что до Гэртона,
так еще немного, и мальчишку можно будет сдать
на руки викарию. Так что у меня не оставалось выбора: делай, что велят. Я сказала господину, что он
спровадил от себя всех приличных людей только
для того, чтобы приблизить свою гибель; расцеловала маленького Гэртона, попрощалась... и с той поры
я для него чужая: странно подумать, но я уверена,
что он начисто забыл об Эллен Дин — о том, что был
он для нее всем на свете, как и она для него.

* * *

В этом месте своей повести ключница случайно
бросила взгляд на часы над камином и ужаснулась,
увидев, что стрелки показывают половину первого.
Она и слышать не хотела о том, чтоб остаться еще
хоть на минуту, да я и сам, по правде говоря, был не
прочь отложить продолжение ее рассказа. Теперь,
когда она ушла на покой, я, помечтав часок-другой,
тоже, пожалуй, соберусь с духом и пойду спать, невзирая на мучительную тяжесть в голове и во всем
теле.

Глава X

Прелестное вступление в жизнь отшельника! Целый месяц пыток, кашля и тошноты. Ох, эти пронизывающие ветры, и злобное северное небо, и бездорожье, и мешкотные деревенские врачи! И ох, эта скудость человеческих лиц! И что хуже всего — страшные намеки Кеннета, что мне едва ли придется выйти за порог до весны!

Только что меня почтил визитом мистер Хитклиф. С неделю тому назад он прислал мне пару куропаток — последних в сезоне. Мерзавец! Он не совсем неповинен в моей болезни; и меня так и подмывало сказать ему это. Но, увы! Как мог бы я оскорбить человека, который был столь милосерден, что просидел у моей кровати добрый час — и при этом не говорил о пилюлях и микстурах, пластырях и пиявках? Сейчас мне полегчало. Читать я еще не могу — слишком слаб, но, пожалуй, мне приятно было бы чем-нибудь поразвлечься. Не позвать ли миссис Дин, чтоб она закончила свой рассказ? Я могу восстановить в памяти его главные перипетии вплоть до той поры, когда она переехала сюда. Да, я помню: герой сбежал, и о нем три года не было вестей, а героиня вышла замуж! Позвоню! Добрая женщина будет рада убедиться, что я в состоянии весело разговаривать. Миссис Дин пришла.

— Еще двадцать минут до приема лекарства, сэр, — начала она.

— Ну его совсем! — ответил я. — Мне хотелось бы, знаете...

— Доктор говорит, что порошки вам пора бросить.

— С радостью брошу! Но дайте мне досказать.

Подойдите и сядьте. И держите руки подальше от этой печальной фаланги пузырьков. Достаньте из кармана ваше вязанье. Вот и хорошо... а теперь продолжайте историю мистера Хитклифа — с вашего переезда и до нынешнего дня. Он получил образование на континенте и вернулся джентльменом? Или попал стипендиатом в колледж, или сбежал в Америку и там стяжал почет, проливая кровь новых своих соотечественников? Или составил капитал куда быстрее на больших дорогах Англии?

— Возможно, что он перепробовал понемногу все эти поприща, мистер Локвуд; но я не могу поручиться ни за одно из них. Я уже сказала вам, что не знаю, как он нажил деньги; неизвестно мне также, каким образом он выбился из дикарского невежества, на которое его обрекли. Но с вашего разрешения я буду продолжать, как умею, если вы полагаете, что мой рассказ позабавит вас и не утомит. Вам лучше сегодня?

— Гораздо лучше.

— Добрая новость. Итак, я переехала с мисс Кэтрин в Скворцы, и, к моему приятному разочарованию, она вела себя несравненно лучше, чем я смела надеяться. Она, казалось, сверх всякой меры полюбила мистера Линтона и даже к его сестре относилась с большою нежностью. И муж и золовка были на редкость к ней внимательны, право. Не репейник склонился к жимолости, а жимолость обвилась вокруг репейника. Тут не было взаимных уступок: она стояла, не сгибаясь, и те уступали; а разве будет кто злобным и раздражительным, если не встречает ни противодействия, ни холодности? Я замечала, что мистером Эдгаром владеет непреодолимый

страх, как бы кто не вывел его жену из равновесия.
От нее он это скрывал, но когда, бывало, услышит,
что я ей резко отвечу, или увидит, что кто другой из
слуг насупится при каком-нибудь властном ее распоряжении, он всем своим хмурым видом выказывал тревогу, хотя никогда не омрачался, если дело
касалось его самого. Он не раз строго мне выговари-
вал за мою строптивость; для него, уверял он, хуже
ножа видеть, что его жену раздражают. Чтоб не
огорчать доброго господина, я научилась умерять
свою обидчивость; и с полгода порох лежал без-
обидный, как песок, — к нему не подносили огня,
он и не взрывался. На Кэтрин находила временами
полоса угрюмой молчаливости, и муж тоже становился тогда молчалив, пугаясь этих приступов и
приписывая их переменам в ее душевном складе,
произведенным опасной болезнью, потому что
раньше он никогда не наблюдал у нее угнетенного
состояния духа. А когда солнце, бывало, выглянет
вновь, тут просияет и он. Я, мне думается, могу с
уверенностью сказать, что им поистине выпало на
долю большое и все возраставшее счастье.

Оно кончилось. В самом деле, рано или поздно
мы непременно вспомним о себе; только кроткий и
великодушный любит самого себя с большим правом, чем властный. Их счастье кончилось, когда обстоятельства заставили каждого почувствовать, что
его интересы для другого не самое главное. Как-то в
теплый сентябрьский вечер я шла домой из сада с
тяжелой корзиной собранных мною яблок. Уже
стемнело, и месяц глядел из-за высокого забора, и
смутные тени таились в углах за бесчисленными
выступами здания. Я поставила ношу на ступеньку

крыльца перед кухонной дверью и остановилась передохнуть и еще немного подышать теплым и сладким воздухом; стоя спиной к дверям, я загляделась на луну, когда вдруг позади раздался голос:

— Нелли, ты?

Голос был низкий и с иноземным акцентом; но в том, как было произнесено мое имя, прозвучало для меня что-то знакомое. Я оглянулась, чтоб узнать, кто говорит; оглянулась с опаской — потому что дверь была заперта, а на дорожке не видно было никого. Что-то задвигалось под навесом крыльца, и, подступив ближе, я различила высокого человека в темной одежде, темнолицего и темноволосого. Он прислонился боком к двери и держал руку на щеколде, точно собирался войти. «Кто бы это мог быть? — подумала я. — Мистер Эрншо? Нет! Голос совсем другой».

— Я жду здесь целый час, — снова начал пришелец, а я все глядела в недоумении. — И все это время кругом было тихо, как в могиле. Я не посмел войти. Ты меня не узнаешь? Вглядись, я не чужой!

Луч скользнул по его лицу: щеки были изжелтабледные и наполовину заросли черными бакенбардами; брови угрюмо насуплены, запавшие глаза глядели странно. Я узнала глаза.

— Как! — вскричала я, не зная, уж не должна ли я считать его выходцем с того света, и в испуге загородилась ладонями. — Как! Ты вернулся? Это взаправду ты? Взаправду?

— Да. Хитклиф, — ответил он, переводя взгляд с меня на окна, в которых отражалось двадцать мерцающих лун, но ни единого отсвета изнутри. — Они дома? Где она? Или ты не рада, Нелли? Почему ты так расстроилась? Она здесь? Говори! Я хочу ей сказать два слова — твоей госпоже. Ступай и доложи, что ее хочет видеть один человек из Гиммертона.

— Как она это примет! — вскричала я. — Что станется с нею! И меня неожиданность ошеломила — ее же сведет с ума! А вы и вправду Хитклиф! Но как изменились! Нет, это непостижимо. Вы служили в армии?

— Ступай и передай, что я велел, — перебил он нетерпеливо. — Я в аду, пока ты тут медлишь!

Он поднял щеколду, и я вошла; но, подойдя к гостиной, где сидели мистер и миссис Линтоны, я не могла заставить себя сделать еще один шаг. В конце концов я решила: зайду и спрошу, не нужно ли зажечь свечи; и я отворила дверь.

Они сидели рядом у окна; распахнутая рама была откинута стеклом к стене, а за деревьями сада и глухим зеленым парком открывался вид на долину Гиммертона, и длинная полоса тумана вилась по ней почти до верхнего конца — пройдете часовню, и тут же, как вы, наверно, заметили, сток, идущий от болот, вливается в ручей, который бежит под уклон по лощине. Грозовой Перевал высился над этим серебряным маревом, но старый наш дом не был виден: он стоит чуть ниже, уже на том склоне. И комната, и сидевшие в ней, и вид, на который они смотрели, казались удивительно мирными. Мне было невмоготу передать то, с чем была я послана; и я уже собралась уйти, ничего не сказав — только спросила про свечи, — когда сознание собственной дурости понудило меня вернуться и пробормотать: «Вас хочет видеть, сударыня, какой-то человек из Гиммертона».

— Что ему надо? — отозвалась миссис Линтон.

— Я его не спрашивала, — ответила я.

— Хорошо, задерни гардины, Нелли, — сказала она, — и подай нам чай. Я сейчас же вернусь.

Она вышла из комнаты; мистер Эдгар спросил беззаботно, кто там пришел.

— Человек, которого миссис не ждет, — сказала я в ответ. — Хитклиф — помните, сэр? Тот мальчик, что жил у мистера Эрншо.

— Как! Цыган, деревенский мальчишка? — вскричал он. — Почему вы прямо не сказали этого Кэтрин?

— Тише! Вы не должны его так называть, сударь, — укорила я его, — госпожа очень огорчилась бы, если б услышала вас. Она чуть не умерла с горя, когда он сбежал. Я думаю, его возвращение для нее большая радость.

Мистер Линтон подошел к окну в другом конце комнаты, выходившему во двор. Он распахнул его и свесился вниз. Они, как видно, были там, внизу, потому что он тут же прокричал:

— Не стой на крыльце, дорогая! Проведи человека в дом, если он по делу.

Много позже я услышала, как щелкнула щеколда, и Кэтрин влетела в комнату, запыхавшаяся, неистовая, слишком возбужденная, чтобы выказать радость: в самом деле, по ее лицу вы скорей подумали бы, что стряслось страшное несчастье.

— Ох, Эдгар, Эдгар! — задыхаясь, вскричала она и вскинула руки ему на шею. — Эдгар, милый! Хитклиф вернулся, да! — И она сжала руки в судорожном объятии.

— Очень хорошо! — сказал сердито муж. —

И поэтому ты хочешь меня удушить? Он никогда не казался мне таким необыкновенным сокровищем. Не с чего тут приходить в дикий восторг!

— Я знаю, что ты его недолюбливал, — ответила она, несколько убавив свой пыл. — Но ради меня вы должны теперь стать друзьями. Позвать его сюда наверх?

— Сюда? — вскричал он. — В гостиную?

— Куда же еще? — спросила она.

Не скрыв досады, он заметил, что кухня была бы для него более подходящим местом. Миссис Линтон смерила мужа прищуренным взглядом — она не то гневалась, не то посмеивалась над его брезгливостью.

— Нет, — вымолвила она, помолчав, — я не могу сидеть на кухне. Накрой здесь два стола, Эллен: один будет для твоего господина и мисс Изабеллы — потому что они дворяне; а другой для Хитклифа и для меня — мы с ним люди поплоше. Так тебя устраивает, милый? Или мне приказать, чтобы нам затопили где-нибудь еще? Если так, распорядись. А я побегу займусь гостем. Радость так велика, что я боюсь, это вдруг окажется неправдой!

Она кинулась было вниз. Эдгар ее не пустил.

— Попросите его подняться, — сказал он, обратившись ко мне, — а ты, Кэтрин, постарайся не доходить в своей радости до абсурда! Совсем это ни к чему, чтобы вся прислуга в доме видела, как ты принимаешь, точно брата, беглого работника.

Я сошла вниз и застала Хитклифа стоящим на крыльце — видимо, в ожидании, что его пригласят войти. Он последовал за мной, не тратя слов, и я ввела его к господину и госпоже, чьи пылавшие лица выдавали недавний жаркий спор. Но лицо госпожи зажглось по-новому, когда ее друг показался в дверях: она кинулась к нему, взяла за обе руки и подвела к Линтону; потом схватила неподатливую руку Линтона и вложила ее в руку гостя. Теперь при свете камина и свечей я еще более изумилась, увидев, как преобразился Хитклиф. Он вырос высоким, статным атлетом, рядом с которым мой господин казался тоненьким юношей. Его выправка наводила на мысль, что он служил в армии. Лицо его по выражению было старше и по чертам решительней, чем у мистера Линтона, интеллигентное лицо, не сохранившее никаких следов былой приниженности. Злоба полуцивилизованного дикаря еще таилась в насупленных бровях и в глазах, полных черного огня, но она была обуздана. В его манерах чувствовалось даже достоинство: слишком строгие — изящными не назовешь, но и грубого в них ничего не осталось. Мой господин был столь же удивлен, как и я, если не больше; с минуту он растерянно смотрел, не зная, в каком тоне обратиться к «деревенскому мальчишке», как он его только что назвал. Хитклиф выронил его тонкую руку и, холодно глядя на него, ждал, когда он соизволит заговорить.

— Садитесь, сэр, — сказал наконец хозяин дома. — Миссис Линтон в память былых времен желает, чтобы я оказал вам радушный прием; и я, конечно, рад, когда делается что-нибудь такое, что доставляет ей удовольствие.

— Я тоже, — ответил Хитклиф, — и в особенности если к этому причастен я. Охотно посижу у вас часок-другой.

Он сел прямо против Кэтрин, которая глядела на него неотрывно, как будто боялась, что он исчезнет, если она отведет глаза. Он же не часто поднимал на нее свои: только кинет время от времени быстрый взгляд, но с каждым разом его глаза все доверчивей отражали то откровенное счастье, которое он пил из ее взора. Оба слишком были поглощены своею общей радостью, чтобы чувствовать смущение. Но мистер Эдгар был далеко не рад: он бледнел от досады; и его досада достигла высшего накала, когда жена поднялась и, пройдя по ковру, опять схватила Хитклифа за руки и рассмеялась, словно сама не своя.

— Завтра мне будет казаться, что это было во сне! — вскричала она. — Я не смогу поверить, что я тебя видела, и касалась тебя, и говорила с тобой еще раз. А все-таки, Хитклиф, жестокий! — ты не заслужил радушного приема. Уйти и молчать три года и ни разу не подумать обо мне!

— Я думал о тебе немного больше, чем ты обо мне, — проворчал он. — Недавно я услышал, что ты замужем, Кэти; и, стоя там, внизу, во дворе, я обдумывал такой план: взглянуть еще раз в твое лицо, на котором я, может быть, прочту удивление и притворную радость; потом свести свои счеты с Хиндли, а затем, не дав вмешаться правосудию, самому свершить над собою казнь. Твоя радость при нашей встрече заставила меня выкинуть из головы такие мысли; но берегись встретить меня в другой раз с иным лицом! Но нет, ты больше меня не прогонишь. Ты в самом деле жалела обо мне, жалела, да? Что ж, недаром. Трудно пробивался я в жизни, с тех пор как в последний раз слышал твой голос; и ты должна меня простить, потому что я боролся только за тебя!

— Кэтрин, пожалуйста, пока чай не простыл, сядем за стол, — перебил Линтон, стараясь сохранить свой обычный тон и должную меру учтивости. — Мистеру Хитклифу предстоит далекая прогулка, где бы он ни ночевал. Да и мне хочется пить.

Она села разливать чай; пришла на звонок и мисс Изабелла; пододвинув им стулья, я вышла из комнаты. Чай отпили в десять минут. Себе Кэтрин и не наливала: она не могла ни есть, ни пить. Эдгар налил немного в блюдце и сделал от силы два глотка. Гость просидел в этот вечер не больше часа. Я спросила, когда он уходил, не в Гиммертон ли ему.

— Нет, на Грозовой Перевал, — ответил он. — Мистер Эрншо пригласил меня, когда я утром наведался к нему.

Мистер Эрншо его пригласил! И он наведался к мистеру Эрншо! Я взвешивала эти слова, когда он ушел. Не лицемерит ли он, не явился ли в наши края, чтобы под маской дружбы чинить зло? Я мучительно раздумывала: предчувствие мне говорило, что появление Хитклифа — не к добру.

Около полуночи мой первый сон нарушили: миссис Линтон прокралась в мою комнату, присела с краю ко мне на кровать и, дернув за волосы, разбудила меня.

— Не могу спать, Эллен, — сказала она в извинение. — И мне нужно с кем-нибудь поделиться сейчас, когда я так счастлива! Эдгар не в духе, потому что я радуюсь тому, что для него неинтересно: он если и раскроет рот, так только для глупых брюзжаний; и он сказал мне, что с моей стороны жестоко и эгоистично затевать разговор, когда ему нездоровится и хочется спать. Всегда он так устроит, что ему нездоровится, если что-нибудь не по нему! Я сказала несколько добрых слов о Хитклифе, и он заплакал — то ли от головной боли, то ли от мучительной зависти; тогда я встала и ушла.

— Что проку нахваливать ему Хитклифа? — ответила я. — Мальчиками они не переносили друг друга, и Хитклиф с такой же досадой слушал бы, как хвалят мистера Линтона: это в природе человека. Не докучайте мистеру Линтону разговорами о Хитклифе, если вы не хотите открытой ссоры между ними.

— Но ведь это показывает, какой он слабый человек, правда? — упорствовала она. — Я вот не завистлива: мне ничуть не обидно, что у Изабеллы, скажем, такие яркие желтые волосы и белая кожа, и что она так изысканно изящна, и что вся семья ее балует. Даже ты, Нелли, когда нам случается с ней поспорить, ты всегда принимаешь сторону Изабеллы; а я уступаю, как неразумная мать: называю ее дорогою девочкой и улещиваю, пока она не придет в хорошее настроение. Ее брату приятно, что мы в добрых отношениях, а мне приятно, что он доволен. Но они очень похожи: оба — избалованные дети и воображают, что в мире все устроено нарочно для них; и хотя я им обоим потакаю — думается мне, хорошее наказание пошло бы им на пользу.

— Ошибаетесь, миссис Линтон, — сказала я. — Это они потакают вам; и представляю себе, что здесь творилось бы, не стань они вам потакать. Вы, правда, порой уступаете им в их мелких прихотях, покуда их главная забота — предупреждать ваше каждое желание. Но может случиться, что вы столкнетесь с ними на чем-нибудь одинаково важном для вас и для них. И тогда те, кого вы называете слабыми, обернутся, глядишь, такими же упрямцами, как вы.

— И тогда мы схватимся не на жизнь, а на смерть, не так ли, Нелли? — рассмеялась она. — Нет! Говорю тебе: я так верю в любовь Линтона, что кажется мне, я могла бы убить его, и он, умирая, не пожелал бы мне зла.

Я посоветовала ей тем более ценить его привязанность.

— Я ценю, — ответила она, — но он не должен плакать из-за каждого пустяка. Это ребячество; и, чем ударяться в слезы, когда я сказала, что Хитклиф теперь достоин уважения в чьих угодно глазах и для первейшего джентльмена в наших краях будет честью стать его другом, он должен был бы сам это сказать и радоваться вместе со мною. Он привыкнет к Хитклифу — должен привыкнуть! — и, возможно, даже полюбит его. А Хитклиф, когда подумаешь, какой у него к Эдгару счет, — Хитклиф, по-моему, вел себя превосходно!

— А как вы смотрите на то, что он заявился на Грозовой Перевал? — спросила я. — Он, вижу я, переменился во всех отношениях: истинный христианин! Протягивает руку дружбы всем своим врагам!

— Это он мне объяснил, — ответила она. — Я и сама удивилась. Он сказал, что зашел разведать обо мне, полагая, что ты еще живешь там; а Джозеф доложил о нем Хиндли, и тот вышел и стал расспрашивать, что он поделывал и как жил, и в конце концов затащил его в дом. Там сидели какие-то люди, играли в карты. Хитклиф тоже подсел играть; мой брат проиграл ему некоторую сумму и, увидев, что гость располагает большими деньгами, пригласил его зайти вечером еще раз — и Хитклиф согласился. Хиндли слишком безрассуден — где ему разумно подбирать знакомства! Он не дает себе труда призадуматься о том, что едва ли стоит вполне доверять человеку, с которым он в свое время так подло обошелся. Но Хитклиф утверждает, что возобновить отношения с прежним своим гонителем его побуждало не что иное, как желание устроиться поближе к Мызе, чтобы можно было ходить сюда пешком, — да и тяга к дому, где мы жили вместе; да еще надежда, что там я смогу видеться с ним чаще, чем если бы он обосновался в Гиммертоне. Он думает предложить щедрую плату за разрешение жить на Перевале; и, конечно, мой брат соблазнится и возьмет его в жильцы: он всегда был жаден, хотя то, что хватает одной рукой, тут же разбрасывает другой.

— Нечего сказать, приличное место для молодого человека! — заметила я. — Вы не боитесь последствий, миссис Линтон?

— Для моего друга — нет, — ответила она, — у него крепкая голова, и это убережет его от опасности. Я больше боюсь за Хиндли; но в отношении нравственном он не сделается хуже, чем есть, а от физического ущерба ему оградой я. Сегодняшний вечер примирил меня с богом и людьми! В своем озлоблении я мятежно восставала на провидение. О, я была в жестоком горе, Нелли! Знал бы этот жалкий человек, в каком жестоком, он постыдился бы, когда оно рассеялось, омрачать мне радость своим пустым недовольством. Только жалея Эдгара, я несла одна свое горе! Если бы я не скрывала той муки, которая часто меня терзала, он научился бы жаждать ей прекращения так же пламенно, как я. Но как бы там ни было, ей пришел конец, и я не стану мстить Эдгару за его неразумие: теперь я могу вытерпеть что угодно! Пусть самый последний человек ударит меня по щеке — я не только подставлю другую, а еще попрошу прощения, что вывела его из себя, и в доказательство я сейчас же пойду и помирюсь с Эдгаром. Спокойной ночи! Видишь, я ангел!

В этой самовлюбленной уверенности Кэтрин удалилась; и как успешно исполнила она свое намерение, стало ясно наутро: мистер Линтон не только забыл свое недовольство (хотя чрезмерная живость жены все еще, казалось, угнетала его), но даже не пробовал возражать, когда та, прихватив с собой Изабеллу, отправилась после обеда на Грозовой Перевал; и миссис Линтон вознаградила мужа такою пылкой нежностью и вниманием, что несколько дней наш дом был истинным раем; и для господина и для слуг неомрачимо светило солнце.

Хитклиф — мистер Хитклиф, так я буду называть его впредь — сперва навещал Скворцы осторожно: он как будто проверял, насколько терпимо относится владелец к его вторжению. Кэтрин тоже благоразумно сдерживала свою радость, когда принимала его; и он постепенно утвердился в правах желанного гостя. Он в большой мере сохранил ту выдержку, которой отличался мальчиком, и она помогала ему подавлять необузданные проявления чувств. Тревога моего господина была усыплена, а дальнейшие события отвели ее на время в другое русло.

Источником нового беспокойства было одно непредвиденное и злосчастное обстоятельство: у Изабеллы Линтон возникло внезапное и неодолимое влечение к гостю, допущенному в дом. Она была в ту пору прелестной восемнадцатилетней девушкой, ребячливой в своих манерах, хотя порой и проявлявшей острый ум, бурные чувства и резкий нрав — особенно если ее раздразнить. Брат, нежно ее любивший, был в ужасе от этого причудливого выбора. Уж не говоря об унизительном для семьи союзе с человеком без роду и племени и о возможной перспективе, что владения Линтонов, при отсутствии наследников мужского пола, перейдут к такому зятю, — Эдгар хорошо понимал истинную натуру Хитклифа; он знал, что как бы тот ни преобразился внешне, душа его осталась неизменной. И он страшился этой души; она его отталкивала: он и думать не хотел о том, чтобы отдать Изабеллу во власть подобного человека. Эта мысль претила бы ему еще сильней, когда б он разгадал, что влечение возникло без всякого домогательства с другой стороны и укрепилось, не пробудив ответного чувства. С той минуты, как Эдгар Линтон уверился в несчастной страсти своей сестры, он всю вину возложил на Хитклифа, предполагая с его стороны нарочитый расчет.

С некоторого времени мы все замечали, что мисс Линтон мучится чем-то и томится. Она стала раздражительной и скучной; постоянно вскидывалась на Кэтрин и задевала ее, пренебрегая неминуемой опасностью исчерпать весь небольшой запас ее терпения. Мы до известной степени извиняли девушку, приписывая все недомоганию: она худела и чахла на глазах. Но однажды, когда она особенно раскапризничалась — отшвырнула завтрак, пожаловалась, что слуги не выполняют ее приказаний; что хозяйка дома ее ни во что не ставит и Эдгар пренебрегает ею; что ее простудили, оставляя двери открытыми, и что в гостиной мы ей назло спускаем в камине огонь, — и к этому сотня других еще более вздорных обвинений, — миссис Линтон настоятельно потребовала, чтоб Изабелла легла в постель, и, крепко ее разбранив, пригрозила послать за доктором. При упоминании о Кеннете Изабелла тотчас заявила, что ее здоровье в полном порядке и только грубость невестки делает ее несчастной.

— Как ты можешь говорить, что я груба, избалованная ты негодница? — вскричала госпожа, пораженная несправедливым обвинением. — Ты просто сошла с ума. Когда я была с тобой груба, скажи?

— Вчера, — всхлипывала Изабелла, — и сейчас!

— Вчера? — сказала Кэтрин. — Когда же, по какому случаю?

— Когда мы шли вересковым полем: ты сказала, что я могу гулять, где мне угодно, а вы с мистером Хитклифом пойдете дальше!

— И это, по-твоему, грубость? — сказала Кэтрин со смехом. — Мои слова вовсе не означали, что ты при нас лишняя: нам было безразлично, с нами ты или нет. Просто я полагала, что разговоры Хитклифа для тебя незанимательны.

— Нет, нет, — рыдала молодая леди, — ты вздумала меня отослать, потому что знала, что мне хочется остаться!

— Она в своем уме? — спросила миссис Линтон, обратившись ко мне. — Я слово в слово повторю наш разговор, Изабелла, а ты объясни, что было в нем для тебя интересного.

— Не в разговоре дело, — ответила она. — Мне хотелось быть... быть около...

— Ну, ну!.. — сказала Кэтрин, видя, что та не решается договорить.

— Около него. И я не хочу, чтоб меня всегда отсылали! — продолжала она, разгорячившись. — Ты собака на сене, Кэти, ты не хочешь, чтобы любили кого-нибудь, кроме тебя!

— Ты маленькая дерзкая мартышка! — вскричала в удивлении миссис Линтон. — Но я не желаю верить этой глупости! Быть того не может, чтобы ты восторгалась Хитклифом, чтобы ты его считала приятным человеком! Надеюсь, я не так тебя поняла, Изабелла?

— Да, совсем не поняла, — сказала потерявшая голову девушка. — Я люблю его так сильно, как ты никогда не любила Эдгара. И он тоже мог бы меня полюбить, если бы ты ему позволила!

— Если так, хоть озолотите меня, не хотела бы я быть на твоем месте! — с жаром объявила Кэтрин. И она, казалось, говорила искренно. — Нелли, помоги мне убедить ее, что это — безумие. Разъясни ей, что такое Хитклиф: грубое создание, лишенное утонченности и культуры; пустошь, поросшая чертополохом и репейником. Я скорее выпущу эту канарейку в парк среди зимы, чем посоветую тебе отдать ему свое сердце. Поверь, дитя, только печальное непонимание его натуры, только оно позволило такой фантазии забрести в твою голову! Не воображай, моя милая, что под его суровой внешностью скрыты доброта и нежность, что он — простой селянин, этакий неотшлифованный алмаз, раковина, таящая жемчуг, — нет, он лютый, безжалостный человек, человек волчьего нрава. Я никогда не говорю ему: «Не трогай того или другого твоего врага, потому что будет жестоко и неблагородно причинить ему вред»; нет, я говорю: «Не тронь их, потому что я не желаю, чтоб их обижали». Он раздавит тебя, как воробьиное яйцо, Изабелла, если увидит в тебе обузу. Я знаю, он никогда не полюбит никого из Линтонов. Но он, возможно, не побрезгует жениться на твоих деньгах, взять тебя ради твоих видов на будущее: жадность сделалась главным его пороком. Таким его рисую тебе я, а я его друг — настолько, что если бы он всерьез задумал тебя уловить, я, пожалуй, придержала бы язык и позволила тебе попасться в его ловушку.

Мисс Линтон в негодовании глядела на невестку.

— Стыд! Стыд и срам! — повторяла она гневно. — Ты хуже двадцати врагов, лицемерный друг!

— Ага! Так ты мне не веришь? — сказала Кэтрин. — Ты думаешь, я говорю это из простого эгоизма?

— Не думаю, а знаю, — ответила Изабелла. — И мне до омерзения противно слушать тебя.

— Хорошо! — вскричала та. — Делай, как знаешь, раз ты так упряма: я свое сказала, но любые доводы бессильны перед твоею наглостью.

— И я должна страдать из-за этой эгоистки! — рыдала Изабелла, когда миссис Линтон вышла из комнаты. — Все, все против меня: она отняла у меня единственное утешение... Но ведь она наговорила сплошную ложь! Мистер Хитклиф не злодей: у него благородная и верная душа — иначе как бы мог он помнить ее столько лет?

— Изгоните его из ваших мыслей, мисс, — сказала я. — Он — недоброй породы птица и вам не чета. Миссис Линтон говорила зло, но я ничего не могу возразить на ее слова. Она лучше, чем я, знает его сердце, лучше, чем всякий другой; и она никогда не стала бы изображать его черней, чем он есть. Честные люди не скрывают своих дел. А он как жил? Как разбогател? Почему поселился на Грозовом Перевале, в доме человека, которого ненавидит? Говорят, с той поры, как он объявился, с мистером Эрншо все хуже и хуже. Они ночи напролет сидят вместе, и Хиндли прозакладывал всю свою землю и ничего не делает, только играет да пьет. Не далее как на той неделе я слышала — Джозеф сказал мне, когда я встретилась с ним в Гиммертоне... «Нелли, — сказал он мне, — такой повадился к нам народ, что теперь от нас не вылазит судебный следователь. Один так чуть не остался без пальцев, когда хотел удержать другого, который пытался прирезать сам себя, как теленка. Хозяину, видишь ли, не терпится предстать пред судейской сессией. Не страшится он ни земного суда, ни Павла, ни Петра, ни Иоанна, ни Матвея, никого из них — не таковский! Он хочет... он жаждет предстать пред ними в наглом своем обличье! А этот наш милейший Хитклиф, думаешь, хорош? Небось, как и всякий другой, рад посмеяться, когда дьявол шутит свои шутки. Он частенько приходит к вам на Мызу — а рассказывает он вам, как он славно живет у нас? Вот как у нас повелось: встают, когда заходит солнце; игральные кости, водка, ставни на запоре и свечи до полудня; а в полдень наш дуралей идет к себе в спальню и такую несет околесицу, так чертыхается, что приличные люди уши со стыда затыкают. Ну а тот молодчик, ему что! Подсчитает свои денежки, поест, поспит, да прочь со двора — к соседу посудачить с его женой. Он, поди, рассказывает госпоже Кэтрин, как течет в его карманы золото ее отца и как сынок ее отца скачет прямой дорогой в ад, а сам он забегает вперед, чтоб отворить ему адовы ворота?» Так вот, мисс Линтон, Джозеф — старый мерзавец, но он не враль, и если его рассказ о поведении Хитклифа отвечает правде, разве можете вы желать себе такого мужа?

— Вы заодно со всеми остальными, Эллен! — отозвалась она. — Не хочу я слушать ваших наговоров. Какая же вы злая, если хотите меня уверить, что нет на свете счастья!

Покончила б она с бредовой своей фантазией, если б ее предоставили себе самой, или продолжала бы упрямо носиться с нею, я не берусь судить: ей не дали времени одуматься. На другой день в соседнем городе был назначен съезд мировых судей; моему господину надлежало на нем присутствовать, и мистер Хитклиф, зная, что глава семьи в отлучке, пришел раньше обычного. Изабелла и Кэтрин сидели в библиотеке и обе враждебно молчали. Мисс была смущена давешней своей нескромностью и тем, что в порыве страсти открыла свои тайные чувства; миссис, поразмыслив, сочла себя не на шутку оскорбленной, и хотя она и теперь только смеялась над дерзостью золовки, ей захотелось повернуть дело так, чтобы той было не до смеха. Миссис и впрямь засмеялась, когда увидела, как прошел под окнами Хитклиф: я подметала очаг и заметила на ее губах озорную усмешку. Изабелла сидела, поглощенная своими мыслями или книгой, до самой той минуты, когда отворилась дверь; а там уже нельзя было ускользнуть из комнаты, что она сделала бы с радостью, будь то возможно.

— Входи, ты явился кстати! — воскликнула весело госпожа, придвигая стул к огню. — Мы тут вдвоем, и нам отчаянно нужен третий, кто растопил бы между нами лед; и ты как раз тот, кого мы обе для этого избрали бы. Хитклиф, я горда, что могу наконец показать тебе особу, которая любит тебя безрассудней, чем я. Ты, конечно, почтешь себя польщенным. Нет, это не Нелли, не смотри на нее! Это у моей бедной золовушки разбито сердце от одного лишь созерцания твоей телесной и духовной красоты. Теперь, если пожелаешь, ты можешь стать Эдгару братом! Нет, нет, Изабелла, не беги, — продолжала она, с напускною игривостью удерживая смущенную девушку, которая в негодовании встала. — Мы тут с ней из-за тебя сцепились, как две кошки, Хитклиф! И меня куда как превзошли в изъявлениях преданности и восторга! Мало того, мне дали понять, что если б только я держалась в стороне, как требуют приличия, то соперница, вздумавшая со мной потягаться, пустила бы в твое сердце стрелу, которая сразила бы тебя навек, и мой образ был бы предан вечному забвению!

— Кэтрин! — сказала Изабелла, призвав на помощь все свое достоинство и гордо отказавшись от попытки вырвать из крепких тисков свою руку. — Я попросила бы вас придерживаться правды и не клеветать на меня хотя бы и в шутку! Мистер Хитклиф, будьте добры, попросите вашу приятельницу отпустить меня: она забывает, что мы с вами не такие близкие знакомые; и то, что ей в забаву, для меня невыразимо мучительно.

Так как гость ничего не ответил и сел на стул с видом полного безразличия к чувствам, которые он ей внушил, Изабелла отвернулась от него и шепотом взмолилась к истязательнице, чтобы та ее отпустила.

— Ни за что! — вскричала в ответ миссис Линтон. — Я не хочу еще раз услышать, что я собака на сене. Ты останешься. Так вот, Хитклиф! Почему ты не выражаешь радости по поводу моего приятного сообщения? Изабелла клянется, что любовь Эдгара ко мне ничто перед любовью, которой она пылает к тебе. Помнится, она утверждала что-то в этом роде; правда, Эллен? И со вчерашнего утра, после нашей прогулки, она постится от горя и ярости из-за того, что я усла ее, полагая ваше общество для нее неприемлемым.

— Я думаю, ты оговорила девицу, — сказал Хитклиф, повернувшись к ним вместе со стулом. — Мое общество ей нежелательно — во всяком случае, сейчас!

И он посмотрел на предмет их спора, как иные смотрят на странное и отвратительное животное: например, на индийскую сороконожку, которую с любопытством разглядывают, хоть она и вызывает гадливость. Бедняжка не могла этого перенести: она то бледнела, то краснела и с повисшими на ресницах слезами изо всех сил старалась разжать своими маленькими пальчиками цепкую руку Кэтрин; но, убедившись, что едва она оторвет от своей руки один ее палец, как та еще крепче прижимает другой, и что ей никак не отогнуть все сразу, она пустила в ход ногти; острые, они тотчас изузорили пальцы соперницы красными полукружьями.

— Вот она, тигрица! — вскричала миссис Линтон и, отпустив ее, замахала исцарапанной рукой. — Уходи, ради бога, и спрячь свое лисье лицо! Ну не безрассудно ли показывать свои коготки при нем? Разве ты не догадываешься, какой он сделает вывод? Хитклиф, смотри: вот орудия пытки, ждущие, чтоб их пустили в ход, — береги свои глаза!

— Я бы их сорвал с ее пальцев, посмей она только пригрозить мне ими, — ответил он злобно, когда дверь за ней закрылась. — Но с чего ты вздумала дразнить таким способом девчонку, Кэти? Ведь не сказала ж ты правду?

— Чистую правду, уверяю тебя, — был ответ. — Она уже несколько недель сохнет по тебе. А сегодня утром она бредила тобой и излила на меня поток оскорблений, когда я выставила тебя перед ней в истинном свете — со всеми твоими недостатками, — чтоб охладить ее восторг. Но впредь забудь и думать об этом: я хотела наказать ее за дерзость, только и всего. Она мне слишком дорога, мой милый Хитклиф, чтобы я позволила тебе захватить ее и съесть.

— А мне она слишком противна, чтобы я стал ее есть, — ответил он. — Разве что по образу вампира. Ты бы услышала о странных вещах, доведись мне жить с ней под одною крышей и вечно видеть это приторное, восковое лицо: самым обыденным делом было бы через два дня на третий выводить радужные узоры на его белизне и превращать ее голубые глаза в черные, — они омерзительно похожи на глаза Линтона.

— Восхитительно похожи! — поправила Кэтрин. — Глаза горлинки, ангела!

— Она наследница своего брата, не правда ли? — спросил он, немного помолчав.

— Мне не хотелось бы думать, что это так, — возразила собеседница. — Бог даст, полдюжины племянников сведут на нет все ее права! А теперь выбрось из головы эти мысли, ты слишком падок на соседское добро: не забывай, что добро *этого* соседа — мое добро.

— Оно точно так же было бы твоим, когда принадлежало бы мне, — сказал Хитклиф. — Но если Изабелла Линтон и глупа, едва ли она — сумасшедшая. Итак, последуем твоему совету и не будем больше касаться этого вопроса.

В разговоре они его больше не касались; и Кэтрин, возможно, забыла и думать о нем. Но гость, я уверена, в течение вечера часто к нему возвращался в мыслях. Я видела, как он улыбался самому себе — вернее, скалился, и погружался в зловещее раздумье, когда миссис Линтон отлучалась из комнаты.

Я решила следить за ним. Сердце мое неизменно тянулось к моему господину, и я всегда держала его сторону, а не сторону Кэтрин; и, думается мне, по справедливости, потому что он всегда был добрым, верным и достойным; а она — не скажу, чтобы она была в этом смысле полной ему противоположностью, но она разрешила себе такую свободу, что я не очень-то доверяла ее нравственным правилам и еще того меньше разделяла ее чувства. Мне хотелось, чтобы какой-нибудь случай мирно избавил и Грозовой Перевал и Скворцы от мистера Хитклифа, чтобы жить нам, как мы жили прежде, до его возвращения. Его приход к нам бывал для меня всякий раз как дурной сон, и, мнилось мне, для моего господина тоже. Мысль, что Хитклиф живет на Грозовом Перевале, угнетала нас неизъяснимо. Я угадывала, что господь предоставил там заблудшей овце брести своею дурною стезей, а злой зверь притаился у овчарни, выжидая своего часа, чтобы наброситься и растерзать овцу.

Глава XI

Не раз, когда я раздумывала об этом в одиночестве, меня охватывал внезапный ужас, я вскакивала, надевала шляпу, чтоб пойти на ферму — узнать, как они там живут. Совесть внушала мне, что мой долг — предупредить Хиндли, растолковать ему, что люди осуждают его образ жизни; но я вспоминала затем, как закоснел он в своих дурных обычаях, и, не чая обратить его к добру, не смела переступить порог его печального дома; я даже не была уверена, будут ли там мои слова приняты как должно, подействуют ли они.

Как-то раз я вышла за старые ворота и направилась по дороге к Гиммертону. Было это как раз о ту пору, до которой я дошла в моем рассказе. Стоял ясный морозный день; голая земля, дорога твердая и сухая. Я подходила к каменному столбу у развилины, где от большака отходит налево в поле проселочная дорога. На нетесаном песчанике вырезаны буквы — с северной стороны Г. П., с восточной Г., и М. С. с юго-западной. Это веха на пути к Скворцам, к Перевалу и к деревне. Солнце зажгло желтым светом серую маковку столба, напомнив мне лето; и сама не знаю, с чего бы, что-то давнее, детское проснулось в моем сердце. Двадцать лет назад мы с Хиндли облюбовали это местечко. Я долго глядела на выветренный камень и, нагнувшись, разглядела у его основания ямку, все еще набитую галькой и ракушками, которые мы, бывало, складывали сюда вместе с другими менее прочными предметами. И живо, как наяву, я увидела сидящим здесь на увядшей траве товарища моих детских игр — увидела его темную квадратную голову, наклоненную вперед, и маленькую руку, выгребающую землю куском сланца. «Бедный Хиндли!» — воскликнула я невольно. И отпрянула: моим обманутым глазам на мгновение привиделось, что мальчик поднял лицо и глядит на меня! Он исчез; но тут же меня неодолимо потянуло на Перевал. Суеверное чувство побудило меня уступить своему желанию. «А вдруг он умер! — подумалось мне. — Или скоро умрет! Вдруг это — предвестие смерти!» Чем ближе я подходила к дому, тем сильней росло мое волнение; когда я завидела наш старый дом, меня всю затрясло. Видение обогнало меня: оно стояло в воротах и смотрело на дорогу. Такова была моя первая мысль, когда я увидела лохматого кареглазого мальчика, припавшего румяной щечкой к косяку. Затем, сообразив, я решила, что это, должно быть, Гэртон — мой Гэртон, не так уж изменившийся за десять месяцев нашей разлуки.

— Бог тебя благослови, мой маленький! — крикнула я, тотчас позабыв свой глупый страх. — Гэртон, это я, Нелли! Няня Нелли!

Он отступил на шаг и поднял с земли большой камень.

— Я пришла повидать твоего отца, Гэртон, — добавила я, угадав по его движению, что если Нелли и жила еще в его памяти, то он ее не признал во мне.

Он замахнулся, чтобы пустить в меня камень; я принялась уговаривать, но не могла остановить его: камень попал в мою шляпу; а затем с лепечущих губок малыша полился поток брани, которая, понимал ли он ее смысл, или нет, произносилась им с привычной уверенностью и исказила детское личико поразившей меня злобой. Поверьте, это меня не столько рассердило, сколько опечалило. Чуть не плача, я достала из кармана апельсин и протянула мальчику, чтоб расположить его к себе. Он сперва колебался, потом выхватил у меня гостинец, точно думал, что я собираюсь подразнить его и затем обмануть. Я показала второй апельсин, держа его так, чтоб он не мог дотянуться.

— Кто тебя научил таким словам, мой мальчик? — спросила я. — Неужто викарий?

— К черту и тебя и викария! Давай сюда! — ответил он мне.

— Ответь мне, где ты этому научился, тогда получишь, — сказала я. — Кто тебя учит?

— Папа-черт, — был ответ.

— Так. И чему ты учишься у папы? — продолжала я. Он подпрыгнул, чтобы выхватить апельсин. Я подняла выше. — Чему он тебя учит? — спросила я.

— Ничему, — сказал он, — только чтоб я не вертелся под ногами. Папа меня терпеть не может, потому что я его ругаю.

— Ага! А ругать папу тебя учит черт? — сказала я.

— Не-ет, — протянул он.

— А кто же?

— Хитклиф.

Я спросила, любит ли он мистера Хитклифа.

— У-гу, — протянул он опять.

Я стала выпытывать, за что он его любит, но добилась только слов:

— Не знаю! Папа задаст мне, а он папе... он бранит папу, когда папа бранит меня. Он говорит, что я могу делать, что хочу.

— А викарий не учит тебя читать и писать? — расспрашивала я.

— Нет, мне сказали, что викарию вышибут... все зубы и... и заставят проглотить их, если он только переступит наш порог. Так обещал Хитклиф!

Я отдала ему апельсин и попросила сказать отцу, что женщина по имени Нелли Дин хочет с ним поговорить и ждет его у ворот. Он побежал по дорожке и скрылся в доме; но вместо Хиндли на крыльце появился Хитклиф; и я тут же повернула назад, помчалась, не чуя ног, вниз по дороге и не остановилась, пока не добежала до развилка, — и так мне было страшно, точно я увидела домового. Тут нет прямой связи с историей мисс Изабеллы, но после этого случая я решила, что буду держать ухо востро и не пожалею сил, а не дам дурному влиянию захватить Скворцы: пусть даже я вызову бурю в доме, отказавшись потворствовать во всем миссис Линтон.

В следующий раз, когда явился Хитклиф, случилось так, что наша барышня кормила во дворе голубей. За три дня она не перемолвилась ни словом с невесткой; но свои капризы она тоже бросила, и для нас это было большим облегчением. Хитклиф, я знала, не имел привычки оказывать много внимания мисс Линтон. А сейчас, увидев ее, он первым делом обвел осторожным взглядом весь фасад дома. Я стояла на кухне у окна, но отступила так, чтоб меня не видели. Затем он пересек площадку, подошел к мисс и что-то ей сказал. Она, как видно, смутилась и хотела убежать; он удержал ее, положив ей руку на плечо. Она отворотила лицо: он, по-видимому, задал ей какой-то вопрос, на который она не желала отвечать. Еще один быстрый взгляд на окна, и, полагая, что его не видят, негодяй не постыдился ее обнять.

— Иуда! Предатель! — закричала я. — Вы вздумали вдобавок лицемерить, да? Обманщик!

— Кого ты так, Нелли? — сказал голос Кэтрин позади меня: поглощенная наблюдением за теми двумя во дворе, я не заметила, как вошла госпожа.

— Вашего бесценного друга! — ответила я с жаром. — Эту подлую змею! Ага, он нас заметил — идет в дом! Посмотрю я, как станет он теперь оправдываться: кружит барышне голову, а вам говорит, что не выносит ее!

Миссис Линтон видела, как Изабелла вырвалась и побежала в сад; а минутой позже Хитклиф отворил дверь. Я не сдержалась и дала волю своему негодованию; но Кэтрин гневно приказала мне замолчать, грозя выпроводить меня из кухни, если я не придержу свой дерзкий язык.

— Послушать тебя, так каждый подумает, что ты здесь хозяйка! — кричала она. — Изволь знать свое место! Хитклиф, ты что тут затеваешь? Я же тебе сказала — оставь Изабеллу в покое! Прошу тебя, не смущай ее, если ты не наскучил этим домом и не хочешь, чтобы Линтон запер перед тобою дверь.

— На это он, бог даст, не решится! — ответил негодяй. Я его уже и тогда ненавидела. — Он с божьей помощью будет и дальше кроток и терпелив! Мне с каждым днем все больше не терпится отправить его в рай!

— Тише! — сказала Кэтрин и притворила дверь в комнаты. — Не зли меня. Почему ты пренебрег моим требованием? Она ведь не случайно встретилась с тобой?

— А тебе что? — проворчал он. — Я вправе ее целовать, если ей это нравится. И ты не вправе возражать. Я не муж твой: ревновать меня тебе не приходится!

— Я тебя и не ревную, — ответила госпожа, — я ревную *к тебе*. Не хмурься и не гляди на меня волком! Если ты любишь Изабеллу, ты женишься на ней. Но любишь ли ты ее? Скажи правду, Хитклиф! Ага, ты не отвечаешь. Уверена, что не любишь!

— Да согласится ли еще мистер Линтон, чтоб его сестра вышла замуж за такого человека? — спросила я.

— Мистер Линтон *должен* будет согласиться, — ответила решительно госпожа.

— Можно избавить его от этого труда, — сказал Хитклиф. — Я отлично обойдусь и без его согласия. Что же касается тебя, Кэтрин, то позволь мне сказать несколько слов, раз на то пошло. Тебе следует знать, что я отлично понимаю, как гнусно ты со мной обходишься — да, гнусно! Слышишь? И если ты надеешься, что я этого не замечаю, ты глупа; если ты думаешь, что меня можно утешить сладкими словами, ты — идиотка; и если ты воображаешь, что я отказался от мести, ты очень скоро убедишься в обратном! А пока благодарю тебя, что ты открыла мне тайну своей золовки: даю слово, я воспользуюсь этим как надо. А ты держись в стороне!

— Что это? Ого! Он показывает себя по-новому! — вскричала в изумлении миссис Линтон. — Я с тобою гнусно обхожусь?.. И ты отомстишь? Как ты будешь мстить, неблагодарный пес? И в чем же гнусность моего обхождения?

— Тебе я не собираюсь мстить, — ответил Хитклиф несколько мягче. — Мой план не в этом. Тиран топчет своих рабов, и они не восстают против него: они норовят раздавить тех, кто у них под пятой. Тебе дозволяется замучить меня до смерти забавы ради — но уж дай и мне позабавиться в том же духе и, если только можешь, воздержись от оскорблений. Ты сровняла с землей мой дворец, не строй же теперь лачугу и не умиляйся собственному милосердию, разрешая мне в ней поселиться. Когда бы я вообразил, что тебе в самом деле хочется женить меня на Изабелле, я бы перерезал себе горло!

— Ага, беда в том, что я не ревную, да?! — закричала Кэтрин. — Хорошо, я больше не буду сватать тебе никаких невест: это все равно что дарить черту погибшую душу. Для тебя, как для него, одна отрада — приносить несчастье. Ты это доказал. Эдгар излечился от раздражительности, которой поддался было при твоем появлении; я начинаю приходить в равновесие; а ты не находишь себе покоя, пока в доме у нас мир, и решил, как видно, вызвать ссору. Что ж, рассорься с Эдгаром, Хитклиф, обольсти его сестру: ты напал на самый верный способ отомстить мне.

Разговор оборвался. Миссис Линтон сидела у огня, раскрасневшаяся и мрачная. Дух, который был у ней на службе, вышел из повиновения: она не могла ни унять его, ни управлять им. Хитклиф стоял у очага, скрестив руки на груди, и думал свою злую думу; в таком положении я оставила их и пошла к господину, недоумевавшему, почему Кэтрин замешкалась внизу.

— Эллен, — сказал он, когда я вошла, — вы не видели госпожу?

— Видела. Она на кухне, сэр, — ответила я. — Ее очень расстроило поведение мистера Хитклифа. Да и в самом деле, довольно, мне кажется, этих дружеских визитов. Излишняя мягкость порой причиняет зло; так оно и вышло у нас... — И я рассказала о сцене во дворе и передала, насколько посмела точно, последовавший спор. Я полагала, это не может оказаться гибельным для миссис Линтон; разве что она сама себя погубит, встав на защиту гостя. Эдгар Линтон с трудом дослушал меня до конца. Первые же его слова показали, что он не склонен непременно обелять жену.

— Это недопустимо! — вскричал он. — Просто позор, что она его считает своим другом и навязывает мне его общество! Позовите мне двух людей из прихожей, Эллен. Кэтрин больше не должна разговаривать с этим низким негодяем — довольно я ей потакал.

Он спустился вниз и, приказав слугам ждать в коридоре, прошел со мною на кухню. Те двое возобновили свой гневный спор: по крайней мере, миссис Линтон нападала теперь с новым рвением; Хитклиф отошел к окну и понурил голову, как видно, несколько растерявшись перед яростью ее нападок. Он первый увидел мистера Линтона и поспешил сделать ей знак, чтобы она замолчала; поняв, в чем дело, она сразу притихла.

— Что такое? — сказал Линтон, обратившись к ней. — Или ты утратила всякое понятие о приличии? Ты остаешься здесь после всего, что наговорил тебе этот подлец? Мне думается, ты только потому не находишь в его словах ничего особенного, что это его обычный разговор: привыкла сама к его низостям и воображаешь, что и я могу примириться с ними!

— Ты подслушивал у дверей, Эдгар? — спросила госпожа нарочито небрежным тоном, рассчитанным на то, чтобы раздразнить мужа: как будто ее нисколько не смущало, что он сердится. Хитклиф, поднявший глаза, когда тот заговорил, зло усмехнулся при этом ответе; должно быть, нарочно, чтобы отвлечь на себя внимание мистера Линтона. Это ему удалось; но Эдгар не собирался доставить гостю развлечение, дав волю своим чувствам.

— До сих пор я был к вам снисходителен, сэр, — сказал он спокойно. — Не потому, что я не знал вашего жалкого, низкого нрава. Но я считал, что вы только частично виноваты в нем; и когда Кэтрин пожелала поддерживать с вами знакомство, я на это неразумно согласился. Ваше общество — яд, который неизбежно отравляет даже самую чистую душу. По этой причине — и во избежание более тяжелых последствий — я не намерен впредь принимать вас в своем доме и требую, чтобы вы немедленно удалились. Если вы задержитесь хоть на три минуты, вас с позором выведут отсюда.

Хитклиф смерил говорившего насмешливым взглядом.

— Кэти, твой ягненок грозится, точно бык! — сказал он. — Как бы ему не размозжить свой череп о мой кулак. Ей-богу, мистер Линтон, мне крайне огорчительно, что вы не стоите хорошего пинка!

Мой господин поглядел на дверь в коридор и сделал мне знак привести людей: он не собирался самолично схватиться с противником — не хотел идти на этот риск. Я подчинилась; но миссис Линтон, что-то заподозрив, пошла за мною следом, и, когда я попробовала их позвать, она оттолкнула меня, захлопнула дверь и заперла ее на ключ.

— Достойный прием! — сказала она в ответ на гневно-удивленный взгляд мужа. — Если у тебя не хватает смелости напасть на него, принеси извинения или дай себя побить. Впредь тебе наука: не притворяйся храбрецом! Нет, ключа ты не получишь — я его скорее проглочу! Прекрасно вы меня отблагодарили за мою доброту к вам обоим! За постоянное мое снисхождение к слабости одного и к злонравию другого я получила в награду лишь доказательства слепой неблагодарности — до нелепости глупой! Эдгар, я защищала тебя и твой дом! Но за то, что ты посмел нехорошо помыслить обо мне, я хочу, чтоб Хитклиф избил тебя до дурноты.

Не потребовалось, однако, никакого рукоприкладства, чтобы моему господину в самом деле стало дурно. Он попробовал отнять у Кэтрин ключ, но она его для верности зашвырнула в самый жар; и тут мистера Эдгара схватила нервная судорога, лицо его стало мертвенно-бледным. Он, хоть умри, не мог остановить этого неприятного последствия своего чрезмерного волнения: боль и унижение совсем сломили его. Он откинулся в кресле и закрыл лицо.

— Праведное небо! В былые дни вас посвятили бы за это в рыцари! — вскричала миссис Линтон. — Мы сражены! Сражены! А Хитклиф тебя и пальцем не задел бы, ведь это все равно как королю двинуть свои войска на стаю мышей. Не дрожи! Тебя никто не тронет! Ты не ягненок даже, ты — зайчишка!

— Будь счастлива, Кэти, с этим трусом, у которого в жилах течет молоко! — сказал ее друг. — Поздравляю тебя с удачным выбором. И этого жалкого слюнтяя ты предпочла мне! Я не стал бы марать о него руку, но дал бы ему пинка — и с полным удовольствием. Он, кажется, плачет? Или собирается упасть в обморок со страху?

Насмешник подошел и толкнул ногою кресло, в котором лежал Линтон. Лучше бы он держался подальше; мой господин вскочил и нанес ему прямо в грудь такой удар, который человека послабее наверно свалил бы. У Хитклифа на минуту захватило дух. И пока он не отдышался, мистер Линтон вышел черным ходом во двор и оттуда вошел в парадное.

— Ну вот! Теперь тебе закрыта сюда дорога! — закричала Кэтрин. — Уходи скорей! Он вернется с парой пистолетов и с целой сворой помощников. Если он подслушал нас, он, конечно, никогда тебе не простит. Ты сыграл с ним злую шутку, Хитклиф! Но уходи, уходи скорей! Мне легче видеть припертым к стене Эдгара, чем тебя.

— Ты полагаешь, я уйду, когда у меня все внутри горит от его удара! — взревел Хитклиф. — Клянусь всеми чертями, нет! Я его раздавлю, как пустой орех, прежде чем оставлю этот дом! Я должен сейчас же поколотить его, или я когда-нибудь его убью; дай же мне до него добраться, если тебе дорога его жизнь.

— Он не придет, — сказала я, решившись приврать. — Идут кучер и два садовника. Вы, конечно, не станете ждать, чтобы они вас вытолкали за ворота! У них у каждого в руке по дубинке; а хозяин пошел, должно быть, в гостиную — смотреть в окошко, так ли они исполняют его приказ.

Садовники и кучер в самом деле шли, но с ними и Линтон. Они были уже во дворе. Хитклиф, подумав, предпочел уклониться от схватки с тремя слугами; он взял кочергу, вышиб ею дверь и выбежал в коридор, прежде чем те ввалились с черного хода.

Миссис Линтон, возбужденная до крайности, попросила меня проводить ее наверх. Она не знала, как я способствовала разыгравшемуся скандалу, и мне вовсе не хотелось, чтобы ей это стало известно.

— Еще немного, и я сойду с ума, Нелли! — вскричала она, кидаясь на диван. — Тысяча кузнечных молотов стучит в моей голове! Предупредите Изабеллу, чтоб она держалась от меня подальше. Весь этот переполох — из-за нее; и если она или кто другой вздумает теперь еще сильнее распалить мой гнев, я приду в бешенство. И скажи Эдгару, Нелли, если ты еще увидишь его до ночи, что мне грозит опасность не на шутку заболеть. И я хотела бы, чтоб так оно и вышло. Я потрясена — так он меня удивил и огорчил! Пусть он испугается. С него, пожалуй, станется еще, что он придет и начнет корить меня или жаловаться; я, понятно, тоже пущусь обвинять, и бог знает, чем все это кончится у нас! Ты ему скажешь, моя хорошая Нелли? Ты же видишь, я совсем в этом деле не виновата. Что его толкнуло подслушивать у дверей? Хитклиф, когда ты ушла от нас, наговорил много оскорбительного; но я отвратила бы его от Изабеллы, а остальное неважно. И вот все пошло прахом! И только потому, что моего супруга обуяла жажда послушать о себе дурное... в ином дураке она сидит, как бес! Эдгар ровно ничего не потерял бы, если б не узнал о нашем разговоре. В самом деле, когда он напустился на меня со своими неуместными нареканиями — после того как я ради него же до хрипоты отругала Хитклифа, — мне стало все равно, что бы они там ни сделали друг с другом: я почувствовала, что, чем бы ни кончилась эта сцена, мы будем разлучены бог знает на какое долгое время! Хорошо же! Если я не могу сохранить Хитклифа как друга... если Эдгар хочет быть мелким и ревнивым, я нарочно погублю себя и разобью им обоим сердца, разбив свое. Так я быстро всему положу конец, когда меня доведут до крайности! Но это последнее средство — на случай, если не останется больше никакой надежды, и для Линтона это не будет так уж неожиданно. До сих пор он был осторожен, он боялся меня раздражать: ты должна разъяснить ему, как опасно отступать от такой политики, должна напомнить, что моя пылкость, если ее разжечь, переходит в безумие. Я хотела бы, чтобы с твоего лица сошло наконец это бесстрастие, чтоб отразилось на нем немного больше тревоги за меня!

Конечно, тупое безразличие, с которым я принимала ее распоряжения, могло хоть кого разозлить: она говорила с полной искренностью. Но я считала, что уж если человек заранее располагает обернуть себе на пользу свои приступы ярости, то он способен, направив к тому свою волю, даже в самый разгар приступа сохранить над собою достаточную власть, и я не желала «запугивать» ее мужа, как она меня просила, и усугублять его волнение ради ее эгоистических целей. Поэтому, встретив господина, когда он направлялся в гостиную, я ничего ему не сказала; но я позволила себе вернуться назад и послушать, не пойдет ли у них снова спор. Линтон заговорил первый.

— Не уходи, Кэтрин, — начал он без тени гнева в голосе, но со скорбной безнадежностью. — Я буду краток. Не препираться я пришел и не мириться. Я только хочу знать, намерена ли ты после всего, что сегодня случилось, продолжать свою дружбу...

— О, ради бога! — перебила госпожа и притопнула ногой. — Ради бога, на сегодня довольно! Твою холодную кровь не разжечь до лихорадки: в твоих жилах течет студеная вода; а в моих все кипит, и, когда я вижу такое хладнокровие, меня трясет!

— Если хочешь, чтоб я отвязался, ответь на мой вопрос, — упорствовал мистер Линтон. — Ты *должна* ответить, а горячность твоя меня не тревожит. Я убедился, что ты, когда захочешь, умеешь быть такой же сдержанной, как всякий другой. Намерена ли ты отныне порвать с Хитклифом — или ты порываешь со мной? Ты не можешь быть другом одновременно и мне и ему; и я желаю знать, кого ты выбираешь.

— А я желаю, чтоб меня оставили в покое! — прокричала Кэтрин с яростью. — Я этого требую! Или ты не видишь, что я еле держусь на ногах? Эдгар, ты... ты отступаешься от меня?

Она дернула звонок так, что шнур с дребезжаньем оборвался; я вошла неторопливо. Это и святого вывело бы из себя — такое бессмысленное, злое беснование! Раскинувшись, она билась головой о валик дивана и так скрипела зубами, что казалось, вот-вот раскрошит их! Мистер Линтон стоял над ней и глядел в раскаянье и страхе. Он велел мне принести воды. Она задыхалась и не могла говорить. Я принесла полный стакан и, так как она не стала пить, побрызгала ей в лицо. Через несколько секунд она вытянулась в оцепенении; глаза у нее закатились, а щеки, сразу побелев и посинев, приняли мертвенный вид. Линтон был в ужасе.

— Ничего тут страшного нет, — прошептала я. Мне не хотелось, чтоб он уступил, хотя в глубине души я и сама ощущала невольный страх.

— У нее кровь на губах! — сказал он, содрогнувшись.

— Не обращайте внимания! — ответила я жестко. И я ему рассказала, как перед его приходом она решила разыграть припадок. По неосторожности я сообщила это слишком громко, и она услышала; она вскочила, волосы рассыпались у нее по плечам, глаза горели, мускулы на шее и руках неестественно напряглись. Я ждала, что мне по меньшей мере переломают кости. Но она только повела вокруг глазами и кинулась вон из комнаты. Господин приказал мне последовать за ней; я дошла до дверей ее спальни; не дав мне войти, она заперла дверь на ключ.

Так как наутро она не соизволила спуститься к завтраку, я пошла спросить, не пожелает ли она, чтобы ей принесли чего-нибудь в комнату. «Нет!» — отвечала она повелительно. Тот же вопрос был задан в обед, и когда мы пили чай, и на следующее утро опять — но ответ был все тот же. Мистер Линтон со своей стороны проводил все время в библиотеке и не справлялся, чем занята жена. Он целый час беседовал с Изабеллой, надеясь, что сестра, как приличествует девице, выразит свое возмущение по поводу заигрываний Хитклифа; но он ничего не мог понять из ее уклончивых ответов и был принужден прекратить допрос, так и не добившись толку; все же в заключение он ее торжественно предупредил, что если она по сумасбродству своему станет поощрять недостойного искателя, то сама разорвет этим узы, связывающие ее с братом.

Глава XII

Пока мисс Линтон бродила по парку и саду, всегда молчаливая и почти всегда в слезах; пока Эдгар запирался среди книг, которых не раскрывал, — томясь, как мне думалось, неотступным смутным ожиданием, что Кэтрин, раскаявшись в своем поведении, сама придет просить прощения и мириться; и пока та упрямо постилась, воображая, верно, что за каждой трапезой кусок становится Эдгару поперек горла из-за ее отсутствия и только гордость мешает ему прибежать и броситься ей в ноги, — я занималась своими хозяйственными делами в уверенности, что на Мызе остался только один разумный человек, и человек этот — Эллен Дин. Я не пыталась утешать барышню или уговаривать госпожу и не обращала большого внимания на вздохи господина, который жаждал услышать хотя бы имя своей леди, если ему не позволяют слышать ее голос. Я рассудила так: по мне, пусть их обходятся как знают; и хотя все шло с томительной медлительностью, я начинала радоваться забрезжившей, как мне казалось, заре успеха.

Миссис Линтон на третий день отперла свою дверь и, так как у нее кончилась вода в графине и в кувшине, потребовала, чтоб ей их опять наполнили и подали миску каши — потому что она, кажется, умирает... Эти слова, решила я, предназначались для ушей Эдгара; сама я этому ничуть не поверила и, никому ничего не сказав, принесла ей чаю с гренками. Она стала жадно пить и есть; потом снова откинулась на подушку, со стоном ломая руки. «Ох, я хочу умереть, — прокричала она, — потому что никому нет до меня дела. Лучше бы мне было не есть». Затем, много позже, я услышала ее шепот: «Нет, я не умру... он будет только рад... он меня совсем не любит... он не пожалеет обо мне!»

— Вам что-нибудь надо, сударыня? — спросила я, все еще сохраняя наружное спокойствие, несмотря на призрачную бледность ее лица и странную порывистость движений.

— Что он делает, этот бесстрастный человек? — спросила она, откинув с изнуренного лица густые, спутанные локоны. — Впал в летаргию? Или умер?

— Ни то и ни другое, — ответила я, — если вы спрашиваете о мистере Линтоне. Он, по-моему, в добром здоровье, хотя и предается своим занятиям больше, чем следует: он все время сидит над своими книгами — раз некому с ним посидеть.

Я не должна была бы так с ней говорить, но ведь я не понимала, в каком она состоянии: я никак не могла отбросить мысль, что нездоровье ее отчасти наигранное.

— Сидит над книгами! — вскричала она в замешательстве. — А я умираю! Я на краю могилы! Боже! Да знает ли он, как я изменилась? — продолжала она, глядя на себя в зеркало, висевшее против нее на стене. — Разве это — Кэтрин Линтон? Он думает, я капризничаю или, может быть, играю. Объясни ты ему, что это страшно серьезно! Если еще не поздно, Нелли, помоги мне проверить его истинные чувства, и я сделаю свой выбор: и тогда я сразу умру от голода... — хоть это вовсе не наказание, раз у него нет сердца — или выздоровею и навсегда покину эти места. Ты сказала правду? Остерегись солгать! Ему в самом деле так безразлична моя судьба?

— Оставьте, сударыня, — ответила я, — мистер Линтон понятия не имеет, что вы нездоровы. И, конечно, он ничуть не опасается, что вы уморите себя голодом.

— Ты так думаешь? А ты не можешь ли сказать ему, что я это сделаю? — заявила она. — Убеди его! Скажи ему это будто от себя: скажи, что ты-де уверена, что я себя уморю!

— Что вы, миссис Линтон, вы забываете, что сегодня за ужином вы с аппетитом поели, — напомнила я. — Завтра вы сами увидите благотворный результат.

— Будь я уверена, что это убьет Эдгара, — перебила она, — я немедленно убила бы себя! Эти три страшные ночи я ни на миг не сомкнула глаз — и как же я мучилась! Меня донимали видения, Нелли! Но я начинаю думать, что ты меня не любишь. Как нелепо! Я воображала, что, хотя люди ненавидят друг друга и презирают, меня они не могут не любить. И вот за несколько часов все они превратились в моих врагов: да, все, я знаю это наверное. Все в этом доме. Как страшно встречать смерть, когда вокруг холодные лица! Изабелла — в ужасе и в отвращении, даже в комнату войти побоится, — так страшно ей видеть, как умирает Кэтрин. А Эдгар будет стоять торжественно рядом и ждать конца; а потом возблагодарит в молитве господа за то, что водворился мир в его доме, и вернется к своим книгам! В ком есть хоть капля чувства, пусть ответит: что Эдгару в книгах, когда я умираю?

Она не могла мириться с мыслью, которую я ей внушила, — с мыслью о философской отрешенности мистера Линтона. Она металась, лихорадочное недоумение росло, переходило в безумие; она разорвала зубами подушку; потом поднялась, вся горя, и потребовала, чтоб я открыла окно. Стояла зима, дул сильный северо-восточный ветер, и я отказалась. Ее лицо, вдруг дичавшее, и быстрые перемены в ее настроении начинали тревожить меня не на шутку; мне вспомнилась ее прежняя болезнь и предостережения врача, чтобы ей не перечили. Минуту назад она была в ярости, а сейчас, подпершись одной рукой и не замечая моего неповиновения, она, казалось, нашла себе детскую забаву в том, что выдергивала перья из только что продранных дыр и раскладывала их на простыне по сортам: мысль ее отвлеклась на другие предметы.

— Это индюшечье, — бормотала она про себя, — а это от дикой утки; это голубиное. Кладут голубиные перья в подушку — неудивительно, что я не могу умереть! Надо будет разбросать их по полу, когда я лягу. Вот перо глухаря; а это — я б его узнала из тысячи — это перышко чибиса. Милый чибис! Он все кружил над нашими головами средь верескового поля. Он хотел поскорее добраться до гнезда, потому что облака легли на вершину холма и он чувствовал, что надвигается дождь. Перо мы нашли в вереске, птица не была подстрелена. Зимой мы увидели ее гнездо, а в нем маленькие скелетики: Хитклиф поставил над гнездом силок, и старшие не посмели подлететь. Я после этого взяла с него слово, что он никогда не будет стрелять в чибиса, и он не стрелял. Ага, еще одно! Он все-таки подстрелил моих чибисов, Нелли? Перья красные — хоть одно из них? Дай посмотрю.

— Бросьте вашу детскую забаву! — перебила я и, вытянув подушку из-под ее головы, перевернула ее дырками к матрацу, потому что Кэтрин горстями выбирала из нее перо. — Ложитесь и закройте глаза, у вас бред. Вот напасть! Точно снег идет, столько напустили пуху.

Я ходила вокруг, подбирая его.

— Нелли, — продолжала она, как сквозь дрему, — я вижу тебя старухой: у тебя седые волосы и сгорбленные плечи. Эта кровать — пещера фей на Пенистон-Крэге, и ты собираешь «громовые стрелы», чтобы навести порчу на наших телок; а когда я подхожу к тебе, ты делаешь вид, будто это только клочья шерсти. Вот какою ты станешь через пятьдесят лет. Я знаю, сейчас ты не такая. Нет, я не брежу, ты ошибаешься: тогда я верила бы, что ты в самом деле седая ведьма и что я действительно на Пенистон-Крэге, а я сознаю, что сейчас ночь, и две свечи горят на столе, и от них черный шкаф сверкает, как агат.

— Черный шкаф? Где он? — спросила я. — Вам приснилось!

— У стены, как всегда... — ответила она. — У него очень странный вид — в нем отражается чье-то лицо!

— В комнате нет никакого шкафа и не было никогда, — сказала я и снова подсела к ней, приподняв полог, чтобы лучше за ней наблюдать.

— Разве ты не видишь лица? — спросила она, уставив в зеркало строгий взгляд.

И сколько я ни убеждала, я никак не могла ее уверить, что это она сама; тогда я встала и завесила зеркало полушалком.

— Оно все-таки там, позади! — настаивала она в страхе. — И оно движется. Кто это? Надеюсь, они не вылезут, когда ты уйдешь? Ох, Нелли, в комнате привидения! Я боюсь оставаться одна.

Я взяла ее за руку и просила успокоиться, потому что снова и снова трепет пробегал по ее телу, и она не могла отвести от зеркала напряженный взгляд.

— Никого там нет, — настаивала я. — Это были вы сами, миссис Линтон, и вы это знаете.

— Я сама! — вскричала она. — Часы бьют двенадцать! Значит, правда! Ужас!

Ее пальцы судорожно вцепились в простыни и натянули их на глаза. Я попробовала пробраться к двери, чтобы позвать ее мужа; но меня вернул пронзительный крик — полушалок соскользнул с рамы.

— Ну, что тут еще стряслось? — прокричала я. — Можно ли быть такой трусихой? Опомнитесь! Это же стекло — зеркало, миссис Линтон, и вы видите в нем себя, и я тоже там, рядом с вами.

В дрожи и смятении она крепко держала меня,

но ужас сходил постепенно с ее лица; бледность уступила место краске стыда.

— О боже! Мне казалось, что я дома, — вздохнула она. — Мне казалось, что я лежу в своей комнате на Грозовом Перевале. Я ослабела, и от слабости у меня туман в голове, я застонала, сама того не сознавая. Ты не разговаривай — просто посиди со мной. Я боюсь заснуть: мне снятся страшные сны.

— Вам полезно будет, сударыня, хорошенько выспаться, — ответила я. — И я надеюсь, эти мучения удержат вас от новой попытки уморить себя голодом.

— О, если бы мне лежать в моей кровати, в старом доме! — продолжала она с горечью, ломая руки. — И как шумит этот ветер в елях и царапает веткой по стеклам. Дай мне его почувствовать — он прямо оттуда, с вересковых полей, — дай вдохнуть хоть раз!

Чтоб успокоить ее, я на несколько секунд открыла створку окна; пахнуло холодом; я затворила окно и вернулась на место. Она лежала тихо, и слезы катились по ее лицу. Физическое истощение совершенно смирило ее дух: наша огненная Кэтрин была теперь точно плаксивый ребенок.

— Давно я здесь заперлась? — спросила она, вдруг оживившись.

— В понедельник вечером, — ответила я, — а сейчас у нас ночь с четверга на пятницу — вернее сказать, утро пятницы.

— Как? Той же недели? — воскликнула она. — Такой короткий срок?

— Достаточно долгий, если жить одной холодной водой да собственной злостью, — заметила я.

— Право, это как будто совсем не много часов, — пробормотала она с недоверием. — Верно, дольше! Я помню, я сидела в гостиной после того, как они поссорились, и Эдгар с такой жестокостью вздумал меня раздражать, и я с отчаяния убежала в эту комнату. Как только я заперла дверь, на меня навалился мрак, и я упала на пол. Я не могла объяснить Эдгару, как безошибочно я чувствовала, что у меня начинается припадок; что я сойду с ума, если он не перестанет меня дразнить! Язык уже не слушался меня, и мысли шли вразброд, а он, быть может, и не догадывался, как я страдаю: у меня едва достало сознания, чтоб убежать от него и от его голоса. Когда я пришла в себя настолько, чтоб видеть и слышать, уже рассветало. Я расскажу тебе, Нелли, все, что я передумала, что приходило мне на ум, снова и снова, пока я не начала опасаться за свой рассудок. Когда я лежала и голова моя упиралась в эту ножку стола, а глаза смутно различали серый квадрат окна, я думала, что я дома в своей кровати с дубовой панелью; и у меня болит сердце от большой обиды, — а какой, я спросонок не могу вспомнить. Я гадала и мучилась, соображая, что бы это могло быть, — и вот что удивительно: все последние семь лет моей жизни точно стерло! Я их не вспоминала, их словно и не было вовсе. Я снова девочка; отца только что похоронили, и горе мое из-за того, что по приказу Хиндли меня разлучают с Хитклифом. Меня уложили спать одну — в первый раз. Проплакав всю ночь, я проснулась от тяжелой дремоты, подняла руку, чтобы раздвинуть загородки кровати, и рука ударилась о доску стола! Я провела ладонью по ковру, и тогда в памяти вспыхнуло все. Мое былое горе захлебнулось в пароксизме отчаяния. Не знаю, почему я чувствовала себя такой бесконечно несчастной: у меня, вероятно, сделалось временное помешательство, потому что никакой причины не было. Но представь себе, что я, двенадцатилетняя девочка, оторвана от Грозового Перевала, от привычной обстановки и от того, кто был для меня в то время всем на свете, — от Хитклифа, и вдруг превратилась в миссис Линтон, владелицу Мызы Скворцов и жену чужого человека — в изгнанницу, отторгнутую от всего родного, — представь это себе, и перед твоими глазами откроется та пропасть, из которой я силилась выкарабкаться! Сколько хочешь качай головой, Нелли, все-таки это ты помогла им столкнуть меня в пропасть! Ты должна была поговорить с Эдгаром — должна была! — и убедить его, чтобы он от меня отступился! Ах, я вся горю! Я хочу в поле! Хочу снова стать девчонкой, полудикой, смелой и свободной; и смеяться в ответ на обиды, а не сходить из-за них с ума! Почему я так изменилась? Почему, едва мне скажут слово, кровь закипает у меня адским ключом? Я уверена, что стала бы вновь самой собою, — только бы мне очутиться среди вереска на тех холмах. Распахни опять окно настежь! И закрепи рамы! Скорей! Что ты стоишь?

— Я не хочу простудить вас насмерть, — ответила я.

— Скажи лучше, не хочешь вернуть мне жизнь! — крикнула она сердито. — Но я не так беспомощна — я открою сама.

И, прежде чем я успела ей помешать, она соскочила с кровати, неверным шагом прошла через всю комнату, распахнула окно и свесилась в него, не обращая внимания на морозный воздух, который свистел над ее плечами, острый, как нож. Я уговаривала ее и наконец попробовала насильно оттащить. Но тут же убедилась, что в бреду она куда сильней меня (она, конечно, бредила, это я поняла по всему, что она делала и говорила после). Луны не было, и все внизу лежало в туманной тьме: ни в одном окошке не светился огонь, ни вдалеке, ни поблизости — везде давно погасили свет, — а огней Грозового Перевала отсюда и вообще-то не видно, — и все же она уверяла, что различает их свет.

— Смотри! — вскричала она с жаром. — Вот моя комната, и в ней свеча, и деревья качаются под окном; и еще одна свеча горит на чердаке у Джозефа. Джозеф допоздна засиживается, правда? Он ждет, когда я приду домой и можно будет запереть ворота. Только ему придется порядком подождать. Дорога трудна — как ее одолеть с такою тяжестью на сердце! Да еще, чтоб выйти на дорогу, надо пройти мимо Гиммертонской церкви! Когда мы были вместе, мы никогда не боялись мертвецов; и, бывало, мы, подзадоривая друг друга, станем среди могил и кличем покойников встать из гроба. А теперь, Хитклиф, когда я тебя на это вызову, достанет у тебя отваги? Если да, ты — мой! Я тогда не буду лежать там одна: пусть меня на двенадцать футов зароют в землю и обрушат церковь на мою могилу, я не успокоюсь, пока ты не будешь со мной. Я никогда не успокоюсь!

Она смолкла и со странной улыбкой заговорила опять:

— Он раздумывает, хочет, чтобы я сама пришла к нему! Так найди же дорогу! Другую, не через кладбище. Что же ты медлишь? Будь доволен и тем, что ты всегда следовал за мною!

Видя, что бесполезно спорить с ее безумием, я соображала, как бы мне, не отходя, во что-нибудь ее укутать (я не решалась оставить ее одну у раскрытого окна), когда, к моему удивлению, кто-то нажал ручку двери, лязгнул замок, и в комнату вошел мистер Линтон. Он только теперь возвращался из библиотеки и, проходя по коридору, услышал наши голоса; и то ли любопытство, то ли страх толкнул его посмотреть, почему мы разговариваем в этот поздний час.

— Ах, сэр! — закричала я, предупреждая возглас, готовый сорваться с его губ перед ждавшим его зрелищем и мрачной обстановкой. — Моя бедная госпожа больна, и никак мне с ней не управиться, она меня совсем одолела. Подойдите, пожалуйста, и уговорите ее лечь в постель. Бросьте гневаться, ее поведешь только той дорожкой, какую она выберет сама.

— Кэтрин больна? — переспросил он и кинулся к нам. — Закройте окно, Эллен! Почему же Кэтрин...

Он не договорил: изнуренный вид миссис Линтон так поразил его, что он онемел и только переводил глаза с нее на меня в удивлении и ужасе.

— Она тут капризничала, — продолжала я, — и почти ничего не ела, а ни разу не пожаловалась. До сегодняшнего вечера она никого из нас не впускала, так что мы не могли доложить вам, в каком она состоянии, мы ведь и сами ничего не знали. Но это пустяк!

Я смутилась, путаясь в неловких своих объяснениях; господин мой нахмурился.

— Пустяк, Эллен Дин? — сказал он строго. — Вам придется еще объяснить мне, почему вы это скрыли от меня. — И он взял жену на руки и глядел на нее в тоске.

Она долго не узнавала его; он оставался невидим для ее взора, устремленного вдаль. Бред ее, однако, не был навязчивым. Оторвав глаза от ночной темноты за окном, она понемногу сосредоточила свое внимание на моем господине и поняла, кто держит ее на руках.

— Ага, ты пришел, Эдгар Линтон, пришел? — сказала она с гневным одушевлением. — Ты вроде тех вещей, которые вечно попадаются под руку, когда они меньше всего нужны, а когда нужны, их не найдешь. Теперь, конечно, пойдут у нас бесконечные жалобы — вижу, что так! — но они не помешают мне уйти в мой тесный дом за этими стенами: к месту моего упокоения, куда я сойду прежде, чем отцветет весна. Там оно — не среди Линтонов, запомни, не под сводом церкви, — оно под открытым небом, а в изголовье — камень. Ты же, как захочешь, — можешь уйти к ним или прийти ко мне!

— Кэтрин, что ты наделала! — начал мой господин. — Я больше ничего для тебя не значу? Ты любишь этого злосчастного Хит...

— Замолчи! — вскричала миссис Линтон. — Сейчас же замолчи! Если ты назовешь его имя, я тут же все покончу, я выпрыгну в окно! То, что ты держишь сейчас, останется твоим. Но душа моя будет там, на вершине холма, прежде чем ты еще раз притронешься ко мне. Ты мне не нужен, Эдгар: ты был мне нужен, но это прошло. Вернись к своим книгам. Я рада, что тебе есть чем утешиться, потому что все, что ты имел во мне, ушло от тебя.

— У нее путаются мысли, сэр, — вмешалась я. — Она весь вечер говорит бессмыслицу. Но дайте ей покой и правильный уход, и она придет в себя. А до тех пор мы должны остерегаться сердить ее.

— Я не нуждаюсь в ваших дальнейших советах, — ответил мистер Линтон. — Вы знали нрав вашей госпожи и все-таки позволяли мне расстраивать ее. Не сказать мне ни полслова о том, что творилось с ней эти три дня! Какое бессердечие! Несколько месяцев болезни не вызвали бы такой перемены!

Я стала защищаться, полагая несправедливым, что меня винят за чужое злобное своенравие.

— Я знала, что натура у миссис Линтон упрямая и властная, — ответила я, — но я не знала, что вы хотите потакать ее бешеному нраву! Я не знала, что ей в угоду я должна закрывать глаза на происки мистера Хитклифа. Я исполнила долг верного слуги и доложила вам, вот мне и заплатили как верному слуге! Что ж, это мне урок, в другой раз буду поосторожней. В другой раз узнавайте, что надобно, сами!

— Если вы еще раз придете ко мне с вашими докладами, вы получите у меня расчет, Эллен Дин, — ответил он.

— Вы, верно, предпочли бы ничего об этом не слышать — так, мистер Линтон, — сказала я, — Хитклиф с вашего разрешения приходит кружить голову барышне и захаживает сюда, пользуясь каждой вашей отлучкой, чтобы ядовитыми наговорами восстанавливать против вас госпожу?

У Кэтрин, хоть и была она помешана, достало соображения осмыслить на свой лад наш разговор.

— А! Нелли меня предала, — вскричала она страстно, — Нелли мой скрытый враг. Ведьма! Значит, ты в самом деле собираешь «громовые стрелы», чтобы их обратить против нас! Дайте мне только уйти, и она у меня пожалеет! Она у меня заречется колдовать!

Сумасшедшее бешенство зажглось в ее глазах; она отчаянно силилась вырваться из рук Линтона. У меня не было никакого желания ждать, что будет дальше, и, решив на свой страх и ответ призвать врача, я вышла из комнаты.

Выходя садом на дорогу, я увидела там, где вбит в ограду крюк для привязи коней, что-то белое, порывисто мотавшееся в воздухе, но явно не от ветра. Как я ни спешила, я все-таки подошла посмотреть, чтобы после мне не мучить себя фантазиями, будто явилось мне что-то потустороннее. Каково же было мое смущение и удивление, когда я разглядела — и не так разглядела, как узнала на ощупь, — что это Фанни, спаниель мисс Изабеллы: он висел в петле из носового платка и был при последнем издыхании. Я быстро высвободила его и отнесла в сад. Когда мисс Изабелла пошла спать, я видела, что собачка бежала за нею наверх; мне было невдомек, как могла она потом очутиться здесь и чья злая рука учинила над ней расправу. Когда я развязывала узел на крюке, мне несколько раз послышалось что-то похожее на стук подков в отдалении; но мысли мои так были заняты другим, что я не призадумалась над этим обстоятельством — хоть и странно было услышать такие звуки в этом месте в два часа ночи.

Мистер Кеннет, к счастью, как раз выходил из ворот; он собрался к одному больному в деревню, — когда я подошла к его дому. Выслушав мой рассказ о болезни Кэтрин Линтон, он согласился немедленно отправиться вместе со мною на Мызу. Это был простой, грубоватый человек; он не постеснялся высказать прямо свои опасения, что больная не перенесет вторичного приступа, разве что она окажется на этот раз более покорной пациенткой и будет лучше слушаться врача.

— Нелли Дин, — сказал он, — мне все думается, что приступ вызван какой-то особой причиной. Что у них там приключилось, на Мызе? До нас доходили странные слухи. Здоровая, крепкая девушка, как ваша Кэтрин, не свалится из-за пустяка; с людьми ее склада этого не бывает. И не легкое дело вылечить их, когда уже дошло до горячки и всего такого. С чего началось?

— Ее муж вам расскажет, — ответила я. — Но вы знаете этих Эрншо с их бешеным нравом, а миссис Линтон всех их заткнет за пояс. Могу сказать одно: началось это во время ссоры. Кэтрин пришла в ярость, и у нее сделался припадок. Так, по крайней мере, уверяет она сама — в разгаре спора она убежала и заперлась. Потом она отказывалась от пищи, а сейчас то бредит, то впадает в дремоту. Окружающих узнает, но мозг ее полон всяких странных и обманчивых видений.

— Мистер Линтон будет очень горевать? — спросил Кеннет.

— Горевать? У него разорвется сердце, если что

случится! — ответила я. — Вы его не запугивайте больше, чем надобно.

— Я же говорил ему, что нужна осторожность, — сказал мой спутник, — он пренебрег моим предостережением, и вот вам последствия! Он, говорят, сблизился последнее время с мистером Хитклифом?

— Хитклиф на Мызе — частый гость, — ответила я, — но не потому, что господину приятно его общество, а по старому знакомству с госпожой: она с ним дружила в детстве. Но теперь ему не придется утруждать себя визитами, потому что он позволил себе дерзость показать, что имеет виды на мисс Линтон. Теперь, я думаю, ему откажут от дома.

— А мисс Линтон осталась к нему холодна? — продолжал доктор свой допрос.

— Я не состою у нее в поверенных, — ответила я, не желая продолжать этот разговор.

— Разумеется! Она себе на уме, — заметил доктор и покачал головой, — ни с кем не посоветуется. А между тем она маленькая дурочка. Я знаю от верных людей, что прошлой ночью (а ночь-то какая была!) она больше двух часов гуляла с Хитклифом в рассаднике за вашим домом; и Хитклиф ее понуждал, не возвращаясь в дом, сесть с ним на коня и бежать! По моим сведениям, ей удалось от него отделаться только под честное слово, что к следующей встрече она подготовится. Когда у них намечена встреча, мой осведомитель не расслышал, но вы предупредите мистера Линтона, чтоб он смотрел в оба!

Это известие пробудило во мне новые страхи; я оставила Кеннета и почти всю дорогу до дому бежала. Спаниель все еще повизгивал в саду. Я задержалась на минутку, чтоб открыть ему ворота, но он не пошел к парадному, а стал бегать, принюхиваясь, по траве и выскочил бы на дорогу, если бы я его не подхватила и не отнесла в дом. Когда я поднялась в спальню Изабеллы, мои подозрения подтвердились: комната была пуста. Подоспей я двумя часами раньше, болезнь миссис Линтон, вероятно, удержала бы девицу от опрометчивого шага. Но что можно было сделать теперь? Проще всего было бы захватить их, бросившись немедленно в погоню. Но сама я пуститься вскачь не могла, а сказать домашним и поднять переполох не смела; еще того меньше могла я открыть случившееся моему господину: он был слишком поглощен своим несчастьем, его сердце не откликнулось бы на новое горе! Оставалось только держать язык за зубами и предоставить событиям идти своим чередом; и так как Кеннет уже явился, я, плохо скрывая свое волнение, пошла о нем доложить. Кэтрин лежала в тревожном сне: мужу удалось унять приступ ее буйства; теперь он склонился над ее подушкой, наблюдая каждую тень, каждую перемену в страдальчески-выразительном лице жены.

Врач, уяснив себе картину болезни, оставил ему надежду на благоприятный исход при условии, что мы окружим больную полным покоем. Мне же он дал понять, что грозит не столько опасность смерти, сколько бесповоротная потеря рассудка.

В ту ночь ни я, ни мистер Линтон не сомкнули глаз, да мы и не ложились спать; слуги тоже встали все задолго до обычного часа, ходили по дому на цыпочках и перешептывались между собой, когда наталкивались друг на друга. Все рвались чем-нибудь помочь — кроме мисс Изабеллы; и люди стали удивляться ее крепкому сну. Господин тоже спросил, встала ли его сестра, и, казалось, с нетерпением ждал ее и был в обиде, что она так мало беспокоится о его жене. Я трепетала, как бы он не послал меня за барышней; но я была избавлена от неприятной обязанности первой возвестить о ее побеге. Одна из горничных, глупая девчонка, ходившая рано утром в Гиммертон с каким-то поручением, запыхавшись, взбежала по лестнице, ворвалась с разинутым ртом прямо в комнату и заголосила:

— Ох, беда, беда! Что ж теперь будет?! Хозяин, хозяин, наша барышня...

— Ты что тут орешь?! — прикрикнула я на нее, взбешенная ее шумной манерой.

— Говорите потише, Мэри... В чем дело? — сказал мистер Линтон. — Что случилось с вашей барышней?

— Она сбежала! Сбежала! Хитклиф, сосед, сманил ее! — брякнула девчонка.

— Неправда! — воскликнул мистер Линтон и встал, взволнованный. — Это невозможно. Как пришла вам в голову такая мысль? Эллен Дин, ступайте и разыщите мисс Изабеллу. Я не верю: это невозможно!

С такими словами он увел девчонку в коридор и там еще раз потребовал, чтоб она объяснила, какие у нее основания это утверждать.

— Господи! Я встретила на дороге мальчика, который тут разносит молоко, — запинаясь, говорила девчонка, — и он спросил, поднялся ли уже переполох у нас на Мызе. Я подумала, он это о болезни хозяйки, и ответила, что да. Тогда он сказал: «Верно, снарядили за ними погоню?» Я на него гляжу во все глаза. Тут он понял, что я ничего не знаю, и рассказал мне вот что: какой-то джентльмен и леди останавливались у кузницы подковать лошадь — в двух милях от Гиммертона в первом часу ночи! А дочка кузнеца нарочно встала, чтобы высмотреть, кто такие, и сразу обоих узнала. И она заметила, что кавалер (Хитклиф, стало быть, — она не сомневалась, что это он, да и кто бы мог обознаться!), расплачиваясь, сунул в руку ее отцу соверен. У дамы был надвинут на лицо капюшон; но она попросила воды, и, когда пила, капюшон откинулся, и девушка отлично ее разглядела. Потом, когда они пустились дальше, Хитклиф, держа поводья обоих коней, повернул не к деревне, а в другую сторону, и они поскакали так быстро, как только позволяют наши ухабистые дороги. Кузнецова дочка ничего не сказала отцу, но утром разнесла новость по всему Гиммертону.

Я побежала, заглянула для виду в комнату Изабеллы и, вернувшись, подтвердила сообщение служанки. Мистер Линтон сидел на своем прежнем месте возле кровати; когда я вошла, он поднял на меня глаза, угадал, что значил мой тупой взгляд, и снова опустил глаза, не распорядившись ни о чем, не проронив ни слова.

— Предпринять нам что-нибудь, чтоб их перехватить и вернуть ее домой? — спросила я. — Что прикажете делать?

— Она ушла по своей воле, — ответил мой господин. — Она была вправе уйти, если так ей угодно. Не беспокойте меня больше из-за нее. Теперь она мне сестра только по имени: не потому, что я от нее отрекаюсь, а потому, что она отреклась от меня.

Вот и все, что он сказал по этому поводу; и с той поры он не спрашивал о ней, не упоминал никогда ее имени, только приказал отправить все ее вещи, какие были в доме, по ее новому месту жительства, когда мне оно станет известно.

Глава XIII

Два месяца беглецы не подавали о себе вестей; за эти два месяца миссис Линтон переборола злейший приступ того, что врачи назвали «мозговой горячкой». Ни одна мать не выхаживала бы своего единственного ребенка более самоотверженно, чем выхаживал жену Эдгар Линтон. Он дежурил при ней день и ночь и терпеливо сносил все капризы, какие могут изобрести легко возбудимые нервы и помутившийся ум; и, хотя Кеннет предупредил, что то, что любящий муж с такой заботой спасает от могилы, может явиться в будущем только источником постоянной тревоги (врач прямо сказал: Эдгар Линтон отдает все силы и здоровье, чтобы сберечь развалины того, что когда-то было человеком), — не было границ его радости и благодарности, когда жизнь Кэтрин объявлена была вне опасности; он часами просиживал подле нее, наблюдая, как постепенно возвращались к ней физические силы, и тешась обманчивой надеждой, что ее рассудок тоже придет в равновесие и скоро она станет прежней Кэтрин.

В первый раз она вышла из своей комнаты только весной, в начале марта. Мистер Линтон утром положил ей на подушку букетик золотых крокусов; когда она проснулась, ее глаза, давно уже не загоравшиеся блеском удовольствия, остановились на цветах и радостно просияли. Жадной рукой она собрала букет.

— Это самые ранние цветы на Перевале, — воскликнула она, — они напоминают мне мягкий ветер оттепели, и первое тепло, и подтаявший снег. Эдгар, там, верно, дует сейчас южный ветер и снег почти сошел?

— Здесь, внизу, снег уже совсем сошел, дорогая, — ответил ей муж, — а на вересковых полях я вижу только два белых пятна; небо голубое, и жаворонки поют, а родники и ручьи все полны через край. Прошлой весной в эту пору, Кэтрин, я томился желанием привести тебя под эту крышу; а теперь я хотел бы, чтобы ты могла подняться на милю или на две в горы: ветер приносит с них такой душистый воздух, — я уверен, он излечил бы тебя.

— Я на них поднимусь еще только раз, — сказала больная, — и тогда ты разлучишься со мной, я же останусь там навсегда. Следующей весной ты станешь томиться желанием видеть меня вновь под этой крышей и будешь оглядываться на прошлое и думать, что сегодня ты был счастлив.

Линтон осыпал ее самыми нежными ласками и старался ободрить словами любви; но она глядела, как потерянная, на цветы, и слезы повисали на ее ресницах и падали, не таясь, на щеки. Мы знали, что на самом деле ей лучше, и, приписывая этот упадок духа долгому затворничеству в четырех стенах, решили, что больной должна теперь помочь перемена обстановки. Мистер Линтон велел мне развести огонь в гостиной, пустовавшей долгие недели, и поставить кресло у окна на солнечной стороне. Потом он снес жену вниз, и она долго сидела, наслаждаясь веселым теплом и, как мы и ждали, оживляясь при виде окружающих ее предметов: хоть и привычные, они все же не наводили на мрачные помыслы, связанные с комнатой, где протекала ее болезнь. К вечеру она казалась сильно утомленной; но никакими доводами нельзя было уговорить ее вернуться в спальню, и мне пришлось постелить ей на диване в гостиной, пока подготовляли для нее другое помещение. Чтоб не утомлять ее хождением по лестнице, мы приспособили ей эту самую комнату, где вы сейчас лежите, — на одном этаже с гостиной; и вскоре больная настолько окрепла, что могла, опираясь на руку Эдгара, ходить из комнаты в комнату. Ах, я и сама думала, что она еще может выздороветь при таком уходе, каким ее окружили. А у нас была двойная причина этого желать, потому что от ее жизни зависела и другая жизнь: мы лелеяли надежду, что в скором времени сердце мистера Линтона будет обрадовано рождением наследника, которое к тому же оградит его земли от опасности попасть в чужие руки.

Я забыла упомянуть, что недель через шесть после своего отъезда мисс Изабелла прислала брату короткое письмо, извещавшее, что она сочеталась браком с Хитклифом. Письмо могло показаться сухим и холодным, но внизу страницы была нацарапана карандашом приписка с путаными извинениями и мольбой сохранить о ней добрую память и простить, если ее поведение оскорбило его: она утверждала, что в то время не могла поступить иначе, а что сделано, того не воротишь: не в ее это власти. Линтон, я думаю, оставил письмо без ответа; но еще через две недели я получила длинное послание, которое показалось мне странным — если вспомнить, что оно вышло из-под пера молодой жены чуть ли не в медовый месяц. Я вам его прочту: потому что я храню его до сих пор. Оставшееся после умерших ценно для нас, если они были нам дороги при жизни.

«Дорогая Эллен! — так оно начинается. — Вчера ночью я приехала на Грозовой Перевал и услышала впервые, что Кэтрин была очень больна и еще не поправилась. Ей, полагаю, я писать не должна, а мой брат, потому ли, что слишком сердит, или слишком опечален, не ответил на мое письмо. Кому-нибудь все-таки я должна написать и, так как больше некому, пишу вам.

Скажите Эдгару, что я бы отдала все на свете, чтобы снова увидеть его... что уже через сутки после моего отъезда сердце мое вернулось на Мызу, и в этот час оно все еще там, полное теплых чувств к нему и Кэтрин! Однако последовать за своим сердцем я не могу (эти слова подчеркнуты) — ждать меня они не должны; могут строить какие угодно догадки — только пусть не думают, что всему виной мое слабоволие или недостаточная к ним любовь.

Дальнейшее в этом письме для вас одной. Мне надо спросить вас о двух вещах: во-первых, как вы умудрялись, когда жили здесь, сохранять обычные добрые наклонности, свойственные человеку по природе? Ни в ком из тех, кем я здесь окружена, я ни разу не встретила чувства, схожего с моими чувствами.

Второй вопрос, очень занимающий меня, таков: впрямь ли мистер Хитклиф человек? И если да, то не безумен ли он? А если нет, то кто же он — дьявол? Не буду говорить вам, по каким причинам я об этом спрашиваю; но заклинаю вас, объясните мне, если можете, за кого я пошла замуж? Только сделаете вы это, когда придете меня навестить; вы должны прийти, Эллен, и как можно скорее. Не пишите, а зайдите и принесите мне хоть несколько слов от Эдгара.

Теперь послушайте, как меня приняли в моем новом доме, — хоть нужно немало воображения, чтобы я могла так называть Грозовой Перевал. Не стоит останавливаться на таких пустяках, как недостаток внешних удобств: они занимают мои мысли только в ту минуту, когда я спохватываюсь, что их нет. Я смеялась бы и плясала от радости, если бы вдруг оказалось, что все мое несчастье заключается в отсутствии комфорта, остальное же — только неправдоподобный сон!

Солнце садилось за Мызой, когда мы повернули к вересковым полям; значит, время близилось к шести часам; и мой спутник задержался на полчаса — осмотреть получше парк и сады, а может быть, и все поместье, — так что было уже темно, когда мы спешились на мощеном дворе вашей фермы, и ваш бывший сотоварищ, Джозеф, вышел встретить нас при свете маканой свечи. Скажу к его чести, он это сделал со всей учтивостью. Прежде всего он поднес свой огарок к моему лицу, неодобрительно сощурил глаз, выпятил нижнюю губу и отвернулся. Потом принял обоих коней, отвел их на конюшню и вышел снова, якобы затем, чтобы запереть «внешние ворота», — как будто мы живем в старинном замке!

Хитклиф остался поговорить с ним, а я прошла в кухню — грязную, неприбранную дыру; вы, право, не узнали бы ее, так она изменилась с той поры, как была в вашем ведении. У огня стоял озорной мальчишка крепкого сложения, неопрятно одетый; но глаза его и складка рта напомнили мне Кэтрин.

«Это племянник Эдгара, — подумала я, — значит, некоторым образом и мой; я должна поздороваться с ним за руку и... ну да, поздороваться и поцеловаться. Следует сразу же установить добрые отношения».

Я подошла и, пытаясь поймать его плотный кулачок, сказала:

— Как поживаешь, дружок?

Он ответил выражениями, которых я не поняла.

— Будем друзьями, Гэртон? — снова попробовала я завязать разговор.

Наградой за мою настойчивость была ругань и угроза напустить на меня Удава, если я не отстану.

— Эй, Удав, малыш! — шепнул маленький бездельник, поднимая бульдога, не очень породистого, с его подстилки в углу. — Ну, теперь ты уберешься? — спросил он повелительно.

Мне еще не надоела жизнь, и это побудило меня быть сговорчивей. Я отступила за порог и стала ждать, когда придут другие. Мистера Хитклифа нигде не было видно; а Джозеф, когда я последовала за ним на конюшню и попросила проводить меня в дом, уставился на меня, что-то проворчал и, сморщив нос, ответил:

— Матерь божия! Доводилось ли когда доброму

христианину слышать такое! Пищит и стрекочет! Как тут разберешь, что она говорит?

— Я говорю: проводите меня, пожалуйста, в дом! — прокричала я, полагая, что он глух, но все же сильно возмущенная его грубостью.

— Вот еще! Будто мне и делать больше нечего, — ответил он и продолжал свою работу, время от времени наводя на меня фонарь и с величественным презрением разглядывая мое платье и лицо (платье слишком нарядное, но лицо, несомненно, как раз такое унылое, как мог он пожелать).

Я обошла весь двор и, пробравшись через калитку к другому входу, решилась постучаться в надежде, что выйдет более вежливый слуга.

Некоторое время спустя мне отворил высокий, изможденный человек без шейного платка и вообще крайне неряшливый с виду; лицо его тонуло в копне косматых волос, свисавших на плечи; и у него тоже глаза были точно призрачное отражение глаз Кэтрин, но далеко не такие красивые.

— Что вам нужно здесь? — спросил он угрюмо. — Кто вы?

— Раньше меня звали Изабеллой Линтон, — ответила я. — Мы с вами встречались когда-то, сэр. Недавно я вышла замуж за мистера Хитклифа, и он привез меня сюда — надеюсь, с вашего разрешения.

— Так он вернулся? — спросил пустынник, глядя на меня голодным волком.

— Да, мы только что приехали, — сказала я. — Но он меня оставил у кухонной двери, а когда я хотела войти, ваш сынок вздумал разыграть из себя сторожа и напугал меня, едва не спустив бульдога.

— Хорошо, что чертов мерзавец сдержал слово! — проревел мой будущий домохозяин, шаря глазами во мраке позади меня в надежде увидеть Хитклифа; затем он разразился длинным монологом, объясняя с руганью и угрозами, что сделал бы он с этим «дьяволом», если бы тот обманул его.

Я пожалела о своей второй попытке проникнуть в дом и уже почти решилась убежать, пока он не кончил ругаться; но не успела я осуществить свое намеренье, как хозяин дома приказал мне войти и, захлопнув за мною дверь, запер ее на засов. В камине жарко горел огонь, но только отсвет его и освещал всю огромную комнату, пол которой сделался тускло-серым; и блестящие когда-то оловянные блюда, от которых я девочкой, бывало, глаз не могла оторвать, тоже потускнели под слоем пыли. Я спросила, нельзя ли мне позвать горничную, чтоб она отвела меня в спальню. Мистер Эрншо не удостоил меня ответа. Он шагал из угла в угол, заложив руки в карманы и, видимо, совсем забыв о моем присутствии; и он, казалось, так ушел в себя и таким глядел мизантропом, что я не решилась снова обеспокоить его.

Вас не удивит, Эллен, что у меня было очень невесело на душе, когда я сидела — не одна, но хуже, чем одна, — у негостеприимного очага и думала о том, что в четырех милях отсюда стоит мой приветливый дом и в нем все, кто мне дорог на свете; но между нами как будто лежал весь Атлантический океан, а не четыре мили — мне их не перейти! Я спрашивала у себя самой: куда мне податься, где искать утешения? И среди всех моих горестей — только упаси вас бог передать это Эдгару или Кэтрин — больше всего меня угнетало вот что: отчаянье, что мне не найти никого, кто мог бы или захотел бы стать моим союзником против Хитклифа! Я почти с радостью ехала на Грозовой Перевал, потому что под его кровом мне не придется быть постоянно один на один с моим мужем; но Хитклиф знал, среди каких людей нам предстояло жить, и не боялся вмешательства с их стороны.

Я сидела и думала, а время уныло тянулось: пробило восемь часов и девять, а мистер Эрншо все шагал по комнате, уронив голову на грудь, в полном молчании, и только порой у него вырывался стон или злобный возглас. Я прислушивалась, не раздастся ли в доме женский голос, и предавалась бурному раскаянью и мрачным предчувствиям, которые прорвались наконец безудержным рыданием. Я сама не замечала, что горюю так открыто, покуда Эрншо не остановил свой размеренный шаг и, став прямо передо мной, воззрился на меня с проснувшимся вдруг любопытством. Пользуясь его минутным вниманием, я закричала:

— Я устала с дороги, я хочу спать! Где горничная? Проводите меня к ней, раз она не идет ко мне!

— Горничных у нас нет, — ответил он, — вам придется обслуживать себя самой!

— А где мне лечь? — рыдала я. Усталость и горе так меня придавили, что я забыла думать о своем достоинстве.

— Джозеф отведет вас в комнату Хитклифа, — сказал он. — Отворите эту дверь, он там.

Я уже было пошла, когда вдруг он остановил меня и добавил очень странным тоном:

— Заприте, пожалуйста, вашу дверь на ключ и на задвижку. Не забудьте!

— Хорошо! — сказала я. — Но зачем, мистер Эрншо? — Меня не слишком прельщала мысль добровольно запереться с Хиклифом.

— Вот, смотрите! — сказал он в ответ, вытаскивая из жилетного кармана необычайного вида пистолет с прилаженным к стволу обоюдоострым складным ножом. — Это великий искуситель для отчаянного человека, не правда ли? Я не могу устоять и каждую ночь поднимаюсь с этой штукой наверх и пробую его дверь. Если однажды я найду ее открытой, ему конец! Я это делаю неизменно... Хоть каждый раз я за минуту перед тем перебираю сотню доводов, которые должны бы меня остановить, какой-то дьявол толкает меня махнуть на свои планы и убить врага. Борись не борись с этим дьяволом, а наступит час, и вся рать ангелов небесных не спасет вашего Хиклифа!

Я с интересом разглядывала пистолет. Отвратительная мысль возникла у меня: как буду я сильна, если завладею этим оружием! Я взяла его в руки и потрогала лезвие. Эрншо, удивленный, следил за выражением, отражавшимся короткую минуту на моем лице: то был не ужас, то была зависть. Он ревниво выхватил у меня пистолет, закрыл нож и снова спрятал оружие на груди.

— Можете ему рассказать, мне все равно, — заявил он. — Предостерегите его, охраняйте. Вы, я вижу, знаете, в каких мы с ним отношениях: грозящая ему опасность вас не потрясла.

— Что сделал вам Хиклиф? — спросила я. — Какую нанес он вам обиду, что заслужил такую ненависть? Не разумней ли было бы предложить ему съехать?

— Нет! — прогремел Эрншо. — Пусть он только заикнется о том, чтоб оставить меня, и он — мертв. Уговорите его это сделать, и вы — его убийца! Что ж, неужели я должен потерять все без шанса отыграться? А Гэртону стать нищим? Проклятье! Нет, я верну свое: и его золотом я тоже завладею... Потом пролью его кровь! А его душа пойдет в ад! И ад, когда примет такого постояльца, станет в десять раз черней, чем был!

Вы мне рассказывали, Эллен, про обычаи вашего прежнего господина. Он явно на грани сумасшествия: во всяком случае, был на грани вчера ночью. Возле него я трепетала от страха, и общество угрюмого невежи-слуги показалось мне более предпочтительным. Мистер Эрншо снова молча зашагал по комнате, и я, откинув задвижку, проскользнула в кухню. Джозеф, сгорбив спину, заглядывал в большую кастрюлю, качавшуюся над огнем; а на скамье подле него стояла деревянная миска с овсяной крупой. Вода в кастрюле закипала, и он повернулся, чтобы запустить руку в миску. Я сообразила, что это варится ужин, и так как я проголодалась, то решила сделать его съедобным; итак, я резко крикнула:

— Овсянку сварю я! — и, отодвинув от него посудину, стала снимать с себя шляпу и амазонку. — Мистер Эрншо, — продолжала я, — предлагает мне самой себя обслуживать: я готова. Я не собираюсь разыгрывать среди вас госпожу, я боюсь, что иначе умру тут с голоду.

— Боже милосердный! — заворчал он, усаживаясь и поглаживая свои полосатые чулки от колен до щиколоток. — Ежели тут начнутся новые распорядки, когда я еле-еле приладился к двум хозяевам... ежели посадят мне на голову еще и хозяйку, — похоже на то, что пора отсюда выметаться. Не думал я дожить до такого дня, когда мне придется уходить с обжитого места, да сдается, этот день недалек!

Его причитания оставались без ответа: я быстро приступила к работе, вспоминая со вздохом то время, когда она была бы для меня веселой забавой; но пришлось поскорей отогнать эти мысли. Они меня наводили на воспоминания о прежнем счастье, и чем сильней была опасность воскресить перед собой его картины, тем быстрей вертела я в кастрюле ложкой и тем чаще подсыпала в воду пригоршни крупы. Джозеф с возраставшим возмущением следил за моей стряпней.

— Ну-ну! — восклицал он. — Сегодня, Гэртон, ты не станешь есть за ужином кашу: в ней будут только комья с мой кулак величиной. Ну вот, опять! Я бы на вашем месте бросил туда все сразу — с чашкой вместе. Так! Теперь только снять с огня, и готово! Тяп да ляп! Счастье еще, что не вышибли дна в котелке!

Овсянка моя, признаюсь, была сыровата, когда ее разлили по тарелкам; их поставили четыре, и принесли из коровника большую кринку парного молока на целый галлон, которую Гэртон придвинул к себе и начал, расплескивая, лакать из нее. Я возмутилась и потребовала, чтоб ему налили его порцию в кружку, потому что мне будет противно пить из сосуда, с которым так неопрятно обращаются. Старый грубиян счел нужным обидеться на меня за эту брезгливость: он несколько раз повторил, что мальчик такой же благородный, как я, и такой же здоровый, и его, Джозефа, удивляет, с чего это я «так о себе воображаю». Между тем маленький негодяй продолжал лакать и косился на меня с вызывающим видом, пуская слюни в кувшин.

— Я пойду ужинать в другую комнату, — сказала я. — Есть у вас тут гостиная?

— Гостиная? — ухмыльнулся слуга. — Гостиная! Нет, гостиных у нас нет. Если наше общество вам не по нраву, сидите с хозяином; а если вам не по нраву его общество, сидите с нами.

— Так я пойду наверх, — ответила я. — Отведите меня в какую-нибудь комнату.

Я поставила свою тарелку на поднос и пошла принести еще молока. Сердито ворча, Джозеф встал и поплелся впереди меня: мы поднялись на чердак; он открывал то одну, то другую дверь, заглядывая в помещения, мимо которых мы проходили.

— Вот вам комната, — сказал он наконец, толкнув не дверь, а расшатанную доску на петлях. — Здесь достаточно удобно, чтобы скушать тарелку каши. В углу тут куль пшеницы, грязноватый, правда. Если вы боитесь запачкать ваше пышное шелковое платье, постелите сверху носовой платок.

«Комната» оказалась просто чуланом, где сильно пахло солодом и зерном; полные мешки того и другого громоздились вокруг, оставляя посередине свободное пространство.

— Что вы, право! — вскричала я, с возмущением повернувшись к нему. — Здесь же не спят. Я хочу видеть свою спальню.

— Спальню? — переспросил он насмешливо. — Вы видели все спальни, какие тут есть, — вон моя.

Он указал на второй чулан, отличавшийся от

первого только тем, что стены его были не так заставлены и в одном углу стояла большая, низкая, без полога кровать, застланная в ногах синим одеялом.

— На что мне ваша, — возразила я. — Полагаю, мистер Хитклиф не живет под самой крышей?

— О! Вы хотите в комнату мистера Хитклифа? — вскричал он, точно сделав новое открытие. — Так бы сразу и сказали! Я бы тогда прямо без околичностей ответил вам, что ее-то вам видеть никак нельзя — он, к сожалению, держит ее на запоре, и никто туда не суется — только он один.

— Милый у вас дом, Джозеф, — не сдержалась я, — и приятные живут в нем люди! Наверно, все безумие, сколько есть его на свете, вселилось в мою голову в тот день, когда я надумала связать с ними свою судьбу! Впрочем, сейчас это к делу не относится. Есть же еще и другие комнаты. Ради бога, не тяните и где-нибудь устройте меня.

Он не ответил на эту мольбу, только заковылял уныло вниз по деревянным ступенькам и остановился перед комнатой, которая — как я поняла по тому, как он медлил, и по мебели в ней, — была лучшей в доме. Здесь лежал ковер: хороший ковер, но рисунок исчез под слоем пыли; перед камином — резной экран, изодранный в лохмотья, красивая дубовая кровать современного стиля с пышным малиновым пологом из дорогой материи, — но он, очевидно, подвергся грубому обращению: драпировка висела фестонами, содранная с колец, и металлический прут, на котором он держался, прогнулся с одного конца в дугу, так что материя волочилась по полу. Стулья тоже пострадали — некоторые из них очень сильно; и глубокие зарубки повредили обшивку стен. Набравшись смелости, я приготовилась войти и расположиться здесь, когда мой глупый проводник объявил: «Это спальня хозяина». Ужин мой тем временем простыл, аппетит исчез, а мое терпение истощилось. Я потребовала, чтобы мне немедленно отвели место и дали возможность отдохнуть.

— Какого черта вам надо? — начал старый ханжа. — Господи, прости и помилуй! В какое пекло прикажете вас свести, бестолковая вы надоеда! Вы видели все, кроме комнатенки Гэртона. Больше в доме нет ни единой норы, где можно лечь.

Я так была зла, что швырнула на пол поднос со всем, что на нем стояло; потом села на верхнюю ступеньку лестницы, закрыла руками лицо и расплакалась.

— Эх, эх! — закряхтел Джозеф. — Куда как разумно, мисс Кэти! Куда как разумно! Вот придет сейчас хозяин и споткнется о разбитые горшки, и тогда мы кое-что услышим: нам скажут, чего нам ждать. Сумасбродная негодница! Вот накажут вас за это до самого Рождества, — и по заслугам: в глупой злобе кидать под ноги драгоценные божьи дары! Но если я хоть что-нибудь смыслю, недолго вам куражиться. Вы думаете, Хитклиф потерпит этакое своеволие? Хотел бы я, чтобы он поймал вас на такой проделке. Ох, как хотел бы!

Не переставая ругаться, он побрел в свою берлогу и унес с собою свечу. Я осталась в темноте. Раздумье, пришедшее вслед за моим глупым поступком, заставило меня признаться, что надо смирить свою гордость, обуздать бешенство и постараться устранить его последствия. Тут явилась неожиданная помощь в образе Удава, в котором я признала теперь сына нашего старого Ползуна: свое щенячье детство он провел в Скворцах и был подарен моим отцом мистеру Хиндли. Пес, кажется, тоже меня узнал: он ткнулся мордой прямо мне в нос — в знак приветствия, а потом стал торопливо подъедать овсянку, пока я ощупывала ступеньку за ступенькой, сбирая черепки, и носовым платком стирала с перил брызги молока. Едва мы закончили свои труды, как я услышала шаги Эрншо в коридоре; мой помощник поджал хвост и прижался к стене; я прошмыгнула в ближайшую дверь. Собаке так и не удалось избежать столкновения с хозяином — как я догадалась по ее стремительному бегу с лестницы и протяжному жалобному вою. Мне посчастливилось больше: тот прошел мимо, открыл дверь в свою комнату и там заперся. Сразу после этого вошел Джозеф с Гэртоном — уложить мальчика спать. Я, оказывается, нашла прибежище в комнате Гэртона, и старик, увидев меня, сказал:

— Надо думать, хватит места в доме для обеих — для вас и для вашей спеси. Тут просторно, можете располагаться, и господь бог — увы! — будет третьим в столь дурном обществе!

Я с радостью воспользовалась предложением; и, бросившись в кресло у камина, в ту же минуту стала клевать носом и заснула. Сон мой был глубок и сладок, но слишком скоро оборвался. Мистер Хитклиф разбудил меня; он вошел и спросил в своей любезной манере, что я тут делаю. Я сказала ему, по какой причине так поздно не сплю, — ключ от нашей комнаты у него в кармане. Слово «наша» его смертельно оскорбило. Он объявил, что комната не моя и никогда моей не будет и что он... но не стану повторять его сквернословие и описывать, как он обычно себя ведет: он изобретателен и неутомим в стараньях пробудить во мне отвращение! Иногда я так на него дивлюсь, что удивление убивает во мне страх. И все-таки, уверяю вас, ни тигр, ни ядовитая змея не могли бы внушить мне такой ужас, какой я испытываю перед ним. Он сказал мне, что Кэтрин больна и что виновен в ее болезни мой брат; и далее пообещал, что я буду замещать ему его заклятого врага и терпеть мученья, пока он не доберется до Эдгара.

Я его ненавижу... я несчастна без меры... я была дурой! Смотрите, ни словом не заикнитесь об этом при ком-нибудь на Мызе. Я вас буду ждать каждый день — не заставьте же меня ждать напрасно!

Изабелла».

Глава XIV

Прочитав это письмо, я тотчас пошла к своему господину и сообщила ему, что его сестра поселилась на Перевале и что она мне написала, выражая сожаление о болезни миссис Линтон и горячее желание видеть брата; она молит, чтоб он поскорее прислал ей через меня весть о прощении.

— О прощении? — сказал Линтон. — Мне нечего ей прощать, Эллен. Вы можете, если хотите, сегодня же после обеда пойти на Грозовой Перевал и сказать ей, что я нисколько не сержусь, — но мне больно, что я ее потерял; тем более что я никак не могу думать, будто она счастлива. Однако о том, чтобы мне ее навестить, не может быть и речи: мы разлучены навеки. Если она в самом деле желает меня одолжить, то пусть убедит негодяя, за которого вышла замуж, уехать из наших мест.

— А вы не напишете ей? Хоть бы коротенькую записку? — попробовала я склонить его.

— Нет, — он ответил. — Это ни к чему. Мои сношения с семьею Хитклифа следует ограничить, как и его семьи с моею. Их надо пресечь совсем!

Холодность мистера Эдгара меня просто убила; и всю дорогу от Мызы до Перевала я ломала голову над тем, как мне вложить в его слова хоть немного сердечности, когда я буду их передавать; как смягчить его отказ написать Изабелле в утешение хоть несколько строк. А она, уж поверьте, напряженно ждала меня с самого утра: подходя садом к дому, я углядела ее в окне и кивнула ей; но она отпрянула, точно боясь, что ее заметят. Я вошла, не постучав. Никогда не видела я ничего печальней и мрачней этого дома, когда-то такого веселого! Должна сознаться, на месте нашей молодой леди я бы хоть подмела у очага и стерла пыль со столов. Но дух небрежения, владевший всем вокруг, уже завладел и ею. Красивое ее лицо стало блеклым и равнодушным; волосы неубраны: локоны частью свисали на шею, остальные были кое-как закручены на голове. Она, должно быть, со вчерашнего вечера не притронулась к своей одежде. Хиндли не было. Мистер Хитклиф сидел за столом и перебирал какие-то листки, заложенные в записную книжку; но когда я вошла, он встал, вполне дружелюбно спросил, как я поживаю, и предложил мне стул. Он был здесь единственным, что сохраняло приличный вид; мне даже подумалось, что он никогда так хорошо не выглядел. Обстоятельства так изменили обоих, что человеку, не знавшему их раньше, он, верно, показался бы прирожденным джентльменом; а его жена — настоящей маленькой замарашкой! Она кинулась ко мне поздороваться и протянула руку за ожидаемым письмом. Я покачала головой. Она не поняла знака и проследовала за мною к горке, куда я подошла положить свою шляпу, и настойчиво шептала, чтоб я сейчас же отдала ей то, что принесла. Хитклиф разгадал, к чему ее ухищрения, и сказал:

— Если у вас что-нибудь есть для Изабеллы (а у вас, конечно, есть, Нелли), — отдайте ей. Вам незачем делать из этого тайну: мы ничего друг от друга не скрываем.

— Но у меня ничего нет для нее, — ответила я, решив, что самое лучшее — сразу же выложить правду. — Мой господин просил передать сестре, чтоб она теперь не ждала от него ни писем, ни визитов. Он шлет вам привет, сударыня, и пожелания счастья и прощает вам горе, которое вы причинили ему; но он полагает, что с этого времени между его домом и вашим все сношения должны быть прерваны, потому что они ни к чему хорошему не приведут.

У миссис Хитклиф чуть дрогнули губы, она вернулась на прежнее место, к окну. Муж ее стал подле меня у очага и начал расспрашивать о Кэтрин. Я ему рассказала про ее болезнь столько, сколько сочла удобным, а он своими вопросами выведал у меня почти все факты, связанные с причиной болезни. Я по заслугам винила Кэтрин за то, что все это она сама на себя навлекла. И в заключение я выразила надежду, что он последует примеру мистера Линтона и будет избегать всяких сношений с его семьей.

— Миссис Линтон начала поправляться, — сказала я. — Прежней она никогда не будет, но жизнь ее мы отстояли; и если Кэтрин в самом деле что-то для вас значит, постарайтесь больше не вставать на ее пути; да самое лучшее вам совсем уехать из наших мест. А чтобы вам на это решиться без сожаления, я скажу вам: Кэтрин Линтон так же не похожа на вашего старого друга, Кэтрин Эрншо, как эта молодая леди не похожа на меня. И внешность ее сильно изменилась, а характер и того больше; и человек, которому по необходимости придется быть ее спутником жизни, сможет впредь поддерживать свое чувство к ней только воспоминаниями о том, чем она была когда-то, человеколюбием и сознанием собственного долга!

— Вполне возможно, — заметил Хитклиф, стараясь казаться спокойным. — Вполне возможно, что твой господин должен будет искать опору только в человеколюбии и в сознании долга. Но неужели ты воображаешь, что я оставлю Кэтрин на его сознание долга, на его человеколюбие? И как ты можешь равнять мое чувство к Кэтрин с его чувством? Ты не уйдешь из этого дома, пока не дашь слова, что устроишь мне свидание с ней: хочешь ты или нет, все равно я с ней увижусь! Что на это скажешь?

— Скажу, мистер Хитклиф, — отвечала я, — что вы не должны с ней видеться, и тут я вам содействовать не стану. Еще одна ваша встреча с моим господином окончательно ее убьет.

— При твоем содействии этого можно будет избежать, — начал он снова. — Если же встанет такая опасность, если Линтон вздумает опять поставить ее жизнь под угрозу, я думаю, суд оправдает меня, когда я дойду до крайности! Прошу, скажи мне со всей откровенностью, будет ли Кэтрин сильно страдать, потеряв его? Боюсь, что будет, и этот страх удерживает меня. В этом видно различие между его любовью и моей: будь я на его месте, а он на моем, — я, хоть сжигай меня самая лютая ненависть, никогда бы не поднял на него руку. Ты смотришь недоверчиво? Да, никогда! Никогда не изгнал бы я его из ее общества, пока ей хочется быть близ него. В тот час, когда он стал бы ей безразличен, я вырвал бы сердце из его груди и пил бы его кровь! Но до тех пор — если не веришь, ты не знаешь меня, — до тех пор я дал бы разрезать себя на куски, но не тронул бы волоска на его голове!

— И все же, — перебила я, — вы без зазрения совести хотите убить всякую надежду на ее окончательное выздоровление, ворвавшись в ее память сейчас, когда она вас почти забыла, и снова ее вовлекая в бурю разлада и отчаянья.

— Думаешь, она почти забыла меня? — спросил он. — О Нелли! Ты же знаешь, что нет! Ты знаешь не хуже, чем я, что на каждую думу, отданную Линтону, она тысячу дум отдает мне. В самую тяжкую пору моей жизни мне показалось, что Кэти меня забыла: эта мысль неотступно меня преследовала, когда я сюда вернулся летом. Только слово самой Кэтрин принудило бы меня допустить опять эту горькую мысль. И тогда Линтон обратился бы для меня в ничто, и Хиндли, и все страшные сны, что мне снились когда-либо. Два слова определили бы тогда все мое будущее — смерть и ад. Жить, потеряв ее, значит гореть в аду. Но я был глупцом, когда на мгновение поверил, что она ценит преданность Эдгара Линтона больше моей. Люби он ее всем своим ничтожным существом, он за восемьдесят лет не дал бы ей столько любви, сколько я за один день. И у Кэтрин сердце такое же глубокое, как мое. Как моря не вместить в отпечаток конского копыта, так ее чувство не может принадлежать безраздельно Линтону. Да что там! Он едва ли многим ей дороже, чем ее собака или лошадь. Ему ли быть любимым, как я любим! Разве она может любить в нем то, чего в нем нет?

— Кэтрин и Эдгар любят друг друга, как всякая другая чета! — вскричала Изабелла с неожиданной горячностью. — Никто не вправе так о них говорить, и я не потерплю, чтобы при мне поносили моего брата.

— Ваш брат и вас необычайно любит, не правда ли? — заметил насмешливо Хитклиф. — Он с удивительной легкостью пустил вас плыть по воле волн.

— Он не знает, что мне приходится переносить, — ответила она. — Этого я ему не сообщала.

— Значит, кое-что вы ему все-таки сообщили. Вы писали ему?

— Написала раз о том, что вышла замуж, — вы видели письмо.

— И с тех пор ничего?

— Ничего.

— К сожалению, наша молодая леди выглядит много хуже с тех пор, как в ее жизни произошла перемена, — вставила я. — Видно, у кого-то маловато к ней любви, и я догадываюсь у кого, только, пожалуй, лучше не называть.

— Как я догадываюсь — у нее самой, — сказал Хитклиф. — Она опустилась и стала неряхой! Она уже не старается нравиться мне — ей это наскучило удивительно быстро! Ты, пожалуй, не поверишь, но уже наутро после нашей свадьбы она захныкала, что хочет домой. Впрочем, чем меньше в ней привлекательности, тем больше подходит она к этому дому. И я позабочусь, чтоб жена не осрамила меня, сбежав отсюда.

— Отлично, сэр, — возразила я, — но вы, надеюсь, примете во внимание, что миссис Хитклиф привыкла, чтобы за ней был уход и присмотр, и что она воспитана как единственная дочь, которой каждый рад услужить. Вы должны взять ей служанку, чтобы та держала все вокруг в чистоте, и сами должны сердечно обращаться с женой. Что бы ни думали вы о мистере Эдгаре, вы не можете сомневаться, что его сестра способна на сильное чувство. А иначе с чего бы она бросила свой красивый дом, покойную жизнь, друзей и связалась бы с вами навек и поселилась на этой пустынной горе.

— Она бросила их в самообольщении, — ответил он, — вообразив, будто я романтический герой, и ожидая безграничной снисходительности от моей рыцарской преданности. Едва ли я могу считать ее человеком в здравом уме — так упрямо верит она в свое фантастическое представление обо мне и всем поведением старается угодить этому вымышленному герою, столь ей любезному. Но теперь, мне думается, она начинает понимать, что я такое: я больше не вижу глупых улыбок и ужимок, раздражавших меня вначале, и безмозглой неспособности понять, что я не шучу, когда высказываю ей в лицо свое мнение о ней и о ее глупой влюбленности. Потребовалось огромное напряжение всех ее умственных способностей, чтобы сообразить наконец, что я ее не люблю. Я думал одно время, что, сколько ее ни учи, этого ей не вдолбишь. Но все-таки она и сейчас плохо это понимает, ибо сегодня утром она объявила как потрясающую новость, что мне действительно удалось внушить ей ненависть ко мне! Воистину Геркулесов подвиг, уверяю тебя! Если я этого достиг, мне есть чему порадоваться. Могу я верить вашему заявлению, Изабелла? Вы уверены, что ненавидите меня? Если я вас оставлю одну на полдня, вы не придете ко мне опять, вздыхая и подольщаясь? Конечно, ей хотелось бы, чтоб я в твоем присутствии разыграл воплощенную нежность: ее тщеславие уязвлено, когда правда выставлена напоказ. А по мне, пусть хоть весь свет узнает, что страсть была здесь только с одной стороны: я никогда не лгал ей на этот счет. Я не проявлял притворной мягкости — в этом она не может меня обвинить. Первое, что я сделал на ее глазах, когда мы расстались с Мызой, — я повесил ее спаниеля; и когда она стала молить за собачку, первые мои слова были о том, что я с радостью повесил бы всех и каждого, кто принадлежит к ее дому, за исключением одного существа, — возможно, она приняла оговорку на свой счет. Но никакое зверство не претило ей: я думаю, ей от природы свойственно восхищаться зверством, лишь бы ничто не грозило ее собственной драгоценной особе! Так разве это не верх нелепости, не чистейший идиотизм, если такая жалкая рабыня, скудоумная самка, легавая сука возмечтала, что я могу ее полюбить? Скажи своему господину, Нелли, что я в жизни не встречал такого презренного существа, как его сестра. Она позорит даже такое имя, как Линтон. Я проделывал всякие опыты, проверяя, какое еще унижение она способна вынести и вновь потом приползти к моим ногам, — и случалось, я должен был пойти на послабления только потому, что у меня не хватало изобретательности. Но скажи ему также, что его братское и судейское сердце может не тревожиться — я строго держусь в границах закона. До сих пор я избегал дать ей хоть малейшее право требовать развода. Более того: ей не придется никого просить, чтобы нас разлучили. Если желает, она может уйти: докука от ее присутствия не искупается тем удовольствием, какое получаешь, мучая ее!

— Мистер Хитклиф, — сказала я, — это разговор умалишенного. Ваша жена, по всей вероятности, убеждена, что вы сумасшедший; и по этой причине она была до сих пор терпелива с вами. Но теперь, когда вы говорите, что она может уйти, она, несомненно, воспользуется разрешением. Ведь вы не настолько очарованы, сударыня, чтоб оставаться с ним по доброй воле?

— Брось, Эллен! — ответила Изабелла, и ее глаза гневно заискрились; их взгляд не оставлял сомнений, что старания ее супруга возбудить в ней ненависть не остались бесплодными. — Не верь ни одному его слову. Он лживый бес! Чудовище, не человек! Он мне и раньше не раз говорил, что я могу от него уйти; и я сделала однажды такую попытку, но не осмелюсь ее повторить! Только обещай, Эллен, что не передашь ни полслова из его гнусных речей моему брату или Кэтрин. Что бы он тут ни утверждал, у него одно желание — довести Эдгара до отчаяния. Он говорит, что женился на мне с целью получить власть над Эдгаром; но он ее не получит — я скорей умру! Я надеюсь — о том лишь и молюсь, — что он забудет свое дьявольское благоразумие и убьет меня! Я не помышляю об иной радости, как умереть самой или увидеть мертвым его!

— Так! На сегодня довольно! — сказал Хитклиф. — Если тебя вызовут в суд, Нелли, вспомни эти слова! И погляди внимательно ей в лицо: еще немного, и она станет подходящей парой для меня. Нет, сейчас вас нельзя предоставить себе самой, Изабелла; и, будучи вашим законным покровителем, я должен опекать вас, как ни противна мне эта обязанность. Ступайте наверх; мне нужно сказать кое-что Эллен Дин с глазу на глаз. Нет, не сюда: я вам сказал, наверх! Чтобы выйти на лестницу, детка, вам надо вон в ту дверь!

Он схватил ее и вытолкнул из комнаты и вернулся, бормоча:

— Во мне нет жалости! Нет! Чем больше червь извивается, тем сильнее мне хочется его раздавить! Какой-то нравственный зуд. И я расчесываю язву тем упорней, чем сильнее становится боль.

— А вы понимаете, что значит слово «жалость»? — сказала я, торопясь взять с полки шляпу. — Вы ее хоть раз в жизни почувствовали?

— Положи шляпу на место! — перебил он, видя, что я собралась. — Ты сейчас не уйдешь. Вот что, Нелли: если я тебя не уговорю, то заставлю помочь мне осуществить мое решение, а решил я увидеть Кэтрин — и неотложно. Клянусь, я не замышляю зла: я не желаю вызывать переполоха, не желаю ни распалять, ни оскорблять мистера Линтона; я только хочу узнать от нее самой, как она чувствует себя и почему она заболела. И спросить, что я должен сделать, чтобы хоть как-то помочь ей. Вчера ночью я шесть часов простоял в саду у Линтонов и сегодня приду опять; и каждую ночь я буду приходить туда, пока не представится случай войти в дом. Если мне встретится Эдгар Линтон, я, не раздумывая, собью его с ног и так его угощу, что он будет вести себя тихо, пока я там. Если он выпустит на меня своих слуг, я отгоню их, пригрозив этими пистолетами. Но не лучше ли предотвратить мое столкновение с ними и с их хозяином? А ты можешь так легко его предотвратить! Я дам тебе знать, когда приду, и ты впустишь меня незамеченным, как только Кэтрин останется одна, и, пока я не уйду, будешь стоять на страже, не испытывая угрызений совести: ты это делаешь, Нелли, только чтобы предотвратить беду.

Я возражала, не желая поступить предательски по отношению к моему господину; и, кроме того, я указывала Хитклифу, что с его стороны жестоко и эгоистично ради собственного удовольствия нарушать покой миссис Линтон.

— Самые простые случайности мучительно волнуют ее, — сказала я. — Она вся — нервы, и, поверьте мне, ее нельзя подвергать неожиданным потрясениям! Не настаивайте, сэр! Или я вынуждена буду сообщить господину о вашей затее, и он примет меры и оградит свой дом и его обитателей от таких непозволительных вторжений.

— В таком случае я тоже приму меры и запру тебя, голубушка! — вскричал Хитклиф. — Ты не уйдешь с Грозового Перевала до утра. Глупости ты говоришь, будто Кэтрин не выдержит встречи со мной. И вовсе я не желаю поражать ее неожиданностью: ты должна ее подготовить, спросить, можно ли мне прийти. Ты сказала, что она никогда не упоминает моего имени и что его никогда не упоминают при ней. С кем же ей заговорить обо мне, если я — запретная тема в доме? Она считает всех вас шпионами своего мужа. О, я знаю, она среди вас как в аду! Я угадываю по ее молчанию все, что она перечувствовала. Ты говоришь, она часто мечется, тревожно озирается: разве это признаки спокойствия? Ты толкуешь, что она повредилась умом. Как ей было не повредиться, черт возьми, в ее страшном одиночестве? И этот жалкий, пресный человек ухаживает за ней из «человеколюбия», из «чувства долга»! Из жалости и милосердия! Посадите дуб в цветочном горшке и ждите, что он у вас разрастется, — вот так же Эдгар Линтон может ждать, что она у него не зачахнет на скудной почве его пошлой заботливости! Давай договоримся сразу. Хочешь ли ты остаться здесь — и чтобы я проложил себе дорогу к Кэтрин, несмотря на все сопротивление Линтона с его лакеями? Или ты будешь мне другом, как была до сих пор, — и выполнишь то, чего я требую? Решай! Потому что мне ни к чему медлить хоть минуту, если ты в упрямой злости стоишь на своем!

И вот, мистер Локвуд, я спорила и пеняла ему и двадцать раз отказывалась наотрез, но в конце концов он вынудил меня уступить. Я взялась доставить от него письмо моей госпоже и обещала, если та согласна, дать ему знать о первой же отлучке Линтона, и он тогда придет и проникнет в дом, как сам сумеет, я на это время уйду и всю остальную прислугу тоже куда-нибудь ушлю. Хорошо это было или дурно? Боюсь, что дурно, хоть и неизбежно. Я думала, что своим потворством предупреждаю новый взрыв; и еще я думала, что, может быть, встреча произведет благотворный кризис в душевной болезни Кэтрин. К тому же я помнила строгий запрет мистера Эдгара являться к нему опять с докладами, и я старалась унять все тревоги совести, повторяя себе вновь и вновь, что если и можно — по суровому суду — усмотреть в моих действиях обман доверия, то я прибегаю к такому обману в последний раз. Все же обратная дорога была для меня тяжелей, чем дорога на Перевал; и пришлось мне преодолеть немало дурных предчувствий, пока я решилась вручить миссис Линтон письмо.

Но Кеннет уже здесь. Я сойду вниз и скажу ему, что вам полегчало. Моя история, как мы тут говорим, *тягомотная*, — ее хватит с лихвой еще на одно утро.

Тягомотная и мрачная, размышлял я, когда добрая женщина отправилась принимать врача; и не совсем такая, какую избрал бы я для развлечения. Но все равно! Я выжму целебное лекарство из горьких трав миссис Дин; и прежде всего скажу я себе — остерегайся очарования, затаившегося в сверкающих глазах Кэтрин Хитклиф. В хорошую я попаду передрягу, если отдам сердце этой молодой особе и дочка окажется вторым изданием своей мамаши!

Глава XV

Прошла еще неделя, и я на много дней приблизился к выздоровлению и к весне! Теперь я знаю всю историю моего соседа — в несколько присестов, в часы, урываемые от более важных занятий, ключница довела свою повесть до конца. Буду продолжать ее собственными словами, только более сжато. В общем, она отличная рассказчица, и едва ли я мог бы улучшить ее слог.

— Вечером, — рассказывала она, — то есть на исходе того дня, когда я побывала на Грозовом Перевале, — я знала наверное, как если б видела его воочию, что мистер Хитклиф где-то здесь, поблизости, и я остерегалась выходить, потому что его письмо еще лежало у меня в кармане, и не хотела я, чтоб меня опять стращали и мучили. Я решила не отдавать письма, пока мистер Линтон куда-нибудь не уйдет, потому что я не могла угадать наперед, как оно подействует на Кэтрин. Прошло три дня, а оно все еще не попало к ней в руки. Четвертый день пришелся на воскресенье, и, когда все у нас пошли в церковь, я отнесла письмо в комнату больной. Оставался только еще один лакей, который охранял со мною дом, и, пока шла служба, мы обыкновенно держали двери на запоре. Но на этот раз погода была такая теплая и приятная, что я раскрыла их настежь; а чтоб верней исполнить свою задачу, я — зная, кто может прийти, — сказала лакею, что госпоже очень захотелось апельсинов, так пусть он сбегает в деревню и раздобудет хоть несколько штук — заплатим, мол, завтра. Он ушел, и я поднялась наверх.

Миссис Линтон сидела, как всегда, в свободном белом платье, с легкой шалью на плечах в нише раскрытого окна. Ей в начале болезни подстригли ее густые и длинные волосы, и теперь она убирала их в простую прическу с естественными локонами на висках и на шее. Внешний облик ее изменился, как я сказала Хитклифу; но когда она бывала тиха, в изменившихся чертах ее чудилась неземная красота. Огонь в ее глазах сменила мягкая, мечтательная грусть; создавалось впечатление, что они не глядят на окружающее: взор их, казалось, был устремлен всегда вперед — далеко-далеко, вы сказали бы, в нездешний мир. И бледность лица (теперь, когда она поправилась и пополнела, оно уже не казалось изнуренным), и странное его выражение, вызванное умственным расстройством, — все это, хоть и выдавало печальную свою причину, было все-таки трогательно и пробуждало еще больше участия к ней. В моих глазах и, думается, в глазах каждого, кто ее видел, эти признаки неизменно опровергали всякое существенное доказательство выздоровления и налагали на нее печать обреченности.

Раскрытая книга лежала перед ней на подоконнике, и еле уловимый ветер время от времени переворачивал страницы. Я думаю, книгу положил здесь Линтон, потому что Кэтрин никогда не пробовала развлечься чтением или другим каким-либо делом, и господин убил немало времени, пытаясь занять ее внимание чем-нибудь таким, что раньше ее интересовало. Она понимала его намерение и, если бывала в добром настроении, спокойно сносила его старания и только давала понять, что они бесполезны, подавляя изредка усталый вздох и пресекая их наконец поцелуем и самой печальной улыбкой. В других случаях она, бывало, нетерпеливо отвернется и закроет руками глаза, а то и злобно оттолкнет Эдгара; и тогда он уходил и оставлял ее, потому что знал, что ничем не поможет.

Еще не отзвонили колокола Гиммертонской церкви, и доносился из долины мягкий ласкающий шум полноводного ручья. Весною рокот ручья являлся приятной заменой еще не народившемуся шелесту листвы, который летом, когда деревья одевались зеленью, заглушал эту музыку в окрестностях Мызы. На Грозовом Перевале шум ручья всегда был слышен в тихие дни после сильного таянья или в пору непрестанных дождей. Кэтрин, слушая его, думала о Грозовом Перевале, если только она вообще о чем-либо думала и что-нибудь слушала; у нее был все тот же отсутствующий, блуждающий взгляд, и, казалось, она едва ли узнает окружающее посредством зрения или слуха.

— Вам письмо, миссис Линтон, — сказала я, бережно вкладывая листок в ее руку, покоившуюся на колене. — Вы должны прочитать его сейчас же, потому что требуется ответ. Хотите, я взломаю печать?

— Да, — ответила она, глядя по-прежнему вдаль. Я распечатала письмо, оно было совсем коротенькое.

— А теперь, — продолжала я, — прочтите.

Она отняла руку, и письмо упало. Я подняла его, положила ей на колени и ждала, когда ей вздумается глянуть вниз; но она так долго не опускала глаз, что я в конце концов снова заговорила сама:

— Прочитать вам, сударыня? Оно от мистера Хитклифа.

Ее лицо дрогнуло, отразив смутный отсвет воспоминания и мучительную попытку собраться с мыслями. Затем она взяла в руки листок и, казалось, пробежала его взглядом; и когда увидела подпись, вздохнула. Но все же я поняла, что написанное не дошло до нее, потому что на мое пожелание услышать ответ она только указала на подпись и остановила на мне печальный и жадно-пытливый взгляд.

— Он хочет вас видеть, — сказала я, угадав, что ей нужен толкователь. — Сейчас он в саду и с нетерпением ждет, какой я принесу ему ответ.

Еще не досказав, я увидела, как внизу большая собака, лежавшая на солнышке в траве, наставила уши, точно собираясь залаять, потом опустила их и завиляла хвостом, возвещая приближение кого-то, кто не был для нее чужим. Миссис Линтон наклонилась вперед и слушала, затаив дыхание. Через минуту в передней послышались шаги. Распахнутая дверь оказалась слишком сильным искушением для Хитклифа, он не устоял и вошел: возможно, он думал, что я отступилась от своего обещания, и потому решил положиться на собственную отвагу. Кэтрин глядела неотступно и жадно на дверь в коридор. Гость ошибся было комнатой; она кивнула мне, чтобы я впустила его, но, раньше чем я дошла до порога, он отыскал нужную дверь и мгновением позже стоял рядом с Кэтрин и сжимал ее в объятиях.

Добрых пять минут он не говорил ни слова и не размыкал объятий, и за это время он, верно, подарил ей больше поцелуев, чем за всю свою прежнюю жизнь. Прежде моя госпожа всегда целовала его первая. И я видела ясно: он еле смеет заглянуть ей в лицо от нестерпимой тоски!

Только раз посмотрев на нее, он, как и я, уже не сомневался, что нет никакой надежды на выздоровление хотя бы со временем — она обречена, она скоро умрет!

— Кэти! Жизнь моя! Как могу я это выдержать? — были его первые слова, прозвучавшие откровенным отчаянием. И он глядел на нее так пристально и серьезно, что мне казалось, от одной напряженности взгляда должны были выступить слезы на его глазах; но глаза горели мукой — в них не было слез.

— Ну, что еще? — сказала Кэтрин, откинувшись в кресле и сама устремив на Хитклифа взгляд из-под насупившихся вдруг бровей: ее настроения непрестанно колебались в быстрой смене капризов. — Ты и Эдгар, вы разбили мне сердце, Хитклиф! И оба вы приходите ко мне плакаться о том, что сами натворили, — будто жалеть надо вас! Не хочу я тебя жалеть, не хочу! Ты меня убил — и это, кажется, пошло тебе впрок. Какой ты крепкий! Сколько лет ты собираешься прожить после того, как меня не станет?

Чтобы обнять ее, Хитклиф стал на одно колено; теперь он попробовал подняться, но она схватила его за волосы и не пускала.

— Я хотела бы держать тебя так, — продолжала она с ожесточением, — пока мы оба не умрем! Как бы ты ни страдал, мне было бы все равно. Мне дела нет до твоих страданий. Почему тебе не страдать? Ведь я же страдаю! Ты забудешь меня? Будешь ты счастлив, когда меня похоронят? Ты, может быть, скажешь через двадцать лет: «Вот могила Кэтрин Эрншо. Когда-то давным-давно я ее любил и был в отчаянии, что потерял ее; но это прошло. С тех пор я любил многих других; мои дети мне дороже, чем была она; и на смертном одре я не стану радоваться, что иду к ней: я стану печалиться, что разлучаюсь с ними!» Скажешь, Хитклиф, да?

— Ты хочешь замучить меня, чтобы я, как ты, потерял рассудок! — вскричал он, высвобождая свои волосы и скрежеща зубами.

Вдвоем они представляли для равнодушного наблюдателя странную и страшную картину. Кэтрин недаром полагала, что рай был бы для нее страной изгнания, если только, расставшись со смертным телом, она не отрешилась бы и от своего нравственного облика. Сейчас ее лицо, белое, с бескровными губами и мерцающим взором, выражало дикую мстительность; в зажатых пальцах она держала клок вырванных волос. А Хитклиф, когда поднимался, одной ладонью уперся в пол, а другой стиснул ее руку у запястья; и так мало было у него бережности к больной, что, когда он разжал пальцы, я увидела четыре синих отпечатка на бесцветной коже.

— Или ты одержима дьяволом, — сказал он гневно, — что так со мной говоришь, умирая? Подумала ли ты о том, что все эти слова останутся выжженными в моей памяти и после, когда ты покинешь меня? Они будут въедаться все глубже — до конца моих дней! Ты лжешь — и знаешь сама, что лжешь, когда говоришь, что я тебя убил. И ты знаешь, Кэтрин, что я скорее забуду себя самого, чем тебя! Разве не довольно для твоего бесовского себялюбия, что, когда ты уже обретешь покой, я буду корчиться в муках ада?

— Не будет мне покоя, — простонала Кэтрин, возвращенная к чувству телесной слабости сильным и неровным биением сердца: от чрезмерного возбуждения сердце так у нее заколотилось, что это было и слышно и видно. Она ничего не добавила, пока приступ не миновал; потом заговорила вновь, уже более мягко: — Я не желаю тебе мучиться сильней, чем я сама, Хитклиф. Я желаю только, чтобы нас никогда не разлучали. И если какое-нибудь мое слово будет впоследствии тебя терзать, думай, что я под землею испытываю те же терзания, и ради меня самой прости меня! Подойди и стань опять на колени! Ты никогда в жизни не делал мне зла. Нет. И если ты питаешь ко мне злобу, мне это будет тяжелее вспоминать, чем тебе мои жестокие слова! Ты не хочешь подойти? Подойди!

Хитклиф подступил сзади к ее креслу и наклонился над нею, но так, чтобы ей не было видно его лица, мертвенно-бледного от волнения. Она откинулась, стараясь заглянуть ему в лицо. Он не дал: резко повернувшись, отошел к камину и молча там стоял спиною к нам. Миссис Линтон следила за ним подозрительным взглядом: каждое движение пробуждало в ней новый помысел. Долго она глядела в молчании, потом заговорила, обратившись ко мне, тоном негодующего разочарования:

— О, ты видишь, Нелли, он ни на минуту не смягчится, чтобы спасти меня от могилы. Так-то он любит меня! Но это и неважно. Это не мой Хитклиф. Моего я все-таки буду любить и возьму его с собой: он в моей душе. И хуже всего, — добавила она в раздумье, — я наскучила этой жалкой тюрьмой. Надоело мне быть запертою в ней. Я устала рваться в тот прекрасный мир и всегда оставаться здесь, не видя его — хотя бы смутно, сквозь слезы, — и томясь по нему в стенах изболевшегося сердца; а на самом деле с ним и в нем. Ты думаешь, Нелли, что ты лучше меня и счастливей, потому что ты сильна и здорова. Ты жалеешь меня — скоро это изменится. Я буду жалеть *тебя*. Я буду невообразимо далеко от вас и высоко над вами. Странно мне, что его не будет подле меня! — Она продолжала про себя: — Я думала, он этого желает. Хитклиф, дорогой! Теперь ты не должен упрямиться. Подойди ко мне, Хитклиф.

В нетерпении она поднялась, опершись на ручку кресла. На этот властный ее призыв он повернулся к ней в предельном отчаянии. Его глаза, раскрытые и влажные, глядели на нее, злобно пылая; грудь судорожно вздымалась. Секунду они стояли врозь, и как они потом сошлись, я и не видела, — Кэтрин метнулась вперед, и он подхватил ее, и они сплелись в объятии, из которого моя госпожа, мне казалось, не выйдет живой: в самом деле, вслед за тем она представилась моим глазам уже бесчувственной. Он бросился в ближайшее кресло; и когда я поспешила к ней, чтоб увериться, не обморок ли это, он зарычал на меня с пеной у рта, как бешеная собака, и в жадной ревности привлек ее к себе. У меня было такое чувство, точно со мною рядом существо иного рода, чем я: он, мне казалось, не понимает человеческой речи, хоть вот я и обращаюсь к нему; и я стала в стороне и в смущении прикусила язык.

Кэтрин сделала движение, и это немного успокоило меня: она подняла руку, чтоб обнять его за шею, и в его объятиях прижалась щекой к его щеке; а он, осыпая ее в ответ бурными ласками, говорил неистово:

— Ты даешь мне понять, какой ты была жестокой — жестокой и лживой. Почему ты мной пренебрегала? Почему ты предала свое собственное сердце, Кэти? У меня нет слов утешения. Ты это заслужила. Ты сама убила себя. Да, ты можешь целовать меня, и плакать, и вымогать у меня поцелуи и слезы: в них твоя гибель... твой приговор. Ты меня любила — так какое же ты имела право оставить меня? Какое право, ответь! Ради твоей жалкой склонности к Линтону?.. Когда бедствия, и унижения, и смерть — все, что могут послать бог и дьявол, — ничто не в силах было разлучить нас, ты сделала это сама по доброй воле. Не я разбил твое сердце — его разбила ты; и, разбив его, разбила и мое. Тем хуже для меня, что я крепкий. Разве я могу жить? Какая это будет жизнь, когда тебя... О боже! Хотела бы ты жить, когда твоя душа в могиле?

— Оставь меня! Оставь! — рыдала Кэтрин. — Если я дурно поступила, я за это умираю. Довольно! Ты тоже бросил меня, но я не стану тебя упрекать. Я простила. Прости и ты!

— Трудно простить, и глядеть в эти глаза, и держать в руках эти истаявшие руки, — ответил он. — Поцелуй меня еще раз. И спрячь от меня свои глаза! Я прощаю зло, которое ты причинила мне. Я люблю моего убийцу... Но твоего... Как могу я любить и его?

Они замолкли, прижавшись щека к щеке и мешая свои слезы. Мне, по крайней мере, думается, что плакали оба; как видно, при таких больших потрясениях Хитклиф все-таки мог плакать.

Между тем мне было сильно не по себе: день быстро истекал, человек, отосланный мною с поручением, уже вернулся, — и при свете солнца, клонившегося к западу, я различала в глубине долины густевшую толпу на паперти Гиммертонской церкви.

— Служба кончилась, — объявила я. — Господин будет здесь через полчаса.

Хитклиф простонал проклятие и крепко прижал к себе Кэтрин; она не пошевелилась.

Вскоре затем я увидела группу слуг, шедших вверх по дороге к тому крылу, где помещается кухня. За ними — немного позади — шел мистер Линтон; он сам отворил ворота и медленно подходил к крыльцу, быть может, радуясь приятному вечеру, мягкому, почти летнему.

— Он уже здесь! — крикнула я. — Ради всего святого, скорей! Бегите вниз! На парадной лестнице вы никого не встретите. Не мешкайте! Постойте за деревьями, пока он пройдет к себе.

— Я должен идти, Кэти, — сказал Хитклиф, стараясь высвободиться из ее объятий. — Но, если буду жив, я увижусь с тобой еще раз перед тем, как ты уснешь. Я стану в пяти ярдах от твоего окна, не дальше.

— Ты не должен уходить! — ответила она, держа его так крепко, как позволяли ее силы. — Ты не уйдешь, говорю я тебе.

— Только на час, — уговаривал он.

— Ни на минуту, — отвечала она.

— Но я *должен*, сейчас войдет Линтон, — настаивал в тревоге незваный гость.

Он пытался встать, он насильно разжимал ее пальцы — она вцепилась крепче, затаив дыхание; ее лицо выражало безумную решимость.

— Нет! — закричала она. — Не уходи, не уходи!

Мы вместе в последний раз! Эдгар нас не тронет. Хитклиф, я умру! Я умру!

— Чертов болван! Принесло! — сказал Хитклиф, снова опускаясь в кресло. — Тише, моя дорогая! Тише, Кэтрин! Я остаюсь. Если он пристрелит меня на месте, я умру, благословляя своего убийцу.

Они снова крепко обнялись. Я слышала, как мой господин подымается по лестнице, — холодный пот проступил у меня на лбу: я потеряла голову от страха.

— Что вы слушаете ее бред! — сказала я с сердцем. — Она говорит сама не зная что. Вы хотите ее погубить, потому что она лишена рассудка и не может защитить себя? Вставайте, и вы сразу высвободитесь! Это самое сатанинское из ваших злодейств. Через вас мы все погибли — господин, госпожа и служанка.

Я ломала руки и кричала. Услышав шум, мистер Линтон ускорил шаг. Как ни была я взволнована, я искренно обрадовалась, увидев, что руки Кэтрин бессильно упали и голова ее сникла.

«В обмороке. Или мертва, — подумала я, — тем лучше. Ей лучше умереть, чем тянуть кое-как и быть обузой и несчастьем для всех вокруг».

Эдгар, бледный от изумления и ярости, бросился к непрошеному гостю. Что хотел он сделать, я не скажу. Однако тот сразу его остановил, опустив лежавшее на его руках безжизненное с виду тело.

— Смотрите! — сказал он. — Если вы человек, сперва помогите ей, со мной можете поговорить потом.

Он вышел в гостиную и сел. Мистер Линтон подозвал меня, и с большим трудом, перепробовав немало средств, мы ее привели наконец в чувство; но она была в полном затмении рассудка; она вздыхала, стонала и не узнавала никого. Эдгар в тревоге за нее забыл о ее ненавистном друге. Но я не забыла. При первой же возможности я прошла к нему и уговорила его удалиться, уверяя, что ей лучше и что утром я извещу его, как она провела ночь.

— Хорошо, я удалюсь отсюда, — ответил он, — но я останусь в саду, и смотри, Нелли, завтра сдержи свое слово. Я буду под теми лиственницами. Смотри же! Или я опять войду сам, будет Линтон дома или нет.

Он кинул быстрый взгляд в приоткрытую дверь спальни и, уверившись, что я, очевидно, сказала ему правду, избавил дом от своего злосчастного присутствия.

Глава XVI

Ночью, около двенадцати, родилась та Кэтрин, которую вы видели на Грозовом Перевале: семимесячный крошечный младенец; а через два часа роженица умерла, ни разу не придя в сознание настолько, чтобы заметить отсутствие Хитклифа или узнать Эдгара. Не буду расписывать, в каком отчаянии был мистер Линтон от своей утраты — это слишком печальный предмет; действие его глубокой скорби сказалось только со временем. В моих глазах несчастье отягчалось еще тем, что господин остался без наследника. Я горевала об этом, глядя на слабенькую сиротку; и мысленно корила старого Линтона, что он (хоть это и было вполне естественным пристрастием) закрепил имение за собственной дочерью, а не за дочерью сына. Бедная крошка!

Не вовремя она явилась на свет. Она могла до полусмерти надрываться от плача, и никого это нисколько не заботило — в те первые часы ее существования. Впоследствии мы искупили наше небрежение; однако начало ее жизни было таким же одиноким, каким будет, верно, и конец.

Следующее утро — яркое и веселое на дворе — прокралось, смягченное шторой, в безмолвную комнату и залило кровать и тело на кровати мягким, нежным светом. Эдгар Линтон сидел, склонив голову на подушку и закрыв глаза. Его молодое и красивое лицо было почти так же мертвенно, как лежавшее рядом; и почти такое же застывшее: только у него это была тишина исчерпавшей себя тоски, а у нее тишина полного мира. Лоб ее был гладок, веки сомкнуты, губы даже хранили улыбку; ангел небесный не мог быть прекрасней. И меня охватило то же бесконечное спокойствие, в каком лежала она: никогда мои мысли не были так благоговейны, как теперь, когда я глядела на этот тихий образ невозмутимого божественного покоя. Я невольно подумала словами, сказанными ею за несколько часов перед тем: «Невообразимо далеко от нас — и высоко над нами...» На земле ли он еще, ее дух, или уже на небе, примиренный с богом?

Не знаю, может быть, странность у меня такая, но я редко испытываю иное чувство, кроме счастья, когда сижу над покойником, — если только со мною не делит эту скорбную обязанность кто-нибудь из его близких, бурно убивающийся или застывший в безнадежной тоске. Я вижу тогда успокоение, которое не нарушат силы земли и ада, и преисполняюсь веры в бесконечное безоблачное будущее — вечный мир, куда вступает душа, мир, где жизнь безгранична в своей длительности, и любовь в своем сострадании, и радость в своей полноте. Я отметила на этот раз, как много эгоизма в любви, — даже такой, как любовь мистера Линтона, если он так сокрушается о блаженном конце Кэтрин! Что и говорить, при жизни она была своенравна и нетерпелива, и, пожалуй, можно было сомневаться, заслужила ли она в конце концов тихую гавань. Позже, когда пришла пора для холодного размышления, в этом можно было сомневаться — но не тогда, не сидя над телом умершей. Оно утверждало свой покой, казавшийся залогом вечного покоя для обитавшей в нем прежде души.

— Как вы думаете, сэр, достигают такие люди счастья на том свете? Я много бы дала, чтоб узнать.

Я уклонился от ответа на вопрос миссис Дин, прозвучавший для меня несколько еретически. Она продолжала:

— Проследив жизнь Кэтрин Линтон, боюсь, мы не вправе думать, что она его достигла. Но оставим ее с тем, кто ее сотворил.

Мой господин как будто уснул, и когда рассвело, я решилась оставить комнату и пойти подышать свежим воздухом. Слуги полагали, что я вышла стряхнуть с себя сонливость после затянувшегося ночного дежурства; на самом деле моей главной целью было повидаться с мистером Хитклифом. Если он всю ночь простоял под лиственницами, вряд ли он слышал переполох на Мызе; разве что заметил конного гонца, отправленного в Гиммертон. Если он подходил ближе, то мог догадаться по перебегающим огням и по частому хлопанью наружных дверей, что в доме неблагополучно. Я и желала и боялась найти его. Я понимала, что страшную новость необходимо сообщить, и хотелось поскорей с этим покончить; но как приступить, я не знала. Он был там — верней, на несколько ярдов дальше, в парке: стоял с непокрытой головой, прислонившись к старому ясеню, и волосы его намокли от росы, которая скопилась на ветвях, в полураспустившихся почках и падала вокруг звонкой капелью. Видно, он долго простоял таким образом, потому что я приметила двух дроздов, круживших в трех футах от него: они хлопотливо вили гнездо и не обращали внимания на человека, точно это стояла колода. При моем приближении они улетели, и он поднял глаза и заговорил.

— Она умерла! — сказал он. — Я ждал тебя не для того, чтобы это услышать. Спрячь свой платок — не распускай ты нюни передо мной. К черту вас всех! Ей не нужны ваши слезы.

Я плакала больше о нем, чем о ней: мы порой жалеем людей, которые не знают жалости ни к себе, ни к другим. Едва глянув ему в лицо, я поняла, что он знает о катастрофе; и у меня явилась нелепая мысль, что сердце его сокрушено и он молится, потому что губы его шевелились, а глаза смотрели в землю.

— Да, она умерла! — ответила я, подавляя рыдания и вытирая глаза. — Вознеслась на небо, я надеюсь, где мы — каждый из нас — можем встретиться с нею, если примем, как должно, предостережение и оставим дурные свои пути и пойдем по стезе добра.

— Значит, она «приняла, как должно, предостережение»? — сказал Хитклиф и попробовал усмехнуться. — И она умерла, как святая? Расскажи мне всю правду, как это было. Как умерла...

Он силился произнести имя, но не мог; и, сжав губы, молча боролся с затаенной мукой, в то же время отвергая мое сострадание твердым и злобным взглядом.

— Как она умерла? — проговорил он наконец, вынужденный при всей своей стойкости опереться спиной о ствол, потому что, как он ни боролся, он весь дрожал — до кончиков пальцев.

«Несчастный! — подумала я. — У тебя то же сердце, те же нервы, что и у всякого другого! К чему ты хлопочешь скрывать их? Бога не ослепит твоя гордость! Ты искушаешь его терзать их до тех пор, пока он не исторгнет у тебя постыдного крика боли!»

— Тихо, как ягненок! — ответила я вслух. — Она вздохнула и вытянулась, как младенец, когда он пробуждается и тут же опять засыпает. А через пять минут я почувствовала, что сердце ее только чуть встрепенулось — и все!

— И... и она ни разу не позвала меня? — спросил он, не вдруг решившись, точно боялся, что в ответ на вопрос последуют подробности, слушать которые будет нестерпимо.

— Госпожа так и не приходила в сознание, — сказала я. — С той минуты, как вы ушли от нее, она никого не узнавала. Она лежит со светлой улыбкой на лице; в своих последних мыслях она возвращалась к милым детским дням. Ее жизнь окончилась тихим сном — дай ей боже проснуться так же безмятежно в другом мире!

— Дай ей боже проснуться в мученьях! — прокричал он со страшной силой, и топнул ногой, и застонал в неожиданном приступе неукротимой страсти. — Она так и осталась обманщицей! Где она? Не там — не на небе... и не погибла — так где же? О, ты сказала, что мои страдания для тебя ничего не значат! У меня лишь одна молитва — я ее постоянно твержу, пока не окостенеет язык: Кэтрин Эрншо, не находи покоя, доколе я жив! Ты сказала, что я тебя убил, так преследуй же меня! Убитые, я верю, преследуют убийц. Я знаю, призраки бродят порой по земле! Будь со мной всегда... прими какой угодно образ... Сведи меня с ума, только не оставляй меня в этой бездне, где я не могу тебя найти! О боже! Этому нет слов! Я не могу жить без жизни моей! Не могу жить без моей души!

Он бился головой о корявый ствол; и, закатив глаза, ревел, не как человек — как дикий зверь, которого искололи до полусмерти ножами и копьями. Я увидела несколько пятен крови на коре, его лоб и руки тоже были в крови; должно быть, сцена, разыгравшаяся на моих глазах, была повторением других таких же, происходивших здесь всю ночь. Она почти не будила во мне сострадания — она меня ужасала. И все-таки я не решалась его оставить. Но когда он несколько овладел собой и заметил, что за ним наблюдают, он громовым голосом приказал мне уйти, и я подчинилась. Уж где мне было успокаивать его и утешать!

Похороны миссис Линтон были назначены на ближайшую пятницу после ее кончины; до этого дня гроб ее, открытый, усыпанный цветами и душистыми листьями, стоял все время в большой зале. Линтон проводил там дни и ночи — бессонный сторож; и Хитклиф — это осталось тайной для всех, кроме меня, — проводил если не дни, то все эти ночи в парке, равно не зная сна. Я с ним не сносилась, но все же я понимала, что он намерен войти, если будет можно; и во вторник, когда стемнело и мой господин, до крайности уставший, вынужден был удалиться на несколько часов, пошла и раскрыла одно из окон: настойчивость Хитклифа меня растрогала, и я решила дать ему возможность проститься с бренным подобием своего кумира. Он не преминул воспользоваться случаем — осторожно и быстро, так осторожно, что не выдал своего присутствия ни малейшим шумом. В самом деле, я бы и не узнала, что он заходил, если б не заметила, что примята кисея у лица покойницы и что на полу лежит завиток светлых волос, скрепленных серебряной ниткой; проверив, я убедилась, что он вынут из медальона, висевшего у Кэтрин на шее. Хитклиф открыл медальон и выбросил локон, подменив его своим собственным — черным. Я перевила их оба и положила вместе в медальон.

Мистер Эрншо, понятно, получил приглашение проводить прах своей сестры; он не явился и не прислал извинения; так что, кроме мужа, провожали гроб только арендаторы и слуги. Изабеллу не пригласили.

К удивлению поселян, Кэтрин похоронили не в стенах церкви, в лепной усыпальнице Линтонов, и не на погосте рядом с ее собственными родственниками: гроб зарыли на зеленом склоне в углу кладбища, где ограда так низка, что поросли вереска и черники перебрасываются через нее с открытого поля; и могильный холмик теряется там между торфяными кочками. Супруг ее похоронен тут же рядом;

и у них у каждого поставлен в головах простой надгробный камень, и простая серая плита лежит в ногах, отмечая могилы.

Глава XVII

Та пятница была у нас последним ясным днем перед долгим месяцем непогоды. К вечеру наступил перелом: южный ветер сменился северо-восточным и принес сперва дождь, а потом град и снег. Наутро было трудно представить себе, что перед тем три недели стояло лето: первоцвет и крокусы спрятались в зимних сугробах; жаворонки смолкли, молодые листья на ранних деревьях пожухли, почернели. Томительно тянулось то субботнее утро, сумрачное и холодное! Мой господин не выходил из своей комнаты; я завладела опустелой гостиной, превратив ее в детскую; и там я сидела, качая на коленях плачущего младенца, крошечного, точно кукла; я качала его и глядела, как все еще падавший хлопьями снег заносил незавешенное окно, когда дверь отворилась и вбежала женщина, смеясь и запыхавшись. В первую минуту мой гнев был сильней удивления. Я подумала, что это одна из горничных, и закричала:

— Еще чего недоставало! Как вы смеете сюда врываться с вашим глупым весельем? Что сказал бы мистер Линтон, если бы услышал?

— Извините меня! — ответил знакомый голос. — Но Эдгар, я знаю, уже лег. А совладать с собой я не могу.

С этими словами гостья подошла к огню, тяжело дыша и прижимая руку к груди.

— Я всю дорогу бежала, — помолчав, заговорила

она снова. — От Грозового Перевала до Мызы; не бежала я, только когда летела. Я столько раз падала, что не сосчитать. Ох, у меня все болит! Не пугайтесь, я вам сейчас все объясню. Но сперва будьте так добры, подите и прикажите заложить карету, чтоб отвезти меня в Гиммертон. И распорядитесь, чтобы мне отыскали в моем шкафу что-нибудь из одежды.

Я узнала в гостье миссис Хитклиф. И ей, конечно, было не до смеха. Волосы рассыпались у нее по плечам, мокрые от талого снега; на ней было ее домашнее девичье платье, больше соответствовавшее ее возрасту, чем положению: простенькое, с короткими рукавами; ни косынки на шее, ни шляпы на голове. Легкий шелк, намокнув, облепил тело; а на ногах только комнатные туфли на тонкой подошве; добавьте к этому глубокий порез под ухом, из которого только из-за холода не струилась обильно кровь; бледное лицо, в синяках и царапинах; сама еле стоит на ногах от усталости. Вы легко поверите, что мой первый страх не улегся, когда я получила возможность разглядеть ее на свободе.

— Моя дорогая барышня, — вскричала я, — никуда я не пойду и ничего не стану слушать, пока вы не снимете все, что на вас есть, и не наденете взамен сухое. И вы, конечно, не поедете в Гиммертон ночью, так что заказывать карету сейчас ни к чему.

— Поеду непременно, — сказала она, — не поеду, так пойду пешком. Но прилично одеться я не прочь. И потом... ах, смотрите, как течет по шее! Разболелось хуже — от тепла.

Она не давала мне подступиться к ней, пока я не исполню ее распоряжений; и только когда кучеру было приказано подать карету и одна из служанок занялась укладываньем необходимой одежды, я получила от гостьи разрешение перевязать ей рану и помочь переодеться.

— Теперь, Эллен, — сказала она, когда я справилась с этим делом, усадила ее в кресло у камина и поставила перед ней чашку чая, — сядьте против меня и уберите подальше младенца бедной Кэтрин: я не могу на него смотреть! Не думайте, что если я ворвалась сюда с глупым смехом, то, значит, я нисколько не жалею о Кэтрин: я плакала тоже, и горько, — ведь у меня больше причин плакать, чем у всех. Мы с ней расстались не помирившись, вы помните, — я не могу себе этого простить. И все-таки я не хотела ему посочувствовать — грубой скотине! Ох, дайте мне кочергу! Это последнее, что есть на мне из его вещей! — Она сорвала с безымянного пальца золотое кольцо и бросила его на пол. — Раздавить! — продолжала она, топча его с детской злобой. — А потом сжечь! — и она подняла и бросила изуродованное кольцо в раскаленные угли. — Вот! Пусть покупает новое, если вернет меня. С него станется, что он придет сюда меня искать — назло Эдгару. Я не смею остаться здесь из страха, что эта злая мысль взбредет ему в голову! И к тому же ведь Эдгар не смягчился, нет? А я не приду к нему просить помощи, и не хочу я доставлять ему новую заботу. Только крайность заставила меня искать здесь прибежище; впрочем, я знала наверное, что не налечу на брата, а то бы я осталась на кухне, умылась, обогрелась, попросила бы вас принести мне что нужно и удалилась куда-нибудь, где до меня не доберется мой проклятый... этот дьявол во плоти! Ах, он был в бешенстве! Если б он догнал меня... Жаль, что Эрншо уступает ему в силе! Я бы не убежала, пока не увидела бы, как Хиндли отколотил его до полусмерти... будь это ему по плечу!..

— Стойте, не говорите так быстро, мисс! — перебила я. — Вы сдвинете платок, которым я перевязала вам щеку, и опять потечет кровь. Выпейте чаю, передохните и перестаньте смеяться: смех совсем неуместен под этой крышей, да еще в вашем положении!

— Бесспорная истина, — ответила она. — Нет, что за ребенок! Плачет не умолкая... Унесите его куда-нибудь на один час, чтобы мне его не слышать, — больше часа я здесь не пробуду.

Я позвонила и передала младенца на попечение горничной; потом спросила гостью, что ее заставило уйти с Грозового Перевала в таком неподобном виде и куда она думает ехать, если не хочет оставаться у нас.

— Я должна была бы и хотела бы остаться здесь, — ответила она, — по двум причинам: чтобы морально поддержать Эдгара и чтоб заботиться о младенце. И еще потому, что Мыза — мой истинный дом. Но я говорю вам: Хитклиф не допустит! Вы думаете, он будет спокойно смотреть, как я делаюсь опять веселой и здоровой? Будет знать, что мы живем тихо и мирно, и не попробует отравить наш покой? Нет, я имею удовольствие твердо знать: он ненавидит меня до такой степени, что ему противно глядеть на меня, противно слышать мой голос. Я заметила, когда он сидит в комнате и я вхожу туда, его лицо непроизвольно перекашивается в гримасу ненависти — ненависти, которая обусловлена отчасти сознанием, что у меня есть все причины питать то же чувство к нему, отчасти же исконным отвращением. Оно достаточно сильно и дает мне уверенность, что мой супруг не станет гоняться за мною по всей Англии, если мне удастся благополучно сбежать. Вот почему я должна уехать совсем. Я излечилась от своего прежнего желания, чтоб он меня убил, пусть лучше убьет себя! Он сумел убить мою любовь, так что теперь я спокойна. Я еще помню, как я его любила; и, пожалуй, представляю себе смутно, что могла бы опять полюбить его, если бы... Нет! Нет! Если бы даже он проникся ко мне горячей любовью, его сатанинская природа в чем-нибудь проявилась бы. У Кэтрин был удивительно извращенный вкус, если она, хорошо его зная, так им дорожила. Чудовище! Пусть он исчезнет с лица земли, исчезнет из моей памяти!

— Тише, тише! Он все же человек, — сказала я. — Сжальтесь над ним, есть люди и похуже его!

— Он не человек, — возразила она, — у него нет права на мою жалость. Я отдала ему сердце, а он взял его, насмерть исколол и швырнул мне обратно. Чувствуют сердцем, Эллен, а так как он убил мое сердце, я не могу ему сочувствовать; и не стала бы, хотя бы он молил меня с этой самой ночи до смертного дня и лил кровавые слезы о Кэтрин! Нет, поверь мне, поверь, не стала бы... — И вдруг Изабелла расплакалась, но тут же, смахнув слезу с ресниц, заговорила опять: — Вы спросили, что в конце концов выгнало меня из дому? Мне удалось раздразнить мужа до такой степени, что ярость взяла в нем верх над хитростью, — и тогда я вынуждена была бежать. Вытягивать нервы раскаленными щипцами — для этого требуется больше хладнокровия, чем чтобы стукнуть раз по голове. Я довела его до того, что он забыл свою дьявольскую осторожность, которой хвастался, и перешел к разбойному буйству. Я наслаждалась удовольствием бесить его. А чувство удовольствия пробудило во мне инстинкт самосохранения, и я вырвалась на свободу; и если я опять попаду в его руки, пусть учиняет надо мной небывалую расправу — тем лучше.

Вчера, вы знаете, мистер Эрншо должен был идти на похороны. Ради такого случая он даже держался до ночи трезвым, то есть сравнительно трезвым: не завалился очумелый спать в шесть утра и не встал пьяный в полдень. А это значит, что поднялся он в самом подавленном состоянии духа, не больше расположенный идти в церковь, чем на танцы. Он и не пошел, а сел у камина и стал глушить стаканами джин и коньяк.

Хитклиф — меня трясет, когда я называю это имя! — не показывался дома с прошлого воскресенья до этой субботы. Кто его кормил — ангелы или его адова родня, — не скажу; но с нами он за шесть дней ни разу не сел за стол. Он возвращался домой на рассвете, проходил в свою комнату и запирался на ключ — точно кто-нибудь мечтал насладиться его обществом! Там он сидел один и молился, как сектант; только божеством, к которому он взывал, был бесчувственный прах и пепел; а когда обращался к богу, престранно смешивал его имя с черным именем своего родителя! Кончив эту дикую молитву — а тянул он ее обычно, пока не охрипнет и не сорвет голос, — он опять уходил. И шел он всегда прямо на Мызу. Удивляюсь, как это Эдгар не послал за констеблем и не взял его под стражу! Я же, как ни горестна для меня смерть Кэтрин, я не могла не радоваться, точно празднику, этому краткому отдыху от постоянного унизительного гнета.

Я достаточно окрепла духом, чтобы слушать без слез вечные проповеди Джозефа и не красться по дому поступью пуганого вора, как раньше. Не подумайте, что Джозеф и теперь, какие бы мерзости ни говорил, может меня довести до слез. Но он и Гэртон — мало приятное общество. Я предпочитаю сидеть с Хиндли и слушать его страшный разговор, чем с «маленьким хозяином» и его верным покровителем, этим противным стариком! Когда Хитклиф дома, я нередко бываю вынуждена идти к ним на кухню или же сидеть голодной в сырых нежилых комнатах; когда же он в отлучке — как всю эту неделю, — я ставлю себе стол и кресло в *доме* — в уголке, у огня, и не обращаю внимания на мистера Эрншо, чем он там занят; и он не мешает мне устраиваться, как я хочу. Теперь он спокойней, чем был, если только его не раздражать; еще более угрюм и подавлен, но не так буен. Джозеф уверяет, что хозяин стал совсем другим, что господь тронул его сердце и он спасен, «точно очищенный огнем». Я что-то не замечаю в нем признаков такой благой перемены, но не мое это дело.

Вчера с вечера я уселась в своем углу и долго, чуть не за полночь, читала старые книги. Так жутко было идти наверх: на дворе метель, и мысли постоянно возвращаются к погосту, к свежей могиле! Только я отведу глаза от страницы, как вместо нее предстает предо мной эта унылая картина. Хиндли сидел против меня, подперев голову рукой, и думал, должно быть, о том же. Упившись до потери рассудка, он отставил бутыль и уже два или три часа молчал, не двигаясь с места. В доме не слышно было ни звука, только ветер выл за окном, и порою при его порывах дребезжали стекла, да тихо потрескивал уголь, и щелкали мои щипцы, когда я время от времени снимала высокий нагар со свечи. Гэртон и Джозеф, верно, крепко спали. Было очень, очень грустно, и я, читая, вздыхала, потому что мне казалось, что вся радость безвозвратно исчезла из мира.

Унылую тишину нарушил наконец лязг замка на кухне: Хитклиф вернулся со своего поста раньше обычного — верно, из-за разыгравшейся метели. Входная дверь была заложена на засов, и мы слышали, как он пошел кругом к другому входу. Я встала, и с губ моих сорвались слова, в которых выразились мои чувства; и Хиндли, пристально смотревший на дверь, услышав их, повернулся и взглянул на меня.

— Я продержу его за порогом минут пять, — сказал он. — Вы не возражаете?

— По мне, держите его там хоть всю ночь, — ответила я. — Пожалуйста! Вставьте ключ в замок и задвиньте засов.

Эрншо управился с этим прежде, чем его жилец подошел к парадному ходу. Он вернулся и, придвинув кресло к моему столу, сел напротив меня и облокотился на стол, ища в моих глазах сочувствия той жгучей ненависти, которая пылала в нем. Но так как он смотрел убийцей и чувствовал как убийца, он не нашел, чего ждал; однако и то, что он прочел в моем лице, достаточно его ободрило, и он заговорил.

— И у меня и у вас, — сказал он, — большой счет

к человеку, который стоит за дверью. Если ни один из нас не покажет себя трусом, мы вдвоем заставим его уплатить долг. Вы такая же мягкотелая, как ваш брат? Согласны терпеть до конца, ни разу не попытавшись добиться расплаты?

— Я устала терпеть, — возразила я. — Я была бы рада взыскать с него долг, но так, чтобы мне не поплатиться самой. А предательство и насилие — это копья, заостренные с обоих концов: того, кто пускает их в дело, они ранят больней, чем его противника.

— Предательство и насилие — справедливая плата за предательство и насилие! — вскричал Хиндли. — Миссис Хитклиф, я ничего не прошу вас делать — только сидите тихо и молчите. Скажите, это вы можете? Я уверен, вы с неменьшим наслаждением, чем я, будете смотреть, как издыхает этот дьявол; он вас сведет в могилу, если вы его не упредите, а мне принесет гибель. Будь он проклят, чертов негодяй! Колотит в дверь, точно он здесь уже хозяин! Обещайте держать язык за зубами, и, прежде чем пробьют эти часы, — на них без трех минут час, — вы станете свободной женщиной.

Он вынул из-за пазухи оружие, которое я вам описала в письме, и хотел потушить свечу. Но я отодвинула ее и схватила его за руку.

— Я не буду молчать! — сказала я. — Вы не должны его трогать. Не отворяйте ему дверь — и все!

— Нет! Я принял решение и, видит бог, исполню его! — вскричал этот отчаянный. — Я против вашей воли сделаю вам добро и восстановлю Гэртона в его правах! Вам даже не придется ломать голову над тем, как вам меня укрыть; Кэтрин умерла; никто на свете не пожалеет обо мне и не будет мучиться стыдом за меня, даже если я сейчас перережу себе горло... Пора положить конец!

Я могла бы с тем же успехом пойти на медведя или убеждать сумасшедшего. Мне оставалось только одно: подбежать к окну и предостеречь намеченную жертву об уготованной ей судьбе.

— Вы бы лучше поискали себе другого ночлега! — прокричала я, торжествуя. — Мистер Эрншо собирается вас застрелить, если вы не перестанете ломиться в дом.

— Ты бы лучше открыла мне дверь, ты... — ответил он, обратившись ко мне с неким изящным выражением, которое я не хочу повторять.

— Не стану я мешаться в это дело, — возразила я снова. — Войдите, и пусть вас убьют, если вам угодно. Я исполнила свой долг.

С этими словами я захлопнула окно и вернулась на свое место у очага, не располагая столь большим запасом лицемерия, чтобы изображать беспокойство из-за грозившей ему опасности. Эрншо стал отчаянно меня ругать, утверждая, что я все еще люблю мерзавца, и обзывал меня всеми бранными словами за проявленное малодушие. А я думала в глубине души (и совесть меня не упрекнула), каким это будет благодеянием для него, если Хитклиф его избавит от всех горестей; и какое благодеяние окажет мне Хиндли, если отправит Хитклифа в его законную обитель! Я сидела, предаваясь этим мыслям, когда задребезжали за моей спиной и посыпались на пол выбитые Хитклифом стекла и его черное лицо, щурясь от света, заглянуло в оконницу. Слишком частый переплет окна не пропускал его плечи, и я улыбалась, радуясь своей воображаемой безопасности. Волосы Хитклифа и одежда были белы от снега, и его острые зубы людоеда, оскаленные от холода и бешенства, сверкали в темноте.

— Изабелла, впусти, или ты у меня пожалеешь! — «возопил» он, как сказал бы Джозеф.

— Я не желаю совершить убийство, — возразила я. — Мистер Хиндли стоит на страже с ножом и заряженным пистолетом.

— Впусти меня через кухонную дверь, — сказал он.

— Хиндли будет там раньше вас, — ответила я, — и как же ничтожна ваша любовь, если вы испугались, что пошел снег! Пока светила летняя луна, вы не мешали нам спать, но едва подул снова зимний ветер, вы бежите под кров! На вашем месте, Хитклиф, я легла бы на ее могилу и умерла бы, как верный пес. Ведь земля теперь не стóит того, чтобы жить на ней, не так ли? Вы твердо мне внушили, что Кэтрин — вся радость вашей жизни: я не могу представить себе, как вы думаете пережить утрату.

— Он здесь, да? — закричал хозяин дома, бросившись к выбитому окну. — Если я смогу просунуть руку, я его застрелю!

Боюсь, Эллен, ты сочтешь меня совсем испорченной, но ты не знаешь всего, так не суди. Ни за что не стала бы я подстрекать на убийство или помогать в покушении на чью-то жизнь — даже на его жизнь... Но я не могу не желать его смерти; и потому я была страшно разочарована и охвачена ужасом перед тем, что наделала своей язвительной речью, когда Хитклиф ринулся прямо на пистолет и вырвал его из цепкой руки Эрншо.

Раздался выстрел, и нож, отскочив на пружине,

вонзился в запястье своего владельца. Хитклиф сильным рывком вытянул клинок, разодрав им кожу и мясо, и сунул, не отерши, себе в карман. Затем он взял камень, вышиб одну планку в переплете окна и прыгнул в комнату. Его противник упал без чувств от боли и потери крови, хлеставшей из артерии или крупной вены. А негодяй пинал его, и топтал, и бил затылком об пол, в то же время удерживая меня одной рукой, чтобы я не побежала за Джозефом. Он проявил сверхчеловеческое самоотречение, не позволив себе прикончить Хиндли. Наконец он унялся, перевел дух и втащил безжизненное с виду тело на скамью. Затем он отодрал рукав от кафтана мистера Эрншо и со скотской грубостью перевязал ему рану; при этом он плевался и ругался так же рьяно, как перед тем пинал. Я же, как только он меня отпустил, я, не теряя времени, разыскала старика, и тот, когда до него дошел смысл моего сбивчивого рассказа, бросился вниз, задыхаясь, потому что спускался он через две ступеньки.

— Что нам теперь делать? Что делать?

— Что делать?! — прогремел Хитклиф. — Твой хозяин сошел с ума; и если он не помрет через месяц, я его отправлю в сумасшедший дом. Какого черта ты вздумал запирать от меня дверь, беззубая собака? Нечего тут мямлить и чавкать. Поди сюда, я не намерен нянчиться с ним. Смой эту пакость, да поосторожней, не оброни искру со свечки — тут больше водки, чем чего другого.

— Вы, стало быть, покушались совершить над ним смертоубийство? — заголосил Джозеф, в ужасе воздев к потолку глаза и руки. — Виданное ли это дело? Да рассудит бог...

Хитклиф пихнул его на колени в лужу крови и швырнул ему полотенце; но тот и не думал вытирать, сложил ладони и забубнил молитву, такую нелепо-напыщенную, что я громко рассмеялась. Я была в том состоянии духа, когда всякий пустяк поражает: в самом деле, я вела себя так безрассудно, как иной преступник у подножия виселицы.

— Эге! Я чуть не забыл о вас, — сказал мой тиран. — Это вам надо делать. На колени! Вы были в заговоре с ним против меня — ведь были, ехидна? Вытирайте же, это работа как раз для вас!

Он тряс меня так, что у меня застучали зубы, и поставил меня на колени рядом с Джозефом, который продолжал молиться, потом встал, божась, что сейчас же отправится в Скворцы: мистер Линтон — судья, и, пусть бы у него умерло пятьдесят жен, он должен провести следствие. Старик так упрямо стоял на своем, что Хитклиф посчитал уместным допросить меня о случившемся; он стоял надо мной, полыхая злобой, потому что я неохотно отвечала на его вопросы. Положено было немало труда, пока старик убедился, что не Хитклиф был зачинщиком, тем более что тот едва вытягивал у меня ответы. Между тем мистер Эрншо вскоре подал признаки жизни; Джозеф поспешил влить в него изрядную дозу спирта, и это лекарство сразу вернуло несчастному сознание и способность двигаться. Хитклиф, видя, что Эрншо не подозревает, какому обращению подвергся, пока лежал без чувств, объявил ему, что он де мертвецки пьян; и добавил, что не собирается взыскивать с него за его недопустимое поведение, но советует ему лечь спать. К моей радости, дав этот разумный совет, он оставил нас, а Хиндли растянулся перед очагом. Я пошла к себе, сама не веря, что так легко отделалась.

Сегодня утром, когда я спустилась вниз — около половины двенадцатого, — мистер Эрншо сидел у огня совсем больной; его злой гений, почти такой же испитой и мертвенно-бледный, стоял, прислонившись к камину. Никто, по-видимому, не хотел обедать, и, дождавшись, когда все на столе простыло, я принялась за обед одна. Ничто не мешало мне есть с аппетитом, и я с чувством удовлетворения и превосходства поглядывала на безмолвных свидетелей моей трапезы и с приятностью ощущала, что совесть моя спокойна. Пообедав, я решилась на необычную вольность — пристроилась у огня: обошла кругом кресло мистера Эрншо и присела рядом на корточках.

Хитклиф не глядел в мою сторону, и я снизу смотрела на него, наблюдая за его лицом так безбоязненно, как если б оно обратилось в камень. На лбу его, казавшемся мне когда-то необыкновенно мужественным, а теперь сатанинским, лежало густое облако; его глаза, глаза василиска, померкли от бессонницы и, может быть, от слез — ресницы были влажны; губы расстались с жестокой усмешкой, и на них запечатлелось выражение несказанной печали. Будь это кто другой, я склонила бы голову перед таким горем. Но это был он, и я радовалась; и пусть неблагородно оскорблять павшего врага, я не могла упустить эту возможность и не ужалить его: только в минуту его слабости я могу отплатить ему злом за зло.

— Фи, барышня! — перебила я. — Можно подумать, что вы никогда в жизни не раскрывали Евангелия. Если бог поражает ваших врагов, этого должно быть достаточно для вас. И низко и самонадеянно прибавлять от себя мучения к тем, которые посылает он.

— Вообще-то я сама того же мнения, Эллен, — продолжала она, — но какая мука, выпавшая Хитклифу, может мне доставить удовлетворение, если он терпит ее не от моей руки? По мне, пусть лучше он страдает меньше, но чтобы я была причиной его страдания и чтобы он это знал. О, у меня большой к нему счет! Только при одном условии этот человек может надеяться на мое прощение: если я смогу взыскать око за око и зуб за зуб; отплатить за каждую пытку пыткой — унизить его, как унижена я. Он первый начал наносить обиды, пусть же первый взмолится о пощаде! А тогда... тогда, Эллен, я, возможно, проявлю великодушие. Но и думать нечего, что я когда-нибудь буду отомщена, — значит, я не могу его простить. Хиндли попросил пить, и я подала ему стакан воды и спросила, как он себя чувствует.

— Мне не так скверно, как я желал бы, — ответил он. — Но стоит мне протянуть руку, и каждая частица моего тела так болит, точно я дрался с целым полком чертей!

— Да, не мудрено, — добавила я. — Кэтрин, бывало, хвасталась, что она вам «оградой от телесного ущерба»: этим она хотела сказать, что некоторые особы не смеют вас задевать из боязни оскорбить ее. Хорошо, что люди не встают на самом деле из могилы, или прошлой ночью ей пришлось бы сделаться свидетельницей отвратительной сцены! Нет на вас синяков? Грудь и плечи у вас не изодраны?

— Не знаю, — ответил он. — Но почему вы спрашиваете? Он посмел бить меня, когда я упал?

— Он вас пинал, и топтал, и колотил вас головой об пол, — сказала я шепотом. — С пеной у рта — точно хотел рвать вас зубами; потому что он только наполовину человек, даже меньше — остальное в нем от дьявола.

Мистер Эрншо стал снизу, как и я, следить за лицом нашего общего врага, который ушел в свое страдание и не сознавал, казалось, ничего вокруг: чем дольше стоял он, тем яснее черты его лица выдавали черноту его помыслов.

— О, если бы небо дало мне силу задушить его в моей предсмертной судороге, я пошел бы с радостью в ад, — простонал Хиндли и рванулся встать, но в отчаянии снова упал в кресло, убедившись, что сейчас не в силах бороться.

— Нет, довольно, что он убил вашу сестру, — сказала я громко. — На Мызе все знают, что она была бы сейчас жива, если бы не мистер Хитклиф. Его ненависть, пожалуй, предпочтительней его любви. Когда я вспоминаю, как все мы были счастливы — как счастлива была Кэтрин до его приезда, — я готова проклясть тот день!

По всей вероятности, Хитклифа больше поразила правда, заключавшаяся в сказанном, чем злоба говорившей. Его внимание, я видела, пробудилось, потому что из глаз его закапали в пепел слезы и сдавленное дыхание вырывалось затрудненно. Я посмотрела ему прямо в лицо и рассмеялась с презрением. Затуманенные окна ада вспыхнули на мгновение, обращенные ко мне; однако черт, глядевший из них обычно, был, казалось, так далек —

за тучами и ливнем, — что я не побоялась еще раз громко рассмеяться.

— Встань и уйди с моих глаз, — сказал горевавший.

Я угадала, что он произнес эти слова, хотя голос его был еле различим.

— Извините, — сказала я, — но я тоже любила Кэтрин; к тому же ее брат нуждается в уходе, в котором я, уже ради нее, не откажу ему. Теперь, когда она умерла, я вижу ее в Хиндли: у Хиндли в точности те же глаза, хоть вы и стараетесь их выбить и сделали их из черных красными. И те же...

— Встань, жалкая идиотка, пока я тебя не затоптал насмерть! — закричал он и сделал движение, побудившее и меня подняться.

— Впрочем, — продолжала я, приготовившись убежать, — если бы Кэтрин, бедная, доверилась вам и приняла смешное, презренное, унизительное звание миссис Хитклиф, она вскоре являла бы собой такую же картину! Она-то не стала бы молча терпеть ваши гнусные выходки: высказала бы открыто, как вы ей ненавистны и мерзки.

Спинка скамьи и тело мистера Эрншо составляли преграду между мной и Хитклифом, так что, не пытаясь добраться до меня, он схватил со стола серебряный нож и запустил мне в голову. Острие вонзилось около уха и пресекло начатую фразу; но я вытащила нож и, отскочив к дверям, кинула другую, которая, надеюсь, ранила его поглубже, чем меня его нож. Я успела увидеть, как он рванулся в ярости, но Эрншо перехватил его; и они, сцепившись, повалились оба на пол перед очагом. Пробегая через кухню, я крикнула Джозефу, чтоб он поспешил к своему хозяину;· я сшибла с ног Гэртона, который, стоя в дверях, вешал на спинку стула венок из маков; и, ликуя, как душа, вырвавшаяся из чистилища, я прыгала, и скакала, и неслась под гору по крутому спуску дороги; но дорога все извивалась, и я бросилась напрямик полями — скатывалась с косогоров, шлепала по болоту — мчалась, как на маяк, на огни Мызы. И я скорее пошла бы на вечные муки в аду, чем согласилась бы еще хоть одну ночь провести под крышей Грозового Перевала...

Изабелла замолчала и выпила чашку чая; затем поднялась, приказала мне надеть на нее шляпу и большой платок, принесенный мной; и, не слушая моих уговоров посидеть у нас еще часок, она встала на стул, поцеловала портреты Эдгара и Кэтрин, потом и меня на прощание и сошла к карете в сопровождении своей Фанни, неистово визжавшей от радости, что опять нашла свою хозяйку. Так она уехала и больше никогда не появлялась в этих местах. Но когда все понемногу улеглось, между ею и моим господином установилась регулярная переписка. Поселилась миссис Хитклиф, кажется, где-то на юге, под Лондоном; там у нее через несколько месяцев после побега родился сын. Его окрестили Линтоном, и она с первых же дней отзывалась о нем как о болезненном и капризном создании.

Мистер Хитклиф, повстречав меня как-то в Гиммертоне, спросил, где она живет. Я не сказала. Тогда он обронил фразу, что это и неважно, только пусть не приезжает к брату: не жить ей у Эдгара Линтона, если ее законному мужу понадобится взять ее к себе. Хоть я ничего ему не сказала, он узнал через других слуг и где она проживает, и о том, что родился ребенок. Однако не стал ее преследовать: благо, которым она была обязана его отвращению к ней. Он часто спрашивал о мальчике, когда видел меня; и, услышав его имя, мрачно усмехнулся и спросил:

— Они хотят, чтобы я и его возненавидел, да?

— Думаю, они не хотят, чтобы вы хоть что-нибудь знали о нем, — ответила я.

— Но он будет моим, — сказал он, — когда я захочу. Пусть не сомневаются.

К счастью, мать ребенка умерла раньше, чем пришел тому срок: лет через тринадцать после смерти Кэтрин, когда Линтону было двенадцать с небольшим.

На другой день после неожиданного появления Изабеллы мне не довелось побеседовать с моим господином: он избегал разговоров, и с ним ничего нельзя было обсуждать. Когда он смог наконец меня выслушать, я увидела, что он доволен уходом сестры от мужа, которого он ненавидел жгучей ненавистью, казалось бы, никак не свойственной его мягкой натуре. Отвращение его к Хитклифу было так сильно и глубоко, что он старался не бывать в таких местах, где мог увидеть зятя или услышать о нем. Горе и эта забота превратили мистера Линтона в истинного отшельника: он сложил с себя звание судьи и даже в церковь перестал ходить, избегая по мере возможности посещать деревню, — словом, вел замкнутую жизнь в пределах своего парка и земель, разве что выберется иногда побродить по вересковым полям или навестить могилу жены — все больше вечерами или рано поутру, пока не вышли на прогулку другие. Но он был слишком добрым человеком и не мог долго жить только своим горем. Он не молил душу Кэтрин преследовать его. Время принесло смирение и тихую скорбь, более сладостную, чем обычная радость. Он берег память о жене с пламенной, нежной любовью и живой надеждой на встречу в лучшем мире, ибо он не сомневался, что она ушла туда.

Было у него и земное утешение, земная привязанность. Как я вам говорила, первые дни он как будто не замечал маленькую заместительницу, которую оставила по себе усопшая; но эта холодность растаяла, как апрельский снег, и малютка, еще не научившись произносить раздельные слова или стоять на ножках, утвердила над сердцем отца свою деспотическую власть. Ей дали имя Кэтрин; но он никогда не звал ее полным именем, как никогда не звал уменьшительным первую Кэтрин: может быть, потому, что так обычно звал ее Хитклиф. Маленькая всегда была у нас Кэти: это имя отличало девочку от матери и в то же время устанавливало между ними связь; и мне кажется, отец больше любил в ней дочь покойной жены, чем собственную плоть и кровь.

Я, бывало, сравниваю его с Хиндли Эрншо и никак не могу объяснить себе самой, почему в сходных обстоятельствах их поведение было столь различно. Оба они были любящими мужьями и были привязаны каждый к своему ребенку, и я не понимала, почему, в самом деле, не пошли они оба одной дорогой. И вот мне приходило на ум, что Хиндли, хоть и был, очевидно, упрямей Эдгара, оказался, на свое несчастье, слабее его и ниже душой. Когда его корабль наскочил на риф, капитан покинул пост; и команда, охваченная бунтом и смятением, даже и не пыталась спасти злополучное судно, и оно безвозвратно погибло. Линтон, напротив, проявил истинное мужество верной и стойкой души: он положился на бога; и бог послал ему утешение. Один надеялся, другой предался отчаянию: каждый из них сам избрал свой жребий и должен был по справедливости нести его. Но вам ни к чему слушать мои рассуждения, мистер Локвуд, вы можете сами судить о всех этих вещах не хуже моего: или вам кажется, что можете, а это все равно. Конец Хиндли Эрншо был такой, какого следовало ожидать: он умер вскоре после сестры, месяцев через шесть, не больше. На Мызе не слыхать было о какой-либо болезни, которая могла свести его в могилу. Все, что мне известно, я узнала потом, когда пришла помочь по устройству похорон. Мистер Кеннет явился сообщить о случившемся моему господину.

— Ну, Нелли, — сказал он, въезжая как-то утром к нам во двор в такой ранний час, что я не могла не встревожиться предчувствием недоброй вести. — Теперь наш с вами черед оплакивать покойника. Как вы думаете, кто ушел от нас нынче?

— Кто? — спросила я в испуге.

— Угадайте! — ответил он, спешившись и закинув поводья на крюк возле двери. — И схватитесь за кончик своего передника: я уверен, без этого не обойдется.

— Не мистер Хитклиф, конечно? — вскричала я.

— Как? Вы стали бы лить о нем слезы? — сказал доктор. — Нет, Хитклиф крепкий молодой человек цветущего здоровья. Я его только что видел. Он быстро набирает жирок после того, как расстался со своей дражайшей половиной.

— Кто же тогда, мистер Кеннет? — повторила я в нетерпении.

— Хиндли Эрншо! Ваш старый друг Хиндли, — ответил он, — и мой злоязычный приятель. Впрочем, последнее время он был для меня слишком буен. Ну вот! Говорил я, что придется утирать слезы. Но не горюйте, он умер, не изменив своей натуре: пьяный в лоск. Бедняга! Мне тоже его жаль. Все-таки — старый товарищ, нельзя не пожалеть, хоть он и способен был на самые невообразимые выходки и не раз откалывал со мной довольно-таки подлые штуки. Ему было от силы двадцать семь лет, как и вам, но кто бы сказал, что вы с ним однолетки?

Признаюсь, этот удар поразил меня тяжелее, чем смерть миссис Линтон. Воспоминания о прошлом нахлынули на меня; я села на крыльцо и расплакалась, как о кровном родственнике, и даже попросила мистера Кеннета, чтоб он послал другую служанку доложить о нем господину. Меня смущало одно: «Своей ли смертью умер Хиндли Эрншо?» За что бы я ни бралась, мысль об этом не оставляла меня; она была так мучительно навязчива, что я решилась отпроситься и пойти на Грозовой Перевал — пособить тем, кто готовился отдать последний долг умершему. Мистеру Линтону не хотелось отпускать меня, но я красноречиво расписывала, как он там лежит один, без друзей; и сказала, что мой бывший господин и молочный брат имеет столько же прав на мои услуги, как и новый. К тому же, напомнила я, маленький Гэртон — племянник его покойной жены, и так как у мальчика нет более близкой родни, мистер Линтон должен взять на себя роль его опекуна; он вправе и даже обязан справиться, кому завещано имение и как распорядился им его шурин. Мой господин в то время был неспособен заниматься подобными делами, но поручил мне поговорить с поверенным; и в конце концов позволил мне пойти. Его поверенный вел также и дела Эрншо; я отправилась в деревню и попросила адвоката пойти со мной. Он покачал головой и посоветовал не затевать спора с Хитклифом; и добавил, что Гэртон, если я хочу знать правду, остается нищим.

— Отец его умер, — сказал он, — оставив большие долги; имение заложено, и все, что можно сделать для сына и естественного наследника, — это сохранить за ним возможность пробудить сострадание в сердце кредитора, дабы тот был снисходительнее к нему.

Явившись на Перевал, я объяснила, что пришла проследить, чтобы все провели с соблюдением приличий; и Джозеф, как видно сильно огорченный, откровенно обрадовался моему приходу. А мистер Хитклиф сказал, что не видит надобности в моей помощи; но, если мне угодно, я могу остаться и распорядиться устройством похорон.

— По правилам, — заметил он, — тело этого дуралея следовало бы зарыть на перекрестке, без всяких обрядов. Случилось так, что я его оставил вчера после обеда на десять минут одного, а он тем часом запер от меня обе двери дома и нарочно пил всю ночь, пока не помер! Нынче утром, услыхав, что он храпит, как лошадь, мы взломали дверь и нашли его лежавшим на скамье; хоть сдирай с него кожу и скальп снимай — не разбудишь! Я послал за Кеннетом, и тот пришел, но уже после того, как скотина обратилась в падаль: он был мертв — лежал холодный и окоченелый, так что, согласись сама, было уже бесполезно хлопотать над ним!

Старик слуга рассказал то же самое, только пробурчал в добавление:

— Хитклифу следовало бы самому сходить за доктором! Уж я бы лучше его досмотрел за хозяином — совсем он не был мертв, когда я уходил, то есть ничего похожего.

Я настаивала на приличных похоронах. Мистер Хитклиф сказал, что и в этом мне предоставляется поступать, как я хочу; только он просит меня не забывать, что деньги на это дело идут из его кармана. Он сохранял все ту же небрежно-жесткую повадку, не выказывая ни радости, ни горя: она не отражала ничего — разве что суровое удовольствие от успешного исполнения трудной работы. В самом деле, я даже раз прочла на его лице что-то вроде торжества: это было, когда выносили из дому гроб. Он вздумал лицемерно изобразить из себя скорбящего, и перед тем, как отправиться с Гэртоном провожать умершего, он поднял несчастного ребенка над столом и проговорил, странно смакуя слова: «Теперь, мой милый мальчик, ты мой! Посмотрим, вырастет ли одно дерево таким же кривым, как другое, если его будет гнуть тот же ветер!» Малыш слушал, довольный, ничего не подозревая. Он играл бакенбардами Хитклифа и гладил его по щеке; но я разгадала значение этих слов и заявила без обиняков:

— Ребенок, сэр, отправится со мной в Скворцы. И вовсе он не ваш — меньше, чем кто-нибудь на свете!

— Так сказал Линтон? — спросил он.

— Конечно; он мне велел забрать мальчика, — ответила я.

— Хорошо, — сказал этот подлец. — Сейчас мы не будем спорить. Но мне пришла охота заняться воспитанием детей; сообщи своему господину, что если попробуют отнять у меня этого ребенка, я возьму вместо него своего сына. Гэртона я тоже не собираюсь уступить без боя; но уж того я вытребую непременно! Не забудь передать это твоему господину.

Этого намека было довольно, чтобы связать нам руки. Вернувшись домой, я передала суть этих слов Эдгару Линтону. Тот, и поначалу-то не слишком интересовавшийся племянником, больше не заговаривал о вмешательстве. Впрочем, я не думаю, чтоб вышел какой-нибудь толк, захоти он вмешаться.

Гость стал теперь хозяином Грозового Перевала: он твердо вступил во владение и доказал адвокату — который в свою очередь доказал это мистеру Линтону, — что, пристрастившись к игре, Эрншо нуждался в наличных деньгах и прозакладывал всю свою землю до последнего клочка; а заложил он ее не кому другому, как Хитклифу. Таким образом, Гэртон, который должен был стать первым джентльменом в округе, попал в полную зависимость от заклятого врага своего отца. Он живет в родном своем доме на положении слуги, с той лишь разницей, что не получает жалованья. Не имея друзей, не подозревая о том, как его обошли, он не в состоянии отстоять свои права.

Глава XVIII

— Двенадцать лет, последовавшие за этой горестной порой, — продолжала миссис Дин, — были самыми счастливыми годами моей жизни: они мирно текли, и я не ведала иных тревог, кроме тех, что связаны с пустячными болезнями нашей маленькой леди, которые ей приходилось переносить, как и всем детям, и бедным и богатым. А в остальном, когда миновали первые шесть месяцев, она росла, как елочка, и научилась ходить и даже по-своему разговаривать, прежде чем зацвел вторично вереск над телом миссис Линтон. Прелестная девочка как будто внесла луч солнца в одинокий дом: лицом настоящая красавица — с прекрасными темными глазами Эрншо, но с линтоновской белой кожей, тонкими чертами и льняными вьющимися волосами. Она была жизнерадостна без грубоватости и отличалась сердцем чересчур чувствительным и горячим в своих привязанностях. Эта способность к сильным чувствам напоминала в ней мать. Но все же она не походила на первую Кэтрин: она умела быть мягкой и кроткой, как голубка, и у нее был ласковый голос и задумчивый взгляд. Никогда ее гнев не был яростен, а любовь неистова — любовь ее бывала глубокой и нежной. Надо, однако, признаться, были у нее и недостатки, портившие этот милый нрав. Во-первых, наклонность к дерзости и затем упрямое своеволие, которое неизменно проявляется у всех избалованных детей, у добрых и у злых. Если ей случалось рассердиться на служанку, непременно следовало: «Я скажу папе!» И если отец укорит ее хотя бы взглядом, тут, казалось, сердцу впору разорваться! А уж сказать ей резкое слово — этого отец ни разу, кажется, себе не позволил. Ее обучение он взял всецело на себя и превращал уроки в забаву. К счастью, любознательность и живой ум делали Кэти способной ученицей: она все усваивала быстро и жадно, к чести для учителя.

До тринадцати лет она ни разу не вышла одна за ограду парка. Мистер Линтон изредка брал ее с собой на прогулку — на милю, не больше, но другим ее не доверял. «Гиммертон» было для ее ушей отвлеченным названием; церковь — единственным, кроме ее дома, зданием, порог которого она переступала. Грозовой Перевал и мистер Хитклиф для нее не существовали: она росла совершенной затворницей и казалась вполне довольной. Правда, иногда, оглядывая окрестности из окна своей детской, она, бывало, спросит:

— Эллен, мне еще долго нельзя будет подняться на эти горы, на самый верх? Я хочу знать, что там за ними — море?

— Нет, мисс Кэти, — отвечу я, — там опять горы, такие же, как эти.

— А какими кажутся эти золотые скалы, если стоишь под ними? — спросила она раз.

Крутой склон Пенистон-Крэга больше всего привлекал ее внимание; особенно когда светило на него и на ближние вершины вечернее солнце, а все окрест — по всему простору — лежало в тени. Я объяснила, что это голые каменные глыбы и только в щелях там земля, которой едва хватает, чтобы вскормить чахлое деревцо.

— А почему на них так долго свет, когда здесь давно уже вечер? — продолжала она.

— Потому что там гораздо выше, чем у нас, — ответила я, — вам на них не залезть, они слишком высоки и круты. Зимою мороз всегда приходит туда раньше, чем к нам; и в середине лета я находила снег в той черной ложбинке на северо-восточном склоне!

— О, ты бывала на этих горах! — вскричала она в восторге. — Значит, и я смогу, когда буду взрослой. А папа бывал, Эллен?

— Папа сказал бы вам, мисс, — поспешила я ответить, — что не стоит труда подниматься на них. Поля, где вы гуляете с ним, куда приятней; а парк Скворцов — самое прекрасное место на свете.

— Но парк я знаю, а горы нет, — пробурчала она про себя. — И мне очень хотелось бы посмотреть на все вокруг вон с той, самой высокой, вершины: моя лошадка Минни когда-нибудь донесет меня туда.

Когда одна из служанок упомянула «Пещеру эльфов», у Кэти голова пошла кругом от желания исполнить свой замысел: она все приставала к мистеру Линтону; тот пообещал, что разрешит ей это путешествие, когда она вырастет большая. Но мисс Кэтрин исчисляла свой возраст месяцами и то и дело спрашивала: «Ну что, я уже достаточно большая? Можно мне уже подняться на Пенистон-Крэг?» Дорога, что вела туда, одной своей излучиной приближалась к Грозовому Перевалу. У Эдгара недостало бы духа совершить эту прогулку; а потому девочка получала все тот же ответ: «Нет, дорогая, еще рано».

Я сказала, что миссис Хитклиф прожила двенадцать с лишним лет после того, как сбежала от мужа. В их семье все были хрупкого сложения: ни Эдгар, ни Изабелла не были наделены тем цветущим здоровьем, которое вы обычно встречаете у жителей здешних мест. Чем она болела напоследок, я не знаю: думаю, что оба они умерли от одного и того же — от особой лихорадки, медленной поначалу, но неизлечимой и к концу быстро сжигающей человека. Изабелла написала Эдгару, не скрывая, чем должен завершиться ее недуг, который тянется уже четыре месяца, и молила брата приехать к ней, если возможно, потому что ей многое надо уладить и она желает проститься с ним и со спокойной душой передать ему Линтона из рук в руки. Она надеялась, что мальчика у него не отберут, как не отобрали у нее: его отец, успокаивала она самое себя, не пожелает взять на свои плечи тяготы по содержанию и воспитанию сына. Мой господин, ни минуты не колеблясь, решил исполнить просьбу сестры: по обычным приглашениям он неохотно оставлял дом, но в ответ на это полетел, наказав мне с удвоенной бдительностью смотреть за Кэтрин в его отсутствие и много раз повторив, что дочь его не должна выходить за ограду парка даже в моем сопровождении: ему и в голову не пришло бы, что девочка может выйти без провожатых. Он был в отъезде три недели. Первые два-три дня Кэти сидела в углу библиотеки такая грустная, что не могла ни читать, ни играть; в таком спокойном состоянии она не доставляла мне больших хлопот, но затишье сменилось полосою нетерпеливой, капризной скуки; и так как домашняя работа, да и возраст не позволяли мне бегать и забавлять мою питомицу, я набрела на средство, которое давало ей возможность не скучать и без меня: я стала отправлять ее в прогулки по парку — иногда пешком, а иногда и верхом на пони; и после, когда она возвращалась, терпеливо выслушивала отчет о всех ее приключениях, действительных и воображаемых.

Лето было в разгаре, и девочка так пристрастилась к своим одиноким прогулкам, что иногда не являлась домой от утреннего завтрака до чая; и тогда вечера уходили на ее фантастические рассказы. Я не опасалась, что она вырвется на волю: ворота были всегда на запоре, да я и не думала, что она отважится выйти одна, даже если бы они распахнулись перед ней. К несчастью, моя доверчивость обманула меня. Однажды утром, в восемь часов, мисс Кэтрин пришла ко мне и сказала, что сегодня она — арабский купец и пускается со своим караваном в путь через пустыню; и я должна дать ей побольше провианта для нее и для ее животных: коня и трех верблюдов, которых изображали большая гончая и две легавые. Я собрала изрядный запас разных лакомств, сложила все в корзинку и пристроила ее сбоку у седла; защищенная от июльского солнца широкополой шляпой с вуалью, мисс Кэти вскочила в седло, веселая, как эльф, и тронулась рысью, отвечая задорным смехом на мои осторожные наставления не пускаться в галоп и пораньше вернуться домой. К чаю моя проказница не явилась. Один из путешественников — гончая, старый пес, любивший удобства и покой, вскоре вернулся; но ни Кэти, ни пони, ни пары легавых не было видно нигде; я отправляла посыльных и по той дороге, и по этой и в конце концов сама пустилась в поиски. Один наш работник чинил изгородь вокруг рассадника, в дальнем конце имения. Я спросила его, не видел ли он барышню.

— Видел утречком, — ответил он, — она меня попросила срезать ей ореховый хлыстик, а потом перемахнула на своем коньке через ограду — вон там, где пониже, — и ускакала.

Можете себе представить, каково мне было услышать эту новость! Я тут же сообразила, что Кэти, вероятно, поехала на Пенистон-Крэг. «Что с ней будет теперь?» — вскричала я, кинувшись к бреши в заборе, над которой трудился рабочий, и выбежала прямо на большую дорогу. Я мчалась, точно с кем взапуски, милю за милей, пока за поворотом дороги не встал перед моими глазами Грозовой Перевал; но Кэтрин не видать было нигде — ни вблизи, ни вдалеке. Пенистон-Крэг находится в полутора милях от Перевала, а Перевал — в четырех милях от Мызы, так что я начала опасаться, что ночь захватит меня прежде, чем я туда доберусь. «А что, как она поскользнулась, взбираясь на скалы, — думала я, — и убилась насмерть или сломала ногу или руку?» Неизвестность была в самом деле мучительна, и мне поначалу стало много легче на душе, когда, пробегая мимо дома, я увидела нашего Чарли, злющую легавую собаку: она лежала под окном, голова у нее распухла, ухо было в крови. Я открыла калитку, бросилась к крыльцу и изо всех сил постучала в дверь. Мне отворила женщина — моя знакомая, проживавшая раньше в Гиммертоне: она нанялась в дом после смерти мистера Эрншо.

— Ах, — сказала она, — вы ищете вашу маленькую барышню! Не тревожьтесь. Она тут — жива и здорова: слава богу, что это вы, а не хозяин.

— Так его нет дома? — От быстрой ходьбы и от волнения я едва дышала.

— Ни-ни! — ответила та. — И он и Джозеф оба ушли и, думаю, еще с час не вернутся. Заходите в дом, передохнете немного.

Я вошла и увидела у очага свою заблудшую овечку: она грелась, раскачиваясь в креслице, принадлежавшем ее матери, когда та была ребенком. Свою шляпу она повесила на стене и чувствовала себя совсем как дома — весело смеялась и непринужденно разговаривала с Гэртоном, теперь уже рослым, крепким юношей восемнадцати лет, который глазел на нее с большим удивлением и любопытством, понимая лишь немногое в быстром потоке замечаний и вопросов, беспрерывно слетавших с ее губ.

— Превосходно, мисс! — вскричала я, скрыв свою радость и делая вид, что сержусь. — Больше вы никуда не поедете, пока не вернется ваш отец. Я вас теперь не выпущу за порог, нехорошая, нехорошая девочка!

— Ах, Эллен! — закричала она, весело вскочив и подбежав ко мне. — Сегодня я расскажу тебе перед сном чудесную историю. Так ты меня разыскала... Ты здесь бывала раньше хоть когда-нибудь в жизни?

— Наденьте вашу шляпу, — сказала я, — и марш домой! Я страшно на вас сердита, мисс Кэти: вы очень дурно поступили! Нечего дуться и хныкать: так-то вы платите мне за мое беспокойство — я обрыскала всю округу, пока вас нашла! И подумать только, как мистер Линтон наказывал мне не выпускать вас из парка! А вы убежали тайком! Вы, оказывается, хитрая лисичка, и никто вам больше не будет верить.

— Да что я сделала? — чуть не заплакала она с обиды. — Папа ничего мне не говорил; он не станет меня бранить, Эллен, он никогда не сердится, как ты!

— Идем, идем! — повторила я. — Дайте я завяжу вам ленты. Ну, нечего капризничать. Ох, стыд какой! Тринадцать лет девице, а точно малый ребенок!

Это я добавила, потому что она сбросила шляпу с головы и отбежала от меня к камину.

— Нет, — вступилась служанка, — она хорошая девочка, вы зря на нее нападаете, миссис Дин. Это мы ее задержали: она хотела сразу же ехать домой, боялась, что вы беспокоитесь. Гэртон предложил проводить ее, и я подумала, что так будет лучше: дорога здесь дикая, все горки да горки.

Пока шел спор, Гэртон стоял, заложив руки в карманы, и молчал в застенчивой неуклюжести, хотя весь вид его говорил, что мое вторжение ему неприятно.

— Долго я буду ждать? — продолжала я, пренебрегая заступничеством ключницы. — Через десять минут стемнеет. Где пони, мисс Кэти? И где Феникс? Я вас брошу, если вы не поторопитесь, так что пожалуйста!

— Пони во дворе, — ответила она, — а Феникса заперли. Он потерпел поражение, и Чарли тоже. Я хотела все это рассказать тебе. Но ты не в духе, и потому ничего не услышишь.

Я подняла шляпу и подошла с ней к девочке; но та, видя, что в доме все на ее стороне, принялась скакать по комнате; я кинулась ее ловить, а она снует, как мышка, — под кресла и столы, за них и через них, — так что мне и не к лицу стало гоняться за ней. Гэртон и ключница рассмеялись, и она с ними, и еще пуще осмелела, давай дерзить, пока я не закричала в сердцах:

— Отлично, мисс Кэти! Но знали бы вы, чей это дом, вы бы рады были выбраться отсюда.

— Это дом вашего отца, да? — сказала она, повернувшись к Гэртону.

— Нет, — ответил тот, потупившись, и покраснел от смущения.

Он не мог выдержать прямого взгляда ее глаз, хотя это были в точности его глаза.

— Чей же, вашего хозяина? — допытывалась она.

Он пуще покраснел, уже от иного чувства, тихонько выругался и отвернулся.

— Кто его хозяин? — продолжала неугомонная девочка, переводя взгляд на меня. — Он говорил: «наш дом», «наши работники», я и приняла его за хозяйского сына. И он не называл меня «мисс», а ведь должен был бы, если он слуга, — правда?

Гэртон почернел, как туча, от ребяческих этих слов. Я тихонько одернула допросчицу, и мне удалось наконец снарядить ее в дорогу.

— Теперь подайте мне моего коня, — сказала она, обратившись к своему незнакомому родственнику, как к какому-нибудь мальчишке при конюшне в Скворцах. — И можете поехать со мной. Я хочу посмотреть, где встает из болота эльф-охотник, и послушать о «водяницах», как вы их зовете; но только поскорей! Что такое? Я сказала — подайте коня!

— Ты раньше пойдешь у меня в пекло, чем я стану твоим слугой! — рявкнул юноша.

— Куда я пойду? — удивилась Кэтрин.

— В пекло... наглая ведьма! — ответил он.

— Ну вот, мисс Кэти! Видите, в какое вы попали общество, — ввернула я. — Очень мило обращаться с такими словами к девице! Прошу вас, не вступайте с ним в спор. Пойдем поищем сами вашу Минни — и в путь!

— Но как он смеет! — вскричала она, в изумлении не сводя с него глаз. — Как он смеет, Эллен, так говорить со мной! Он же должен исполнять мои приказания, правда? Скверный мальчишка, я передам папе, что ты мне сказал. Ну, живо!

Гэртон нисколько не испугался угрозы; слезы негодования выступили на глазах девочки.

— Так вы приведите моего пони! — крикнула она, повернувшись к ключнице. — И сейчас же выпустите мою собаку!

— Потише, мисс, — ответила та, — вас не убудет, если вы научитесь вежливей говорить с людьми. Хоть мистер Гэртон и не хозяйский сын, он ваш двоюродный брат. А я вам тоже не слуга.

— Он — мой двоюродный брат! — вскричала Кэти с презрительным смехом.

— Вот именно, — отозвалась ключница.

— Ох, Эллен, не позволяй им говорить такие вещи, — разволновалась девочка. — Папа поехал за моим двоюродным братом в Лондон: мой брат — сын джентльмена. А этот... — Она не договорила и заплакала, возмущенная одною мыслью о родстве с таким мужланом.

— Ну, ну! — шептала я. — У человека может быть много двоюродных братьев, самых разных, мисс Кэти, и никому это не в хулу. Только не надо водиться с ними, если они неприятные и злые.

— Он не... он мне не родственник, Эллен! — сказала она, поразмыслив и еще сильнее почувствовав горе. И она бросилась мне на грудь, ища убежища от пугающей мысли.

Я была в большой досаде и на нее, и на служанку за их излишнюю разговорчивость. Я нисколько не сомневалась, что слова девочки о предстоящем приезде Линтона будут переданы мистеру Хитклифу; и была уверена, что Кэтрин, как только вернется отец, станет первым делом допытываться, как понимать слова служанки об их невоспитанном родиче. Гэртон, хоть и обиженный тем, что его приняли за слугу, был, видимо, тронут ее горем. Подведя пони к крыльцу, он, чтоб утешить гостью, вытащил из конуры чудесного кривоногого щенка-терьера и стал совать его ей в руки — пустое, мол, я не сержусь! Девочка притихла было, посмотрела на него в ужасе и отвращении и пуще расплакалась.

Я едва удержалась от улыбки, видя ее неприязнь к бедному малому: он был стройный молодой силач, красивый с лица, крепкий и здоровый; но его одежда соответствовала его повседневным занятиям — работе на ферме да гоньбе по вересковым зарослям за кроликами и тетеревами. Все же мне казалось, что лицо Гэртона отражало такие душевные качества, какими никогда не обладал его отец: добрые колосья, нехоленые, затерянные в сорняке, глушившем их своим буйным ростом, но все же говорившие о плодородной почве, на которой при других, более благоприятных обстоятельствах мог бы взойти богатый урожай. Мне думается, мистер Хитклиф не притеснял его физически; юноша, бесстрашный по натуре, не искушал на подобные преследования: в нем не было и тени той боязливой податливости, которая в человеке такого склада, как Хитклиф, пробуждала бы желание давить и угнетать. Свою злую волю Хитклиф направил на то, чтобы превратить сына Хиндли в грубое животное: мальчика не научили грамоте; никогда не корили за дурные навыки, если только они не мешали его хозяину; никогда не направляли к добру и ни единым словом не предостерегали против порока. Слышала я, будто развращению юноши много способствовал Джозеф: когда Гэртон был маленьким, старый слуга в своем тупоумном пристрастии льстил ему и баловал его, потому что видел в нем главу старой почтенной семьи. И как раньше он винил, бывало, Кэтрин и Хитклифа, тогда еще подростков, что они своим «непристойным озорством» выводят хозяина из себя и принуждают его искать утехи в пьянстве, — так теперь всю вину за недостатки Гэртона он возлагал на того, кто присвоил себе его имение. Когда мальчик божился, Джозеф его не останавливал; не порицал его никогда, как бы скверно он себя ни вел. Старику, видно, доставляло удовольствие смотреть, как тот идет по дурному пути, он давал калечить мальчика, оставляя его душу на погибель — пускай, думал он, Хитклиф ответит за это; кровь Гэртона падет на его голову! Джозефу эта мысль доставляла истинную радость. Он научил юношу гордиться своим именем и происхождением; и, если бы смел, он воспитал бы в нем ненависть к новому хозяину Перевала. Но страх его перед этим хозяином доходил до суеверного ужаса; и чувства свои к нему он не выказывал открыто, позволяя себе только пробурчать какой-нибудь намек или пригрозить за глаза карой небесной. Не могу похвалиться, чтобы мне был хорошо знаком уклад жизни на Грозовом Перевале в те дни: рассказываю понаслышке, видела я не много. В деревне судачили, что мистер Хитклиф — скаред; с арендаторами крут и прижимист. Но дом в женских руках снова приобрел свой прежний уютный вид, и под его крышей больше не разыгрывались сцены буйства, как, бывало, при Хиндли. Хозяин был слишком угрюм и не искал общения с людьми, ни с хорошими, ни с дурными: таков он и сейчас.

Но так я никогда не кончу свой рассказ. Мисс Кэти отвергла примирительную жертву в виде щенка-терьера и потребовала, чтоб ей вернули ее собственных собак, Чарли и Феникса. Они приплелись, хромая и повесив головы; и мы двинулись в обратный путь, обе сильно расстроенные. Я не могла выпытать у моей маленькой госпожи, как она провела день. Узнала я только, что целью ее паломничества, как я и предполагала, был Пенистон-Крэг; и что она без приключений добралась до Грозового Перевала, когда из ворот случилось выйти Гэртону со сворой собак, которые набросились на ее «караван». Произошла яростная битва между псами, прежде чем владельцы смогли их разнять: так завязалось знакомство. Кэтрин объяснила Гэртону, кто она такая и куда направляется, попросила его указать дорогу; и в конце концов уговорила проводить ее. Он открыл ей тайны «Пещеры эльфов» и двадцати других удивительных мест. Но, попав в немилость, я не удостоилась услышать описание всех тех интересных вещей, которые увидела паломница. Все же я поняла, что проводник был у ней в чести, пока она не задела его самолюбия, обратившись к нему как к слуге, — и пока ключница Хитклифа не задела самолюбия гостьи, назвав Гэртона ее двоюродным братом. А потом ее задели за живое его грубости: дома она была для всех «любовь моя», «дорогая моя», и «королева», и «ангел» — и вдруг чужой человек посмел так возмутительно оскорбить ее! Этого она не могла постичь; и я с большим трудом добилась от нее обещания, что она не пойдет со своей обидой к отцу. Я объяснила ей, как претит мистеру Линтону все, что связано с Грозовым Перевалом, и как он будет огорчен, если узнает, что она там побывала. Но я напирала больше на другое: узнав, что я пренебрегла его наказами, мой господин, чего доброго, рассердится, и мне тогда придется взять расчет. А такая мысль была для Кэтрин нестерпима; она дала слово и сдержала его, пожалев меня. Все-таки она была премилая девочка!

Глава XIX

Письмо с черной каймой известило нас о дне возвращения господина. Изабелла умерла, и мистер Линтон написал мне, прося заказать траур для его дочери и приготовить комнату и разные удобства для его юного племянника. Кэтрин ошалела от радости, что скоро увидит отца; и в бурном оптимизме строила догадки о неисчислимых совершенствах своего «настоящего» двоюродного брата. Наступил тот вечер, когда ожидался их приезд. С раннего утра она хлопотала по устройству своих собственных мелких дел; и вот, одетая в новое черное платье — бедная девочка! смерть тетки не отяготила ее подлинным чувством горя, — она назойливо приставала ко мне, пока не уговорила выйти с ней на прогулку — встречать гостей.

— Линтон всего на полгода моложе меня, — болтала она, прохаживаясь со мной по мшистым кочкам в тени деревьев. — Как будет хорошо играть с таким товарищем! Тетя Изабелла прислала папе его локон, очень красивый: волосы у него совсем льняные — светлее моих и такие же тонкие. Этот локон хранится у меня в маленькой стеклянной шкатулочке, и я часто думала, как было бы хорошо увидеться с тем, кому он принадлежал. Ох! Я так счастлива... И папа! Милый, милый папа! Эллен, давай побежим! ну — побежали!

Она убегала, и возвращалась, и опять убегала много раз, пока я своим размеренным шагом дошла до ворот, и тогда она села на дерновую скамейку у дорожки и старалась терпеливо ждать; но это было невозможно: она не могла и минуты посидеть спокойно.

— Как они долго! — восклицала она. — Ах, я вижу пыль на дороге — едут? Нет! Когда же они будут здесь? Нельзя ли нам пройти еще немного вперед — на полмили, Эллен, — всего на полмили? Ну скажи «да»! Вон до тех берез у поворота!

Я упорно не соглашалась. И вот ожиданию пришел конец: показалась в виду карета. Мисс Кэти вскрикнула и протянула руки, как только увидела в оконце лицо отца. Он выскочил из кареты почти в таком же нетерпении, как и она; и прошло немало времени, прежде чем они нашли возможным подумать о ком-либо, кроме себя. Пока они обменивались ласками, я заглянула в карету, чтобы позаботиться о Линтоне. Он спал в углу, закутанный в теплый плащ на меху, точно стояла зима. Бледный, хрупкий, изнеженный мальчик, которого можно было бы принять за младшего брата моего господина, так он был на него похож. Но весь его вид говорил о болезненной привередливости, какой никогда не было в Эдгаре Линтоне. Тот увидел, что я смотрю в карету, и, замахав руками, попросил меня притворить дверцу и не тревожить мальчика, потому что поездка утомила его. Кэти очень хотелось заглянуть хоть одним глазком, но отец позвал ее, и они вдвоем пошли неторопливо парком, а я побежала вперед отдать распоряжения слугам.

— Вот что, моя дорогая, — сказал мистер Линтон, обратившись к дочке, когда они остановились на крыльце у парадного хода. — Твой двоюродный брат не такой сильный и веселый, как ты, и он, не забывай, совсем недавно потерял мать. Так что не жди, что он сразу станет играть с тобой и бегать. И не утомляй его лишними разговорами: дай ему покой хотя бы на этот вечер. Хорошо?

— Да, да, папа, — ответила Кэтрин, — но я хочу посмотреть на него, а он даже не выглянул.

Карета остановилась; спящий проснулся, и дядя вынес его на руках и поставил на землю.

— Это, Линтон, твоя двоюродная сестра Кэти, — сказал он, соединяя их маленькие ручки. — Она уже полюбила тебя, и ты, чтоб ее не огорчать, постарайся сегодня не плакать. Приободрись — путешествие кончилось, и от тебя теперь ничего не требуется — можешь отдыхать и забавляться в свое удовольствие.

— Ну так я лягу спать, — ответил мальчик, отстранившись от Кэтрин, которая кинулась к нему здороваться. И поднес пальцы к глазам, чтобы смахнуть навернувшиеся слезы.

— Ну, ну, будьте молодцом, — шепнула я и повела его в комнаты. — А то и она расплачется — смотрите, как она вас жалеет.

Не знаю, от жалости ли к нему, но у его двоюродной сестры стало такое же печальное лицо, как у него, и она подбежала к отцу. Все трое вошли в дом и поднялись в библиотеку, где уже подан был чай. Я сняла с Линтона плащ и шапку и усадила его за стол; но только он сел, как опять захныкал. Мой господин спросил, в чем дело.

— Я не могу сидеть на стуле, — всхлипывал племянник.

— Так ляг на диван, и Эллен подаст тебе чай, — терпеливо ответил дядя.

Он, я видела, изрядно натерпелся в дороге с капризным и болезненным мальчиком. Линтон не спеша поплелся к дивану и лег. Кэти устроилась со своею чашкой подле него на скамеечке для ног. Сперва она сидела молча, но долго это длиться не могло; она решила сделать из двоюродного брата того милого баловня, о каком мечтала; и она принялась гладить его по волосам, и целовать в щечку, и поить его из своего блюдца, как маленького. Ему это понравилось, потому что он и был все равно что малое дитя; он отер глаза и улыбнулся слабой улыбкой.

— Он отлично у нас поправится, — сказал мне мой господин, понаблюдав за ними с минуту. — Отлично, если только мы сможем оставить его у себя, Эллен. В обществе сверстницы он сразу оживится. Ему захочется набраться сил, и силы явятся.

«Да, если его оставят у нас!» — рассуждала я про себя, и горько мне стало при мысли о том, как мало у нас на это надежды. А потом, подумалось мне, как будет жить это хилое создание на Грозовом Перевале? С такими наставниками и товарищами, как его отец и Гэртон?

Наши сомнения быстро разрешились, быстрее даже, чем я ожидала. После чая я отвела детей наверх, посидела возле Линтона, пока он не заснул (до тех пор он меня ни за что не отпускал), затем сошла вниз и стояла в передней у стола, зажигая ночник для мистера Эдгара, когда прибежала из кухни девушка и сказала мне, что на крыльце ждет Джозеф, слуга мистера Хитклифа, и хочет говорить с хозяином.

— Я сперва спрошу, что ему надо, — сказала я, порядком испугавшись. — Как можно тревожить людей в такой поздний час! Да еще когда они только что с дальней дороги... Хозяин едва ли станет с ним сейчас разговаривать.

Джозеф, пока я говорила эти слова, прошел через всю кухню и теперь стоял предо мною в передней. Одетый по-воскресному, в полном параде, с самым своим кислым ханжеским лицом, держа в одной руке шляпу, в другой палку, он обстоятельно вытирал о коврик башмаки.

— Добрый вечер, Джозеф, — сказала я холодно. — Какое дело пригнало вас сюда ночью?

— Мне надо бы поговорить с мистером Линтоном, — ответил он, пренебрежительно отстраняя меня.

— Мистер Линтон ложится спать. Сейчас, я уверена, он не станет вас слушать, если вы к нему не с очень важным сообщением, — продолжала я. — Сели бы лучше здесь да изложили мне свое дело.

— Которая тут его комната? — настаивал тот на своем, озирая ряд закрытых дверей.

Видя, что он не склонен принять мое посредничество, я, хоть и крайне неохотно, поднялась в библиотеку и, доложив о несвоевременном посетителе, посоветовала отослать его до завтра. Но мистер Линтон не успел уполномочить меня на это, так как Джозеф, шедший за мною следом, ввалился в комнату, бесцеремонно уселся у дальнего конца стола, положил обе ладони на набалдашник своей палки и заговорил в повышенном тоне, словно предвидя протест:

— Хитклиф прислал меня за своим пареньком и наказал мне без него не возвращаться.

Эдгар Линтон молчал с минуту; его лицо омрачилось печалью. Он и без того пожалел бы мальчика, но, памятуя опасения и надежды Изабеллы и ее страстную тревогу за сына, которого она вверила его заботам, он тем сильнее огорчился необходимостью отдать племянника отцу и ломал голову над тем, как бы этого избежать. Но ничего не мог изобрести: выкажи он желание оставить мальчика у себя, Хитклиф тем крепче упрется на своем; ничего не оставалось, как только подчиниться. Однако мой господин не пожелал среди ночи поднимать племянника с постели.

— Скажите мистеру Хитклифу, — ответил он спокойно, — что его сын придет на Грозовой Перевал завтра. Его уже уложили спать, и он слишком устал, чтобы пройти сейчас такой путь. Вы можете также сказать ему, что мать Линтона хотела оставить его под моей опекой; и в настоящее время его здоровье очень ненадежно.

— Не-ет! — сказал Джозеф, стукнув дубинкой об пол и напуская на себя авторитетный вид. — Не-ет! Это для нас ничего не значит! Хитклиф не станет считаться ни с его матерью, ни с вами. Он требует своего сына, и я должен его забрать — вот и весь сказ!

— Сегодня вы его не заберете! — твердо ответил Линтон. — Сейчас же уходите. И передайте вашему хозяину мой ответ. Эллен, проводите его с лестницы. Ступайте...

Он подхватил негодующего старика под руку, выпроводил его из комнаты и запер дверь.

— Куда как хорошо! — кричал Джозеф, медленно удаляясь. — Завтра он придет сам, и тогда выгоняйте его, если посмеете!

Глава XX

Опасаясь, как бы Хитклиф не исполнил свою угрозу, мистер Линтон поручил мне с утра отправить мальчика к отцу на лошади мисс Кэтрин.

— И так как впредь, — сказал он, — нам не придется оказывать на его судьбу никакого влияния, ни доброго, ни дурного, не говорите моей дочери, куда он уехал. Отныне она не может общаться с ним; а чтоб она не волновалась и не рвалась навестить Перевал, лучше ей и не знать, что брат живет поблизости. Скажите ей только, что его отец неожиданно прислал за ним и мальчику пришлось от нас уехать.

Линтону не хотелось вставать, когда его разбудили в пять утра, и он удивился, услыхав, что нужно опять собираться в путь. Но чтоб утешить его, я объяснила, что ему предстоит провести некоторое время со своим отцом, мистером Хитклифом, которому так не терпится скорее увидеть сына, что он не пожелал отложить это удовольствие до тех пор, когда тот хорошенько отдохнет с дороги.

— С отцом? — вскричал мальчик в смущении. — Мама никогда не говорила, что у меня есть отец. Где он живет? Я лучше останусь у дяди.

— Он живет неподалеку от Мызы, — ответила я, — сразу за теми холмами. Расстояние тут небольшое, когда вы окрепнете, вы сможете приходить сюда пешком. И вы должны радоваться, что едете домой и увидите отца. Старайтесь его полюбить, как вы любили вашу мать; тогда и он вас полюбит.

— Но почему я о нем не слышал раньше? — спросил Линтон. — Почему они с мамой не жили вместе, как живут другие?

— Дела задерживали его на севере, — ответила я, — а вашей матери по слабости здоровья нужно было жить на юге.

— Но почему мама не рассказывала мне о нем? — настаивал мальчик. — Она часто говорила о дяде, и я давно привык его любить. Как мне любить папу? Я его не знаю.

— Эх, все дети любят своих родителей, — сказала я. — Может быть, ваша мать боялась, что вы станете проситься к нему, если она будет часто о нем говорить. Но вставайте живей: проехаться спозаранку верхом в такое прекрасное утро куда приятней, чем поспать лишний часок.

— И она с нами поедет? — спросил он. — Та девочка, которую я видел вчера?

— Сегодня нет, — ответила я.

— А дядя? — продолжал он.

— Нет. Вам придется поехать со мной, — сказала я.

Линтон опять откинулся на подушку и в раздумье насупил брови.

— Я не поеду без дяди, — объявил он наконец. — Почем я знаю, куда вы надумали меня отвезти?

Я уговаривала, пеняла ему, что это дурно с его стороны не радоваться встрече с отцом. Но он упрямо не желал одеваться, и мне пришлось призвать на помощь моего господина, чтоб выманить Линтона из кровати. Наконец бедный мальчик встал после лживых наших уверений, что его отсылают ненадолго, что мистер Эдгар и Кэти будут навещать его — и разных других посулов, таких же вздорных, которые я измышляла и повторяла ему потом всю дорогу. Чистый воздух, и запах вереска, и яркое солнце, и резвый бег Минни вскоре развеселили его. Он стал расспрашивать о своем новом доме и его обитателях все с большим любопытством и живостью.

— Грозовой Перевал такое же приятное место, как Скворцы? — спросил он и оглянулся в последний раз на долину, откуда поднимался легкий туман и кудрявым облаком стелился по синему краю неба.

— Дом не утопает в зелени, как наш, — ответила я, — и не такой большой, но оттуда открывается прекрасный вид на всю округу. И воздух там здоровее для вас — чище и суше. Здание, пожалуй, покажется вам поначалу старым и мрачным, но это почтенный дом: второй после Мызы в этих местах. И вы с удовольствием будете гулять по полям. Гэртон Эрншо — он тоже двоюродный брат мисс Кэти, а значит, и вам сродни — будет водить вас по самым чудесным местам. В хорошую погоду вам можно будет взять книгу и заниматься где-нибудь под деревьями. И время от времени ваш дядя будет брать вас с собой на прогулку: он часто ходит в горы.

— А каков из себя мой отец? — спросил он. — Такой же молодой и красивый, как дядя?

— Такой же молодой, — сказала я, — но глаза и волосы у него черные; он более суров на вид, выше ростом и плотнее. Поначалу он, может быть, не покажется вам таким добрым и любезным, потому что он другого склада. Все же я вам советую, будьте с ним искренни и сердечны, и он, конечно, станет любить вас, как ни один дядя на свете, потому что вы его родной сын.

— Черные глаза и волосы! — повторил раздумчиво Линтон. — Я не могу себе его представить. Значит, я не похож на него, нет?

— Не очень, — ответила я. «Ни капельки!» — подумала я, глядя с сожалением на слишком белую кожу и тонкий стан моего спутника, на его большие томные глаза — глаза его матери, с той лишь разницей, что не было в них искристого огня, если только они не загорались вдруг обидой.

— Как странно, что он никогда не приезжал навестить меня и маму! — пробормотал Линтон. — Он видел меня когда-нибудь? Если да, то, верно, совсем маленьким. Я его не помню.

— Что ж вы хотите, мастер Линтон, — сказала я, — триста миль — это большое расстояние. А десять лет не кажутся взрослому таким длинным сроком, как вам. Возможно, мистер Хитклиф из лета в лето собирался съездить к вам, но все не представлялось удобного случая, а теперь уж поздно. Не докучайте ему вопросами об этом предмете: только расстроите его понапрасну.

Мальчик ушел в свои мысли и молчал до конца пути, пока мы не остановились перед воротами сада. Я следила за его лицом, чтобы уловить впечатление. Он важно и внимательно оглядел лепной фронтон и частые переплеты окон, редкие кусты крыжовника, искривленные елки, потом покачал головой; втайне он не одобрил наружный вид своего нового жилища. Но у него хватило рассудительности повременить с осуждением: еще могло вознаградить то, что его ждало в самом доме. Он не успел сойти с седла, как я уже пошла и открыла дверь. Был седьмой час; в доме только что позавтракали, ключница убирала со стола. Джозеф стоял возле кресла своего хозяина и рассказывал что-то про хромую лошадь, а Гэртон собирался на покос.

— Здравствуй, Нелли! — сказал мистер Хитклиф, увидев меня. — Я боялся, что мне придется самому идти за своею собственностью. Ты ее доставила, да? Посмотрим, можно ли сделать из нее что-нибудь толковое.

Он встал и подошел к дверям; Гэртон и Джозеф остановились за его спиной, разинув рты. Бедный Линтон переводил пугливый взгляд с одного на другого.

— Ясное дело! — сказал Джозеф, с важным видом рассматривая мальчика. — Вас надули, хозяин: это девчонка!

Хитклиф, смерив сына таким взглядом, что того охватила оторопь, презрительно рассмеялся.

— Бог ты мой, какая красота! Какое прелестное

милое создание! — воскликнул он. — Его, верно, вскормили на слизняках и кислом молоке, Нелли? Ох, пропади моя душа! Он еще хуже, чем я ожидал, а я, видит черт, не из оптимистов!

Я попросила дрожащего и ошеломленного мальчика спрыгнуть с седла и войти. Он не совсем понял, что означали слова отца и к нему ли они относились. Да он и не был еще вполне уверен, что угрюмый насмехающийся незнакомец — его отец. Но он в трепете прижался ко мне, а когда мистер Хитклиф снова сел и сказал ему: «Поди сюда!» — он уткнулся лицом в мое плечо и заплакал.

— Ну, ну, нечего! — сказал Хитклиф и, протянув руку, грубо приволок его к себе, зажал между колен и поднял ему голову за подбородок. — Что за чушь! Мы не собираемся обижать тебя, Линтон, — ведь так тебя зовут? Ты сын своей матери, весь в нее! Где же в тебе хоть что-то от меня, писклявый цыпленок?

Он снял с мальчика шапку и откинул с его лба густые льняные кудри, ощупал его тонкие руки от плеча до кисти, маленькие пальчики; и Линтон, пока шел этот осмотр, перестал плакать и поднял большие синие глаза, чтоб самому разглядеть того, кто его разглядывал.

— Ты меня знаешь? — спросил Хитклиф, убедившись, что все члены этого тела одинаково хрупки и слабы.

— Нет, — сказал Линтон с бессмысленным страхом в глазах.

— Но ты, конечно, слышал обо мне?

— Нет, — повторил он.

— Нет? Какой стыд, что мать не внушила своему

сыну уважения к отцу! Так я скажу тебе: ты мой сын, а твоя мать — бесстыжая дрянь, раз она оставляла тебя в неведении о том, какой у тебя отец. Нечего ежиться и краснеть! Хоть это кое-чего и стоит — видеть, что кровь у тебя не белая. Будь хорошим парнем, и тебе со мной будет неплохо. Нелли, если ты устала, можешь посидеть; если нет, ступай домой. Я понимаю, ты собираешься дать на Мызе полный отчет обо всем, что ты слышала и видела у нас. Но пока ты тут мешкаешь, дело улажено не будет.

— Хорошо, — ответила я. — Надеюсь, вы будете добры к мальчику, мистер Хитклиф, или он недолго пробудет с вами. Не забывайте, он у вас единственное родное существо на свете — другой родни, если и есть она у вас, вы никогда не узнаете.

— Я буду к нему очень добр, не бойтесь, — сказал он со смехом. — Только уж пусть никто другой не будет к нему добр: я ревнив и хочу всецело властвовать над его чувствами. А чтобы он сразу же ощутил мою доброту, Джозеф, принеси мальчику чего-нибудь на завтрак. Гэртон, чертов теленок, марш на работу! Да, Нел, — добавил он, когда те удалились, — мой сын — будущий хозяин вашей Мызы, и я не хочу, чтоб он помер раньше, чем я закреплю за собой право наследства. К тому же он мой: я хочу торжествовать, увидев моего отпрыска законным владельцем их поместий. Их дети будут наниматься к моему сыну обрабатывать за поденную плату землю своих отцов. Вот единственное побуждение, из-за которого я готов терпеть около себя этого щенка; я его презираю за то, каков он есть, и ненавижу его за те воспоминания, которые он оживляет! Побуждение единственное, но достаточное; мальчишке у меня ничего не грозит, и уход за ним будет такой же заботливый, каким твой господин окружил свою дочь. У меня приготовлена комната наверху, обставленная для него в наилучшем вкусе. И я нанял преподавателя ходить сюда три раза в неделю за двадцать миль, учить мальчишку всему, чему он только захочет учиться. Гэртону я приказал слушаться его. В самом деле, я все наладил, имея в виду сделать из него джентльмена, человека, стоящего выше тех, с кем он должен будет общаться. Но я сожалею, что он так мало заслуживает моих стараний. Если я ждал чего-то от судьбы, то лишь одного: найти в своем сыне достойный предмет для гордости, — а этот жалкий плакса с лицом, точно сыворотка, горько меня разочаровал.

Он еще не договорил, когда вернулся Джозеф с миской овсяной каши на молоке и поставил ее перед Линтоном, который брезгливо заерзал, глядя на простое деревенское блюдо, и заявил, что не может этого есть. Я видела, что старый слуга в большой мере разделяет презрение своего хозяина к ребенку, хоть и вынужден хоронить свои чувства в душе, потому что Хитклиф требовал от подчиненных почтения к своему сыну.

— Не можете этого есть? — повторил он, глядя Линтону в лицо и понизив голос до шепота из страха, что его подслушают. — Но мастер Гэртон, когда был маленьким, не ел ничего другого, а что гоже было для него, то, мне думается, гоже и для вас!

— Я не стану этого есть! — возразил с раздражением Линтон. — Уберите.

Джозеф в негодовании схватил миску и принес ее нам.

— Что же это, скажете, тухлое, что ли? — спросил он, ткнув миску Хитклифу под нос.

— Почему тухлое? — сказал Хитклиф.

— Да вот, — ответил Джозеф, — наш неженка говорит, что не может этого есть. Все, скажу я, идет как по писаному! Его мать была такая же — мы все были, поди, слишком грязны, чтобы сеять пшеницу на хлеб для нее.

— Не упоминай при мне о его матери, — сказал сердито хозяин. — Дай ему что-нибудь такое, что он может есть, вот и все. Чем его обычно кормили, Нелли?

Я посоветовала напоить мальчика кипяченым молоком или чаем, и ключнице велено было приготовить, что нужно. Вот и хорошо, раздумывала я, эгоизм отца, пожалуй, пойдет сыну на пользу. Хитклиф видит, что мальчик хрупкого сложения, значит, надобно обращаться с ним сносно. Мистер Эдгар успокоится, когда я ему сообщу, какой поворот приняла прихоть Хитклифа. И, не найдя предлога оставаться дольше, я потихоньку ушла, покуда Линтон был занят тем, что боязливо отклонял дружелюбное заигрывание одной из овчарок. Но он слишком был настороже, и мне не удалось обмануть его: едва притворив за собою дверь, я услышала всхлипыванье и отчаянный, настойчивый крик:

— Не уходите от меня! Я тут не останусь! Не останусь!

Затем поднялась и упала задвижка: Линтону не дали убежать. Я вскочила на Минни и пустила ее рысцой. На этом кончилась моя недолгая опека.

Глава XXI

Трудно пришлось нам в тот день с маленькой Кэти: она встала веселая в жажде увидеть братца и встретила весть о его отъезде такими жаркими слезами и жалобами, что Эдгар должен был сам успокоить ее, подтвердив, что мальчик скоро вернется. Он, однако, добавил: «...если мне удастся забрать его», а на это не было надежды. Обещание слабо ее утешило, но время оказалось сильней. И хотя она, бывало, нет-нет да спросит у отца, когда же приедет Линтон, — прежде чем девочка снова увиделась с ним, его черты настолько потускнели в ее памяти, что она его не узнала.

Когда мне случалось встретиться в Гиммертоне с ключницей мистера Хитклифа, я спрашивала всякий раз, как поживает их молодой господин, потому что юный Линтон жил почти таким же затворником, как и Кэтрин, и его никогда никто не видел. Со слов ключницы я знала, что он по-прежнему слаб здоровьем и в тягость всем домашним. Она говорила, что мистер Хитклиф относится к нему, как видно, все так же неприязненно — и даже хуже, хоть и старается это скрывать: даже звук его голоса ему противен, и он просто не может просидеть в одной комнате с сыном несколько минут кряду. Разговаривают они друг с другом редко: Линтон учит уроки и проводит вечера в маленькой комнате, которая называется у них гостиной; а то лежит весь день в постели, потому что он постоянно простуживается — вечно у него насморк, и кашель, и недомогание, и всяческие боли.

— Сроду я не видела никого трусливей его, — добавила женщина. — И никого, кто бы так заботился

о себе самом. Если я чуть подольше вечером оставлю открытым окно, он уж тут как тут: ох, ночной
воздух его убьет! И среди лета — нужно, не нужно — разводи ему огонь; а если Джозеф закурил
трубку, так это отрава. И подавай ему сласти, и ла-
комства, и молока — молока без конца, — а до нас
ему и дела нет, чем пробавляемся мы зимой. Заку-
тается в меховой плащ, сядет в свое кресло у камина, и грей ему весь день на углях чай с гренками или
что-нибудь другое, что он любит; а если Гэртон сжа-
лится и придет поразвлечь его — Гэртон хоть и груб,
да сердцем не злобен, — то уж будьте уверены, ра-
зойдутся они на том, что один заругается, а другой
заплачет. Я думаю, не будь ему Линтон сыном, хозяин был бы очень рад, если б Гэртон избил бездель-
ника до полусмерти; и уж он, наверно, не стерпел
бы и выставил его за порог, знай он хоть наполовину, как этот Линтон нянчится со своей особой. Но
хозяину такое искушение не грозит: он редко заходит в гостиную, а если Линтон начинает при нем
свои штучки в *доме*, он тут же отсылает мальчишку
наверх.

По этим рассказам я угадывала, что мастер
Хитклиф, не находя ни в ком сочувствия, сделался
неприятным и эгоистичным, если только не был он
таким спервоначалу. И мой интерес к нему естественно ослабел, хотя во мне еще не заглохла обида,
что мы потеряли его, и сожаление, что его не оставили у нас. Мистер Эдгар поощрял меня в моих стара-
ниях побольше разузнать о мальчике. По-моему, он
много думал о племяннике и готов был пойти на некоторый риск, чтоб увидеть его. Однажды он попросил меня справиться у ключницы, ходит ли когда-

нибудь Линтон в деревню. Та ответила, что он только два раза ездил туда верхом, в сопровождении отца; и оба раза он потом кис три или четыре дня, уверяя, что поездка слишком его утомила. Эта ключница ушла от них, если память мне не изменяет, через два года после появления в доме маленького Линтона; ее сменила другая, с которой я тогда не была знакома. Она живет у них до сих пор.

Дни шли на Мызе своей прежней отрадной чередой, пока мисс Кэти не исполнилось шестнадцать лет. В день ее рождения мы никогда не устраивали никаких увеселений, потому что он совпадал с годовщиной смерти моей госпожи. Мистер Эдгар неизменно проводил этот день один в библиотеке, а когда смеркалось, выходил пройтись и шел на гиммертонское кладбище, где нередко просиживал за полночь, — так что Кэтрин предоставляли самой искать развлечений. В тот год на двадцатое марта выдался погожий весенний день, и, когда Эдгар ушел, молодая госпожа спустилась ко мне, одетая для прогулки, и попросила пройтись с нею немного по полям: отец позволяет с условием, что мы далеко не забредем и вернемся через час.

— Так что поторопись, Эллен! — закричала она. — Знаешь, куда мы пойдем? Туда, где устроилась колония тетеревов: я хочу посмотреть, свили они уже гнезда или нет.

— Но это ж, верно, очень далеко, — возразила я, — они не вьют своих гнезд у края поля.

— Да нет же, — сказала она, — мы с папой ходили туда, это совсем близко.

Я надела шляпку и пошла не раздумывая. Кэти убегала вперед, и возвращалась ко мне, и опять убегала, как молоденькая борзая; и сперва я с большим удовольствием прислушивалась к пению жаворонков, то близкому, то далекому, и любовалась мягким и теплым светом утреннего солнца. Я смотрела на нее, на мою баловницу и прелесть мою, на золотые кольца ее кудрей, развевавшиеся у нее за спиной, на ее румяную щечку, нежную и чистую в своем цвету, точно дикая роза, и на ее глаза, лучившиеся безоблачной радостью. Она была в те дни счастливым созданием и просто ангелом. Жаль, что она не могла довольствоваться этим счастьем.

— Но где же ваши тетерева, мисс Кэти? — спрашивала я. — Уж пора бы нам дойти до них: ограда парка далеко позади.

— Немного подальше — совсем немного, Эллен, — был ее неизменный ответ. — Вот взойдем на тот пригорок, пересечем ложок, и пока ты будешь выбираться из него, я уже подниму птиц.

Но мы не раз взобрались на пригорок, пересекли не один ложок, и я наконец начала уставать и говорила ей, что пора остановиться и повернуть назад. Я ей кричала, потому что она сильно обогнала меня; она не слышала или не обращала внимания и попрежнему неслась вперед и вперед, и мне приходилось поневоле следовать за ней. Наконец она нырнула куда-то в овраг; а когда я опять ее увидела, она была уже ближе к Грозовому Перевалу, чем к собственному дому. Я увидела, как два человека остановили ее, и сердце мне подсказало, что один из них сам мистер Хитклиф.

Кэти поймали с поличным на разорении тетеревиных гнезд или, во всяком случае, на их выиски-

вании. Земля на Перевале принадлежала Хитклифу, и теперь он отчитывал браконьера.

— Я не разорила ни одного гнезда, я даже ни одного не нашла, — оправдывалась девочка, когда я
доплелась до них, и в подтверждение своих слов она
раскрыла ладони. — Я и не думала ничего брать. Но
папа мне говорил, что здесь их множество, и я хотела взглянуть на яички.

Улыбнувшись мне улыбкой, показавшей, что он
понял, с кем встретился — и, значит, благосклонно-
сти не жди, — Хитклиф спросил, кто такой ее папа.

— Мистер Линтон из Скворцов, — ответила
она. — Я так и подумала, что вы не знаете, кто я, а то
бы вы со мной так не говорили.

— Вы, как видно, полагаете, что ваш папа поль-
зуется большим уважением и почетом? — сказал он
насмешливо.

— А вы кто такой? — спросила Кэтрин, с любопытством глядя на него. — Этого человека я уже раз
видела. Он ваш сын?

Она кивнула на его спутника, на Гэртона, который нисколько не выиграл, став на два года старше, — только возмужал и казался еще более сильным и громоздким; он остался таким же неуклю-
жим, как и раньше.

— Мисс Кэти, — перебила я, — мы и так уже гу-
ляем не час, а три. Нам в самом деле пора повернуть
назад.

— Нет, этот человек мне не сын, — ответил Хитклиф, отстраняя меня. — Но сын у меня есть, и его
вы тоже видели. И хотя ваша няня спешит, ей, как и
вам, не помешало бы, я думаю, немного отдохнуть.
Может быть, вы обогнете этот холмик и зайдете в

мой дом? Передохнув, вы быстрее доберетесь до дому. Вам окажут у нас радушный прием.

Я шепнула Кэтрин, что она ни в коем случае не должна принимать приглашение — об этом не может быть и речи.

— Почему? — спросила она громко. — Я набегалась и устала, а трава в росе, на землю не сядешь. Зайдем, Эллен. К тому же он говорит, будто я виделась где-то с его сыном. Он, я думаю, ошибается; но я догадываюсь, где они живут: на той ферме, куда я однажды заходила, возвращаясь с Пенистон-Крэга. Правда?

— Правда. Ладно, Нелли, помолчи, ей невредно заглянуть к нам. Гэртон, ступай с девочкой вперед. А мы с тобой сзади, Нелли.

— Нет, в такое место она не пойдет! — закричала я, силясь высвободить свою руку, которую он крепко сжал. Но Кэти, быстро обежав скалу, была уже почти у самых ворот. Назначенный ей спутник не стал ее провожать: он свернул по тропинке в сторону и скрылся.

— Мистер Хитклиф, это очень дурно, — настаивала я, — вы сами знаете, что затеяли недоброе. Да еще она увидит там Линтона и, как только придет домой, расскажет все отцу; и вина падет на меня.

— А я и хочу, чтоб она увидела Линтона, — ответил он. — Последние дни он выглядит лучше: не часто бывает, что его можно показать людям. И мы ее уговорим хранить все в тайне. Что же тут плохого?

— Плохо то, что ее отец возненавидит меня, когда узнает, что я позволила ей переступить ваш порог; и я убеждена, что вы ее толкаете на это с дурною целью, — ответила я.

— Цель у меня самая честная. Могу открыть, в чем заключается мой замысел, — сказал он. — В том, чтобы молодые люди влюбились друг в друга и поженились. Я поступаю великодушно в отношении вашего господина: его девчонке не на что надеяться, а последовав моим пожеланиям, она сразу будет обеспечена — как сонаследница Линтона.

— Если Линтон умрет, — возразила я, — а его здоровье очень ненадежно, — наследницей станет Кэтрин.

— Нет, не станет, — сказал он. — В завещании нет оговорки на этот случай: владения сына перейдут ко мне. Но во избежание тяжбы я желаю их союза и решил его осуществить.

— А я решила, что она больше никогда не приблизится со мною к вашему дому, — возразила я, когда мы подходили к воротам, где мисс Кэти поджидала нас.

Хитклиф попросил меня успокоиться и, пройдя впереди нас по аллее, поспешил отворить дверь. Моя молодая госпожа все поглядывала на него, словно никак не могла понять, что ей думать о нем. Но сейчас он улыбнулся, встретив ее взгляд, и, когда обратился к ней, его голос зазвучал мягче, а я по дурости своей вообразила, что, может быть, память о ее матери обезоружит его и не позволит ему причинить девочке зло! Линтон стоял у очага. Он только что вернулся с прогулки по полям; на голове его была шляпа, и он кричал Джозефу, чтобы тот принес ему сухие башмаки. Он был высок для своего возраста — ведь ему только еще шел шестнадцатый год. Черты его лица были хороши, а глаза и румянец ярче, чем они запомнились мне, хотя это был лишь временный блеск, вызванный весенним солнцем и целебным воздухом.

— Ну, кто это? — спросил мистер Хитклиф, обратившись к Кэти. — Узнаете?

— Ваш сын? — сказала она недоверчиво, переводя глаза с одного на другого.

— Да, — отвечал он, — но разве вы в первый раз видите его? А ну, припомните! Короткая же у вас память. Линтон, ты не узнаешь свою двоюродную сестру, из-за которой, помнишь, ты так нам всем докучал, потому что хотел с ней увидеться?

— Как, Линтон! — вскричала Кэти, зажегшись при этом имени радостным удивлением. — Это маленький Линтон? Он выше меня! Так вы — Линтон?

Юноша подошел и представился; она горячо расцеловала его, и они смотрели друг на друга, изумляясь перемене, которую время произвело в каждом из них. Кэтрин достигла своего полного роста; она была плотная и в то же время стройная, и упругая, как сталь, — так и пышет жизнью и здоровьем. Внешность и движения Линтона были томны и вялы, а телом он был необычайно худ; но присущая его манерам грация смягчала эти недостатки и делала его довольно приятным. Излив на него свои бурные детские ласки, его двоюродная сестра подошла к мистеру Хитклифу, который медлил в дверях, деля свое внимание между происходящим в комнате и тем, что лежало за ее пределами: верней, он притворялся, что наблюдает только за последним, а на деле был занят только первым.

— Значит, вы мой дядя! — вскричала она и бросилась обнимать и его. — Я сразу подумала, что вы мне нравитесь, хоть вы сперва и рассердились на меня. Почему вы не заходите с Линтоном на Мызу? Жить все эти годы по соседству и ни разу нас не навестить — это даже странно: почему вы так?

— Одно время, до вашего рождения, я бывал там слишком часто, — ответил он. — Однако... черт возьми! Если вам некуда девать поцелуи, подарите их Линтону: дарить их мне — значит тратить впустую.

— Гадкая Эллен! — воскликнула Кэтрин, подлетев затем ко мне и осыпая меня щедрыми ласками. — Злая Эллен! Удерживать меня, чтоб я не зашла! Но теперь я буду ходить в эту прогулку каждое утро — можно, дядя? А как-нибудь приведу и папу. Вы будете рады нам?

— Конечно! — ответил дядя, плохо скрыв гримасу, которую вызвала на его лице мысль о двух донельзя противных ему гостях. — Но постойте, — продолжал он, повернувшись к юной леди. — Я, знаете, подумал и считаю, что лучше сказать вам это прямо. Мистер Линтон предубежден против меня: была в нашей жизни пора, когда мы с ним жестоко рассорились — не христиански жестоко, — и если вы признаетесь ему, что заходили сюда, он раз и навсегда запретит вам нас навещать. Так что вы не должны упоминать об этом, если только у вас есть хоть малейшее желание встречаться и впредь с вашим двоюродным братом. Заходите, если вам угодно, но не рассказывайте отцу.

— Почему вы поссорились? — спросила Кэтрин, сильно приуныв.

— Он считал, что я слишком беден, чтоб жениться на его сестре, — ответил Хитклиф, — и был вне себя, когда она все-таки пошла за меня: это задело его гордость, и он никогда не простит мне.

— Как несправедливо! — сказала молодая леди. — Я ему это выскажу при случае. Но мы с Линтоном не замешаны в вашу ссору. Что ж! Я не стану приходить сюда — пусть он приходит на Мызу.

— Для меня это слишком далеко, — пробурчал ее двоюродный брат, — четыре мили пешком — да это меня убьет. Нет, уж заходите вы к нам, мисс Кэтрин, время от времени: не каждое утро, а раз или два в неделю.

Отец метнул на сына взгляд, полный злобного презрения.

— Боюсь, Нелли, мои труды пропадут даром, — сказал он мне. — Мисс Кэтрин, как зовет ее мой балбес, поймет, какова ему цена, и пошлет его к черту. Эх, был бы это Гэртон!.. Знаете, как ни унижен Гэртон, я двадцать раз на дню с нежностью вспоминаю о нем. Я полюбил бы этого юношу, будь он кем другим. Но ее любовь, я думаю, ему не угрожает. Я его подобью потягаться с моим растяпой, если тот не расшевелится. По нашим расчетам, Линтон протянет лет до восемнадцати, не дольше. Ох, пропади он пропадом, зануда! Занят только тем, что сушит ноги, и даже не глядит на нее! Линтон!

— Да, отец? — отозвался мальчик.

— Ты пошел бы показал что-нибудь сестре. Кроликов хотя бы или гнездо ласточки. Пойди с ней в сад, пока ты не переобулся, сведи ее на конюшню, похвались своей лошадью.

— А не предпочли бы вы посидеть у камина? — обратился Линтон к гостье, и его голос выдавал нежелание двигаться.

— Не знаю, — ответила Кэти, кинув тоскливый взгляд на дверь: девушке явно не сиделось на месте.

Он не поднялся с кресла и только ближе пододвинулся к огню. Хитклиф встал и прошел в кухню, а оттуда во двор, кличя Гэртона. Гэртон отозвался, и вскоре они вернулись вдвоем. Юноша успел умыться, как было видно по его разрумянившемуся лицу и мокрым волосам.

— Да, я хотела спросить вас, дядя, — вскричала мисс Кэти, вспомнив слова ключницы, — он мне не двоюродный брат, ведь нет?

— Двоюродный брат, — ответил Хитклиф, — племянник вашей матери. Он вам не нравится?

Кэтрин смутилась.

— Разве он не красивый парень? — продолжал ее дядя.

Маленькая невежа встала на цыпочки и шепнула Хитклифу на ухо свой ответ. Тот рассмеялся; Гэртон помрачнел: я поняла, что он был очень чувствителен к неуважительному тону и, по-видимому, лишь смутно сознавал, как невыгодно отличался от других. Но его хозяин — или опекун — прогнал тучу, воскликнув:

— Тебе среди всех нас отдано предпочтение, Гэртон! Она говорит, что ты... как это она сказала? Словом, нечто очень лестное. Вот что! Пройдись с нею по усадьбе. И смотри держись джентльменом. Не сквернословь, не пяль глаза, когда леди на тебя не смотрит, и не отворачивайся, когда смотрит. А когда будешь говорить, произноси слова медленно и не держи руки в карманах. Ну, ступай и займи ее, как умеешь.

Он следил за юной четою, когда она проходила мимо окон. Эрншо шел, отвернувшись от спутницы.

Казалось, он изучал знакомый пейзаж с любопытством чужеземца или художника. Кэтрин поглядывала на юношу лукавым взглядом, отнюдь не выражавшим восхищения. Затем она перенесла свое внимание на другое, ища вокруг какой-либо предмет, любопытный для нее самой, и легкой поступью прошла вперед, напевая веселую песенку, раз не вяжется разговор.

— Я сковал ему язык, — заметил Хитклиф. — Парень теперь так и не отважится выговорить ни слова! Нелли, помнишь ты меня в его годы — нет, несколькими годами моложе. Разве я смотрел когда-нибудь таким тупицей, таким дуралеем, как сказал бы Джозеф?

— Еще худшим, — ответила я, — потому что вы были вдобавок угрюмы.

— Я на него не нарадуюсь, — продолжал он, размышляя вслух. — Он оправдал мои ожидания. Будь он от природы глуп, я бы не был и вполовину так доволен. Но он не глуп; и я сочувствую каждому его переживанию, потому что пережил то же сам. Я, например, знаю в точности, как он страдает сейчас, но это только начало его будущих страданий. И он никогда не выберется из трясины огрубения и невежества. Я держу его крепче, чем держал меня его мерзавец-отец: Гэртон горд своим скотством. Все то, что возвышает человека над животным, я научил его презирать, как слабость и глупость. Ты не думаешь, что Хиндли стал бы гордиться своим сыном, если бы мог его видеть? Почти так же, как я горжусь своим? Но есть разница: один — золото, которым, как булыжником, мостят дорогу; а другой — олово, натертое до блеска, чтобы подменять им серебро. Мой не содержит в себе ничего ценного. Но моими стараниями из этого жалкого существа все же выйдет прок. А у сына Хиндли были превосходные качества, и они потеряны: стали совершенно бесполезными. Мне не о чем сожалеть; ему же было бы о чем, и мне это известно, как никому другому. И что лучше всего: Гэртон, черт возьми, любит меня всей душой! Согласись, что в этом я взял верх над Хиндли. Если бы негодяй мог встать из могилы, чтоб наказать меня за обиды своего сынка, я позабавился бы веселым зрелищем, как сынок сам лупит отца, возмутившись, что тот посмел задеть его единственного друга на земле!

Хитклиф засмеялся бесовским смешком при этой мысли. Я не отвечала — я видела, что он и не ждет ответа. Между тем его сын, сидевший слишком далеко от нас, чтобы слышать наш разговор, стал проявлять признаки беспокойства — быть может, пожалев уже о том, что из боязни немного утомиться отказал себе в удовольствии провести время с Кэтрин. Отец заметил, что его глаза тревожно косятся на окно, а рука неуверенно тянется за шляпой.

— Вставай, ленивец! — воскликнул он с напускным благодушием. — Живо за ними! Они сейчас у пчельника — еще не завернули за угол.

Линтон собрал всю свою энергию и расстался с камином. Окно было раскрыто, и когда он вышел, я услышала, как Кэти спросила у своего неразговорчивого спутника, что означает надпись над дверью.

Гэртон уставился на буквы и, как истый деревенщина, почесал затылок.

— Какая-то чертова писанина, — ответил он. — Я не могу ее прочитать.

— Не можете прочитать? — вскричала Кэтрин. — Прочитать я могу сама: это по-английски. Но я хочу знать, почему это здесь написано.

Линтон захихикал: первое проявление веселья с его стороны.

— Он неграмотный, — сказал он двоюродной сестре. — Вы поверили бы, что существует на свете такой невообразимый болван?

— Он, может быть, немного повредился? — спросила серьезно мисс Кэти. — Или он просто... дурачок? Я два раза обратилась к нему с вопросом, и оба раза он только тупо уставился на меня: я думаю, он меня не понял. И я тоже, право, с трудом понимаю его!

Линтон опять рассмеялся и насмешливо поглядел на Гэртона, который в эту минуту отнюдь не показался мне чуждым понимания.

— Ничего тут нет, только леность. Не так ли, Эрншо? — сказал он. — Моя двоюродная сестра подумала, что ты кретин. Вот тебе последствия твоего презрения к «буквоедству», как ты это зовешь. А вы обратили внимание, Кэтрин, на его страшный йоркширский выговор?

— А какая, к черту, польза от грамоты? — рявкнул Гэртон, у которого в разговоре с привычным собеседником сразу нашлись слова. Он хотел развить свое возражение, но те двое дружно расхохотались; моя взбалмошная барышня пришла в восторг от открытия, что его странный разговор можно превратить в предмет забавы.

— А что пользы приплетать черта к каждому слову? — хихикал Линтон. — Папа тебе не велел говорить скверные слова, а ты без них и рта раскрыть не можешь. Постарайся вести себя как джентльмен, — ну, постарайся же!

— Не будь ты скорее девчонкой, чем парнем, я бы так тебя отлупил! Жалкая тварь! — крикнул, уходя, разгневанный мужлан, и лицо его горело от бешенства и обиды; он понимал, что его оскорбили, и не знал, как на это отвечать.

Мистер Хитклиф, слышавший их разговор не хуже меня, улыбнулся, когда увидел, что Гэртон уходит; но тотчас затем бросил взгляд крайнего отвращения на беззаботную чету, которая все еще медлила в дверях, продолжая свою болтовню: мальчик оживился, обсуждая недочеты и недостатки Гэртона, и рассказывал анекдоты о его промахах; а девушка радовалась его бойкому презрительному острословию, не замечая проявлявшейся в нем злобной природы говорившего. Я начинала чувствовать к Линтону больше неприязни, чем жалости, и до некоторой степени извиняла теперь его отца, что он его ни в грош не ставит.

Мы задержались чуть не до трех часов дня: мне не удалось увести мисс Кэти раньше; по счастью, мой господин не выходил из своей комнаты и не узнал, что нас так долго не было. На обратном пути я пыталась втолковать своей питомице, что представляют собой эти люди, с которыми мы только что расстались; но она забрала себе в голову, что я предубеждена против них.

— Ага! — вскричала она. — Ты становишься на папину сторону, Эллен: ты пристрастна, я знаю. Иначе ты бы не обманывала меня столько лет, не уверяла бы, что Линтон живет далеко отсюда. Право, я очень на тебя сердита! Только я так рада, что и сердиться толком не могу. Но ты поосторожней говори о моем дяде: он — мой дядя, не забывай, я побраню папу за то, что он в ссоре с ним.

Она продолжала в том же духе, пока я не оставила попытки убедить ее, что она ошибается. В тот вечер она не сказала о встрече отцу, потому что не увиделась с мистером Линтоном. На следующий день все обнаружилось, на мою беду, — и все же я не очень огорчилась: я подумала, что отец скорее, чем я, сможет наставить свою дочь на путь и предостеречь от опасности. Но он слишком робко разъяснял причины, почему он желает, чтоб она порвала всякую связь с Грозовым Перевалом; а Кэтрин требовала веских оснований для всякого ограничения, которым стесняли ее набалованную волю.

— Папа! — воскликнула она, поздоровавшись с отцом на другое утро. — Угадай, с кем я встретилась вчера, гуляя в полях? Ах, папа, ты вздрогнул! Тебе недужится, да? Я встретилась... Но ты послушай, и увидишь, как я тебя выведу на чистую воду; тебя и Эллен, которая с тобою в сговоре, а делала вид, будто так жалела меня, когда я все надеялась понапрасну, что Линтон вернется!

Она честно рассказала о своем путешествии и о том, к чему оно привело; а мой господин хоть и глянул на меня несколько раз с укоризной, но ни слова не сказал, пока она не кончила свой рассказ. Потом он притянул ее к себе и спросил, знает ли она, почему он скрывал от нее, что Линтон живет поблизости. Неужели она думает, что он это делал потому, что хотел отказать ей в безобидном удовольствии?

— Ты делал это, потому что не любишь мистера Хитклифа, — ответила она.

— Значит, ты полагаешь, что со своими чувствами я считаюсь больше, чем с твоими, Кэти? — сказал он. — Нет, не потому, что я не люблю мистера Хитклифа, а потому, что мистер Хитклиф не любит меня; а он — самый опасный человек и с дьявольским удовольствием губит тех, кого ненавидит, или чинит им вред, если они предоставляют ему для этого хоть малейшую возможность. Я знал, что тебе нельзя будет поддерживать знакомство с двоюродным братом, не вступая в соприкосновение с его отцом; и я знал, что его отец тебя возненавидит из-за меня. Так что ради твоего же блага — ни для чего иного — я принимал все меры, чтобы ты не встретилась снова с Линтоном. Я думал объяснить это тебе, когда ты станешь старше, и жалею, что откладывал так долго.

— Но мистер Хитклиф был очень любезен, папа, — заметила Кэтрин, не вполне удовлетворенная объяснением, — и он не возражает, чтобы мы встречались. Он сказал, что я могу приходить к ним, когда мне захочется, но что я не должна говорить об этом тебе, потому что ты с ним в ссоре и не прощаешь ему женитьбы на тете Изабелле. А ты и в самом деле не прощаешь. Ты один виноват! Он, во всяком случае, согласен, чтобы мы дружили — Линтон и я, — а ты не согласен.

Видя, что она не верит его словам о злой натуре его зятя, мой господин бегло обрисовал ей, как Хитклиф повел себя с Изабеллой и каким путем закрепил за собою Грозовой Перевал. Для Эдгара

Линтона невыносимо было задерживаться долго на
этом предмете, потому что, как ни редко заговаривал он о прошлом, он все еще чувствовал к былому
сопернику то же отвращение и ту же ненависть, какие овладели его сердцем после смерти миссис Линтон. «Она, может быть, жила бы до сих пор, если бы
не этот человек!» — горестно думал он всегда, и
Хитклиф в его глазах был убийцей. Мисс Кэти еще
никогда не доводилось сталкиваться с дурными делами, кроме собственных мелких проступков — не-
послушания, несправедливости или горячности,
проистекавших из своенравия и легкомыслия и вы-
зывавших в ней раскаянье в тот же день. Ее поразило, как черна эта душа, способная годами скрывать
и вынашивать замысел мести, чтобы потом спокойно, без угрызений совести осуществить его. Впечатление было глубоко; девочку, казалось, так потряс-
ли эти впервые для нее раскрывшиеся свойства человеческой природы — несовместимые со всеми
прежними ее представлениями, — что мистер Эдгар
счел излишним продолжать разговор. Он только добавил:

— Теперь ты знаешь, дорогая, почему я хочу,
чтобы ты избегала его дома и семьи. Вернись к своим прежним занятиям и забавам и не думай больше
о тех людях.

Кэтрин поцеловала его и, по своему обыкновению, часа два спокойно просидела над уроками; потом отправилась с отцом в обход его земель, и день
прошел как всегда. Но вечером, когда она удалилась в свою комнату, а я пришла помочь ей раздеться, я застала ее на коленях возле кровати, плачу-
щую навзрыд.

— Ой, срам какой, глупая девочка! — вскричала

я. — Ну, вышло раз не по-вашему! Если бы у вас бывали подлинные беды, вы постыдились бы уронить хоть слезинку из-за такого пустяка. Вы не знавали никогда и тени настоящего горя, мисс Кэтрин. Представьте себе на минуту, что мой господин и я умерли и что вы остались одна на свете: что бы вы чувствовали тогда? Сравните теперешний случай с подобным несчастьем и благодарите судьбу за друзей, которые у вас есть, вместо того чтобы мечтать еще о новых.

— Я плачу не о себе, Эллен, — отвечала она, — я о нем. Он надеялся увидеть меня сегодня опять и будет так разочарован; он будет ждать меня, а я не приду!

— Вздор, — сказала я, — не воображаете ли вы, что он так же много думает о вас, как вы о нем? Разве нет у него товарища — Гэртона? На сто человек ни один не стал бы плакать о разлуке с родственником, с которым виделся всего два раза в жизни. Линтон сообразит, в чем дело, и не станет больше тревожиться из-за вас.

— Но нельзя ли мне написать ему записку с объяснением, почему я не могу прийти? — попросила она, поднявшись с полу. — И прислать ему обещанные книги? У него нет таких хороших книг, как у меня, и ему страшно захотелось почитать мои, когда я ему стала рассказывать, какие они интересные. Можно, Эллен?

— Нельзя! Нельзя! — возразила я решительно. — Тогда и он напишет в ответ, и пойдет, и пойдет... Нет, мисс Кэтрин, это знакомство надо порвать окончательно: так желает ваш отец, и я послежу, чтобы так оно и было.

— Но как может маленькая записочка... — начала она снова с жалким видом.

— Довольно! — перебила я. — Никаких маленьких записочек. Ложитесь.

Она метнула на меня сердитый взгляд — такой сердитый, что я сперва не захотела даже поцеловать ее на ночь. Я укрыла ее и затворила дверь в сильном недовольстве; но, раскаявшись, тихонько вернулась — и что же! Моя барышня стояла у стола с листком чистой бумаги перед собой и с карандашом в руке, которые она при моем появлении виновато прикрыла.

— Никто не отнесет вашего письма, Кэтрин, — сказала я, — если вы и напишете. А сейчас я потушу вашу свечку.

Я прибила гасильником пламя, и меня за это пребольно шлепнули по руке и назвали «гадкой злюкой». И тогда я опять ушла от нее, и она в сердцах щелкнула задвижкой. Письмо было написано и отправлено куда надо через деревенского парнишку, который разносил от нас молоко; но об этом я узнала много позже. Проходили недели, и Кэти успокоилась; хотя она до странности полюбила забиваться куда-нибудь в уголок; и нередко, бывало, если я подойду к ней неожиданно, когда она читает, она вздрогнет и нагнется над книгой, явно желая спрятать ее; и я примечала торчавший краешек листка, заложенного между страниц. И еще она завела привычку рано утром спускаться вниз и слоняться по кухне, точно чего-то поджидая. Она облюбовала себе маленький ящик секретера в библиотеке и рылась в нем часами, а когда уходила, всегда заботливо вынимала из него ключ.

Однажды, когда Кэти разбиралась в своем ящике, я приметила, что вместо мелочей и безделушек, составлявших недавно его содержимое, появились сложенные листки бумаги. Это пробудило во мне любопытство и подозрения; я решила заглянуть в ее потайную сокровищницу; и как-то вечером, когда мисс Кэти и мой господин заперлись каждый у себя, я поискала и без труда подобрала среди своих ключей такой, что подходил к замку. Открыв ящик, я выпростала его в свой фартук и унесла все к себе комнату, чтобы как следует просмотреть на досуге. Хоть я и не могла ожидать ничего другого, все же я была поражена, увидев, что это сплошь письма и письма — чуть не ежедневные — от Линтона Хитклифа: ответы на те, что писала Кэти. Письма, помеченные более давним числом, были застенчивы и кратки; постепенно, однако, они превращались в пространные любовные послания, глупые — соответственно возрасту их сочинителя; но местами в них проскальзывало кое-что, казавшееся мне заимствованным из менее наивного источника. Иные из этих писем поразили меня чрезвычайно странной смесью искреннего пыла и пошлости: начинались они выражением живого чувства, а заканчивались в напыщенном цветистом слоге, каким мог бы писать школьник воображаемой бесплотной возлюбленной. Нравились ли они нашей мисс, я не знаю; но мне они показались никчемным хламом. Просмотрев столько, сколько я посчитала нужным, я их увязала в носовой платок и убрала к себе, а порожний ящик заперла.

Следуя своему обыкновению, моя молодая госпожа сошла рано утром вниз и наведалась на кухню: я подсмотрела, как она подошла к дверям, когда появился какой-то мальчонка; и пока наша молочница наполняла ему кувшин, мисс Кэти сунула что-то ему в карман и что-то оттуда вынула. Я прошла кругом через сад и подкараулила посланца, который доблестно сопротивлялся, защищая то, что ему доверили, и мы с ним расплескали молоко, но мне все же удалось отобрать письмо; и, пригрозив мальчику хорошей взбучкой, если он тут же не уберется прочь, я стала у забора и познакомилась со страстным посланием мисс Кэти. Она писала проще и красноречивей, чем ее двоюродный брат: очень мило и очень глупо. Я покачала головой и, раздумывая, побрела к крыльцу. День был сырой, она не могла развлечься прогулкой по парку; так что по окончании утренних уроков мисс Кэти пошла искать утешения к своему ящику. Ее отец сидел за столом и читал, а я нарочно выискала себе работу — стала пришивать отпоровшуюся бахрому гардины и при этом все время приглядывала за девочкой. Птица, вернувшаяся к ограбленному гнезду, которое она оставила недавно полным щебечущих птенцов, метанием своим и тоскливыми криками не выразила бы такого беспредельного отчаяния, как она одним коротким возгласом «Ох!» и быстрой переменой в лице, только что таком счастливом. Мистер Линтон поднял глаза.

— Что случилось, любовь моя? Ты ушиблась? — сказал он.

Взгляд его и голос убедили ее, что не он раскопал ее клад.

— Нет, папа! — выговорила она. — Эллен, Эллен, пойдем наверх — мне дурно!

Я послушалась и вышла с нею вместе.

— Ох, Эллен! Они у тебя, — приступила она сразу, упав на колени, как только мы заперлись с ней вдвоем. — Ах, отдай их мне, и я никогда, никогда не стану больше этого делать! Не говори папе... Ведь ты еще не открыла папе, Эллен? Скажи, не открыла? Я вела себя очень плохо, но этого больше не будет!

С торжественной строгостью в голосе я попросила ее встать.

— Так, мисс Кэтрин! — провозгласила я. — Вы, как видно, зашли довольно далеко: недаром вам стыдно за них! Целая куча хлама, который вы, должно быть, изучаете в свободные часы. Что ж, они так прекрасны, что их стоит напечатать! И как вы полагаете, что подумает мой господин, когда я разложу их перед ним! Я еще не показывала, но не воображайте, что я буду хранить ваши смешные тайны. Стыдитесь! Ведь это, разумеется, вы проторили дорожку: Линтон, я уверена, и не подумал бы первый начать переписку.

— Да нет же, не я! — рыдала Кэти так, точно у нее разрывалось сердце. — Я совсем и не думала о любви к нему, покуда...

— О любви? — подхватила я, проговорив это слово как только могла презрительней. — О любви! Слыханное ли дело! Да этак я вдруг заговорю о любви к мельнику, который жалует к нам сюда раз в год закупить зерна. Хороша, в самом деле, любовь! Вы всего-то виделись с Линтоном от силы четыре часа за обе встречи! А теперь этот глупый хлам: я сейчас же пойду с ним в библиотеку. Посмотрим, что скажет ваш отец про такую любовь.

Она тянулась за своими бесценными письмами, но я их держала над головой; потом полились горячие мольбы, чтобы я их сожгла, сделала что угодно, только бы не показывала их. И так как мне на самом деле больше хотелось рассмеяться, чем бранить ее, — потому что я видела во всем этом лишь пустое полудетское тщеславие, — я под конец пошла на уступки и спросила:

— Если я соглашусь сжечь их, вы дадите мне честное слово больше никогда не посылать и не получать ни писем, ни книг (вы, я вижу, и книги ему посылали), ни локонов, ни колец, ни игрушек?

— Игрушек мы не посылаем! — воскликнула Кэтрин: самолюбие взяло в ней верх над стыдом.

— Словом, ничего, сударыня, — сказала я. — Если не дадите, я иду.

— Даю, Эллен! — закричала она, хватая меня за платье. — Ох, кидай их в огонь, кидай!

Но когда я стала разгребать кочергою угли, жертва показалась невыносимо трудной. Мисс Кэти горячо взмолилась, чтобы я пощадила два-три письма.

— Ну хоть два, Эллен! Я сохраню их на память о Линтоне!

Я развязала платок и начала кидать их по порядку, листок за листком, и пламя завихрилось по камину.

— Оставь мне хоть одно, жестокая ты! — застонала она и голыми руками, обжигая пальцы, вытащила несколько полуистлевших листков.

— Очень хорошо, у меня будет что показать папе! — ответила я, сунув оставшиеся обратно в узелок, и повернулась снова к двери.

Она бросила свои почерневшие листки в огонь и подала мне знак довершить сожжение. Оно было закончено; я поворошила пепел и высыпала на него совок угля, и она безмолвно, с чувством тяжкой обиды, удалилась в свою комнату. Я сошла вниз сказать моему господину, что приступ дурноты у барышни почти прошел, но что я сочла нужным уложить ее на часок в постель. Она не стала обедать, но к чаю появилась — бледная, с красными глазами и до странности притихшая. Наутро я сама ответила на письмо клочком бумаги, на котором было написано: «Просьба к мастеру Хитклифу не посылать больше записок мисс Линтон, так как она не будет их принимать». И с тех пор тот мальчик приходил к нам с пустыми карманами.

Глава XXII

Лето пришло к концу, а за ним и ранняя осень: миновал и Михайлов день[1]. Но урожай в тот год запоздал, и на некоторых наших полях хлеб еще стоял неубранный. Мистер Линтон с дочерью часто ходили посмотреть на жатву; когда вывозили последние снопы, они пробыли в поле до сумерек, и, так как вечер выдался холодный и сырой, мой господин схватил злую простуду, которая у него перекинулась на легкие и всю зиму продержала его в стенах дома, лишь ненадолго отпуская.

Бедная Кэти, принужденная отказаться от своего маленького романа, стала заметно печальней и скучней; поэтому отец ее настаивал, чтобы она меньше читала и больше бывала на воздухе. Но он уже не мог бродить вместе с нею по полям; я полагала своим долгом по возможности сопровождать ее сама вместо милого ей спутника. Плохая замена, что и говорить! На прогулки я могла урывать от сво-

---

[1] То есть 29 сентября.

их многообразных дневных занятий каких-нибудь два-три часа; и к тому же мое общество было явно менее занимательно для нее, чем общество отца.

Как-то днем, в октябре или в начале ноября — было свежо и сыро, мокрая трава и мокрый песок на дорожках шуршали под ногами, а в небе холодная синева пряталась наполовину в темно-серых тучах, быстрыми грядами надвигавшихся с запада и грозивших обильным дождем, — я попросила молодую госпожу отложить прогулку, так как мне казалось, что непременно разразится ливень. Она не согласилась; и я неохотно надела пальто и взяла зонт, чтобы пройтись с нею по парку до ограды: скучная прогулка, которую она обычно избирала в подавленном состоянии духа, а оно овладевало ею неизменно, когда мистеру Эдгару становилось хуже, в чем он никогда не признавался нам, но о чем мы обе догадывались по особенной его молчаливости и грустному лицу. Мисс Кэти брела печально вперед и не пускалась бегом или вприпрыжку, хотя холодный ветер, казалось, соблазнял пробежаться. Не раз уголком глаза я могла подметить, как она поднимала руку и смахивала что-то со щеки. Я поглядывала по сторонам, ища, чем бы рассеять ее думы. С одной стороны вдоль дороги поднимался высокий крутой откос, по которому неуверенно взбирались, цепляясь оголенными корнями, кусты орешника и малорослые дубки. Почва для дубков была здесь слишком рыхлой, и под напором ветров иные из них выросли почти горизонтально. Летом мисс Кэтрин любила залезть по такому стволу и усесться в ветвях, качаясь в двадцати футах над землей; а я, радуясь ее ловкости и детской беззаботности, все же считала необходимым побранить девочку всякий раз, как увижу ее на такой высоте, но так, чтоб она поняла, что спускаться нет нужды. С обеда до чая она, бывало, лежит в своей зыбке, колеблемой ветром, и ничего не делает, только баюкает себя старинными песнями, перенятыми у меня, или смотрит, как птицы, ее содруженицы, кормят птенцов и выманивают их полетать; или прикорнет, смеживши веки, в полураздумье и полудремоте, такая счастливая, что не сказать словами.

— Смотрите, мисс! — закричала я, указывая на выемку под корнями одного искривленного деревца. — Здесь еще нет зимы. Вот и цветок — последний из множества колокольчиков, которые в июне заволакивали эти зеленые склоны лиловой дымкой. Не хотите ли вы взобраться туда и сорвать его? Мы бы его показали папе.

Кэти долго не сводила глаз с одинокого цветка, дрожавшего в своем земляном укрытии, и наконец ответила:

— Нет, я его не трону. А какой у него печальный вид. Правда, Эллен?

— Да, — сказала я, — он смотрится таким же чахлым и худосочным, как вы: у вас ни кровинки в лице. Давайте возьмемтесь за руки и побежим. Вы так сдали, что теперь я, пожалуй, не отстану от вас.

— Да нет же, — уверяла она и принималась скакать, но вдруг останавливалась в задумчивости над клочком моха или пучком жухлой травы, а то над мухомором, проступавшим ярким оранжевым пятном в куче бурых листьев; и то и дело, отвернувшись от меня, проводила рукой по лицу.

— Кэтрин, о чем вы, радость моя? — спросила я, подойдя к ней и обняв ее за плечи. — Не надо убиваться из-за того, что папа простудился, будьте благодарны, что не случилось чего-нибудь похуже.

Она не стала больше удерживать слезы; дыхание сделалось прерывистым, она заплакала.

— Ох, это и окажется самым худшим! — сказала она. — Что я буду делать, когда папа и ты покинете меня и я останусь одна? Я не могу забыть твоих слов, Эллен; они у меня все время в ушах. Как изменится жизнь, каким станет страшным мир, когда вы умрете — папа и ты.

— Никто не знает, может быть, вы умрете вперед нас, — возразила я. — Нехорошо ожидать дурного. Будем надеяться, что пройдут еще годы и годы, прежде чем кто-нибудь из нас умрет: мистер Линтон молод, и я еще крепкая, мне едва сорок пять. Моя мать умерла восьмидесяти лет и до конца была бодрой женщиной... Предположим, что мистер Линтон дотянет хотя бы до шестидесяти — и то ему жить больше лет, чем вы прожили с вашего рождения, мисс. Не глупо ли горевать о несчастье за двадцать лет вперед?

— Но тетя Изабелла была моложе папы, — заметила она и подняла на меня робкий взгляд, словно ждала новых утешений.

— У тети Изабеллы не было вас и меня, и некому было холить ее, — возразила я. — Ей не выпало на долю столько счастья, как моему господину: ее мало что привязывало к жизни. Вам нужно только бережно ухаживать за отцом и веселить его, показывая ему, что вы сами веселы; да старайтесь не доставлять ему повода для волнений — это главное, Кэти! Не скрою, вы можете его убить, если будете взбалмошной и безрассудной и не выкинете из головы глупую придуманную любовь к сыну человека, который был бы рад свести вашего отца в могилу, и если вы дадите ему заметить, что печалитесь из-за разлуки, которую он почел необходимой для вас.

— Я не печалюсь ни о чем на свете, кроме как о папиной болезни, — ответила моя молодая госпожа. — По сравнению с папой все остальное для меня неважно. И я никогда — никогда! — о, никогда, пока я в здравом рассудке, не сделаю и не скажу ничего, что могло бы его огорчить! Я люблю папу больше, чем себя, Эллен, и вот откуда я это знаю: я каждую ночь молюсь, чтобы я его пережила; пусть лучше я буду несчастна, чем он! Значит, я люблю его больше, чем себя.

— Добрые слова, — ответила я, — но их нужно подтвердить делом. Когда он поправится, смотрите не забывайте решения, принятого в час страха.

Разговаривая так, мы подошли к калитке, выходившей на дорогу, и молодая моя госпожа, у которой снова лицо просветлело, как солнышко, взобралась на ограду и, усевшись там, принялась обирать ягоды, рдевшие поверху на кустах шиповника, что растут вдоль дороги с той стороны; на нижних ветвях ягод уже не было, а до верхних можно было добраться только птицам, если не залезть на ограду, как сделала Кэти. Когда она тянулась за ними, у нее слетела шляпа с головы, и так как калитка была заперта, Кэти решила спуститься и подобрать шляпу. Я успела только крикнуть, чтоб она была осторожней и не сорвалась, — и тут она мигом скрылась с моих глаз. Но влезть с той стороны наверх оказалось не так-то просто: камни были ровные, гладко зацементированные, а редкие кусты шиповника и смородины за оградой не давали опоры ноге. Мне, глупой, не пришло это на ум, пока я не услышала ее смех и возглас:

— Эллен! Придется тебе сходить за ключом, а то я должна буду бежать кругом — к будке привратника. С этой стороны мне не влезть на стену!

— Стойте, где стоите! — ответила я. — У меня в кармане связка ключей, может быть, какой-нибудь и подойдет. Если нет, я схожу.

Кэтрин, чтобы не заскучать, прохаживалась в танце перед калиткой, покуда я перепробовала все большие ключи подряд. Сую последний — и тот не подходит. Итак, еще раз наказав барышне ждать на месте, я собралась идти как могла быстрее домой, когда меня остановил приближавшийся шум: то был звон подков. Кэти тоже остановилась в своем танце.

— Кто там? — спросила я шепотом.

— Эллен, ты никак не можешь открыть калитку? — встревоженно шепнула в ответ моя спутница.

— О-го-го, мисс Линтон? — прогудел сочный голос (голос всадника). — Рад, что встретил вас. Не спешите уходить, вы кое в чем должны мне дать объяснение.

— Я не стану с вами разговаривать, мистер Хитклиф, — ответила Кэтрин. — Папа говорит, что вы дурной человек, что вы ненавидите и его и меня; то же говорит и Эллен.

— Возможно, но к делу не относится, — сказал Хитклиф. (Это был он.) — Вряд ли я ненавижу родного сына, а то, ради чего я требую вашего внимания, касается именно его. Да, вам есть из-за чего краснеть. Два-три месяца тому назад вы, не правда ли, взяли себе в привычку писать Линтону письма? Чтобы поиграть в любовь, да? Вас обоих следует высечь! И вас особенно — потому что вы старше и, как выяснилось, менее чувствительны. У меня хранятся ваши письма, и, если вы станете мне дерзить, я пошлю их вашему отцу. Вы, я полагаю, наскучили забавой и бросили ее, не так ли? Очень хорошо, но вы бросили с нею и Линтона, толкнув его в трясину уныния. Он не шутил: он полюбил по-настоящему. Жизнью своею клянусь, он умирает из-за вас; своим легкомыслием вы разбили ему сердце: не фигурально, а действительно. Хотя Гэртон полтора месяца непрестанно вышучивал его, а я прибегал к более существенным мерам и пытался угрозами выбить из него эту дурь, ему с каждым днем все хуже и хуже. И он сойдет в могилу, не дождавшись лета, если вы его не излечите!

— Как вы можете так нагло лгать бедному ребенку? — крикнула я из-за стены. — Проезжайте-ка мимо! Как вы можете нарочно плести такую жалкую ложь? Мисс Кэти, я камнем сшибу замок, а вы не верьте этому гнусному вздору. Вы же сами понимаете: не может человек умирать от любви к тому, с кем едва знаком.

— Я не знал, что здесь подслушивают, — пробормотал негодяй, пойманный с поличным. — Достойнейшая миссис Дин, я вас люблю, но не люблю ваше двурушничество, — добавил он громко. — Как можете вы так нагло лгать, говоря, что я ненавижу «бедного ребенка»? И выдумывать сказки о буке, чтоб отпугнуть ее от моего порога? Кэтрин Линтон (самое это имя согревает мне сердце!), моя добрая девочка, я на неделю уезжаю из дому — приходите и посмотрите, правду ли я сказал: будьте умницей, сделайте это! Представьте себе вашего отца на моем месте, а Линтона на вашем; и посудите, что стали бы вы думать о своем беспечном друге, когда бы ваш отец сам пришел просить его, чтобы он вас утешил, а Линтон не захотел бы сделать и шагу. Не впадайте же из чистого упрямства в ту же ошибку! Клянусь, — своей душой клянусь! — он гибнет у нас на глазах, и вы одна можете его спасти!

Замок подался, и я вышла на дорогу.

— Клянусь, Линтон умирает, — повторил Хитклиф, твердо глядя на меня. — Горе и разочарование приближают его смерть. Нелли, если ты не хочешь отпустить ее, приди сама. Я вернусь не раньше как через неделю, в этот же час; и я думаю, даже твой господин не будет возражать, чтобы дочь его навестила своего двоюродного брата.

— Идемте! — сказала я, взяв Кэти под руку и чуть не силком уводя ее в парк, потому что она медлила, всматриваясь беспокойным взглядом в лицо говорившего: слишком строгое, оно не выдавало, правду он говорит или ложь.

Он подъехал почти вплотную и, наклонившись в седле, сказал:

— Мисс Кэтрин, признаюсь вам, я не очень терпелив с сыном, а Гэртон и Джозеф еще того меньше. Признаюсь, он окружен черствыми людьми. Он истосковался по доброте не меньше, чем по любви. Доброе слово от вас было бы для него лучшим лекарством. Не слушайте жестоких предостережений миссис Дин, будьте великодушны и постарайтесь увидеться с Линтоном. Он бредит вами день и ночь и думает, что если вы не пишете и не приходите, значит, вы его возненавидели, и его невозможно в этом разуверить.

Я закрыла калитку и привалила к ней большой камень — на подмогу ослабевшему замку; и, раскрыв зонтик, притянула под него свою питомицу, потому что сквозь расшумевшиеся ветви деревьев уже падали первые капли, предупреждая, что медлить нельзя. Мы заспешили, не уговорившись с Хитклифом о встрече, и зашагали прямо к дому; но я угадывала чутьем, что на сердце Кэтрин легло теперь двойное бремя. Ее лицо было так печально, точно и не ее; она явно все, что ей сказали, приняла за чистую монету.

Мистер Линтон ушел на покой, не дождавшись нашего возвращения. Кэти пробралась в его комнату спросить, как он себя чувствует; он уже спал. Она сошла вниз и попросила меня посидеть с нею в библиотеке. Мы вместе попили чаю; а потом она прилегла на коврике и не велела мне разговаривать, потому что она устала. Я взяла книгу и сделала вид, что читаю. Когда ей показалось, что я вся ушла в чтение, она снова начала тихонько всхлипывать: теперь это стало как будто ее любимым занятием. Я дала ей немного поплакать; потом принялась ее корить, беспощадно высмеивая все сказанное Хитклифом о сыне — да так, словно была уверена, что она со мною согласна. Увы! У меня не хватило искусства изгладить впечатление, произведенное его словами: впечатление было как раз таким, на какое рассчитывал Хитклиф.

— Может быть, ты и права, Эллен, — отвечала Кэти, — но я не успокоюсь, пока не узнаю наверное. И я должна сказать Линтону, что не пишу я не по своей вине, и убедить его, что я к нему не изменилась.

Что пользы было возмущаться и спорить с ее глупой доверчивостью? В этот вечер мы расстались врагами. А наутро, едва рассвело, я шагала по дороге на Грозовой Перевал рядом с лошадкой моей своевольницы. Я больше не могла видеть девочку в таком горе: глядеть на ее бледное, удрученное лицо, встречать ее тяжелый взгляд; и я уступила в слабой надежде, что Линтон встретит нас холодно и этим сам докажет, как мало было правды в словах его отца.

Глава XXIII

Дождливую ночь сменило сырое утро — не то снег идет, не то моросит, — и дорогу нам пересекали шумные потоки, набегавшие со взгорья. Ноги у меня насквозь промокли; я была сердита и угнетена — самое подходящее настроение для такого неприятного дела! Мы вошли в дом через кухню, чтобы проверить, вправду ли нет мистера Хитклифа: я не очень-то полагалась на его слова.

Джозеф сидел и, видно, блаженствовал — один у бушующего огня; рядом на столе — кварта эля с накрошенными в него большими кусками подрумяненной овсяной лепешки; и короткая черная трубка во рту. Кэтрин подбежала к очагу погреться. Я спросила, дома ли хозяин. Мой вопрос долго оставался без ответа, и, подумав, что старик оглох, я повторила громче.

— Не-э! — буркнул он, или скорее просопел в нос. — Не-э, ступайте-ка назад, откуда пришли.

— Джозеф! — кричал одновременно со мной капризный голос из комнаты. — Сколько раз мне тебя звать? Тут осталась только горсточка красных угольков. Джозеф! Сейчас же иди сюда!

Могучая затяжка и решительный взгляд, уставившийся в топку, дали понять, что уши старика глухи к призыву. Ключница и Гэртон не показывались: женщина ушла куда-то по делам, а Гэртон, верно, работал. Мы узнали голос Линтона и вошли.

— Ох, ты когда-нибудь помрешь на своем чердаке! Сдохнешь с голоду! — сказал мальчик, заслышав наши шаги и подумав, что идет наконец его нерадивый слуга.

Он замолчал, поняв свою ошибку; двоюродная сестра кинулась к нему.

— Это вы, мисс Линтон? — сказал он, поднимая голову с подлокотника большого кресла, в котором лежал. — Нет... не целуйте меня: от этого я задыхаюсь. Ох! Папа мне сказал, что вы придете, — продолжал он, отдышавшись после объятий Кэтрин, а та стояла и смотрела на него в раскаянье. — Будьте так любезны, притворите дверь, вы не закрыли ее за собой. Эти... эти подлые твари не несут угля подкинуть в огонь. Мне так холодно!

Я помешала в топке и сама принесла ведерко угля. Больной начал жаловаться, что на него напустили пепла. Но он был измучен кашлем, и было видно, что его лихорадит, так что я не стала его упрекать за привередливость.

— Ну, Линтон, — тихо сказала Кэтрин, когда его нахмуренный лоб разгладился. — Ты рад, что видишь меня? Могу я что-нибудь сделать для тебя?

— Почему вы не приходили раньше? — спросил он. — Вы должны были навещать меня, а не писать. Меня страшно утомляло писание этих длинных писем. Гораздо было бы приятней разговаривать с вами. А теперь мне и разговаривать трудно — мне все трудно. Не понимаю, куда пропала Зилла! Может быть, вы (он посмотрел на меня) пройдете на кухню и посмотрите?

Я не увидела благодарности за прежние свои услуги и, не желая бегать взад-вперед по его приказу, ответила:

— Там нет никого, кроме Джозефа.

— Я хочу пить! — вскричал он в раздражении и отвернулся. — Как папа уехал, Зилла только и делает, что шляется в Гиммертон: это подло! Мне приходится сидеть здесь внизу — они сговорились не откликаться, когда я зову их сверху.

— А ваш отец внимателен к вам, мастер Хитклиф? — спросила я, увидав, что дружба, предлагаемая девочкой, отклонена.

— Внимателен? Он хоть их заставляет быть немного внимательней, — проворчал больной. — Мерзавцы! Знаете, мисс Линтон, эта скотина Гэртон смеется надо мной! Я его ненавижу! Правда, я ненавижу их всех: они препротивные!

Кэти искала воды; она увидела на полке кувшин, наполнила стакан, принесла ему. Линтон попросил подбавить ложку вина из бутылки на столе. Отпив немного, он стал спокойней на вид и сказал, что она очень добра.

— А ты рад, что видишь меня? — сказала она, повторяя свой прежний вопрос и радуясь проблеску улыбки на его лице.

— Да, я рад. В этом есть нечто новое — слышать голос такой, как ваш! — ответил он. — Но меня возмущало, что вы не приходите. А папа клялся, что я сам виноват: он называл меня жалким, плюгавым, никудышным созданием; и говорил, что вы презираете меня; и что он на моем месте давно уже был бы хозяином Мызы вместо вашего отца. Но ведь вы меня не презираете, нет, мисс Линт...

— Я хочу, чтобы ты меня звал просто Кэтрин или Кэти и на «ты», — перебила моя молодая госпожа. —

Презирать тебя? Нет! После папы и Эллен я люблю тебя больше всех на свете. Но я не люблю мистера Хитклифа. И мне нельзя будет приходить, когда он вернется. Он долго будет в отъезде?

— Несколько дней, — ответил Линтон, — но он теперь часто уходит в болота — началась охотничья пора; и ты могла бы просиживать со мною часок-другой, пока его нет дома. Скажи, что ты согласна. Я думаю, что с тобой я не буду капризен: ты не станешь раздражать меня попусту, всегда будешь готова помочь мне, правда?

— Да, — сказала Кэтрин, гладя его длинные мягкие волосы, — если бы только папа разрешил, я половину времени проводила бы с тобой. Милый Линтон! Я хотела бы, чтобы ты был моим родным братом.

— И тогда ты любила бы меня, как своего отца? — сказал он, оживившись. — А мой папа говорит, что ты полюбишь меня больше, чем отца, и больше всех на свете, если станешь моей женой. Так что я хотел бы лучше, чтоб ты вышла за меня замуж.

— Нет, я никогда никого не буду любить больше, чем папу, — ответила она решительно. — К тому же люди иногда ненавидят своих жен, а сестер и братьев никогда. И если бы ты был мне братом, ты жил бы с нами, и мой папа любил бы тебя так же, как меня.

Линтон стал отрицать, что люди иногда ненавидят своих жен; но Кэтрин уверяла, что так бывает, и не нашла ничего умней, как привести в пример неприязнь его собственного отца к ее покойной тетке. Я попыталась остановить ее неразумную речь, но не успела: девочка выложила залпом все, что знала. Мастер Хитклиф в сильном раздражении заявил, что ее россказни — сплошная ложь.

— Мне это сказал папа, а папа никогда не лжет, — ответила она с вызовом.

— Мой отец презирает твоего! — вскричал Линтон. — Он его называет дураком и подлой тварью.

— Твой отец — дурной человек, — возразила Кэтрин, — и некрасиво с твоей стороны повторять то, что он говорит. Он, конечно, дурной, раз тетя Изабелла вынуждена была его бросить.

— Она его не бросила, — сказал мальчик. — И ты ни в чем не должна мне перечить.

— Бросила! — вскричала моя молодая госпожа.

— Хорошо, так я скажу тебе кое-что, — объявил Линтон. — Твоя мать не любила твоего отца, — вот тебе!

— О-о! — вскричала Кэтрин в таком бешенстве, что не могла продолжать.

— А любила моего, — добавил он.

— Ты лгунишка! Теперь я тебя ненавижу! — Она задыхалась, и ее лицо стало красным от возбуждения.

— Любила! Любила! — пел Линтон в глубине своего кресла и, запрокинув голову, наслаждался волнением противницы, стоявшей позади.

— Бросьте, мастер Хитклиф! — вмешалась я. — Это вы тоже, должно быть, говорите со слов отца?

— Нет, не с его слов. А вы придержите язык! — ответил он. — Да, Кэтрин, да, она его любила! Любила!

Кэти, не совладав с собой, сильно толкнула кресло, и Линтон от толчка повалился на подлокотник. Его тут же стал душить кашель, быстро положив конец его торжеству. Приступ длился так долго, что напугал даже и меня. А Кэти расплакалась в ужасе от того, что натворила, хоть и не сознавалась в том.

Я обняла мальчика и держала его, покуда кашель не прошел. Тогда он меня оттолкнул и молча откинул голову. Кэтрин тоже перестала плакать, чинно села против него и глядела на огонь.

— Как вы чувствуете себя теперь, мастер Хитклиф? — спросила я, выждав минут десять.

— Хотел бы я, чтобы она себя так чувствовала, — ответил он, — злая, жестокая девчонка! Гэртон никогда меня не трогает, он ни разу в жизни не ударил меня. А мне было сегодня лучше — и вот... — Голос его осекся, он всхлипывал.

— Я тебя не ударила! — пробормотала Кэти и прикусила губу, не давая воли новому взрыву чувств.

Линтон стонал и вздыхал, точно в сильном страданье, и тянул так с четверть часа; нарочно, видно, чтобы привести в отчаянье свою сестру, потому что каждый раз, когда он улавливал ее приглушенное всхлипыванье, в его голосе звучала новая боль и волнение.

— Мне жаль, что я причинила тебе вред, Линтон, — сказала она наконец, не выдержав терзанья. — Но со мной ничего бы не сделалось от такого легкого толчка, и я не думала, что он может повредить тебе. Но ведь он тебе не очень повредил — не очень, Линтон? Не могу же я уйти домой с мыслью, что сделала тебе зло. Отвечай же! Говори со мной!

— Я не могу говорить с тобой, — прошептал он. — Ты так сильно толкнула меня, что теперь я не усну всю ночь, задыхаясь от кашля. Если бы и с тобой так бывало, ты бы знала, что это такое, но ты будешь преспокойно спать, пока я тут мучаюсь один-одинешенек. Хотел бы я посмотреть, как бы ты сама проводила такие страшные ночи! — И он громко расплакался от жалости к самому себе.

— Если страшные ночи для вас — привычное дело, — сказала я, — значит, не из-за барышни вам не спится; не приди она вовсе, вы спали бы ничуть не лучше. Впрочем, так это или не так, она больше не станет вас тревожить, и, может быть, вам будет покойнее, когда мы уйдем.

— Уйти мне? — спросила печально Кэтрин, склоняясь над ним. — Ты хочешь, чтобы я ушла, Линтон?

— Ты не можешь изменить того, что сделала, — ответил он сердито, отшатнувшись от нее, — или изменишь только к худшему: разволнуешь, и у меня поднимется жар.

— Значит, мне лучше уйти? — повторила она.

— Во всяком случае, оставь меня в покое, — сказал он, — не переношу, когда ты много говоришь.

Она медлила и еще несколько томительных минут не сдавалась на мои уговоры уйти; но так как он не заговаривал и не глядел на нее, она в конце концов направилась к двери, и я за ней. Нас заставил вернуться громкий стон. Линтон сполз с кресла и нарочно бился на полу перед огнем, точно скверный избалованный ребенок, решивший доставлять всем вокруг как можно больше огорчений и тревоги. По всему поведению мальчишки я сразу поняла его натуру и видела, что было бы безумием потакать ему. Но мисс Кэтрин не разобралась: она в ужасе кинулась назад, стала на колени, и плакала, и ласкала его, и уговаривала, покуда он не утих, потому что стал задыхаться: никак не из сожаления, что огорчил ее.

— Я положу его на кушетку, — сказала я, — и

пусть катается по ней, сколько ему угодно: не век же нам стоять и смотреть. Надеюсь, вы теперь убедились, мисс Кэти, что не тот вы человек, который может его исцелить; и что причина его болезни не в привязанности к вам. Ну его совсем! Идем. Как только он увидит, что рядом нет никого, кто стал бы обращать внимание на его дурь, он будет рад полежать спокойно.

Она положила подушку ему под голову, поднесла ему воды; он оттолкнул стакан и беспокойно заерзал на подушке, точно это был камень или полено. Кэти попробовала положить ее удобней.

— Так я не могу, — сказал он. — Слишком низко голове.

Кэтрин принесла вторую подушку и положила их одну на другую.

— А так слишком высоко, — заворчал неугомонный.

— Как же мне устроить? — спросила она в отчаянии.

Он свесился к ней, когда она стояла возле кушетки, пригнув одно колено, и не нашел ничего лучшего, как опереться на ее плечо.

— Нет, так не годится! — сказала я. — Хватит с вас подушки, мастер Хитклиф. Барышня и так потратила на вас слишком много времени: мы больше не можем сидеть тут и пяти минут.

— Можем, можем! — возразила Кэти. — Теперь он хороший и терпеливый. Он понял наконец, что этой ночью я буду куда несчастней его, если поверю, что ему стало хуже из-за моего прихода, и что я не посмею поэтому прийти еще раз. Скажи правду, Линтон, — я ведь и в самом деле больше не должна приходить, если причиняла тебе вред.

— Ты можешь приходить, чтоб лечить меня, — ответил он, — ты должна приходить, потому что ты в самом деле причинила мне вред: очень большой — ты это знаешь! Когда вы пришли, я не был так плох, как сейчас, — ведь не был?

— Но ведь вы сами себя довели до беды плачем и капризами.

— Ничего я тебе не сделала, — сказала его двоюродная сестра. — Во всяком случае, теперь мы будем друзьями. И я тебе нужна: ты ведь хочешь, чтобы я иногда навещала тебя, правда?

— Я же сказал, что хочу, — ответил он нетерпеливо. — Сядь на кушетку и дай мне опереться на твои колени. Так мама сидела со мной — целыми днями. Сиди тихо и не разговаривай, но можешь спеть мне песню, если умеешь петь; или читай наизусть какую-нибудь длинную интересную балладу — из тех, которым ты обещала меня научить; можно и какой-нибудь рассказ. Но лучше балладу. Начинай.

Кэтрин прочитала самую длинную, какую знала на память. Это занятие очень понравилось обоим. Линтон захотел прослушать вторую балладу, и затем еще одну, не считаясь с моими настойчивыми возражениями. Так у них тянулось, пока часы не пробили двенадцать и мы услышали со двора шаги Гэртона, вернувшегося пообедать.

— А завтра, Кэтрин? Ты придешь сюда завтра? — спросил Хитклиф-младший, удерживая ее за платье, когда она нехотя поднялась.

— Нет, — вмешалась я, — ни завтра, ни послезавтра.

Но Кэтрин, видно, дала другой ответ, потому что

лицо у Линтона просветлело, когда она наклонилась и что-то шепнула ему на ухо.

— Завтра вы не придете, и не думайте, мисс! — начала я, когда мы вышли во двор. — И не мечтайте!

Она улыбнулась.

— Ох, я приму верные меры, — продолжала я. — Тот замок починят, а больше вы никаким путем не улизнете.

— Я могу перелезть через ограду, — рассмеялась она. — Мыза — не тюрьма, Эллен, и ты при мне не тюремщик. А кроме того, мне без малого семнадцать лет, я взрослая. И я уверена, что Линтон быстро поправится, если мне дадут за ним ухаживать. Я старше его, ты же знаешь, и умнее: я не так ребячлива, правда ведь? Я очень скоро научусь направлять его, куда захочу, — исподволь, лаской. Он красивый, славный мальчик, если ведет себя хорошо. В моих руках он станет просто прелесть какой! Мы никогда не будем ссориться — ведь не будем? — когда привыкнем друг к другу. Он тебе нравится, Эллен?

— Нравится?! — вскричала я. — Молокосос, заморыш, да еще с прескверным характером. К счастью, как полагает мистер Хитклиф, он не доживет до совершеннолетия. Я даже не уверена, дотянет ли он до весны. Если нет, не велика потеря для его семьи. И счастье для нас, что отец забрал его к себе: чем мягче бы с ним обращались, тем он становился бы назойливей и эгоистичней. Я рада, что он вам не достанется в мужья, мисс Кэтрин.

Кэтрин помрачнела, услышав эти мои слова. Такой небрежный разговор о его близкой смерти оскорбил ее чувства.

— Он моложе меня, — ответила она после довольно долгого раздумья, — значит, жить ему дольше, чем мне, — и он будет, он должен жить, пока я жива! Он сейчас такой же крепкий, каким был, когда его только что привезли на север, в этом я уверена. Он простудился, как папа, вот и все. Ты говоришь, что папа выздоровеет, — почему же не выздороветь и ему?

— Хорошо, хорошо! — сказала я. — В конце концов, нам не о чем беспокоиться. Слушайте, мисс, и запомните, а я свое слово держу: если вы попытаетесь еще раз пойти на Грозовой Перевал со мною или без меня, я все расскажу мистеру Линтону, и, пока он не разрешит, ваша дружба с двоюродным братом возобновляться не должна.

— Она уже возобновилась, — проговорила угрюмо Кэти.

— Ну, так ей будет положен конец! — сказала я.

— Посмотрим! — был ответ; и она пустилась вприпрыжку, оставив меня плестись позади.

Мы обе явились домой раньше обеденного часа; мой господин думал, что мы гуляли в парке, и потому не спросил объяснения нашей отлучки. Едва войдя в дом, я поспешила переобуться, но на Перевале я слишком долго просидела в мокрых башмаках, и это не прошло мне даром. На другое утро я слегла и три недели была неспособна исполнять свои обязанности: беда, ни разу до той поры не случавшаяся со мной и, добавлю с благодарностью, ни разу после.

Моя маленькая госпожа была просто ангелом — сидела со мною, ухаживала и подбадривала меня в моем одиночестве: меня сильно угнетало, что я не могу встать. Это нелегко для хлопотливой, деятельной женщины; но все же грех было жаловаться. Мисс Кэтрин, как только выходила из комнаты мистера Линтона, появлялась у моей постели. Свой день она делила между нами двумя: ни минуты на развлечения; ела наспех, забросила учение, игры и превратилась в самую нежную сиделку. Какое же горячее было у ней сердце, если, так любя отца, она так много давала и мне! Я сказала, что свой день она делила между нами; но господин мой рано удалялся на покой, а мне обычно после шести не нужно было ничего, так что своими вечерами она располагала полностью. Бедняжка! Я ни разу не подумала, чем она там занимается одна после чая. И хотя, когда она забегала ко мне сказать «спокойной ночи», я нередко замечала свежий румянец на ее щеках и ее покрасневшие пальчики, я и помыслить не смела, что краска вызвана быстрой ездой по полям, на холоду, и относила ее за счет жаркого огня в библиотеке.

Глава XXIV

Через три недели я смогла выйти из своей комнаты и двигаться по дому. И в первый вечер, когда мы снова сидели вдвоем, я попросила Кэтрин почитать мне вслух, потому что глаза у меня ослабели. Мы расположились в библиотеке, так как мистер Линтон уже лег спать. Кэти согласилась, как показалось мне, довольно неохотно; и, подумав, что ей неинтересны книги, которые нравятся мне, я предложила ей почитать что-нибудь по ее собственному выбору. Она взяла одну из своих самых любимых книг и читала без перерыва около часа; потом пошли вопросы:

— Эллен, ты не устала? Ты, может быть, легла бы? Опять расхвораешься, если поздно засидишься, Эллен.

— Нет, нет, дорогая, я не устала, — отвечала я каждый раз.

Видя, что я не поддаюсь, она попробовала другим путем показать мне, что это занятие ей не по вкусу. Вопросы сменились зевками, потягиванием, и наконец я услышала:

— Я устала, Эллен.

— Так бросьте читать, поболтаем, — ответила я.

Но разговор и вовсе не клеился: она ерзала, и вздыхала, и поглядывала на свои часы — до восьми; и наконец ушла к себе в комнату, одолеваемая сном, — если судить по ее скучному, тяжелому взгляду и по тому, как она усиленно терла глаза. На второй вечер она оказалась и вовсе нетерпеливой; а на третий вечер, проведенный опять в моем обществе, она сослалась на головную боль и покинула меня. Ее поведение показалось мне подозрительным; и, просидев довольно долго одна, я решила пойти спросить, не полегчало ли ей, и предложить, чтобы она, чем сидеть наверху в потемках, сошла бы лучше вниз и полежала на диване. Барышни не оказалось ни наверху, ни внизу. Слуги уверяли, что не видели ее. Я послушала у дверей мистера Эдгара: там было тихо. Тогда я вернулась в ее комнату, загасила свечку и села у окна.

Ярко светил месяц; снег, сверкая, покрывал землю, и мне подумалось, что, может быть, Кэти взбрело на ум выйти в сад освежиться. Я разглядела чью-то фигуру, пробиравшуюся вдоль ограды парка с внутренней стороны; но это была не моя молодая госпожа: когда фигура вступила в полосу света, я узнала одного из наших конюхов. Он стоял довольно долго, глядя на проезжую дорогу; потом быстро пошел прочь, точно что-то усмотрев, и тут же показался опять, ведя в поводу лошадку нашей барышни. А затем я увидела и ее: она только что сошла с седла и шагала рядом. Конюх, крадучись, повел переданного ему пони по траве в конюшню. Кэти вошла через стеклянную дверь в гостиную и бесшумно проскользнула наверх, в свою комнату, где я ее поджидала. Она осторожно прикрыла за собой дверь, сняла облепленные снегом башмаки, развязала ленты шляпы и уже хотела, не подозревая о слежке, снять с себя накидку, когда вдруг я встала и объявилась. Она окаменела от неожиданности: невнятно пробормотала что-то и застыла.

— Моя дорогая мисс Кэтрин, — начала я, слишком живо помня ее недавнюю доброту, чтобы сразу обрушиться с укорами, — куда вы ездили верхом в такой поздний час? И к чему вы пытаетесь обманывать меня, выдумывая небылицы? Где вы были? Говорите.

— В парке, в дальнем конце, — сказала она, запинаясь. — Ничего я не выдумываю!

— И больше нигде? — спросила я.

— Нигде, — был неуверенный ответ.

— Ох, Кэтрин! — сказала я сокрушенно. — Вы знаете сами, что вы дурно поступаете, иначе вы не стали бы говорить мне неправду. Это меня огорчает. Лучше бы мне болеть три месяца, чем слушать, как вы плетете заведомую ложь.

Она кинулась ко мне и, разразившись слезами, повисла у меня на шее.

— Ах, Эллен, я так боюсь, что ты рассердишься, — сказала она. — Обещай не сердиться, и ты узнаешь всю правду: мне и самой противно скрывать.

Мы уселись рядышком в нише окна; я уверила Кэти, что не стану браниться, какова бы ни оказалась ее тайна, я, конечно, и без того уже все угадала; и она начала:

— Я была на Грозовом Перевале, Эллен, и с тех пор как ты заболела, я туда ездила неизменно каждый день, пропустила только три вечера в самом начале и два после твоего выздоровления. Я давала Майклу книги с картинками, чтоб он седлал мне каждый вечер Минни и отводил ее назад в конюшню: ты его тоже смотри не ругай. Я приезжала на Перевал к половине седьмого и сидела там обычно до половины девятого, а потом во весь опор домой! Я ездила не ради удовольствия: часто мне там весь вечер бывало прескверно. Изредка я чувствовала себя счастливой: может быть, раз в неделю. Я думала сперва, что будет нелегкой задачей убедить тебя, чтобы ты мне позволила сдержать слово: ведь когда мы уходили, я обещала Линтону прийти на другой день опять. Но назавтра ты не сошла вниз, так что обошлось без хлопот. Пока Майкл днем чинил замок в калитке парка, я взяла у него ключ и рассказала, как мой двоюродный брат просит меня навещать его, потому что он болен и не может приходить на Мызу; и как папа не хочет, чтобы я туда ходила. И тогда же договорилась с Майклом насчет пони. Он любит читать; и он собирается в скором времени взять расчет и жениться; вот он и предложил, чтоб я ему давала на прочтение книги из библиотеки, а он будет делать для меня, что я хочу. Но я предпочитала давать ему мои собственные, и они ему нравились больше.

Когда я пришла во второй раз, Линтон как будто приободрился, и Зилла (их ключница) убрала нам комнату и развела огонь и сказала, что мы можем делать, что хотим, потому что Джозеф на молитвенном собрании, а Гэртон Эрншо ушел с собаками (стрелять фазанов в нашем лесу, как я узнала после). Она угостила меня подогретым вином и пряником и казалась удивительно добродушной; и мы сидели у огня, Линтон в кресле, а я в маленькой качалке, и смеялись и болтали так весело. И так много нашлось у нас, о чем говорить: мы придумывали, куда мы будем ходить и что мы будем делать летом. Но лучше мне не пересказывать, ты все равно скажешь, что все это глупости.

Все ж таки однажды мы чуть не поссорились. Он сказал, что жаркий июльский день лучше всего проводить так: лежать с утра до вечера на вереске средь поля, и чтобы пчелы сонно жужжали в цветах, а жаворонки пели бы высоко над головой, и чтобы все время ярко светило солнце и небо сияло, безоблачно-синее. Таков его идеал райского блаженства. А я нарисовала ему свой: качаться на зеленом шелестящем дереве, когда дует западный ветер и быстро проносятся в небе яркие белые облака, и не только жаворонки, но и дрозды, и малиновки, и коноплянки, и кукушки звенят наперебой со всех сторон, и вересковые поля стелются вдали, пересеченные темными прохладными ложбинами; рядом зыблется высокая трава и ходит волнами на ветру; и леса, и шумные ручьи, и целый мир, пробужденный, неистовый от веселья! Линтон хотел, чтобы все лежало в упоении покоя; а я — чтобы все искрилось и плясало в пламенном восторге. Я сказала ему, что его рай — это что-то полуживое; а он сказал, что мой — это что-то пьяное. Я сказала, что я в его раю заснула бы, а он сказал, что в моем он не мог бы дышать, и стал вдруг очень раздражительным. Наконец мы согласились на том, что испытаем и то и другое, когда будет подходящая погода; и затем расцеловались и стали опять друзьями.

Просидев тихонько еще час, я обвела глазами всю большую комнату с ее гладким незастланным полом и подумала, как здесь будет хорошо играть, если отодвинуть стол. И вот я попросила Линтона позвать Зиллу, чтоб она помогла нам — и мы поиграем в жмурки; пусть она нас ловит: понимаешь, Эллен, как, бывало, мы с тобой. Он не захотел: в этом, сказал он, мало удовольствия, но согласился поиграть со мной в мяч. Мы нашли два мяча в шкафу, в груде старых игрушек — волчков, и обручей, и ракеток, и воланов. Один был помечен буквой К, другой буквой Х; я хотела взять себе с буквой К, потому что это могло означать «Кэтрин». А Х годилось для «Хитклиф» — его фамилии; но у Х стерлась завитушка, и Линтону не понравилось. Я все время выигрывала, он опять рассердился, и закашлялся, и вернулся в свое кресло. Все же в тот вечер он легко приходил снова в хорошее настроение: ему полюбились две-три милые песенки — твои песенки, Эллен; и когда я собралась уходить, он просил и умолял меня прийти опять на следующий вечер, и пришлось мне пообещать. Мы с Минни летели домой, легкие, как ветер; и всю ночь до утра я видела во сне Грозовой Перевал и моего милого двоюродного брата.

На другой день мне было грустно: отчасти оттого, что тебе стало хуже, отчасти же потому, что хотелось, чтобы папа знал про мои прогулки и одобрял их. Но после чая взошла луна, и, когда я поехала, мрак был пронизан светом. «У меня будет еще один счастливый вечер», — думала я про себя; и что меня радовало вдвойне — у моего милого Линтона тоже. Я проехала их сад и хотела обогнуть дом, когда этот

Эрншо встретил меня, взял у меня поводья и велел мне пройти с главного входа. Он потрепал Минни по загривку, назвал ее славной лошадкой — и видно было, что он хочет, чтобы я поговорила с ним. Но я ему только велела оставить мою лошадь в покое, а не то она его лягнет. Он ответил со своим грубым выговором, что от этого «большой беды для него не будет», и покосился, ухмыляясь, на ее ноги. Тут мне почти что захотелось, чтобы Минни показала ему себя; но он пошел открывать дверь и, когда поднимал засов, посмотрел на надпись над нею и сказал с какой-то глупой смесью застенчивости и важности:

— Мисс Кэтрин! Я теперь могу прочитать эту штуку!

— Чудеса! — воскликнула я. — Что ж, послушаем... Вы, значит, поумнели!

Он, запинаясь, по слогам, протянул имя — «Гэртон Эрншо».

— А цифры? — сказала я, чтоб его подбодрить, потому что он запнулся — и ни с места.

— А их я еще не умею разбирать, — ответил он.

— Эх, глупая голова! — сказала я, весело рассмеявшись над его провалом.

Дурак глазел на меня, и на губах у него блуждала ухмылка, а над глазами нависла туча — точно он и сам не знал, не следует ли и ему рассмеяться вместе со мною, — означают ли мои слова милую дружественность, или же — как было на деле — презрение. Я разрешила его сомнения, снова приняв строгий вид и приказав ему удалиться, потому что пришла я не к нему, а к Линтону. Он покраснел (я это разглядела при лунном свете), снял руку с засова и побрел прочь — воплощение уязвленного тщеславия. Он, кажется, вообразил, что, научившись разбирать по складам свое имя, сравнялся в совершенствах с Линтоном; и был крайне поражен, что я думаю иначе.

— Постойте, мисс Кэтрин! — перебила я. — Не стану бранить вас, дорогая, но тут мне ваше поведение не нравится. Если бы вы не забывали, что Гэртон вам такой же двоюродный брат, как и мастер Хитклиф, вы почувствовали бы, как неправильно вы отнеслись к нему. Во всяком случае, его желание сравняться с Линтоном надо признать благородным честолюбием; и, вероятно, он начал учиться не только ради того, чтобы похвастаться: я уверена, вы еще раньше заставили его устыдиться своего невежества, и он захотел исправить это и заслужить вашу похвалу. Осмеять его первую, не совсем успешную попытку — разве так вы его воспитаете? Если бы вы росли в его условиях, думаете, вы были бы менее грубой? Он был таким же умным и живым ребенком, как вы; и мне больно, что теперь его презирают из-за того, что этот низкий Хитклиф так несправедливо обошелся с ним!

— Ну-ну, Эллен, уж не собираешься ли ты заплакать? — воскликнула она, удивившись, что я так близко принимаю это к сердцу. — Подожди, ты сейчас узнаешь, затем ли он стал учиться грамоте, чтобы заслужить мою похвалу, и стоило ли быть любезной с этим невежей. Я вошла; Линтон лежал на скамейке и привстал, чтобы со мной поздороваться.

— Я сегодня болен, Кэтрин, милая моя, — сказал он, — так что разговаривай ты, а я буду слушать. Подойди и сядь подле меня. Я был уверен, что ты не нарушишь слова, и я опять возьму с тебя обещание, пока ты не ушла.

Я теперь знала, что не должна его волновать, потому что он болен; говорила мягко, не задавала вопросов и старалась ничем не раздражать его. Я принесла ему несколько моих книг — самых лучших; он попросил меня почитать ему вслух, и я раскрыла было книгу, когда Эрншо распахнул настежь дверь; пораздумав, он решил обидеться. Он подошел прямо к нам, схватил Линтона за руку и вытащил его из кресла.

— Ступай в свою комнату! — сказал он еле внятно — так его душило бешенство; и лицо у него словно вспухло и перекосилось. — И ее забери с собой, раз она пришла только к тебе: вам не удастся выжить меня отсюда. Убирайтесь оба!

Он осыпал нас руганью и, не дав Линтону опомниться, прямо-таки выбросил его в кухню; а когда я пошла за ним, он стиснул кулак — видно, в сильном желании прибить меня. В первое мгновение я испугалась и обронила одну из книг; а он, поддав ногой, швырнул ее мне вслед и захлопнул дверь. Я услышала злобный трескучий смешок около печки и, обернувшись, увидела этого мерзкого Джозефа: он стоял, потирая свои костлявые руки, и трясся.

— Я так и знал, что он вас выставит! Замечательный парень! У него правильное чутье: он знает... н-да, он знает не хуже меня, кто тут будет хозяином... хе-хе-хе! Вот он и шуганул вас, как надо! Хе-хе-хе!

— Куда нам идти? — спросила я у своего брата, не обращая внимания на издевки старика.

Линтон побелел и весь дрожал. В эту минуту он был совсем не мил, Эллен: какое там не мил — он был страшен. Его худое большеглазое лицо все перекосилось в дикой и бессильной ярости. Он схватился за ручку двери и рванул ее: дверь оказалась заперта с той стороны.

— Впусти, или я тебя убью! Впусти, или я тебя убью! — не говорил он, а прямо визжал. — Черт! Дьявол!.. Я тебя убью... Убью!

Джозеф опять засмеялся своим квакающим смехом.

— Эге, это уже папаша, — хрипел он, — это папаша! В нас всегда есть понемногу от обоих. Ничего, Гэртон, мальчик мой, не бойся!.. Ему до тебя не добраться!

Я взяла Линтона за руки и попробовала оттащить его; но он завизжал так отчаянно, что я не посмела настаивать. Наконец его крики захлебнулись в страшном кашле: изо рта у него хлынула кровь, и он упал на пол. Одурев от ужаса, я выбежала во двор, стала звать во весь голос Зиллу. Вскоре она услышала меня: она доила коров в сарае за амбаром и, бросив свою работу, поспешила ко мне и спросила, что мне нужно. Я не могла объяснить — перехватило горло, — притащила ее в кухню и оглядываюсь, куда делся Линтон. Эрншо пришел посмотреть, каких он наделал бед, и теперь вел несчастного наверх. Мы с Зиллой пошли вслед за ним по лестнице; но на верхней площадке он остановил меня и сказал, что мне входить нельзя и чтоб я шла домой. Я закричала, что он убил Линтона и что я непременно войду к брату. Тогда Джозеф запер дверь и объявил, что я «ничего такого сделать не посмею», и спросил, уж не такая же ли я сроду сумасшедшая, как и мой братец? Я стояла и плакала, пока ключница не вышла от Линтона. Она сказала, что ему немного лучше, но что шум и крики мешают ему, и чуть ли не силком уволокла меня в столовую.

Эллен, я готова была рвать на себе волосы! Я так

плакала и рыдала, что почти ничего не видела; а этот негодяй, которому ты так соболезнуешь, стоял и пялил на меня глаза и то и дело шукал на меня, чтоб я не плакала, и приговаривал, что он ни в чем не виноват. В конце концов, напуганный моими угрозами, что я скажу папе и его посадят в тюрьму и повесят, он сам начал всхлипывать и поспешил выйти, чтобы скрыть свое трусливое волнение. Но я еще не избавилась от него: когда они все-таки принудили меня уйти и я отъехала уже ярдов на сто от ворот, он вдруг выступил из темноты на дорогу и, схватив Минни под уздцы, остановил меня.

— Мисс Кэтрин, я очень огорчен, — заговорил он, — но, право, нехорошо...

Я полоснула его кнутом, подумав, что он, пожалуй, способен убить меня. Он выпустил узду, бросив мне вслед отвратительное ругательство, и я в полуобмороке понеслась домой.

В тот вечер я не зашла к тебе сказать «спокойной ночи» и на следующий день не поехала на Грозовой Перевал — а мне отчаянно хотелось поехать; но я была необыкновенно взволнована и то страшилась вдруг услышать, что Линтон умер, то пугалась мысли о встрече с Гэртоном. На третий день я набралась храбрости или, во всяком случае, не выдержала неизвестности и снова улизнула из дому. Я выбралась в пять часов и пошла пешком, надеясь, что, быть может, мне удастся проникнуть незамеченной в дом и подняться в комнату Линтона. Однако собаки дали знать о моем приближении. Меня приняла Зилла и, сказав, что «мальчик отлично поправляется», проводила меня в маленькую, чистую, убранную коврами комнату, где, к своей невыразимой радости, я увидела лежавшего на диванчике Линтона, а в руках у него — одну из моих книг. Но он битый час не хотел ни говорить со мной, Эллен, ни взглянуть на меня, — такой уж у него несчастный характер. И что меня совсем убило: когда он все-таки открыл рот, то лишь затем, чтобы солгать, будто бы это я подняла скандал, а Гэртона нечего винить! Стань я возражать, я непременно вспылила бы; поэтому я встала и вышла из комнаты. Он негромко окликнул меня: «Кэтрин!» На такой оборот дела он не рассчитывал, но я не вернулась; и следующий день был вторым, что я просидела дома, почти решив не приходить к нему больше. Но так было тягостно ложиться спать и вставать, ничего о нем не услышав, что мое решение рассеялось как дым, не успев толком сложиться. Недавно мне казалось дурным отправляться в путь; теперь дурным казалось не ехать. Майкл пришел и спросил, надо ли седлать; я сказала «надо», и, когда мой конек понес меня по холмам, я считала, что выполняю свой долг. Мне пришлось проскакать под окнами фасада, чтобы попасть во двор: бесполезно было пытаться скрыть свое присутствие.

— Молодой хозяин в *доме*, — сказала Зилла, увидав, что я направляюсь наверх, в гостиную.

Я вошла; Эрншо тоже был там, но он тут же вышел из комнаты. Линтон сидел в большом кресле и подремывал. Подойдя к огню, я начала серьезным тоном, сама наполовину веря своим словам:

— Так как ты меня не любишь, Линтон, и так как ты думаешь, что я прихожу нарочно, чтобы тебе повредить, и уверяешь, будто я и впрямь врежу тебе каждый раз, — это наша последняя встреча. Простимся, и скажи мистеру Хитклифу, что ты не хочешь меня видеть и что больше он не должен сочинять басен на этот счет.

— Садись и сними шляпу, Кэтрин, — ответил

он. — Ты несколько счастливей меня — ты должна быть добрее. Мой отец так много говорит о моих недостатках и выказывает столько презрения ко мне, что я, естественно, сам начинаю сомневаться в себе. Начинаю думать, что я и впрямь никудышный, как он говорит то и дело; и тогда во мне поднимается горечь и злоба, и я ненавижу всех и каждого! Да, я никудышный, у меня скверный характер и почти всегда скверное настроение. Если хочешь, ты можешь со мной распроститься: избавишься от докуки. Но только, Кэтрин, будь ко мне справедлива в одном: поверь, что если бы я мог стать таким же милым, как ты, таким же добрым и хорошим, я стал бы!.. Я хочу этого даже больше, чем стать таким здоровым, как ты, и счастливым. И поверь, что твоя доброта заставила меня полюбить тебя сильнее, чем если бы я заслуживал твоей любви. И хотя я и не могу не проявлять перед тобой свой нрав, я сожалею об этом и раскаиваюсь; и буду раскаиваться и жалеть, покуда жив!

Я понимала, что он говорит правду, понимала, что должна его простить; и если он через минуту снова начнет ко мне придираться, я должна буду снова его простить! Мы помирились; но мы проплакали, и он и я, все время, пока я сидела с ним; не только от печали, хоть мне и было горько, что у Линтона такая искривленная натура. Он никогда не допустит, чтоб у его друзей было легко на душе, и ему самому никогда не будет легко! С этого вечера я всегда приходила к нему в его маленькую гостиную, потому что на следующий день вернулся его отец.

Раза три, я думаю, нам было весело и отрадно, как в тот, первый вечер; остальные наши свидания были мрачны и тягостны — то из-за его эгоизма и злобы, то из-за его страданий. Но я научилась все его выходки сносить без обиды — как не обижалась на его болезнь. Мистер Хитклиф нарочно избегает меня: я с ним почти что и не видалась. Правда, в ту субботу я пришла раньше обычного и услышала, как он жестоко пробирает бедного Линтона за его поведение накануне. Не понимаю, как он мог узнать, если не подслушивал у двери. Линтон, конечно, вел себя в тот вечер возмутительно, но это никого не касалось, кроме меня, и я осадила мистера Хитклифа, войдя и объявив ему это напрямик. Он рассмеялся и пошел прочь, сказав, что, если я так смотрю на вещи, он очень рад. После этого случая я сказала Линтону, чтоб он свои злые слова говорил шепотом. Ну вот, Эллен, ты слышала все. Запретив мне приходить на Перевал, ты сделаешь несчастными двух людей, между тем — если только ты не скажешь папе, — продолжая туда ходить, я не нарушу ничей покой. Ты не скажешь, нет? Бессердечно будет, если скажешь.

— На этот счет я приму свое решение к утру, мисс Кэтрин, — ответила я. — Нужно поразмыслить. Я оставляю вас: ложитесь спать, а я пойду и обдумаю.

Обдумала я вслух — в присутствии моего господина: из ее комнаты прошла прямо к нему и рассказала всю историю, опустив только ее разговоры с двоюродным братом и не упомянув про Гэртона. Мистер Линтон встревожился и огорчился, но не хотел показать мне, как сильно. Наутро Кэтрин узнала, что я обманула ее доверие, и узнала, кстати, что ее тайные свидания должны прекратиться. Напрасно плакала она, и оскорблялась запретом, и молила отца пожалеть Линтона; все, чего она добилась, было обещание отца, что он сам напишет мальчику и даст ему разрешение приходить на Мызу, когда ему угодно; но в письме будет ясно сказано, чтоб он не надеялся больше видеть Кэтрин на Грозовом Перевале. Может быть, если б мистер Линтон знал, какой у его племянника нрав и в каком состоянии его здоровье, он нашел бы в себе силу отказать дочери даже в этом слабом утешении.

Глава XXV

— Эти события происходили прошлой зимою, сэр, — сказала миссис Дин, — год назад, не больше. Прошлой зимой мне бы и в голову не встало, что год спустя я буду развлекать постороннего для семьи человека рассказом о них. Впрочем, кто знает, долго ли будете вы посторонним? Вы слишком молоды, чтобы вам навсегда удовольствоваться одинокой жизнью; а мне что-то думается, что не может человек увидеть Кэтрин Линтон и не полюбить ее. Вы улыбаетесь; но почему же вы так всякий раз оживляетесь, когда я заговариваю о ней? И почему вы попросили меня повесить ее портрет над камином? И почему...

— Подождите, голубушка! — перебил я. — Допустим, я и впрямь мог бы ее полюбить — но полюбит ли и она меня? Я слишком в этом сомневаюсь, чтобы рискнуть своим спокойствием, поддавшись такому соблазну. И потом, мой дом не здесь. Я принадлежу к миру суеты и должен вернуться в его лоно. Продолжайте. Подчинилась Кэтрин приказам отца?

— Подчинилась, — подхватила ключница. — Любовь к отцу была все еще главным чувством в ее сердце. Он говорил без гнева, он говорил с глубокой нежностью — как тот, кому вскоре предстоит оставить любимую дочь окруженной опасностями и врагами, среди которых его наставления будут единственной опорой, какую он может ей завещать, чтобы она руководилась ими в жизни. Он мне сказал несколько дней спустя:

— Я хотел бы, Эллен, чтобы мой племянник написал или пришел бы к нам. Скажите мне откровенно, что вы думаете о нем: изменился ли он к лучшему? Нет ли надежды, что он исправится, когда возмужает?

— Он очень хилый, сэр, — отвечала я, — и едва ли доживет до возмужалости. Одно я могу сказать: он не похож на отца; и если мисс Кэтрин, на свое горе, выйдет за него замуж, она сможет направлять его, если только будет беспредельно и неразумно терпеливой. Во всяком случае, сударь, у вас еще много времени впереди, чтобы с ним познакомиться и узнать, подходящая ли он для нее пара: ему еще четыре года с лишним до совершеннолетия.

Эдгар вздохнул и, подойдя к окну, стал глядеть на Гиммертонскую церковь. День был туманный, но февральское солнце светило сквозь заволоку, и мы могли различить две ели на погосте и несколько разбросанных могильных плит.

— Я часто молился, — заговорил он как бы сам с собой, — чтобы скорее наступило то, чего уже недолго ждать; а теперь я отшатываюсь, я страшусь. Мне думалось, память о часе, когда я шел женихом вниз по той ложбине, будет менее сладка, чем предвкушение, что скоро, через несколько месяцев, а быть может, и недель, меня отнесут туда и положат в ее нелюдимой сени! Эллен, я был очень счастлив с моей маленькой Кэти: в зимние ночи и летние дни она росла подле меня живой надеждой. Но я был не менее счастлив, когда предавался своим мыслям один среди этих камней у этой старой церковки; когда лежал летними длинными вечерами на зеленом могильном холме ее матери и желал... и томился по той поре, когда и мне можно будет лежать под ним. Что могу я сделать для Кэти? И как мне покинуть ее? Я бы нисколько не думал о том, что Линтон — сын Хитклифа, ни о том, что он отнимает ее у меня, — если бы только он мог утешить ее, когда меня не станет! Я бы не печалился о том, что Хитклиф достиг своих целей и торжествует, похитив у меня мою последнюю радость! Но если Линтон окажется недостойным, если он — только орудие в руках отца, — я не могу оставить Кэти на него! И как это ни жестоко — сокрушать ее пылкое сердце, я должен сурово стоять на своем и видеть ее печальной, пока я живу, и, умирая, покинуть ее одинокой. Моя дорогая девочка! Лучше бы мне вверить ее богу и похоронить ее раньше, чем я сам сойду в могилу!

— А вы спокойно вверьте ее богу, сэр, — сказала я, — и если мы потеряем вас — от чего да упасет нас воля его, — я, под божьим оком, останусь до конца другом ее и наставницей. Мисс Кэтрин хорошая девочка: я не опасаюсь, что она предумышленно пойдет на дурное, а кто исполняет свой долг, тот всегда в конце концов бывает вознагражден.

Наступила весна; однако мой господин так и не окреп по-настоящему, хоть и начал снова выходить с дочерью на прогулки — в обход своих земель. Ее неискушенному уму это само по себе казалось признаком выздоровления. К тому же часто у него горел на щеках румянец и блестели глаза: она была уверена, что он поправляется. В день ее рождения, когда ей минуло семнадцать лет, он не пошел на кладбище: лил дождь, и я сказала:

— Сегодня вы, конечно, не пойдете из дому?

Он ответил:

— Да, в этом году я с этим повременю.

Он еще раз написал Линтону, что желал бы с ним повидаться; и если бы у больного был сносный вид, отец, наверно, разрешил бы ему прийти. Но мальчик был плох и, следуя чужой указке, сообщил в своем ответе, что мистер Хитклиф запрещает ему ходить на Мызу, но его-де очень радует, что дядя по своей доброте не забывает о нем, и он надеется встретиться с ним как-нибудь на прогулке и в личном свидании испросить большой милости — чтобы впредь его не разлучали так безнадежно с двоюродной сестрой.

Эта часть письма была написана просто и, вероятно, без чужой помощи: Хитклиф, видно, знал, что о встрече с Кэтрин его сын способен просить достаточно красноречиво.

«Я не прошу, — писал мальчик, — чтобы ей разрешили приходить сюда. Но неужели я не увижу ее никогда, потому что мой отец запрещает мне ходить в ее дом, а вы запрещаете ей приходить в мой? Я прошу вас — хоть изредка выезжайте с нею на дорогу к Перевалу; дайте нам возможность обменяться иногда в вашем присутствии несколькими словами! Мы ничего не сделали такого, за что нас надо было бы разлучить; и вы же не гневаетесь на меня: у вас нет причины не любить меня, вы сами это признаете. Дорогой дядя! Пришлите мне доброе слово завтра и позвольте увидеться с вами, где вам будет угодно, только не в Скворцах. Я знаю, свидание вас убедит, что я не таков, как мой отец: по его уверениям, я больше ваш племянник, чем его сын; и хотя у меня есть дурные свойства, которые делают меня недостойным Кэтрин, она мне их прощала, и ради нее вы простите тоже. Вы спрашиваете, как мое здоровье? Лучше. Но покуда я лишен всякой надежды, покуда обречен на одиночество или на общество тех, кто никогда меня не любил и не полюбит, как могу я быть весел и здоров?»

Эдгар, хоть и сочувствовал мальчику, не мог уступить его просьбе, потому что ему самому не под силу было сопровождать мисс Кэтрин. Он ответил, что летом, может быть, они увидятся, а пока что он просит Линтона и впредь время от времени писать ему; и добавлял те советы и утешения, какие можно подать в письмах — потому что он отлично знал, как тяжело положение племянника в семье. Линтон сдался; однако, не будь на него узды, он, верно, все испортил бы, превращая свои письма в сплошную жалобу и нытье. Но отец зорко следил за ним — и, конечно, настаивал, чтоб ему показывали каждую строку, приходившую от моего господина. Так что, вместо того чтоб расписывать всячески свои личные страдания и печали — предмет, всегда занимавший первое место в его помыслах, — Линтон плакался на жестокое обязательство жить в разлуке с нежным другом и мягко намекал, что мистер Линтон должен поскорее разрешить свидание или он начнет думать, что его нарочно обманывают пустыми обещаниями.

Кэти была ему сильной союзницей дома; и обоюдными стараниями они в конце концов склонили моего господина разрешить им раз в неделю, под моим надзором, совместную прогулку — верхами или пешком — в полях, прилегающих к Мызе: потому что настал июнь, а мистер Эдгар все еще был слишком слаб. Хоть он каждый год откладывал на имя дочери часть своего дохода, у него, естественно, было желание, чтоб она могла удержать за собой — или вернуть себе со временем — дом своих предков; а он видел, что на это ей давал надежду только брак с наследником его земель. Он не имел представления, что тот угасает почти так же быстро, как он сам; да и никто, я думаю, этого не подозревал: ни один врач не навещал Грозовой Перевал, никто не виделся с мастером Хитклифом, и никто не мог доложить нам, как его здоровье. Я же, со своей стороны, стала думать, что ошиблась в своих предсказаниях и что мальчик и впрямь поправляется, если заводит разговор о поездках и прогулках по полям и так упорно преследует свою цель. Я не могла вообразить себе, что отец способен так дурно и так деспотически обращаться с умирающим сыном, как обращался с Линтоном Хитклиф, принуждая его, о чем я узнала только много позже, к этому показному нетерпению: он тем настойчивей домогался своего, чем неизбежнее смерть грозила вмешаться и разрушить его алчные и бессердечные замыслы.

Глава XXVI

Лето было в разгаре, когда Эдгар скрепя сердце уступил их просьбам, и мы с Кэтрин отправились верхом в нашу первую прогулку, к которой должен был присоединиться ее двоюродный брат. Стоял душный, знойный день — несолнечный, но облака, перистые и барашковые, не предвещали дождя; а встретиться условились мы у камня на развилке дорог. Однако, когда мы туда пришли, высланный вестником мальчонка-подпасок сказал нам:

— Мастер Линтон уже двинулся с Перевала, и вы его очень обяжете, если пройдете еще немного ему навстречу.

— Видно, мастер Линтон забыл главное условие своего дяди, — заметила я, — мой господин велел нам держаться на землях, относящихся к Мызе, а здесь мы уже выходим за их пределы.

— Ничего, мы тут же повернем коней, как только встретимся с ним, — ответила моя подопечная, — двинемся сразу в обратную дорогу, это и будет наша прогулка.

Но когда мы с ним встретились — а было это всего в четверти мили от его дома, — мы увидели, что никакого коня у Линтона нет; и пришлось нам спешиться и пустить своих попастись. Он лежал на земле, ожидая, когда мы подойдем, и не встал, пока расстояние между нами не свелось к нескольким ярдам. И тогда он зашагал так нетвердо и так был бледен, что я тут же закричала:

— Мастер Хитклиф, да где же вам сегодня пускаться в прогулки! У вас совсем больной вид!

Кэтрин оглядела его с удивлением и грустью: вместо радостного возгласа с губ ее сорвался крик испуга, вместо ликования по поводу долгожданной встречи пошли тревожные расспросы: не стало ли ему еще хуже?

— Нет... мне лучше... лучше! — через силу выговорил Линтон, дрожа и удерживая ее руку, словно для опоры, между тем как его большие синие глаза робко скользили по ее лицу; они у него так глубоко запали, что их взгляд казался уже не томным, как раньше, а диким, отчужденным.

— Но тебе было хуже, — настаивала Кэти, — хуже, чем когда мы виделись в последний раз; ты осунулся и...

— Я устал, — перебил он поспешно. — Слишком жарко для прогулки, давай посидим. И потом, по утрам у меня часто бывает недомогание — папа говорит, это от быстрого роста.

Нисколько не успокоенная, Кэти села, и он расположился рядом с нею.

— Почти похоже на твой рай, — сказала она, силясь казаться веселой. — Помнишь, мы уговорились провести два дня таким образом, как каждый из нас находит самым приятным? Сейчас все почти по-твоему — только вот облака; но они совсем легкие и мягкие, — даже приятнее, чем когда солнце. На той неделе, если сможешь, ты поедешь со мною в парк Скворцов, и мы проведем день по-моему.

Линтон, как видно, запамятовал и не понял, о чем это она; и ему явно стоило больших усилий поддерживать разговор. Было слишком очевидно, что, какого бы предмета она ни коснулась, ни один его не занимал и что он не способен принять участие в ее затее; и Кэти не сумела скрыть своего разочарования. Какая-то неуловимая перемена произошла в его поведении и во всем его существе. Раздражительность, которую лаской можно было превратить в нежность, уступила место равнодушной апатии; меньше стало от своенравия балованного ребенка, который нарочно дуется и капризничает, чтоб его ласкали, больше проявлялась брюзгливость ушедшего в себя тяжелобольного хроника, который отвергает утешение и склонен усматривать в благодушном веселье других оскорбление для себя. Кэтрин видела не хуже меня, что сидеть с нами для него не радость, а чуть ли не наказание; и она не постеснялась спросить, не хочет ли он, чтобы мы сейчас же ушли. Это предложение неожиданно пробудило Линтона от его летаргии и вызвало в нем странное оживление. Боязливо оглядываясь на Грозовой Перевал, он стал просить, чтоб она посидела еще хоть полчаса.

— Но я думаю, — сказала Кэти, — тебе лучше полежать дома, в покое, чем сидеть здесь; и я вижу, сегодня я не могу позабавить тебя ни своими рассказами, ни песнями, ни болтовней. Ты за эти полгода стал умней меня; мои утехи тебе не очень по вкусу. Будь это иначе — если б я могла тебя развлечь, — я охотно с тобой посидела бы.

— Посиди, тебе же и самой нужно отдохнуть, — возразил он. — И ты не думай, Кэтрин, и не говори, что я очень болен: на меня действует погода — я вялый от зноя; и я гулял до вашего прихода, — а для меня это слишком много. Скажи дяде, что мое здоровье сейчас довольно прилично, — скажешь?

— Я скажу ему, что так ты сам говоришь, Линтон. Я не могу объявить, что ты здоров, — сказала моя молодая госпожа, удивляясь, почему он так настойчиво утверждает явную неправду.

— Приходи опять в следующий четверг, — продолжал он, избегая ее пытливого взгляда. — А ему передай благодарность за то, что он позволил тебе прийти, — горячую благодарность, Кэтрин. И... и если ты все-таки встретишь моего отца и он спросит тебя обо мне, не дай ему заподозрить, что я был глуп и до крайности молчалив. Не смотри такой печальной и подавленной — он обозлится.

— А мне все равно, пусть злится! — воскликнула

Кэти, подумав, что злоба Хитклифа должна пасть на нее.

— Но мне не все равно, — сказал ее двоюродный брат и весь передернулся. — Не распаляй его против меня, Кэтрин, он очень жесток.

— Он с вами суров, мастер Хитклиф? — спросила я. — Он наскучил снисходительностью и от затаенной ненависти перешел к открытой?

Линтон посмотрел на меня, но не ответил; и, посидев подле него еще минут десять, в течение которых голова его сонливо клонилась на грудь и он не проронил ни слова, а только вздыхал от усталости или от боли, — Кэти, чтоб утешиться, принялась собирать чернику и делилась ею со мной. Линтону она не предлагала ягод, так как видела, что всякое внимание с ее стороны будет для него утомительно и докучно.

— Уже прошло полчаса, Эллен? — шепнула она наконец мне на ухо. — Не знаю, к чему нам еще сидеть: он заснул, а папа ждет нас домой.

— Нет, нельзя оставить его спящим, — ответила я, — подождите, пока он не проснется, наберитесь терпения! Как вы рвались на прогулку! Что же ваше желание видеть несчастного Линтона так быстро улетучилось?

— Но он-то почему так хотел видеть меня? — спросила Кэтрин. — Прежде, даже при самых скверных капризах, он мне нравился больше, чем сейчас в этом странном состоянии духа. Право, точно это свидание для него — тяжелая обязанность, которую он исполняет по принуждению: из страха, как бы отец не стал его бранить. Но я не собираюсь приходить ради того, чтоб доставлять удовольствие мистеру Хитклифу, для каких бы целей ни подвергал он Линтона этому наказанию. И хотя я рада, что его здоровье лучше, мне жаль, что он стал куда менее приятным и любит меня куда меньше.

— Так вы думаете, что его здоровье лучше? — сказала я.

— Да, — ответила она, — он, знаешь, всегда так носился со своими страданьями. Неверно, что он чувствует себя «довольно прилично», как он просит передать папе, но ему лучше — похоже, что так.

— В этом я с вами не соглашусь, мисс Кэти, — заметила я. — Мне кажется, ему много хуже.

Тут Линтон пробудился от дремоты в диком ужасе и спросил, не окликнул ли его кто-нибудь по имени.

— Нет, — сказала Кэтрин, — тебе, верно, приснилось. Не понимаю, как ты умудряешься спать на воздухе — да еще утром.

— Мне послышался голос отца, — прошептал он, оглядывая хмурившуюся над нами гору. — Ты уверена, что никто не говорил?

— Вполне уверена, — ответила его двоюродная сестра. — Только мы с Эллен спорили о твоем здоровье. Ты в самом деле крепче, Линтон, чем был зимой, когда мы расстались? Если это и так, твое чувство ко мне — я знаю — ничуть не окрепло. Скажи — тебе лучше?

Из глаз Линтона хлынули слезы, когда он ответил: «Конечно! Лучше, лучше!» И все-таки, притягиваемый воображаемым голосом, взгляд его блуждал по сторонам, ища говорившего. Кэти встала.

— На сегодня довольно, пора прощаться, — сказала она. — И не стану скрывать: я горько разочарована нашей встречей, хотя не скажу об этом никому, кроме тебя, но вовсе не из страха перед мистером Хитклифом.

— Тише! — прошептал Линтон. — Ради бога, тише! Он идет. — И он схватил Кэтрин за локоть, силясь ее удержать; но при этом известии она поспешила высвободиться и свистнула Минни, которая подбежала послушно, как собака.

— Я буду здесь в следующий четверг! — крикнула Кэти, вскочив в седло. — До свидания. Живо, Эллен!

Мы его оставили, а он едва сознавал, что мы уезжаем, — так захватило его ожидание, что сейчас подойдет отец.

Пока мы ехали домой, недовольство Кэтрин смягчилось и перешло в сложное чувство жалости и раскаянья, к которому примешивалось неясное и тревожное подозрение о фактическом положении Линтона — о его здоровье и домашних обстоятельствах. Я разделяла эти подозрения, хоть и советовала ей поменьше сейчас говорить: вторая поездка позволит нам вернее судить обо всем. Мой господин потребовал от нас полного отчета — что как было. Мы добросовестно передали ему от племянника изъявления благодарности; остального мисс Кэти едва коснулась. Я тоже не стала подробно отвечать на его расспросы, потому что не очень знала сама, что открыть и о чем умолчать.

Глава XXVII

Семь дней проскользнули, отметив каждый свое течение заметной переменой в состоянии Эдгара Линтона. Разрушения, производившиеся раньше месяцами, теперь совершал в грабительском набеге один час. Кэтрин мы еще старались обмануть; но ее живой ум не поддавался обману, угадывая тайну и останавливаясь на страшном подозрении, постепенно переходившем в уверенность. У бедняжки недостало сердца заговорить о поездке, когда наступил очередной четверг. Я сама напомнила вместо нее, и мне было разрешено приказать ей, чтоб она вышла освежиться, — потому что библиотека, куда ее отец спускался каждый день на короткое время — на час-другой, пока он в силах был сидеть, — да его личная комната стали всем ее миром. Она жалела о каждой минуте, которую не могла провести, сидя подле отца или склонившись над его подушкой. Краски ее лица поблекли от бессонницы и печали, и мой господин с радостью ее отпустил, обольщаясь мыслью, что Кэти найдет в прогулке счастливую перемену обстановки и общества; и он утешал себя надеждой, что теперь его дочь не останется совсем одна после его смерти.

Мистером Эдгаром владела навязчивая мысль, которую я разгадала по некоторым замечаниям, им оброненным, — мысль, что его племянник, так похожий на него внешностью, должен и духом походить на него: ведь письма Линтона почти не выдавали его дурного нрава. А я по извинительной слабости не стала исправлять ошибку. Я спрашивала себя: что проку смущать последние часы обреченного печальными сообщениями? Обратить их на пользу у него уже не будет ни сил, ни возможности.

Мы отложили нашу прогулку на послеобеденный час — золотой час ведренного августовского дня: воздух, приносимый ветром с гор, был так полон жизни, что, казалось, каждый, кто вдохнет его, хотя бы умирающий, должен ожить. С лицом Кэтрин происходило то же, что с окружающей картиной: тени и солнечный свет пробегали по нему в быстрой смене, но тени задерживались дольше, а солнечный свет был более мимолетен; и ее бедное сердечко упрекало себя даже за такое короткое забвение своих забот.

Мы издали увидели Линтона ожидающим на том же месте, которое он выбрал в прошлый раз. Моя госпожа спешилась и сказала мне, что пробудет здесь совсем недолго, так что лучше мне остаться в седле и подержать ее пони. Но я не согласилась: я не хотела ни на минуту спускать ее с глаз, раз она вверена была моему попечению; так что мы вместе поднялись по заросшему вереском склону. На этот раз мастер Линтон принял нас не так апатично — он был явно взволнован; но взволнованность эта шла не от одушевления и не от радости — она походила скорее на страх.

— Ты поздно, — проговорил он отрывисто, затрудненно. — Верно, твой отец очень болен? Я думал, ты не придешь.

— Почему ты не хочешь быть откровенным! — вскричала Кэтрин, проглотив приветствие. — Почему ты не можешь попросту сказать, что я тебе не нужна? Странно, Линтон, ты вот уже второй раз зазываешь меня сюда, как видно, нарочно для того, чтобы мы оба мучились — ни для чего другого!

Линтон задрожал и глянул на нее не то умоляюще, не то пристыженно; но у его двоюродной сестры не хватило выдержки терпеть такое загадочное поведение.

— Да, мой отец очень болен, — сказала она, — зачем же меня отзывают от его постели? Почему ты не передал с кем-нибудь, что освобождаешь меня от моего обещания, если ты не желал, чтоб я его сдержала? Говори! Я жду объяснений: мне не до забав и не до шуток; и не могу я танцевать вокруг тебя, пока ты будешь тут притворяться!

— Я притворяюсь? — проговорил он. — В чем ты видишь притворство? Ради всего святого, Кэтрин, не гляди так гневно! Презирай меня, сколько угодно — я жалкий, никчемный трус, меня как ни принижай, все мало, — но я слишком ничтожен для твоего гнева. Ненавидь моего отца, а с меня довольно и презрения.

— Вздор! — закричала Кэтрин в злобе. — Глупый, сумасбродный мальчишка! Ну вот, он дрожит, точно я и впрямь хочу его ударить! Тебе незачем хлопотать о презрении, Линтон: оно само собой возникает у каждого — можешь радоваться! Ступай! Я иду домой: было глупо отрывать тебя от камина и делать вид, будто мы хотим... да, чего мы с тобой хотим? Не цепляйся за мой подол! Если бы я жалела тебя, потому что ты плачешь и глядишь таким запуганным, ты бы должен был отвергнуть эту жалость. Эллен, объясни ему ты, как постыдно его поведение. Встань, ты похож на отвратительное пресмыкающееся, — не надо!

В слезах, со смертной мукой на лице Линтон распластался по траве своим бессильным телом: казалось, его била дрожь беспредельного страха.

— О, я не могу! — рыдал он. — Я не могу это вынести! Кэтрин, Кэтрин, я тоже предатель, тоже, и я не смею тебе сказать! Но оставь меня — и я погиб! Кэтрин, дорогая, — моя жизнь в твоих руках. Ты говорила, что любишь меня! А если ты любишь, это не будет тебе во вред. Так ты не уйдешь, добрая, хорошая, милая Кэтрин! И, может быть, ты согласишься... и он даст мне умереть подле тебя!

Моя молодая госпожа, видя его в сильной тоске, наклонилась, чтобы поднять его. Старое чувство терпеливой нежности взяло верх над озлоблением, она была глубоко растрогана и встревожена.

— Соглашусь... на что? — спросила она. — Остаться? Разъясни мне смысл этих странных слов, и я соглашусь. Ты сам себе противоречишь и сбиваешь с толку меня! Будь спокоен и откровенен и сознайся во всем, что у тебя на сердце. Ты не захотел бы вредить мне, Линтон, — ведь так? Ты не дал бы врагу причинить мне зло, если бы мог этому помешать? Я допускаю, что ты трусишь, когда дело касается тебя самого, — но ты не можешь трусливо предать своего лучшего друга!

— Но отец мне грозил, — выговорил юноша, сжимая свои исхудалые пальцы, — и я его боюсь... я боюсь его! Я не смею сказать.

— Что ж, хорошо! — сказала Кэтрин с презрительным состраданьем. — Храни свои секреты: я-то не из трусов. Спасай себя: я не страшусь.

Ее великодушие вызвало у него слезы: он плакал навзрыд, целуя ее руки, поддерживавшие его, и все же не мог набраться храбрости и рассказать. Я раздумывала, какая тут могла скрываться тайна, и решила, что никогда с моего доброго согласия не придется Кэтрин страдать ради выгоды Линтона или чьей-нибудь еще, — когда, заслышав шорох в кустах багуна, я подняла глаза и увидела почти что рядом мистера Хитклифа, спускавшегося по откосу. Он не глянул на сына и Кэтрин — хотя они были так близко, что он не мог не слышать рыданий Линтона. Окликнув меня почти сердечным тоном, с каким не обращался больше ни к кому и в искренности которого я невольно усомнилась, он сказал:

— Очень приятно видеть тебя так близко от моего дома, Нелли. Как у вас там на Мызе? Расскажи. Ходит слух, — добавил он потише, — что Эдгар Линтон на смертном одре, — может быть, люди преувеличивают? Так ли уж он болен?

— Да, мой господин умирает, — ответила я, — это, к сожалению, правда. Его смерть будет несчастьем для всех нас, но для него счастливым избавлением!

— Сколько он еще протянет, как ты думаешь? — спросил Хитклиф.

— Не знаю, — сказала я.

— Понимаешь, — продолжал он, глядя на юную чету, застывшую под его взглядом (Линтон, казалось, не смел пошевелиться или поднять голову, а Кэтрин не могла двинуться из-за него), — понимаешь, этот мальчишка, кажется, решил провалить мое дело. Так что его дядя очень меня обяжет, если поторопится и упредит его. Эге! Давно мой щенок ведет такую игру? Я тут поучил его немножко, чтобы знал, как нюни распускать! Каков он в общем с мисс Линтон — веселый, живой?

— Веселый? Нет, он, видно, в сильной тоске, — ответила я. — Поглядеть на него, так скажешь: чем посылать такого гулять с любезной по холмам, уложить бы его в постель и позвать к нему доктора.

— Уложим через денек-другой, — проворчал Хитклиф. — Но сперва... Вставай, Линтон! Вставай! — крикнул он. — Нечего тут ползать по земле; сейчас же встать!

Линтон лежал, распростертый, в новом приступе бессильного страха, возникшего, должно быть, под взглядом отца: ничего другого не было, чем могло быть вызвано такое унижение. Он пытался подчиниться, но слабые силы его были на время скованы, и он снова со стоном падал на спину. Мистер Хитклиф подошел и, приподняв, прислонил его к покрытому дерном уступу.

— Смотри, — сказал он, обуздав свою злобу, — я рассержусь! И если ты не совладаешь со своим цыплячьим сердцем... Черт возьми! Немедленно встать!

— Я встану, отец, — еле выговорил тот. — Только оставь меня, а то я потеряю сознание. Я все делал, как ты хотел, правда. Кэтрин скажет тебе, что я... что я... был весел. Ах, поддержи меня, Кэтрин, дай руку.

— Обопрись на мою, — сказал отец, — и встань на ноги. Так! А теперь возьми ее под руку: ну вот, отлично. И смотри на нее. Вам, верно, кажется, что я сам сатана, мисс Линтон, если вызываю в парне такой ужас. Будьте добры, отведите его домой, хорошо? Его кидает в дрожь, когда я до него дотрагиваюсь.

— Линтон, дорогой! — прошептала Кэтрин. — Я не могу идти на Грозовой Перевал: папа запретил. Твой отец ничего тебе не сделает, почему ты так боишься?

— Я н-не мо-гу войти в дом, — ответил Линтон. — Нельзя мне войти в дом без тебя!

— Стой! — прокричал его отец. — Уважим дочерние чувства Кэтрин. Нелли, отведи его, и я безотлагательно последую твоему совету насчет доктора.

— И хорошо сделаете, — отвечала я. — Но я должна остаться при моей госпоже — ухаживать за вашим сыном не моя забота.

— Ты неуступчива, — сказал Хитклиф, — я знаю. Но ты меня принудишь щипать мальчишку до тех пор, пока его визг не разжалобит тебя. Ну что, герой, пойдешь ты домой, если я сам поведу тебя?

Он снова приблизился и сделал вид, будто хочет подхватить хилого юношу, но Линтон, отшатнувшись, приник к двоюродной сестре и с неистовой настойчивостью, не допускавшей отказа, взмолился, чтоб она проводила его. При всем неодобрении я не посмела помешать ей: в самом деле, как могла она сама оттолкнуть его? Что внушало ему такой страх, мы не могли знать, но было ясно: страх отнял у мальчика последние силы, а если пугать его пуще, так он от потрясения может лишиться рассудка. Мы дошли до порога; Кэтрин вошла в дом, а я стояла и ждала, покуда она доведет больного до кресла, — полагая, что она тотчас же выйдет, — когда мистер Хитклиф, подтолкнув меня, прокричал:

— Мой дом не зачумлен, Нелли, и сегодня мне хочется быть гостеприимным. Садись и позволь мне закрыть дверь.

Он закрыл ее и запер. Я вскочила.

— Вы не уйдете, не выпив чаю, — добавил он. — Я один в доме. Гэртон погнал скот в Лиз, а Зилла и Джозеф вышли прогуляться. И хотя к одиночеству мне не привыкать, я не прочь провести время в интересном обществе, когда есть возможность. Мисс Линтон, сядьте рядом с ним. Даю вам то, что имею: подарок таков, что его едва ли стоит принимать, но больше мне нечего предложить. Я говорю о Линтоне. Как она на меня уставилась! Странно, до чего я свирепею при виде всякого, кто явно меня боится. Если бы я родился в стране, где законы не так строги и вкусы не так утонченны, я подвергал бы этих двух птенцов вивисекции — в порядке вечернего развлечения.

Он тяжело вздохнул, стукнул по столу и выругался про себя:

— Клянусь адом, я их ненавижу!

— Я вовсе вас не боюсь! — крикнула Кэтрин, не слыхавшая его последнего возгласа. Она подошла совсем близко; ее черные глаза горели страстью и решимостью. — Дайте мне ключ: я требую! — сказала она. — Я не стала бы ни пить, ни есть в этом доме, даже если бы умирала от голода.

Хитклиф положил кулак на стол, зажав в нем ключ. Он поднял глаза, несколько удивленный ее смелостью; или, может быть, голос ее и взгляд напомнили ему ту, от кого она их унаследовала. Она ухватилась за ключ и наполовину выдернула его из полуразжавшихся пальцев, но это вернуло Хитклифа к настоящему; он поспешил исправить оплошность.

— Кэтрин Линтон, — сказал он, — оставьте, или я вас одним ударом сшибу с ног. А это сведет миссис Дин с ума.

Невзирая на предупреждение, Кэти снова схватила его кулак с зажатым в нем ключом.

— Мы уйдем, уйдем! — повторяла она, прилагая все усилия, чтобы заставить железные мускулы разжаться. Убедившись, что ногтями ничего не добьешься, она пустила в ход зубы. Хитклиф метнул на меня взгляд, в тот миг удержавший меня от немедленного вмешательства. Кэтрин была слишком занята его пальцами, чтоб разглядеть лицо. Он вдруг разжал их и уступил предмет спора. Но не успела она завладеть ключом, как он ее схватил освободившейся рукой и, пригнув к своему колену, стал наносить ей другою рукой по голове то с одной, то с другой стороны удар за ударом, каждого из которых было бы довольно, чтоб осуществить его угрозу, когда бы избиваемая могла упасть.

Увидев это гнусное насилие, я в ярости набросилась на него.

— Негодяй! — закричала я. — Негодяй!

И толчка в грудь хватило бы, чтоб заставить меня замолчать: я полная и склонна к одышке. А тут еще прибавилось мое бешенство. Я пошатнулась, голова у меня закружилась — вот-вот задохнусь или лопнет кровеносный сосуд. Картина мгновенно изменилась; Кэтрин, отпущенная, прижала руки к вискам и глядела так, точно не была уверена, на месте ли у ней уши. Она дрожала, как тростинка, и оперлась, бедняжка, о стол, совершенно ошеломленная.

— Видите, я умею наказывать детей, — сказал угрюмо подлец, нагибаясь за ключом, упавшим на пол. — Теперь ступайте к Линтону, как я вам приказал, и плачьте всласть! Я стану завтра вашим отцом, а через несколько дней у вас другого отца не будет — так что вам еще перепадет немало такого. Вы много можете выдержать: не из слабеньких! Каждый день вам будет что отведать, если я еще хоть раз подмечу в ваших глазах эту дьявольскую злобу!

Кэти кинулась не к Линтону, а ко мне, села у ног моих и положила горящую щеку на мои колени, громко плача. Ее двоюродный брат забился в угол дивана, тихий, как мышка, и, верно, поздравлял себя, что наказанию подвергся не он, а другой. Мистер Хитклиф, видя всех нас в смятении, встал и принялся сам заваривать чай. Чашки с блюдцами уже стояли на столе; он налил и подал мне чашку.

— Залей-ка этим хандру, — сказал он. — И поухаживай за своею глупой баловницей и моим баловником. Чай не отравлен, хоть и заварен моею рукой. Я пойду присмотрю за вашими лошадьми.

Когда он удалился, нашей первой мыслью было проломить себе выход. Мы попробовали кухонную дверь, но она оказалась заперта снаружи на засов; посмотрели на окна — слишком узки, даже для тоненькой фигурки Кэти.

— Мастер Линтон, — вскричала я, видя, что мы попросту пленники, — вы знаете, за чем гонится этот дьявол, ваш отец, и вы всё должны нам раскрыть, или я надаю вам оплеух, как он вашей двоюродной сестре.

— Да, Линтон, ты должен раскрыть, — сказала Кэтрин. — Я пришла ради тебя, и будет черной неблагодарностью, если ты откажешься!

— Я хочу пить, дай мне чаю, и тогда я тебе все расскажу, — ответил он. — Миссис Дин, отойдите. Мне неприятно, когда вы стоите надо мной. Кэтрин, ты мне напустила слез в чашку. Я не стану пить из нее. Налей другую.

Кэтрин пододвинула ему другую и отерла свое лицо. Мне претило спокойствие, с каким этот жалкий трус держался теперь, когда лично ему больше нечего было опасаться. Тревога, владевшая им в поле, улеглась, как только он переступил порог своего дома. Я поняла, что он страшился вызвать бешеную ярость отца, если не заманит нас на Грозовой Перевал; теперь, когда задача была исполнена, непосредственная угроза для него миновала.

— Папа хочет женить меня на тебе, — продолжал он, отпив немного из чашки. — Но он знает, что дядя не позволит нам пожениться сейчас, и боится, что я умру, пока мы будем тянуть. Поэтому вы должны здесь заночевать, а утром нас поженят; и если вы все сделаете, как хочет мой отец, вы вернетесь завтра на Мызу и возьмете с собою меня.

— Чтоб она взяла тебя с собой, жалкий ублюдок! Обменыш![1] — закричала я. — Поженят! Да он сошел с ума или считает нас всех идиотами! И вы возомнили, что красивая молодая леди... что милая, здоровая и веселая девушка свяжет себя с такой, как вы, полумертвой обезьяной? Вам ли мечтать, что хоть какая-нибудь девица, не то что Кэтрин Линтон, согласится избрать вас в мужья! Вас бы высечь за то, что вы заманили нас сюда своим подлым притворным нытьем. А еще... Нечего лупить на меня глаза! Да, я не побоюсь дать вам таску, и жестокую, за ваше подлое предательство и глупую самонадеянность!

Я его в самом деле слегка тряхнула, но это вызвало приступ кашля, и мальчишка, по своему обычаю, прибег к слезам и стонам, а Кэтрин принялась меня корить.

— Остаться здесь на всю ночь? Нет, — сказала она, осторожно осматриваясь вокруг. — Эллен, я прожгу эту дверь, но выйду отсюда!

И она приступила бы немедленно к выполнению своей угрозы, если бы Линтон не испугался опять за свою драгоценную особу. Он охватил ее обеими своими слабыми руками, рыдая:

— Ты не хочешь принять меня и спасти? Не хочешь, чтобы я жил на Мызе? О Кэтрин, дорогая, ты

---

[1] В английских народных сказках часто рассказывается о том, как эльфы похищают ребенка, подменив его уродцем-эльфом.

просто не вправе уйти и бросить меня! Ты должна подчиниться моему отцу, должна!

— Я должна подчиняться своему отцу, — ответила она, — и должна избавить его от мучительного ожидания. Остаться здесь на всю ночь! Что он подумает? Он, верно, уже в отчаянье. Я пробью выход из дому или прожгу. Успокойся! Тебе ничто не угрожает. Но если ты помешаешь мне... Линтон, я люблю отца больше, чем тебя!

Смертельный ужас перед гневом Хитклифа вернул мальчику его трусливое красноречие. Кэтрин с ним чуть с ума не сошла; все же она настаивала, что должна идти домой, и, в свою очередь, принялась уговаривать его, убеждать, чтоб он забыл свое себялюбивое страданье. Пока они спорили таким образом, вернулся наш тюремщик.

— Ваши лошади убежали, — сказал он, — и... Как, Линтон! Опять распустил нюни? Что она тебе сделала? Нечего тут! Попрощайся — и в кровать! Через месяц-другой ты твердой рукою, мой мальчик, отплатишь ей за ее теперешнее тиранство. Ты истомился по искренней любви — больше тебе ничего на свете не надо. И Кэтрин Линтон пойдет за тебя! Ну, живо в кровать! Зиллы весь вечер не будет. Тебе придется раздеться самому. Ну-ну, не хнычь! Ступай к себе! Я к тебе даже не подойду, можешь не бояться. К счастью, ты действовал пока довольно успешно. Остальное я беру на себя.

Он говорил это, придерживая дверь, чтобы сын мог пройти; и тот прошмыгнул точь-в-точь как собачонка, подозревающая, что человек на пороге собирается дать ей пинка. Снова щелкнул ключ в замке. Хитклиф подошел к камину, у которого мы стояли молча, я и моя молодая госпожа. Кэтрин глянула и инстинктивно поднесла руку к щеке: его близость оживила ощущение боли. Никто другой не мог бы всерьез рассердиться на это детское движение, но он обругал ее и рявкнул:

— Ого! Вы меня не боитесь? Значит, вы умеете скрывать свою храбрость: вид у вас, черт возьми, достаточно испуганный!

— Теперь я вас боюсь, — ответила она, — потому что, если я останусь тут, это будет большим горем для папы, а как я могу причинить ему горе, когда он... когда он... Мистер Хитклиф, отпустите меня домой! Обещаю вам выйти замуж за Линтона; я его люблю, и папа даст согласие. Почему вы силой принуждаете меня к тому, что я и без того готова сделать по доброй воле?

— Пусть только попробует принудить вас! — закричала я. — У нас в стране есть правосудие — есть еще, славу богу, хоть мы и живем в захолустье. Да за такое дело я на родного сына заявила бы властям. Это же разбой, за который и священника потянут в суд.

— Молчать! — крикнул негодяй. — Черт тебя подери с твоим криком. Мне ни к чему, чтобы ты тут разговаривала. Мисс Линтон, мысль, что ваш отец в горе, мне крайне приятна: я от радости лишусь нынче сна. Вы не могли бы найти более верного способа заставить меня продержать вас под крышей моего дома еще сутки, как сообщив мне, что это приведет к таким последствиям. Что же касается вашего обещания выйти замуж за Линтона, то я приму меры, чтобы вы его сдержали: вас не выпустят отсюда, пока обещание не будет исполнено.

— Так пошлите Эллен сказать папе, что я жива и здорова! — вскричала Кэтрин, горько плача. — Или обвенчайте меня сейчас же. Бедный папа!.. Эллен, он подумает, что мы погибли. Что нам делать?

— Ничего похожего! Он подумает, что вам наскучило ухаживать за ним и что вы сбежали, решив немного позабавиться, — сказал Хитклиф. — Вы не можете отрицать, что зашли ко мне по собственному желанию, вопреки его настойчивым запретам. И вполне естественно, что вы в вашем возрасте ищете увеселений и что вам надоело нянчиться с больным, который вам всего лишь отец. Кэтрин, его счастливая пора миновала в тот день, когда вы появились на свет. Он вас проклинал, я думаю, за то, что вы родились (я, по крайней мере, проклинал вас неустанно), и правильно будет, если, покидая этот свет, он станет опять проклинать вас. И я с ним вместе. Я не люблю вас. Как мне вас любить? Бросьте плакать. Полагаю, это будет впредь вашим основным занятием, если Линтон не вознаградит вас за другие потери — ваш дальновидный родитель, кажется, воображает, что мой сын на это способен. Его письма с советами и утешениями меня чрезвычайно забавляли. В последнем письме он советует моему сокровищу быть бережным с его драгоценной доченькой; и быть добрым к ней, когда она ему достанется: быть бережным и добрым — это ли не по-отцовски? Но Линтону вся его бережность и доброта нужны для самого себя. Он отлично умеет быть маленьким тираном. Он возьмется замучить сколько угодно кошек при условии, что им вырвут зубы и подпилят когти. Вы сможете рассказать его дяде немало прелестных историй о его доброте, когда вернетесь домой, уверяю вас.

— Вот это вы правильно! — сказала я. — Разъясните ей, каков характер у вашего сына! Покажите, в чем Линтон похож на вас, и тогда, я надеюсь, мисс Кэти дважды подумает, прежде чем выйти замуж за гадюку!

— Мне незачем говорить сейчас о его приятных качествах, — ответил он. — Она все равно должна будет или пойти за него, или оставаться под арестом с тобою вместе, покуда твой господин не помрет. Я могу держать тут вас обеих взаперти тайно ото всех. Если сомневаешься, подбей ее взять назад свое слово, тогда тебе представится возможность в этом убедиться.

— Я не возьму назад своего слова, — сказала Кэтрин. — Я обвенчаюсь с Линтоном сейчас же, если мне разрешат после этого вернуться на Мызу. Мистер Хитклиф, вы жестокий человек, но вы не злодей. Вы не захотите просто по злобе сделать меня на всю жизнь непоправимо несчастной. Если папа подумает, что я покинула его нарочно, и если он умрет раньше, чем я вернусь, как мне жить после этого? Я больше не плачу; но вот я бросаюсь вам в ноги, и я не встану с колен и не сведу глаз с вашего лица, пока вы не взглянете на меня! Нет, не отворачивайтесь, глядите! Вы не увидите ничего, что могло бы вас раздражать. У меня нет к вам ненависти. Я не сержусь, что вы меня ударили. Вы никогда никого в вашей жизни не любили, дядя? Никогда? Ах! Вы должны взглянуть на меня хоть раз. Я так несчастна, что вы не можете не пожалеть меня!

— Разожмите ваши цепкие пальцы и убирайтесь, или я дам вам пинка! — крикнул Хитклиф, грубо ее оттолкнув. — Я предпочту, чтоб меня обвила змея. Какого черта вздумалось вам ласиться ко мне? Вы мне противны!

Он брезгливо повел плечами, передернулся, точно в самом деле по телу его пробежала дрожь отвращения, и вскочил со стула, когда я раскрыла рот, чтоб обрушить на него поток брани. Но меня оборвали на первой же фразе угрозой: если я скажу еще полслова, меня запрут в другой комнате. Уже смеркалось. Мы услышали голоса у садовых ворот. Наш хозяин поспешил тотчас выйти. Он не терял головы, а мы были как безумные. Две-три минуты шел разговор, затем хозяин дома вернулся один.

— Мне показалось, что это ваш двоюродный брат Гэртон, — заметила я, обратившись к Кэтрин. — Хорошо бы, если б он пришел! Кто знает, может быть, он примет нашу сторону?

— Это были трое слуг, посланных в поиски за вами с Мызы, — сказал Хитклиф, подслушав меня. — Тебе нужно было только открыть окно и позвать; но клянусь, девочка рада-радешенька, что ты этого не сделала; рада, что принуждена остаться, я уверен!

Узнав, какой мы упустили случай, обе мы безудержно предались своему горю, и Хитклиф позволил нам плакать до девяти часов. В девять он приказал нам пройти наверх, через кухню, в комнату Зиллы; и я шепнула моей молодой госпоже, чтоб она подчинилась: может быть, нам удастся вылезть там в окно или пробраться на чердак и оттуда на крышу. Однако проем окна оказался там таким же узким, как внизу, а выйти на чердачную лестницу даже и попробовать не пришлось, потому что нас опять заперли. Мы обе всю ночь не ложились. Кэтрин стояла у окна и с нетерпением ждала рассвета, отвечая только глубокими вздохами на мои уговоры прилечь и отдохнуть. Сама я сидела в кресле и раскачивалась, жестоко осуждая себя за то, что неоднократно нарушила долг, из чего, как мне тогда казалось, проистекли все несчастья моих господ. На деле, я понимаю, это было не так, но так оно мнилось моему воображению в ту горькую ночь; и я самого Хитклифа считала менее виновным, чем себя.

В семь часов утра он явился к нам и спросил, встала ли мисс Линтон. Она тотчас подбежала к двери и крикнула: «Да!»

— Живей сюда! — сказал он, открыв дверь, и вытащил Кэтрин за порог. Я поднялась, чтобы последовать за ней, но он снова повернул ключ в замке. Я требовала, чтобы меня выпустили.

— Потерпи! — ответил он. — Я сию минуту пришлю тебе завтрак.

Я колотила в дверь и яростно гремела щеколдой; и Кэтрин спросила, почему меня все еще держат под замком. Хитклиф ответил, что мне придется потерпеть еще час, и они ушли. Я терпела два и три часа. Наконец я услышала шаги, но не Хитклифа.

— Я несу вам поесть, — сказал голос. — Отворите.

Радостно распахнув дверь, я увидела Гэртона, нагруженного запасом снеди, достаточным для меня на весь день.

— Возьмите, — сказал он, сунув мне в руки поднос.

— Постойте минутку, — начала я.

— Нельзя! — крикнул он и ушел, как я ни молила его подождать. Он и слушать не стал.

И так меня продержали под замком весь тот день и всю ночь, и еще одни сутки, и следующие... Пять ночей и четыре дня я просидела там, не видя никого, кроме Гэртона раз в сутки, по утрам; а он был образцовым тюремщиком: угрюмым и немым; и глухим ко всякой попытке затронуть в нем чувство справедливости или сострадания.

Глава XXVIII

На пятое утро, верней — на пятый день, послышались другие шаги, легче и мельче, и на этот раз пришедший переступил порог. Это была Зилла — нарядная, в пунцовой шали, в черной шелковой шляпе, а на руке — плетеная корзинка.

— Господи, миссис Дин! — воскликнула она. — А в Гиммертоне только и разговору, что о вас. Я думала, вы не иначе как утонули в болоте Черной Лошади, и барышня вместе с вами, — пока хозяин не сказал мне, что вы нашлись и что он вас устроил здесь у меня! Вот оно как! Вы, надо думать, выбрались на островок? Сколько же времени вы просидели в болоте? И кто вас спас, миссис Дин, — хозяин? Но вы не похудели — видно, вам пришлось не так уж скверно, да?..

— Ваш хозяин — сущий негодяй! — отвечала я. — Но он за все ответит. Зря он рассказывает свои басни: все равно правда выйдет наружу.

— Что вы хотите сказать? — спросила Зилла. — Ведь не он пустил этот слух. Так на деревне рассказывают, будто вы потонули в болоте; а я, как пришла, говорю этому Эрншо: «Ох, какая тут вышла страшная история, пока меня не было. Как жалко барышню — такая была красивая! И славную Нелли Дин». А он только вытаращил глаза. Я подумала, он ничего не знает, ну и передала ему, какая идет молва. А хозяин слушает тоже, и все улыбается про себя, и говорит: «Если они и сидели в болоте, то теперь их вытащили, Зилла. Нелли Дин находится сейчас в вашей комнате. Можете ей сказать, когда подниметесь к себе, чтоб она выметалась. Вот ключ. Болотные пары ударили ей в голову, и она хотела бежать стремглав домой, но я ее запер на то время, пока она не прочухается. Можете сейчас же отправить ее в Скворцы, если только она в состоянии идти, и передайте ей от меня, что ее молодая госпожа последует за нею как раз вовремя, чтобы не опоздать на похороны сквайра».

— Мистер Эдгар умер? Не может быть! — закричала я. — Ох, Зилла, Зилла!

— Нет, нет. Сядьте, моя добрая миссис Дин, — ответила она. — Никак, вам дурно? Он не умер. Доктор Кеннет думает, что он протянет еще денек. Я встретила его по дороге и спросила.

Я не села — я схватила салоп и шляпу и бросилась вниз, благо путь передо мною был свободен. Войдя в *дом*, я посмотрела, нет ли кого, кто мог бы мне что-нибудь сказать о Кэтрин. Комнату заливало солнце, и дверь была раскрыта настежь, но никого поблизости не оказалось. Пока я не могла решиться, уйти ли мне сразу же или вернуться и поискать свою госпожу, легкий кашель привлек мое внимание к очагу. Линтон, один во всей комнате, лежал на диване, сосал леденец и равнодушным взглядом следил за мной.

— Где мисс Кэтрин? — я спросила строго, полагая, что могу припугнуть его и узнать все, что нужно, пока мы с ним тут с глазу на глаз. Он с невинным видом продолжал сосать. — Ушла? — спросила я.

— Нет, — ответил он, — она наверху: ей незачем уходить, мы ее не пустим.

— Вы ее не пустите? Безмозглый щенок! — закричала я. — Немедленно отведите меня в ее комнату, или вы у меня запоете.

— Это вы запоете у папы, если попробуете туда

пройти, — ответил он. — Он говорит, что я должен быть построже с Кэтрин: она моя жена, и это позор, что она хочет оставить меня. Он говорит, что она ненавидит меня и хочет моей смерти, чтобы ей достались мои деньги, но они ей не достанутся, и она не уйдет домой! Не уйдет! Сколько бы ни плакала и ни падала в обморок!

Он вернулся к прежнему своему занятию и сомкнул веки, как будто решив соснуть.

— Мастер Хитклиф, — заговорила я опять, — неужели вы забыли, как добра была к вам Кэтрин этой зимой, когда вы уверяли, что любите ее? Забыли, как она носила вам книжки и пела песни, и не раз приходила в холод и вьюгу, чтобы с вами повидаться? Если ей приходилось пропустить один вечер, она плакала, что вы будете ждать понапрасну. Тогда вы понимали, что она к вам во сто раз добрее, чем надо; а теперь вы верите облыжным наговорам отца, хоть и знаете, что он ненавидит вас обоих. И вы в союзе с ним против Кэти. Так-то вы ей благодарны, да?

Углы губ у Линтона опустились; он вынул изо рта леденец.

— Разве стала б она приходить на Грозовой Перевал, если бы ненавидела вас? — продолжала я. — Подумайте сами! А что до ваших денег, так она даже не знает, что они у вас будут. И вы сами сказали, что ее доводят до обмороков, и все-таки оставляете ее одну в чужом доме! Уж вам ли не знать, каково это — быть у всех в загоне! Вы так жалели себя самого из-за своих страданий, и она тоже вас жалела, а к ней у вас нет жалости! Вот я лью слезы, мастер Хитклиф, вы видите — пожилая женщина и всего лишь слуга. А вы после того, как говорили, что так ее любите, вы, кому бы следовало ее боготворить, вы все свои слезы приберегли для себя самого и лежите здесь преспокойно. Ах вы, мальчишка, бессердечный себялюбец!

— Я не могу сидеть с ней, — ответил он брюзгливо. — Она меня выжила из моей комнаты: все время ревет, а я не могу этого переносить! Она все не перестает, хоть я и говорю, что позову отца. Я раз позвал его, и он пригрозил задушить ее, если она не уймется; но она начала снова, как только он вышел за дверь, и ныла и причитала всю ночь, хоть я стонал от мучения, потому что не мог заснуть.

— Мистера Хитклифа нет? — спросила я, видя, что этот жалкий человечек не способен посочувствовать своей двоюродной сестре в ее душевной пытке.

— Он во дворе, — ответил Линтон, — разговаривает с доктором Кеннетом, а доктор говорит, что дядя наконец и в самом деле умирает. Я рад, потому что останусь после него владельцем Скворцов. Кэтрин всегда говорит о Мызе как о своем доме. А дом не ее: он мой. Папа говорит: все, что есть у нее, — мое. Все ее чудные книжки — мои. Она предлагала отдать мне и книжки, и свою лошадку Минни, и красивых птиц, если я достану ключ от нашей комнаты и выпущу ее, но я ей ответил, что ей нечего мне предложить — это все мое. И тогда она заплакала и сняла с шеи маленький портрет и сказала, что отдаст это мне — два портрета в золотом медальоне: с одной стороны ее мать, с другой — дядя, когда были молодыми. Это произошло вчера. Я сказал, что портреты тоже мои, и попробовал забрать у нее медальон. А злая девчонка не давала; она оттолкнула меня и сделала мне больно. Я закричал; тогда она испугалась — услышала, что идет мой отец, — сломала петли, разняла медальон и отдала мне портрет своей матери. Второй портрет она попыталась спрятать: но папа спросил, в чем дело, и я объяснил. Он отобрал ту половину, что была у меня, и велел ей отдать мне свою. Она отказалась, и он... он избил ее и сорвал медальон с цепочки и раздавил его каблуком.

— И вам было приятно смотреть, как ее бьют? — спросила я, нарочно поощряя его говорить еще и еще.

— Я зажмурил глаза, — ответил он, — я всегда жмурюсь, когда отец у меня на глазах бьет лошадь или собаку, он это делает так жестоко! Все же я сперва обрадовался — Кэти заслуживала наказания за то, что толкнула меня. Но когда папа ушел, она подвела меня к окну и показала мне свою щеку, разодранную изнутри о зубы, и полный крови рот. А потом она подобрала обрывки портрета и отошла и села лицом к стене, и с того часу она ни разу со мной не заговорила; временами кажется, что она не может говорить от боли. Мне неприятно это думать, но она противная, что непрестанно плачет, и такая бледная и дикая на вид, что я ее боюсь.

— А вы можете достать ключ, если захотите? — спросила я.

— Да, когда я пойду наверх, — ответил он. — Но сейчас я не могу пойти наверх.

— В какой это комнате? — спросила я.

— Ну, нет! — закричал он. — Вам я не скажу где! Это наша тайна. Никто не должен знать — ни Гэртон, ни Зилла. Довольно! Я устал от вас — уходите,

уходите! — И он склонил голову на руку и снова закрыл глаза.

Я сочла наилучшим уйти, не повидавшись с мистером Хитклифом, и принести освобождение моей молодой госпоже из ее родительского дома. Когда я там появилась, слуги встретили меня с большим удивлением и большой радостью, а когда они услышали, что и барышня наша цела и невредима, двое или трое из них хотели тут же броситься наверх и закричать об этом у дверей мистера Эдгара, но я заявила, что должна сама сообщить ему новость. До чего он изменился, на мой взгляд, за эти несколько дней! В ожидании смерти он лежал, как воплощение скорби и покорности. И выглядел совсем молодым: на деле ему было тридцать девять лет, но вы не дали бы ему и тридцати. Он думал, видно, о Кэтрин, так как шептал ее имя. Я взяла его за руку и заговорила.

— Кэтрин придет, мой дорогой господин, — сказала я тихо, — она жива и здорова и к вечеру, надеюсь, будет здесь.

Я задрожала, когда увидела первое действие этих слов: он приподнялся, жадно обвел глазами комнату и упал на подушку в обмороке. Когда он пришел в себя, я рассказала, как нас принудили посетить Грозовой Перевал, а потом насильственно там задержали. Я сказала, что Хитклиф попросту втащил меня в дом, хоть это и не совсем отвечало правде. Я старалась говорить как можно меньше против Линтона и не стала описывать всю грубость его отца, потому что не хотела добавлять горечи в его и без того переполненную чашу.

Он разгадал, что в намерения его врага входило

закрепить за сыном — вернее, за собою — не только земли Линтонов, но и личное имущество мисс Кэтрин. Но почему Хитклиф не ждал спокойно его смерти, оставалось загадкой для моего господина, потому что он не знал, как быстро вслед за ним должен был сойти в могилу его племянник. Все же он понял, что нужно изменить завещание. Он решил не оставлять Кэтрин капитал в личное распоряжение, а передать его в руки опекунов, завещав его ей в пожизненное пользование с последующим переходом к ее детям, если они у нее будут. Таким образом, если б Линтон умер, наследство не могло бы перейти к мистеру Хитклифу.

Получив распоряжение от моего господина, я отправила человека за стряпчим, а четырех других, снабженных пригодным оружием, послала вытребовать у ее тюремщика мою молодую госпожу. И тот и эти задержались до ночи. Одиночный посланец пришел обратно первым. Он сказал, что мистер Грин, наш поверенный, когда он прибыл к нему, находился в отлучке и пришлось два часа ждать его возвращения; а когда Грин наконец вернулся, то сказал, что у него есть одно дельце в деревне, которое он никак не может отложить, но что он еще до рассвета прибудет на Мызу. Те четверо тоже никого с собой не привели. Они только принесли весть, что Кэтрин больна — так больна, что не может выйти из комнаты, — и что Хитклиф не дал им повидаться с нею. Я как следует отругала глупцов, что они поверили этой басне, которую я не стала пересказывать своему господину, решив нагрянуть утром всем гуртом на Перевал и буквально взять дом штурмом, если нам не выдадут узницу добром. Отец ее увидит, клялась я снова и снова, хотя бы нам пришлось убить этого дьявола на пороге его дома, когда он стал бы нам сопротивляться!

К счастью, я была избавлена от лишних хлопот и волнений. В три часа утра, спустившись вниз за водой, я с кувшином в руках проходила через переднюю и чуть не заплясала от радости, услышав решительный стук в парадную дверь. «Ах нет! Это Грин, — сказала я, опомнившись, — это только мистер Грин!» И пошла дальше, решив, что вышлю кого-нибудь другого открыть ему. Однако стук повторился — не громко, но все же настойчиво. Я поставила кувшин на перила и поспешила отворить стряпчему сама. Осенний месяц ярко светил снаружи. То был не стряпчий. Моя милая маленькая госпожа кинулась, рыдая, мне на шею.

— Эллен! Эллен! Папа еще жив?

— Да! — закричала я. — Да, мой ангел, он жив! Слава богу, что вы опять с нами!

Она хотела тут же, не отдышавшись, бежать в комнату мистера Линтона, но я ее заставила сесть на стул и дала ей напиться; я умыла ее и передником натерла до румянца ее бледные щеки; потом объяснила, что я должна пройти вперед и предупредить о ее возвращении; и я ее умоляла сказать отцу, что она будет счастлива с юным Хитклифом. Она посмотрела на меня в недоумении, но, быстро сообразив, почему я советую ей говорить неправду, она меня уверила, что не станет жаловаться.

Я не посмела присутствовать при их встрече. С четверть часа стояла я в коридоре за дверью и едва отважилась потом подойти к кровати. Все, однако, было тихо. Отчаяние Кэтрин проявлялось так же молчаливо, как радость ее отца. Он полусидел в подушках, и она его поддерживала, спокойная с виду; а он глядел в ее лицо расширившимися от восторга глазами.

Он умер блаженно, мистер Локвуд; да, именно так! Поцеловав ее в щеку, он прошептал:

— Я ухожу к ней. И ты, мое дорогое дитя, тоже приедешь к нам! — И больше он не двигался и не говорил, только все глядел восхищенным лучистым взором, пока не перестало биться его сердце и не отлетела душа. Никто не заметил точно минуту, когда он умер, — так тихо он скончался, без всякой борьбы.

Все ли слезы иссякли у Кэтрин, или слишком было тяжким горе, чтоб дать им пролиться, но она сидела с сухими глазами, пока не взошло солнце. Она сидела до полудня и так и оставалась бы в задумчивости у кровати покойника, но я настояла, чтоб она ушла к себе и соснула. Хорошо, что мне удалось удалить ее, потому что к обеду явился наш законник, наведавшись перед тем на Грозовой Перевал, где получил указания, как ему действовать. Он продался мистеру Хитклифу; в этом была причина, почему он медлил прийти по приглашению моего господина. К счастью, после возвращения дочери ни единый помысел о мирских делах уже не приходил на ум мистеру Эдгару, не возмутил его дух.

Мистер Грин взял на себя распорядиться на месте всем и всеми. Он рассчитал всех слуг, кроме меня. И так широко толковал свои полномочия, что хотел похоронить Эдгара Линтона не рядом с его женой, а в церкви, в фамильном склепе Линтонов. Этому, однако, помешало завещание и мои громогласные протесты против всяких отступлений от указанной в нем воли покойного. С похоронами торопились. Кэтрин — теперь миссис Линтон Хитклиф — было разрешено оставаться в Скворцах, пока лежало в доме тело ее отца.

Она рассказала мне, что, видя, как она терзается, Линтон в конце концов отважился пойти на риск и выпустил ее. Она слышала, как посланные мною люди спорили у дверей, и угадала, что им ответил Хитклиф: это ее привело в отчаянье. Линтона вскоре после моего ухода перенесли в маленькую гостиную, и моя молодая госпожа так его запугала, что он согласился, пока отец не поднялся опять наверх, достать ключ. Он умел тихонько запирать и отпирать дверь; и когда он должен был ложиться спать, он попросил, чтоб ему позволили ночевать у Гэртона, и ему тут же разрешили. Кэтрин убежала до рассвета. Через дверь она выйти не посмела, боясь всполошить собак. Она заходила подряд во все пустые чуланы, осматривала окна и, попав, на свое счастье, в комнату покойной матери, легко вылезла там в окно и спустилась на землю по стволу росшей рядом с домом ели. Ее сообщник понес наказание за то, что помог ей сбежать, — никакие трусливые выдумки его не спасли.

Глава XXIX

Вечером после похорон мы с моей молодой леди сидели в библиотеке, то раздумывая с печалью — а она с отчаяньем — о нашей потере, то загадывая о нашем горьком будущем.

Мы сошлись на том, что лучшее, чего Кэтрин могла ожидать, это, что ей разрешат проживать и дальше на Мызе — по крайней мере, покуда Линтон жив: быть может, и ему позволят поселиться здесь же, а меня оставят ключницей. Надежда на такой благоприятный исход казалась слишком смелой, но все же я не теряла ее, и я уже радовалась, поверив, что не расстанусь ни с домом, ни со службой, ни, главное, с моей любимой молодой хозяйкой, когда в комнату прибежал, запыхавшись, слуга — один из тех, которые получили расчет, но еще не уехали, — и сказал, что «этот чертов Хитклиф» идет по двору: так не запереть ли перед его носом дверь?

Если б у нас и достало безрассудства на такое распоряжение, нам не хватило бы времени. Хитклиф не счел нужным постучаться или доложить о себе: он был хозяином и воспользовался хозяйским правом входить не спросившись. На наши голоса он прошел прямо в библиотеку, без слов выпроводил слугу и закрыл дверь.

Это была та самая комната, куда его ввели как гостя восемнадцать лет тому назад. Та же луна светила в окно, и лежал за окном тот же осенний пейзаж. Мы еще не зажигали свечу, но в комнате все было видно, даже портреты на стене: красивая головка миссис Линтон, изящное лицо ее мужа. Хитклиф подошел к очагу. Внешне он тоже мало изменился с годами. Тот же человек: только смуглое лицо его стало несколько желтей и спокойней, а фигура, пожалуй, несколько более грузной — вот и все различие. При виде его Кэтрин встала, порываясь уйти.

— Стойте! — сказал он, удерживая ее за руку. — Больше побегов не будет! Куда вам бежать? Я пришел отвести вас домой, и вы, надеюсь, будете послушной дочерью и не станете впредь побуждать моего сына к неповиновению. Я не мог придумать, как мне его наказать, когда узнал о его соучастии в этой истории: он как паутина, ущипнешь — и его не стало; но вы по его виду поймете, что он получил свое. Третьего дня вечерком я свел его вниз, посадил на стул и больше к нему не прикоснулся. Гэртона я выслал, мы остались вдвоем. Через два часа я позвал Джозефа отнести Линтона опять наверх; и с того часа мое присутствие так действует ему на нервы, точно ему явилось привидение: мне думается, он часто видит меня и тогда, когда меня нет поблизости. Гэртон говорит, что он просыпается среди ночи, и кричит целый час, и зовет вас защитить его от меня, и люб ли вам ваш бесценный супруг, или нет, вы пойдете к нему: теперь вам о нем думать; перелагаю на вас всю заботу о нем.

— А может быть, вы позволите Кэтрин жить и дальше здесь, — вступилась я, — и отошлете мастера Линтона к ней? Вы их обоих ненавидите и, значит, не станете скучать о них: для вас, лишенного сердца, от них одна докука.

— Мызу я думаю сдать, — ответил он, — и, понятно, я хочу, чтобы мои дети были при мне. Кроме того, эта девчонка должна платить мне услугами за свой хлеб. Я не намерен содержать ее в роскоши и безделье, когда Линтон умрет. А теперь — собирайтесь, да поскорей: и не вынуждайте меня прибегать к насильственным мерам.

— Я пойду, — сказала Кэтрин, — кроме Линтона, мне некого в мире любить: и хотя вы сделали все, что могли, чтобы он стал ненавистен мне, а я ему, все же вы не заставите нас разлюбить друг друга. И я посмотрю, как вы посмеете чинить ему вред при мне и как вы запугаете меня.

— Храбритесь, хвастливый вояка! — ответил Хитклиф. — Но и я не так вас люблю, чтобы вредить ему. Ваши мученья не должны кончиться до срока, и вы их изведаете сполна. Не я сделаю его ненавистным для вас — это сделает его милый нрав. Из-за вашего побега со всеми его последствиями Линтон теперь — сама желчь. Не ждите благодарности за вашу великодушную преданность. Я слышал, как он расписывал Зилле, что он стал бы делать, будь он так силен, как я: наклонности налицо, а самая слабость изощрит его изобретательность взамен силы.

— Я знаю, что у него злая натура, — сказала Кэтрин, — он ваш сын. Но я рада, что я добрее, что я могу простить; знаю, что он любит меня, — и по этой причине люблю его. Мистер Хитклиф, у вас нет никого, кто любил бы вас, и сколько бы вы ни старались сделать несчастными и сына своего и меня, нас за все вознаграждает мысль, что жестокость ваша порождена еще большим вашим несчастьем. Ведь вы несчастны, правда? Одиноки, как дьявол, и, как он, завистливы? Вас никто не любит, никто не заплачет о вас, когда вы умрете. Не хотела бы я быть на вашем месте!

Кэтрин говорила с мрачным торжеством. Она как будто решила усвоить дух своей будущей семьи и находила наслажденье в горе своих врагов.

— Тебе придется пожалеть себя самое, — сказал ее свекор, — если ты промешкаешь здесь еще минуту. Ступай, ведьма, собирай свои вещи!

Она с презрением удалилась. Пока ее не было, я стала проситься на Грозовой Перевал на место Зиллы, предлагая уступить ей мое. Но Хитклиф ни за что не соглашался. Он попросил меня помолчать; и тут в первый раз решился обвести глазами комнату и посмотреть на портреты. Разглядывая портрет миссис Линтон, он сказал:

— Этот я заберу к себе, не потому, что он мне нужен, но... — Он круто повернулся к огню, и на его лице проступило нечто такое, что я, не находя другого слова, назову улыбкой. — Я скажу тебе, — продолжал он, — что я сделал вчера. Я попросил могильщика, копавшего могилу Линтону, счистить землю с крышки ее гроба и открыл его. Я думал сперва, что не сойду уже с места, когда увидел вновь ее лицо — это все еще было ее лицо! Могильщик меня с трудом растолкал. Он сказал, что лицо изменится, если на него подует ветром, и тогда я расшатал стенку гроба с одной стороны и опять засыпал гроб землей — не с того бока, где положат Линтона, будь он проклят! По мне, пусть бы его запаяли в свинец. И я подкупил могильщика, чтобы он отодвинул в сторону гроб Кэтрин, когда меня положат туда, и мой оттащил бы тоже. Я позабочусь, чтобы так оно и было. К тому времени, когда Линтон доберется до нас, он не будет знать, где из нас кто.

— Нехорошо, нехорошо, мистер Хитклиф! — возмутилась я. — Не стыдно вам было тревожить покойницу?

— Я никого не потревожил, Нелли, — возразил он, — я добыл мир самому себе. Теперь я стану куда спокойней, и теперь у вас есть надежда, что я останусь лежать под землей, когда меня похоронят. Тревожить ее? Нет! Это она тревожила меня, ночью и днем, восемнадцать лет... непрестанно... безжалостно... до вчерашней ночи: вчера ночью я обрел покой. Мне мечталось, что я сплю последним сном рядом с нею, мертвой, и что сердце мое остановилось, а щека примерзла к ее щеке.

— А если б она рассыпалась в прах или того хуже, о чем мечтали бы вы тогда? — сказала я.

— О том, чтоб рассыпаться в прах вместе с нею — и все-таки быть счастливей, — ответил он. — Думаете, я страшился перемены такого рода? Я ждал подобного преображения, поднимая крышку, но я рад, что оно наступит не раньше той поры, когда оно сможет захватить и меня. К тому же, если бы в моем мозгу не запечатлелось так отчетливо ее бесстрастное лицо, я вряд ли бы освободился от того странного чувства. Началось это необычно. Ты знаешь, что я был не в себе, когда она умерла: непрестанно, с рассвета до рассвета, я молил ее выслать ко мне свой призрак. Я крепко верю в духов; верю, что они могут бродить среди нас — и действительно бродят, существуют бок о бок с нами. В день, когда ее похоронили, выпал снег. Вечером я пошел на кладбище. Вьюга мела, как зимой... А кругом пустынно. Я не боялся, что ее глупый муж станет шататься у ее приюта в тот поздний час, а больше никого не могло туда принести. Оставшись с ней один и сознавая, что между нами преградой только два ярда рыхлой земли, я сказал себе: «Я снова заключу ее в объятья! Если она холодна, я стану думать, что это холодно мне, что меня пронизывает северный ветер; и если она неподвижна, скажу, что это сон». Я взял в сарае лопату и принялся копать изо всех сил. Железо скребнуло по гробу: я стал работать руками. Дерево уже треснуло около винтов. Еще немного, и я достиг бы цели, когда мне послышалось, что кто-то вздохнул наверху, на краю могилы, и склонился вниз. «Только бы мне снять крышку, — прошептал я, — и пусть засыплют нас обоих!» И я еще отчаянней принялся за дело. Снова послышался вздох — над самым моим ухом. Я словно ощутил, как теплое дыхание отстранило морозный ветер. Я знал, что поблизости нет никого из плоти и крови; но с той же несомненностью, с какой мы замечаем в темноте приближение живого существа, хоть глаз и не может его различить, я отчетливо ощущал, что Кэти здесь; не под землей, а на земле. Внезапное чувство облегчения наполнило мне сердце и разлилось по всему телу. Я бросил свою отчаянную затею, и сразу явилось утешение — несказанное утешение. Она была рядом со мной; была со мной, пока я сыпал землю обратно в могилу, и не покидала меня на пути домой. Смейся, если угодно, но я был уверен, что дома увижу ее. Я был уверен, что она рядом, и я не мог не разговаривать с нею. Добравшись до Грозового Перевала, я с надеждой кинулся к двери. Дверь была заперта; и, помню, этот окаянный Эрншо и моя жена не пускали меня в дом. Помню, я остановился, чтобы тряхнуть подлеца — и дух вон! Потом поспешил наверх, в ее комнату — в нашу комнату. Я в нетерпении глядел вокруг... Я чувствовал ее рядом... я почти видел ее — и все-таки не видел! Верно, кровавый пот проступил у меня от тоски и томления... от жаркой моей мольбы дать мне взглянуть на нее хоть раз! Не захотела! Обернулась тем же дьяволом, каким она часто являлась мне. И с той поры я всегда — то в большей, то в меньшей мере — терплю эту невыносимую, адскую му́ку. Я держу свои нервы в таком напряжении, что, не будь они у меня как струны, они давно бы ослабели не хуже, чем у Линтона. Когда я сидел, бывало, с Гэртоном у очага, казалось, стоит выйти за порог, и я встречу ее; когда бродил среди зарослей вереска, я должен был встретить ее, как только вернусь домой. Едва уйдя из дому, я спешил назад: она непременно дома, на Перевале, я знал это точно! А когда ложился спать в ее комнате, сон не шел ко мне. Я там не мог уснуть, потому что, едва я сомкну глаза, она оказывалась за окном, или соскальзывала по переборкам, или входила в комнату и даже клала голову ко мне на подушку, как, бывало, девочкой; и я должен был открыть глаза, чтоб увидеть ее. И за ночь я закрывал и открывал их по сто раз, и всегда напрасно. Это было пыткой! Часто я громко стонал, так что старый мерзавец Джозеф думал, конечно, что меня адски мучают угрызения совести. Теперь, когда я ее увидел, я успокоился немного. Это был странный способ убивать — не то что постепенно, а по самым крошечным частицам: обольщать меня призраком надежды восемнадцать лет!

Мистер Хитклиф замолк и отер лоб. Волосы его прилипли к вискам, взмокшие от испарины, глаза глядели неотрывно на красные угли в камине, брови же он не сдвинул, а поднял чуть не под корни волос, что делало его лицо не таким угрюмым, но сообщало чертам странную встревоженность и томительное напряжение, как будто вся сила мысли была устремлена на один предмет. Говоря, он лишь наполовину обращался ко мне, и я не нарушала молчания. Мне было не по душе слушать его речи! Вскоре затем он опять задумался над портретом, снял его и приставил к спинке дивана, чтобы видеть в лучшем освещении; и когда он снова загляделся на него, вошла Кэтрин и объявила, что готова, пусть ей только оседлают ее пони.

— Перешлете это завтра, — сказал мне Хитклиф. Потом, повернувшись к ней, добавил: — Пони вам ни к чему. Вечер прекрасный, а на Грозовом Перевале вам никакие пони не понадобятся: для тех прогулок, какие вам разрешат, обойдетесь и своими двумя. Идемте.

— До свидания, Эллен! — шепнула моя дорогая маленькая госпожа. Когда она меня поцеловала, губы ее были как лед. — Заходи навещать меня, Эллен, непременно.

— И не вздумайте, миссис Дин! — сказал ее новый отец. — Когда я захочу побеседовать с вами, я приду сюда. Мне не нужно, чтоб вы за мной шпионили!

Он подал ей знак идти впереди него; и, кинув мне взгляд, резанувший меня по сердцу, она подчинилась. Я стала у окна и смотрела им вслед, когда они шли садом. Хитклиф крепко взял Кэтрин об руку, хоть она, как видно, сперва возражала; и быстрым шагом уволок ее в аллею, где их укрыли деревья.

Глава XXX

Я навестила раз Перевал, но с Кэтрин так больше и не увиделась. Джозеф уперся рукой в косяк, когда я зашла и спросила свою барышню, и не дал мне к ней пройти. Он сказал, что миссис Линтон занята, а хозяина нет дома. Зилла мне рассказала кое-что об их житье-бытье, а то бы я и не знала, пожалуй, кто там у них жив, кто помер. Она считает Кэтрин высокомерной и недолюбливает ее, как я поняла из ее разговора. Молодая леди на первых порах просила ее кое в чем услужить ей; но мистер Хитклиф наказал ей делать свое дело и предоставить его невестке самой о себе заботиться, и Зилла, ограниченная, черствая женщина, охотно подчинилась приказу. Кэтрин такое невнимание приняла с ребяческой злостью: платила за него презрением и зачислила ключницу в число своих врагов, как если бы та и впрямь нанесла ей тяжкую обиду. У меня был длинный разговор с Зиллой месяца полтора тому назад, незадолго до вашего приезда, когда мы с нею встретились на вересковом поле; и вот что я от нее услышала.

— Миссис Линтон, как пришла сюда, — рассказывала Зилла, — так первым делом, не поздоровавшись ни со мною, ни с Джозефом, побежала наверх, заперлась в комнате Линтона и до утра не показывалась. Утром, когда хозяин с Эрншо завтракали, она сошла вниз и спросила, вся дрожа, нельзя ли послать за врачом — ее двоюродный брат очень болен.

— Это не новость, — ответил Хитклиф, — но его жизнь не стоит ни гроша, и я ни гроша на него не потрачу.

— Но я не знаю, что нужно делать, — сказала она, — и если никто мне не поможет, он умрет.

— Вон отсюда! — закричал хозяин. — И чтоб я ни слова не слышал о нем. Здесь никому не интересно, что с ним будет. Если вам интересно, сидите при нем сиделкой; если нет, заприте его и оставьте одного.

Тогда она насела на меня, и я сказала ей, что довольно намучилась с надоедливым мальчишкой: у нас у каждого свои дела, а ее дело — ухаживать за Линтоном; эту работу мистер Хитклиф приказал мне оставить на ней.

Как они там ладили между собой, не могу вам сказать. Он, я думаю, без конца привередничал и сам над собою хныкал день и ночь, и она, конечно, не знала с ним ни сна, ни покоя: это видать было по ее бледному лицу и воспаленным глазам. Она заходила иногда на кухню, сама не своя, и мне казалось, что ей хочется попросить помощи. Но я не собиралась идти наперекор своему хозяину — я никогда не смею, миссис Дин, пойти ему наперекор, — и хотя я в душе осуждала хозяина, что он не посылает за Кеннетом, не мое это было дело соваться с советами и попреками, и я не совалась. Раза два, улегшись со всеми спать, мне случилось открыть опять свою дверь, и я видела тогда, что миссис сидит на лестнице, на верхней ступеньке, и плачет; и я быстренько запиралась у себя, чтоб не поддаться жалости и не вступиться за обиженную. В ту пору я жалела ее, право, но все-таки, знаете, не хотелось мне лишиться места.

Наконец как-то ночью она вошла без спросу в мою комнату и объявила — да так, что я чуть не рехнулась с перепугу:

— Скажите мистеру Хитклифу, что его сын умирает, — на этот раз я знаю наверное, что он умирает. Сейчас же встаньте и доложите ему.

Сказала она эти слова и тотчас же вышла. С четверть часа я лежала, прислушиваясь, и меня так и трясло. Никто не шевелился — в доме было тихо.

Миссис ошиблась, подумала я. Он оправился. Не стоит никого беспокоить. И я начала засыпать. Но мой сон прогнали вторично, на этот раз резким звонком — а у нас только один звонок и есть: нарочно купили для Линтона; и хозяин крикнул мне, чтоб я посмотрела, что там такое, и объяснила бы им, что он-де не желает еще раз проснуться от такого шума.

Тут я передала ему, что мне сказала Кэтрин. Он выругался про себя и через пять минут вышел с зажженной свечой и направился в их комнату. Я вошла за ним. Миссис Хитклиф сидела у кровати, сложив руки на коленях. Ее свекор подошел, поднес свет к лицу Линтона, поглядел, потрогал, потом повернулся к ней.

— Ну, Кэтрин, — сказал он, — как вы себя чувствуете?

Она ни звука.

— Как вы себя чувствуете, Кэтрин? — повторил он.

— Ему уже ничего не страшно, а я свободна, — ответила она. — Мне было бы совсем хорошо, — продолжала она, не сумев даже скрыть свою злобу, — но вы так долго оставляли меня одну бороться со смертью, что я чувствую и вижу только смерть! Я чувствую себя, как сама смерть.

Да и смотрела она прямо покойницей. Я дала ей вина. Гэртон и Джозеф, проснувшиеся от звонка и топота и слышавшие через стенку наш разговор, теперь тоже вошли. Джозеф, мне думается, был рад, что молодой хозяин скончался; Гэртон казался чуточку смущенным; впрочем, он не столько думал о Линтоне, сколько глазел на Кэтрин. Но хозяин приказал ему выйти вон и лечь спать: его помощь, сказал он, не нужна. Потом он велел Джозефу отнести тело в его комнату, а мне вернуться в мою, и миссис Хитклиф осталась одна.

Утром он послал меня сказать ей, что она должна сойти вниз к завтраку. Она была раздета — видно, собиралась лечь, — и сказалась больной, чему я не очень удивилась. Я так и передала мистеру Хитклифу, и он ответил:

— Хорошо, пусть сидит у себя, покуда здесь не управятся с похоронами. Вы заходите к ней время от времени и приносите что нужно, а когда увидите, что ей лучше, скажете мне.

Кэти, по словам Зиллы, оставалась наверху две недели; и ключница ее навещала два раза в день и готова была стать любезней, но все ее дружественные авансы были гордо и наотрез отклонены.

Хитклиф зашел только раз показать невестке завещание Линтона. Все свое имущество и то, что было раньше движимым имуществом его жены, он отказал своему отцу. Несчастного угрозами и уговорами принудили к этому за неделю ее отсутствия, когда умер его дядя. Землями, как несовершеннолетний, он распорядиться не мог. Однако мистер Хитклиф присвоил их по праву наследования после жены и сына — как мне думается, законно. Во всяком случае, Кэтрин, лишенная друзей и денег, не может завести с ним тяжбу.

— Никто, кроме меня, — рассказывала Зилла, — близко не подходил к ее двери, если не считать того единственного случая, и никто ничего о ней не спрашивал. В первый раз она сошла вниз в воскресенье. Когда я принесла ей обед, она закричала, что ей больше невмоготу сидеть в холоде; и я ей сказала, что хозяин собирается на Мызу, а мы с Эрншо не помешаем ей спуститься к очагу — нам-то что? Так что, как только она услышала удаляющийся стук копыт, она явилась, одетая в черное, с зачесанными за уши желтыми своими волосами — запросто, по-квакерски: и причесаться-то не сумела!

Мы с Джозефом по воскресеньям ходим обыкновенно в часовню (в Гиммертонской церкви, вы знаете, нет теперь священника, — пояснила миссис Дин, — а часовней они называют какую-то молельню в деревне — не то методистскую, не то баптистскую, точно не скажу). Джозеф пошел, — продолжала Зилла, — а я сочла нужным посидеть дома приличия ради: люди молодые — тут всегда надо, чтобы кто постарше присмотрел за ними; а Гэртона, как он ни застенчив, не назовешь образцом деликатности. Я ему объяснила, что его двоюродная сестра, вероятно, придет посидеть с нами, а она-де привыкла, чтоб уважали воскресный день, так что ему лучше бросить свои ружья и всякие домашние хлопоты, когда она придет. Услыхав это, он густо покраснел и поглядел на свои руки и одежду. Ворвань и порох были мигом убраны подальше. Вижу, он собирается почтить ее своим обществом; и я поняла по его поведению, что ему хочется показаться в приличном виде. Засмеявшись, как я никогда бы не посмела при хозяине, я вызвалась помочь ему, если он хочет, и стала подшучивать над его смущением. А он насупился, да как пойдет ругаться!

Эх, миссис Дин, — продолжала Зилла, видя, что я ее не одобряю, — вы считаете, верно, что ваша молодая леди слишком хороша для мистера Гэртона. Может, вы и правы: но, сознаюсь вам, я не прочь немного посбить с нее спеси. И что ей теперь проку во всей ее образованности и манерах? Она так же бедна, как мы с вами, даже, по правде сказать, бедней. У вас есть сбережения, и я иду той же стежкой, откладываю помаленьку.

Гэртон позволил Зилле пособить ему; и она, уластив, привела его в доброе настроение. Так что, когда Кэтрин пришла, он почти забыл свои былые обиды и старался, по словам ключницы, быть любезным.

— Миссис вошла, — сказала она, — холодная, как ледышка, и гордая, как принцесса. Я встала и предложила ей свое кресло. Так нет, в ответ на мою учтивость она только задрала нос. Эрншо тоже встал и пригласил ее сесть на диван, поближе к огню: вы там, сказал он, околеваете, поди, от холода.

— Я второй месяц *околеваю*, — ответила она, со всем презрением напирая на это слово.

И она взяла себе стул и поставила его в стороне от нас обоих. Отогревшись, она поглядела вокруг и увидела на полке для посуды кучу книг. Она тотчас вскочила и потянулась за ними, но они лежали слишком высоко. Ее двоюродный брат довольно долго наблюдал за ее попытками и наконец, набравшись храбрости, решил помочь ей. Она подставила подол, а он швырял в него книги — первые, какие попадались под руку.

Это было для юноши большим успехом. Миссис его не поблагодарила; но и тем он был доволен, что она приняла его помощь, и он отважился стать позади нее, когда она их просматривала, и даже наклонялся и указывал, что поражало его фантазию на иных старинных картинках в книгах. И его не отпугнула ее кичливая манера выдергивать страницу из-под его пальца: он только отступал на шаг и принимался глядеть не в книгу, а на нее. А она все читала или подыскивала, чего бы еще почитать. Но понемногу его вниманием завладели завитки́ ее густых шелковистых волос: он не мог видеть ее лица и разглядывал волосы, а она его и вовсе не видела. И, может быть, не совсем сознавая, что делает, завороженный, как ребенок свечкой, он глядел, глядел и наконец потрогал — протянул руку и погладил один завиток легонько, точно птичку. Как будто он воткнул ей в шею нож — так она всполошилась.

— Сию же минуту уходите! Как вы смеете прикасаться ко мне! Что вы тут торчите? — закричала она, и в ее голосе звучало отвращение. — Я вас не выношу! Если вы близко ко мне подойдете, я опять уйду наверх.

Мистер Гэртон отодвинулся с самым глупым видом. Он сидел в углу дивана очень тихо, а она еще с полчаса перебирала книги. Наконец Эрншо подошел ко мне и шепнул:

— Зилла, не попросите ли вы, чтоб она нам почитала вслух? Мне обрыдло ничего не делать, и я так люблю... я так охотно послушал бы ее. Не говорите, что я прошу, попросите как будто для себя.

— Мистер Гэртон просит вас почитать нам вслух, мадам, — сказала я без обиняков. — Он это примет как любезность: почтет себя очень обязанным.

Она нахмурилась и, подняв голову, ответила:

— Мистер Гэртон и все вы очень меня одолжите, если поймете, что я отвергаю всякую любезность, которую вы лицемерно предлагаете мне! Я вас презираю и ни о чем не хочу говорить ни с кем из вас! Когда я готова была жизнь отдать за одно доброе слово, за то, чтоб увидеть хоть одно человеческое лицо, вы все устранились. Но я не собираюсь жаловаться вам! Меня пригнал сюда холод, а не желанье повеселить вас или развлечься вашим обществом.

— Что я мог сделать? — начал Эрншо. — Как можно меня винить?

— О, вы исключение, — ответила миссис Хитклиф, — вашего участия я никогда не искала.

— Но я не раз предлагал и просил, — сказал он, загоревшись при этой ее строптивости, — я просил мистера Хитклифа позволить мне подежурить за вас ночью...

— Замолчите! Я выйду во двор или куда угодно, только бы не звучал у меня в ушах ваш гнусный голос, — сказала миледи.

Гэртон проворчал, что она может идти хоть в пекло, и принялся разбирать свое ружье. С этого часа он больше не воздерживался от своих воскресных занятий. Он теперь говорил достаточно свободно; и она видела, что ей приличней опять замкнуться в одиночестве. Но пошли морозы, и она при всей своей гордости была вынуждена все чаще снисходить до нашего общества. Я, однако, позаботилась, чтобы мне больше не платили насмешкой за мою же доброту: с того дня я держусь так же чопорно, как она; и никто из нас не питает к ней ни любви, ни просто приязни. Да она и не заслуживает их: ей слово скажи, и она тотчас подожмет губы и никого не уважит! Даже на хозяина огрызается, сама напрашивается на побои; и чем ее больше колотят, тем она становится ядовитей.

Сначала, когда я услышала от Зиллы этот рассказ, я решила было оставить должность, снять домик и уговорить Кэтрин переехать ко мне. Но мистер Хитклиф так же этого не допустил бы, как не позволил бы Гэртону зажить своим домом; и я сейчас не вижу для Кэти иного исхода, как выйти снова замуж, но не в моей власти устроить такое дело.

На этом миссис Дин кончила свой рассказ. Вопреки предсказанию врача, силы мои быстро восстанавливаются; и, хотя идет еще только вторая неделя января, я располагаю через денек-другой прокатиться верхом и съезжу кстати на Грозовой Перевал — сообщу своему хозяину, что собираюсь прожить ближайшие полгода в Лондоне, а он, если ему угодно, может подыскать себе другого жильца и сдать дом с октября: ни за что на свете не соглашусь я провести здесь еще одну зиму.

Глава XXXI

Вчера было ясно, тихо и морозно. Я, как и думал, отправился на Перевал. Моя домоправительница попросила меня передать от нее записку ее барышне, и я не стал отказываться, коль скоро почтенная женщина не усматривала ничего странного в своей просьбе. Дверь дома раскрыта была настежь, но ревнивые ворота оказались на запоре, как при моем последнем посещении. Я постучался и окликнул Эрншо, возившегося у цветочных грядок. Он снял цепь, и я вошел. Юный селянин так хорош собой, что лучше и быть нельзя. Я на этот раз оглядел его с нарочитым вниманием; но он, как видно, прилагает все усилия, чтобы выставить свои преимущества в самом невыгодном свете.

Я спросил, дома ли мистер Хитклиф. «Нет, — он ответил, — но к обеду будет». Было одиннадцать часов, и я объявил, что намерен зайти и подождать; тогда он сразу отбросил свои орудия и пошел меня проводить — в роли сторожевого пса, но уж никак не заместителя хозяина.

Мы вошли вместе. Кэтрин была дома и занималась делом — чистила овощи для предстоящего обеда. Она смотрелась более угрюмой и менее одухотворенной, чем тогда, когда я увидел ее в первый раз. На меня она едва взглянула и продолжала свою стряпню с тем же пренебрежением к общепринятым формам вежливости, как и тогда; в ответ на мой поклон и «доброе утро» она и вида не подала, что узнает меня.

«Вовсе она не кажется такой милой, — подумал я, — какою хочет мне ее представить миссис Дин. Красивая, спору нет, но не ангел».

Эрншо брюзгливо предложил ей унести все на кухню. «Уносите сами», — сказала она, отшвырнув, как только кончила, миску и прочее, и, пересев на табурет под окном, принялась вырезывать птиц и зверушек из очистков брюквы, собранных в передник. Я подошел к ней, сделав вид, что хочу поглядеть на сад, и ловко, как мне думалось, неприметно для Гэртона уронил ей на колени записку миссис Дин. Но она спросила громко: «Что это такое?» — и стряхнула листок.

— Письмо от вашей старой знакомой, ключницы на Мызе, — ответил я, досадуя, что мой добрый поступок обнаружен, и убоявшись, как бы не подумали, что письмо написано мною самим. После такого разъяснения она с радостью подняла бы листок, но Гэртон ее упредил. Он схватил его и положил в карман жилета, сказав, что письмо должен наперед просмотреть мистер Хитклиф. На это Кэтрин молча отвернулась от нас и, вынув украдкой носовой платок, незаметно приложила его к глазам; а ее двоюродный брат хотел сперва побороть в себе доброе чувство, но потом все-таки вытащил письмо и бросил на пол подле нее — со всей присущей ему неучтивостью. Кэтрин подобрала и жадно прочла; потом задала мне ряд вопросов о различных обитателях ее прежнего дома, разумных и неразумных; и, глядя в сторону холмов, проговорила, ни к кому не обращаясь:

— Хотелось бы мне поскакать туда на Минни! Забраться повыше! Ох! Я устала... мне *обрыдло*, Гэртон! — И она положила свою красивую голову на подоконник, не то потянувшись, не то вздохнув, и погрузилась в какую-то рассеянную грусть, не зная и не желая знать, следим мы за ней или нет.

— Миссис Хитклиф, — сказал я, просидев некоторое время молча, — вы, верно, и не подозреваете, что я ваш старый знакомый? И столь близкий, что мне кажется странным, почему вы не подойдете поговорить со мной. Моя домоправительница не устает говорить о вас и вас расхваливать; и она будет очень разочарована, если я вернусь без весточки и только доложу, что вы получили ее письмо и ничего не сказали.

Она, видно, удивилась этой речи и спросила:

— Эллен к вам благоволит?

— Да, очень, — сказал я не совсем уверенно.

— Вам придется объяснить ей, — продолжала она, — что я ответила бы на письмо, но мне нечем писать и не на чем: нет даже книжки, откуда я могла бы вырвать листок.

— Ни единой книги! — воскликнул я. — Как вы умудряетесь жить здесь без книг, позволю я себе спросить? Даже располагая большой библиотекой, я часто порядком скучаю на Мызе; отберите у меня книги — и я приду в отчаянье.

— Я всегда читала, когда они у меня были, — сказала Кэтрин, — а мистер Хитклиф никогда не читает; поэтому он забрал себе в голову уничтожить мои книги. Вот уже много недель, как я не заглянула ни в одну. Только порылась раз в теологической библиотеке Джозефа — к его великой досаде. Да однажды, Гэртон, я наткнулась на тайный клад в вашей комнате — латинские и греческие учебники и несколько сборников сказок и стихов: всё старые друзья! Сборники я как-то принесла в *дом*, а вы подобрали, как подбирает сорока серебряные ложки, просто из любви к воровству: вам от них никакого проку. Или, может быть, вы их припрятали по злобе: если вас они не могут радовать, пусть уж не радуют никого! Может быть, эта ваша ревность и навела Хитклифа на мысль отнять у меня мои сокровища? Но они почти все записаны в моем мозгу и отпечатаны в сердце, и это вы не можете у меня отобрать!

Эрншо залился краской, когда его двоюродная сестра рассказала во всеуслышанье о припрятанных им книгах, и, заикаясь, стал с негодованием отвергать ее обвинения.

— Мистер Гэртон хочет пополнить свой запас

знаний, — сказал я, чтоб выручить его. — Ваши знания вызывают в нем не ревность, а рвение. Через несколько лет он станет образованным человеком.

— И он хочет, чтобы я к тому времени совсем отупела, — ответила Кэтрин. — Да, я слышу, как он пробует читать по складам — и какие же он делает при этом очаровательные ошибки! Я бы с удовольствием, как вчера, послушала еще раз в вашей декламации «Чивиотскую охоту»[1]; это было очень смешно. Я все слышала; и слышала, как вы перелистывали словарь, отыскивая трудные слова, а потом ругались, потому что не могли прочитать объяснения.

Молодому человеку показалось, очевидно, чересчур несправедливым, что сперва потешались над его невежеством, а теперь высмеивают его старания преодолеть это невежество. Я был того же мнения; и, вспомнив рассказ миссис Дин о первой попытке Гэртона внести свет во тьму, в которой его растили, я заметил:

— Миссис Хитклиф, все мы начинали и все запинались и спотыкались на пороге. Если бы наши учителя дразнили нас, вместо того чтобы нам помогать, мы и по сей день запинались бы и спотыкались.

— О, — возразила она, — я не хочу мешать его успехам; но все же он не вправе присваивать себе мое и делать его для меня смешным и противным из-за его скверных ошибок и неграмотного произ-

---

[1] «Chevy chase» — народная английская баллада начала XVI века.

ношения. Эти книги — и стихи и проза — освящены для меня другими воспоминаниями; и для меня невыносимо, когда они снижаются и профанируются в его устах! Но что хуже всего — он выбирает самые мои любимые места, которые я часто повторяю сама. Точно назло!

С минуту Гэртон стоял молча; только грудь его высоко вздымалась. Нелегкая выпала ему задача: чувствуя жестокую обиду, подавить в себе ярость. Я поднялся и по-джентльменски, чтоб его не смущать, стал в дверях, обозревая открывавшийся оттуда широкий ландшафт. Эрншо последовал моему примеру и вышел из комнаты, но тотчас вернулся, неся в руках пять-шесть книг, которые бросил Кэтрин на колени, крикнув:

— Берите! Не желаю больше никогда ни читать их, ни слышать, ни думать о них.

— Я их теперь не возьму, — ответила она. — Теперь они будут связаны для меня с мыслью о вас; они мне противны.

Она открыла одну, в которую явно много раз заглядывали, и прочитала вслух отрывок в тягучей манере начинающего; потом засмеялась и отбросила книгу прочь.

— Послушайте, — продолжала она задорно и в той же манере начала читать на память строки какой-то старинной баллады.

Но Гэртон не выдержал этого нового испытания. Я услышал, и не без внутреннего одобрения, как он путем рукоприкладства остановил ее дерзкий язык. Маленькая злючка сделала все, что могла, чтоб задеть болезненное, хоть и не утонченное самолюбие своего двоюродного брата, а физическое воздействие было единственным доступным ему способом подвести баланс и поквитаться с обидчицей. Затем он сгреб книги и швырнул их в огонь. Я прочитал на его лице, какой муки стоило ему принести эту жертву своему раздражению. Мне казалось, что он, когда горели книги, думал о том удовольствии, которое они уже доставляли ему, и о том торжестве и все большем наслаждении, которых он ожидал от них в дальнейшем; и мне казалось, что я угадал и то, что его побуждало к этим тайным занятиям. Он довольствовался вседневным трудом и грубыми животными радостями, пока не встретил на своем пути Кэтрин. Стыд перед ее насмешками и надежда на ее одобрение дали ему первый толчок к более высоким устремлениям. И что же? Его старания подняться не только не оградили его от насмешек и не доставили похвал — они привели к обратному!

— Да, вот и вся польза, какую скот вроде вас может извлечь из них! — крикнула Кэтрин, зализывая рассеченную губу и следя негодующим взором, как уничтожал огонь ее книги.

— Попридержите лучше язык! — злобно сказал ее двоюродный брат.

От волнения он не мог продолжать и поспешил к выходу; я посторонился, чтобы дать ему дорогу, но не успел он переступить порог, как мистер Хитклиф, войдя со двора, остановил его и, положив ему руку на плечо, спросил:

— В чем дело, мой мальчик?

— Ничего, ничего, — сказал Гэртон и кинулся вон, чтобы в одиночестве усладиться всею горечью гнева и обиды.

Хитклиф посмотрел ему вслед и вздохнул.

— Странно будет, если я пойду сам против себя, — проговорил он, не замечая, что я стою позади него. — Но когда я в его чертах ищу сходства с отцом, я с каждым днем все верней узнаю ее. Какого черта он так на нее похож? Смотреть на него для меня почти невыносимо.

Он потупил глаза и вошел задумчиво в дом. На лице его было тоскливое и беспокойное выражение, какого раньше я никогда не подмечал на нем; и он как будто спал с тела. Невестка, увидев его в окно, тотчас убежала на кухню, оставив меня одного.

— Рад видеть, что вы снова выходите, мистер Локвуд, — сказал он в ответ на мое приветствие. — Отчасти по эгоистическим соображениям: не думаю, что в этой пустыне я легко найду вам заместителя. Я не раз дивился, что загнало вас в наши края.

— Боюсь, сэр, лишь праздный каприз, — был мой ответ. — Или, может быть, праздный каприз гонит меня отсюда. На той неделе я отбываю в Лондон; и должен вас предуведомить, что я не собираюсь удерживать за собою Скворцы сверх годичного срока, на который мы с вами договаривались. Думаю, я больше здесь жить не буду.

— О, в самом деле! Вам наскучило ваше добровольное изгнание, да? — сказал он. — Но если вы пришли выговорить, чтобы вас освободили от платы за дом, в котором не будете проживать, то вы напрасно прогулялись: взыскивая долги, я никому не делаю послаблений.

— Я ничего не пришел выговаривать! — вскричал я, порядком раздраженный. — Если угодно, я могу рассчитаться с вами хоть сейчас. — И я достал из кармана чековую книжку.

— Нет, нет, — ответил он хладнокровно, — вы оставляете достаточно добра, чтобы покрыть долг, если и не вернетесь. Я вас не тороплю. Садитесь и отобедайте с нами; когда знаешь, что гость наверняка не зачастит, почему не оказать ему радушный прием? Кэтрин, соберите к столу, куда вы пропали?

Кэтрин появилась опять, неся на подносе ножи и вилки.

— Вы можете пообедать с Джозефом, — пробурчал Хитклиф. — Сидите на кухне, пока гость не уйдет.

Она исполнила его распоряжение очень точно — может быть, у нее не было соблазна нарушить его. Живя среди мужланов и мизантропов, она едва ли была способна оценить людей высшего разряда, когда встречалась с такими.

С мистером Хитклифом, мрачным и неразговорчивым, — по одну руку, и с Гэртоном, безнадежно немым, — по другую, я отобедал не слишком весело и вскоре попрощался. Я хотел выйти через кухню, чтобы взглянуть напоследок на Кэтрин и досадить старому Джозефу; но Гэртону приказали привести моего коня, и хозяин дома сам проводил меня до порога, так что я не получил возможности осуществить свое желание.

«Как уныло проходит жизнь в этом доме! — размышлял я, пустив вскачь коня. — Сказкой наяву, лучше — живой романтикой стала бы действительность для миссис Линтон Хитклиф, если бы мы с нею вздумали соединиться, как желала того ее добрая няня, и вместе окунулись бы в волнующую атмосферу города!»

Глава XXXII

1802

В сентябре этого года я был приглашен на север опустошать поля одного моего друга, и, совершая путешествие к его местожительству, я неожиданно оказался в пятнадцати милях от Гиммертона. Конюх на заезжем дворе поил из ведра моих лошадей, когда мимо прокатил воз, груженный зеленым свежескошенным сеном, и конюх сказал:

— Из Гиммертона, поди! У них там всегда покос на три недели позже, чем у людей.

— Гиммертон! — подхватил я; моя жизнь в тех местах уже превратилась для меня в смутный сон. — Как же, знаю! Это далеко отсюда?

— Миль четырнадцать будет, по горушкам, по бездорожью, — отвечал он.

Что-то вдруг толкнуло меня навестить Скворцы. Еще не перевалило за полдень, и мне подумалось: чем заезжать в гостиницу, я могу переночевать под собственным кровом. К тому же стоило потратить день на устройство своих дел с домохозяином и таким образом избавить себя от труда нарочно приезжать опять в эти края. Передохнув немного, я отрядил своего слугу, чтоб он расспросил, как проехать в эту деревню; и, сильно истомив наших лошадей, мы одолели расстояние в каких-нибудь три часа.

Слугу я оставил в деревне и двинулся дальше один вниз по лощине. Серая церковка показалась мне еще серее, нелюдимое кладбище еще нелюдимей. Я видел, как овцы, забредшие с поля, щипали невысокую траву на могилах. День был ясный, жаркий — слишком жаркий для путешествия; но жара не мешала мне любоваться восхитительной картиной подо мной и надо мной; если б я увидел ее ближе к августу, она, наверно, соблазнила бы меня провести здесь месяц в уединении. Зимой ничего не может быть печальней, летом ничего очаровательней этих ложбин, запертых в холмах, и этих гордых, одетых вереском круч.

Я добрался до Мызы засветло и постучал в дверь; но все домочадцы удалились в задние пристройки, рассудил я, приметив одинокий голубой дымок, тонким завитком висевший над кухней, и не услышали стука. Я проехал во двор. Под навесом крыльца сидела девочка лет девяти-десяти и вязала, а на ступеньках, сгорбившись, задумчиво покуривала трубку престарелая женщина.

— Миссис Дин дома? — спросил я старуху.

— Миссис Дин? Нет! — ответила та. — Она тут не живет; она живет там, наверху, на Перевале.

— Значит, вы тут за ключницу? — продолжал я.

— Да, я присматриваю за домом, — был ответ.

— Отлично. Я — мистер Локвуд, хозяин. Скажите, тут найдутся комнаты, где я мог бы расположиться? Я хочу здесь переночевать.

— Хозяин! — вскричала она, пораженная. — Как же так? Кто знал, что вы приедете? Хоть бы словом известили наперед! Тут нет ничего — ни сухого угла, ни места пристойного...

Она засуетилась, отшвырнула трубку, бросилась в дом; девочка побежала за ней, а следом прошел и я. Убедившись вскоре, что мне сказали истинную правду и что старуха вдобавок чуть с ума не своротила от моего неожиданного приезда, я стал ее успокаивать: я, мол, пойду прогуляюсь, а она тем временем пускай приготовит мне уголок в гостиной, где бы мне поужинать, да спальню, где я мог бы выспаться; ни мести, ни пыль вытирать не нужно — был бы только жаркий огонь и сухие простыни. Она, казалось, рада была всячески стараться, хоть и сунула сгоряча в камин половую щетку вместо кочерги и так же не по назначению пустила в ход другие атрибуты своего ремесла; все же я удалился, поверив, что ее усердие обеспечит мне к возвращению место для отдыха. Целью затеянной мною прогулки был Грозовой Перевал. Но, крепкий задним умом, я, едва выйдя со двора, тут же вернулся.

— На Перевале все благополучно? — спросил я у ключницы.

— Да, как будто, — ответила она и прошмыгнула мимо с полной сковородой горячих углей.

Мне хотелось спросить, почему миссис Дин рассталась с Мызой, но невозможно было задерживать женщину в такую критическую минуту; итак, я повернул, опять переступил порог и неторопливым шагом пустился в путь. Передо мной разливалось мягкое сияние восходящего месяца, ширясь все ярче, по мере того как догорал пожар заката за моей спиной, в час, когда я вышел из парка и стал подниматься по каменистому проселку, забиравшему вправо к жилищу Хитклифа. Дом еще не встал перед моими глазами, когда день и вовсе угас, и осталась от него только тусклая янтарная полоса на западе; но в ярком свете месяца я различал каждый камушек на тропе, каждый стебель травы. Мне не пришлось ни перелезать через ворота, ни стучать: они уступили первому усилию моей руки. Перемена к лучшему! — подумалось мне. И я отметил еще одну, о которой мне поведали ноздри: сладкий запах левкоя и желтофиоля носился в воздухе между приветливыми плодовыми деревьями.

И двери и окна были распахнуты; и все же, как это обычно можно видеть в каменноугольной области, приятный красный отсвет огня стоял над дымоходом: радость, которую пламя доставляет глазу, позволяет мириться с излишним жаром. Впрочем, дом на Грозовом Перевале так велик, что его обитателям хватает места, чтобы держаться подальше от жара; и соответственным образом все, кто был в доме, расположились у окон. Я мог их видеть и слышать их разговор раньше, чем переступил порог; и я стал наблюдать и слушать, толкаемый любопытством, не свободным от зависти, все возраставшей, пока я медлил.

— Ко́нтуры?! — сказал голос, нежный, как серебряный колокольчик. — В третий раз, тупая голова! Я не стану повторять еще раз. Изволь вспомнить, или я оттаскаю тебя за волосы.

— Ну, ко́нтуры, — сказал другой голос, басистый, но мягкий. — А теперь поцелуй меня за то, что я так хорошо помню.

— Нет, сперва перечти все правильно, без единой ошибки.

Обладатель низкого голоса начал читать. Это был молодой человек, прилично одетый и сидевший за столом над раскрытой книгой. Его красивое лицо горело от удовольствия, а глаза то и дело нетерпеливо перебегали со страницы на белую ручку, которая лежала на его плече и легким шлепком по щеке каждый раз давала ему знать, что от ее владелицы не ускользнул этот признак невнимания. А сама владелица стояла за его спиной, и кольца мягких светлых ее волос время от времени перемешивались с его каштановыми кудрями, когда она наклонялась, чтобы проверить своего ученика; и ее лицо... хорошо, что ученик не видел ее лица, а то едва ли он был бы так прилежен. Но я видел, и я кусал губы от досады, что упустил случай, который, быть может, позволил бы мне не довольствоваться одним лишь созерцанием ясной красоты этого лица.

Урок был завершен — не без новых ошибок. Все же ученик потребовал награды, и ему подарено было не меньше пяти поцелуев; он их, впрочем, не скупясь, возвратил. Потом он направился вместе с нею к дверям, и я понял из их разговора, что они собираются выйти побродить по полям. Я подумал, что Гэртон Эрншо коли не на словах, то в душе пожелает мне провалиться на самое дно преисподней, если сейчас моя злосчастная особа появится подле него; и я с чувством унижения и обиды шмыгнул за угол, чтоб искать прибежища на кухне. С той стороны вход был так же доступен, и в дверях сидела Нелли Дин, мой старый друг, и шила, напевая песенку, которую часто прерывали резкие окрики, доносившиеся из дому, совсем уж не мелодичные, звучавшие презрением и нетерпимостью.

— По мне, лучше пусть чертыхаются с утра до ночи над самым моим ухом, чем слушать вас! — сказал голос из кухни в ответ на недослышанное мною замечание Нелли. — Стыд и срам! Только я раскрою святую книгу, как вы начинаете славословить сатану и все самые черные пороки, какие только рождались на свет! Ох! Вы — подлая негодница, и она вам под стать: бедный мальчик погибнет через вас обеих. Бедный мальчик! — повторил он со вздохом. — Околдовали его, я знаю наверняка! Господи, соверши ты над ними свой суд, раз нет у наших правителей ни правды, ни закона!

— Ясно, что нет, — не то нас, без сомнения, жгли бы на пылающих кострах, — возразила певунья. — Но ты бы лучше помалкивал, старик, и читал свою Библию, как добрый христианин, а меня не трогал. Я пою «Свадьбу волшебницы Энни» — чудесная песня, под нее так и подмывает в пляс пойти.

Миссис Дин запела было вновь, когда я подходил. Сразу меня признав, она вскочила и закричала:

— Господи, да никак это вы, мистер Локвуд! С чего это вы надумали вернуться в наши края? На Мызе все заперто. Вы бы хоть дали нам знать.

— Я уже распорядился, чтобы меня устроили с удобствами на то короткое время, что я там пробуду, — ответил я. — Утром я опять уезжаю. А как случилось, что вы переселились сюда, миссис Дин? Объясните.

— Зилла ушла, и мистер Хитклиф вскоре после вашего отъезда в Лондон пожелал, чтобы я перебралась в дом и оставалась тут до вашего возвращения. Но заходите же, прошу вас. Вы пришли сейчас из Гиммертона?

— С Мызы, — ответил я. — Пока они там готовят мне комнату, я решил сходить к вашему хозяину я закончить с ним дела, потому что едва ли мне в скором времени представится другой удобный случай.

— Какие дела, сэр? — сказала Нелли, вводя меня в дом. — Его сейчас нет, и он не скоро вернется.

— Насчет платы за дом, — ответил я.

— Ох, так это вам нужно уладить с миссис Хитклиф, — заметила она, — или, пожалуй, со мной. Она еще не научилась вести свои дела, так что за нее веду их я, больше некому.

Я смотрел на нее в недоумении.

— Ах! Вы, я вижу, еще не слышали о смерти Хитклифа? — продолжала она.

— Хитклиф умер! — воскликнул я, пораженный. — Давно ли?

— Три месяца тому назад. Но садитесь, дайте сюда вашу шляпу, и я вам все расскажу по порядку. Погодите, вы, верно, ничего еще не ели?

— Ничего мне не нужно, я заказал ужин дома. Садитесь и вы. Вот уж не думал, не гадал, что он умрет. Расскажите мне, как это произошло. Вы сказали, что не скоро ждете их домой, вашу молодежь?

— Да. Мне каждый вечер приходится бранить их за позднюю прогулку, но они меня не слушают. Ну выпейте хоть нашего доброго эля; это вам будет кстати, — у вас усталый вид.

Она поспешила за элем, не дав мне времени отказаться, и я слышал, как Джозеф вопрошал, «не вопиющий ли это срам, что она, в ее-то годы, принимает кавалеров, да еще подносит им угощение из хозяйского погреба! Просто стыдно смотреть на такое дело и молчать!».

Она не стала вступать с ним в пререкания и в одну минуту воротилась с пенящейся через край серебряной пинтой, содержимое которой я, как подобает, истово похвалил. А затем она выложила мне дальнейшую историю Хитклифа. Он, по ее словам, «кончил странно».

— Меня вызвали на Грозовой Перевал через две недели после вашего отъезда, — сказала она, — и я охотно подчинилась — ради Кэтрин. Мое первое свиданье с ней огорчило меня и потрясло — так сильно она изменилась за время нашей разлуки. Мистер Хитклиф не стал объяснять, с чего это он вдруг решил по-иному вопрос о моем переезде; он только сказал, что я ему нужна и что ему надоело смотреть на Кэтрин: я должна сидеть со своей работой в маленькой гостиной и держать его невестку при себе, хватит с него, если он по необходимости видит ее раза два в день. Кэтрин как будто обрадовалась такому распорядку; и одну за одной я перетаскала к нам много книжек и других вещей, когда-то доставлявших ей удовольствие на Мызе, и тешилась надеждой, что мы заживем с ней не так уж плохо. Обольщение длилось недолго. Кэтрин, довольная вначале, вскоре сделалась раздражительной и беспокойной. Во-первых, ей запрещалось выходить за ограду сада, и, когда наступила весна, ей становилось все обидней, что она заперта в этих тесных границах. Во-вторых, хлопоты по дому часто принуждали меня оставлять ее одну, и она жаловалась на тоску. Ей милей бывало ссориться на кухне с Джозефом, чем мирно сидеть в одиночестве. Меня не тревожили их стычки, но Гэртону тоже часто приходилось удаляться на кухню, когда хозяин хотел посидеть у очага один. Сперва она либо уходила при появлении Гэртона, либо спокойно принималась помогать мне в моих занятиях, стараясь не замечать его, никогда к нему не обращаясь. А он, со своей стороны, был всегда так угрюм и молчалив, что дальше некуда. Однако через некоторое время она переменила свое поведение и уже не оставляла его в покое: она заговаривала с ним, отпускала замечания насчет его тупости и лени; выража-

Эмили Бронте

ла удивление, как терпит он такой образ жизни — сидит целый вечер, уставившись в огонь, и подремывает.

— Он совсем как собака, правда, Эллен? — сказала она раз. — Или как ломовая лошадь. Только и знает: отработал, поел — и спать! Как пусто и уныло, должно быть, у него на душе!.. Вам когда-нибудь что-нибудь снится, Гэртон? И если снится, то что? Но вы же не можете разговаривать со мной!

Она поглядела на него; но он не разомкнул губ и не ответил на ее взгляд.

— Вот и сейчас ему, верно, что-нибудь снится, — продолжала она. — Он дернул плечом точь-в-точь как Юнона. Спроси его, Эллен.

— Мистер Гэртон попросит хозяина отправить вас наверх, если вы не будете держать себя пристойно, — сказала я. (Он не только дернул плечом, но и сжал кулаки, как будто в искушении пустить их в ход.)

— Я знаю, почему Гэртон всегда молчит, когда я на кухне! — вскричала она в другой раз. — Боится, что я стану над ним смеяться. Эллен, что ты скажешь? Он как-то начал сам учиться читать, а когда я посмеялась над ним, он сжег свои книги и бросил это дело. Ну не дурак ли он?

— А вы? Не злой ли проказницей вы были? — спросила я. — Вот вы мне на что ответьте.

— Возможно, — не унималась Кэтрин, — но я не ожидала, что он окажется таким глупеньким... Гэртон, если я дам вам книгу, вы примете ее теперь? Я попробую.

Она вложила ему в руку книгу, которую читала. Он отшвырнул ее и проворчал, что, если Кэтрин не замолчит, он свернет ей шею.

— Хорошо, я положу книгу сюда, — сказала она, — в ящик стола, и пойду спать.

Затем она шепнула мне, чтоб я проследила, возьмет ли он книгу, а сама вышла вон. Но он и близко не подошел к столу; и я так и доложила ей утром — к ее большому разочарованию. Я видела, что она раскаивается в своей упрямой озлобленности и холодности. Совесть укоряла ее, что она его отпугнула, когда он захотел учиться. В этом она действительно преуспела. Но ум ее усердно искал средства исправить сделанное зло. Когда я, бывало, стану гладить или займусь другой затяжной работой, которую неудобно делать наверху в гостиной, Кэтрин принесет какую-нибудь хорошую книгу и начнет читать мне вслух. И если случится при этом Гэртон, она, бывало, оборвет на интересном месте и оставит книгу на кухне — и делала это не раз и не два; но он был упрям, как мул, и, вместо того чтобы кинуться на ее приманку, он в сырую погоду подсаживался к Джозефу и курил; и они сидели, точно истуканы, у огня: тот — по одну сторону, этот — по другую. И хорошо, что старший был слишком глух, чтобы понимать ее «греховный вздор», как он это назвал бы, а младший старался, как мог, не обращать внимания. В ведренные вечера он уходил поохотиться, а Кэтрин зевала, и вздыхала, и приставала, чтобы я поговорила с ней, но, только я начну, выскакивала во двор или в сад; и под конец прибегала к последнему средству: плакала и говорила, что ей надоело жить — жизнь ее бесполезна.

Мистер Хитклиф, становясь все более нелюдимым, почти совсем изгнал Эрншо из комнат. А после несчастного случая, произошедшего с беднягой в начале марта, парень на несколько дней прочно засел на кухне. Когда он бродил по холмам, ружье у него выстрелило само собой; ему поранило осколком руку, повыше локтя, и он, пока добрался до дому, потерял много крови. Таким образом, Гэртон силой обстоятельств, пока не поправился, был осужден сидеть без дела у печки. Его двоюродной сестре это было на руку: во всяком случае, ее комната стала ей после этого еще более ненавистна; и Кэтрин все время принуждала меня выискивать себе работу на кухне, чтобы и ей самой можно было сидеть там со мною.

В Фомин понедельник Джозеф погнал скот на Гиммертонскую ярмарку, я же после обеда занялась на кухне бельем. Эрншо, как всегда мрачный, сидел в углу у окна, а моя маленькая госпожа, чтобы как-нибудь заполнить время, выводила рисунки на стеклах окна, или для разнообразия вдруг начнет тихонько напевать, или что-нибудь проговорит вполголоса и с досадой и вызовом бросит быстрый взгляд на своего двоюродного брата, который упорно курил и смотрел на уголь в топке. Когда я сделала замечание, что так у меня дело не пойдет, если она то и дело будет загораживать мне свет, Кэтрин отошла к очагу. Я не стала больше обращать внимания на ее затеи, когда вдруг услышала такие слова:

— Я сделала открытие, Гэртон, что я хочу... что я рада... что теперь меня бы радовало, что вы — мой двоюродный брат, если бы только вы не были таким сердитым со мной и таким грубым.

Гэртон не отвечал.

— Гэртон, Гэртон, Гэртон! Вы слышите? — не унималась она.

— Отвяжитесь! — проворчал он с недвусмысленной резкостью.

— Позвольте мне убрать это, — сказала она, осторожно занесла руку и вынула трубку у него изо рта.

Не успел он даже попытаться отобрать трубку обратно, как та была уже сломана и брошена за печь. Он выругался и взял другую.

— Стойте! — закричала Кэтрин. — Сперва вы должны меня выслушать, а я не могу говорить, когда мне пускают клубы дыма в лицо.

— Не угодно ли вам убраться к черту! — крикнул он в ярости. — И оставить меня в покое!

— Нет, — заупрямилась она, — не угодно. Я уж не знаю, что и делать, чтоб заставить вас поговорить со мной; а вы решили не понимать меня. Когда я называю вас глупым, это ничего такого не значит. Это вовсе не значит, что я вас презираю. Бросьте, Гэртон, вам нельзя не замечать меня. Вы мой двоюродный брат, и пора вам признать меня.

— Мне пора послать вас к черту с вашей проклятой гордостью и подлым издевательством! — ответил он. — Пусть дьявол живьем сволочит меня в ад, если я еще раз хоть краем глаза погляжу на вас. Убирайтесь вон, сию минуту!

Кэтрин насупилась и отошла к окну, кусая губу и мурлыча игривую песенку, чтобы скрыть, как сильно хочется ей разрыдаться.

— Вы с вашей двоюродной сестрой должны стать друзьями, мистер Гэртон, — вмешалась я, — раз она раскаивается в своей заносчивости. Вам это очень пойдет на пользу: вы станете совсем другим человеком, если она будет вам добрым товарищем.

— Товарищем! — вскричал он. — Когда она меня ненавидит и считает меня недостойным стереть грязь с ее башмака! Нет! Хоть сделайте меня королем, не соглашусь я опять сносить насмешки за свое старанье понравиться ей.

— Не я вас — это вы меня ненавидите! — расплакалась Кэти, не скрывая больше своего волнения. — Вы меня ненавидите не меньше, чем мистер Хитклиф, и даже сильней.

— Гнусная ложь! — начал Эрншо. — Зачем же тогда я сто раз выводил его из себя, принимая вашу сторону? Да еще когда вы только фыркали на меня, и презирали, и... Если вы не перестанете меня изводить, я пойду в дом и скажу, что меня выжили из кухни.

— Я не знала, что вы принимали мою сторону, — ответила она, вытирая глаза, — и я была несчастна и озлоблена против всех. Но теперь я вас благодарю и прошу у вас прощения: что еще я могу сделать?

Она подошла к очагу и чистосердечно протянула руку. Гэртон нахмурился и почернел, как туча, и, решительно сжав кулаки, уставился в пол. Кэтрин, должно быть, чутьем угадала, что такое поведение вызвано не враждой, а закоренелым упрямством: постояв с минуту в нерешительности, она наклонилась и тихонько поцеловала его в щеку. Плутовка думала, что я ничего не видела, и, отойдя, преспокойно заняла свое прежнее место у окна. Я укоризненно покачала головой, и тогда она вспыхнула и прошептала:

— Ну а что же мне было делать, Эллен? Он не хочет пожать мне руку, не хочет смотреть на меня: должна же я как-нибудь показать ему, что он мне мил... что я готова подружиться с ним.

Убедил ли Гэртона поцелуй, я не скажу вам. Несколько минут он всячески старался, чтоб мы не видели его лица, а когда поднял голову, был сильно смущен задачей, куда отвести глаза.

Кэтрин нашла себе дело: она аккуратно завертывала в белую бумагу красивую книгу. Затем, обвязав ее ленточкой и сделав надпись — «мистеру Гэртону Эрншо», попросила меня быть ее посредницей и передать подарок тому, кому он назначен.

— И ты ему скажи, что, если он примет, я приду и поучу его правильно это читать, — добавила она, — а если не примет, то я уйду наверх и больше никогда не буду ему докучать.

Я понесла и повторила сказанное под внимательным взглядом отправительницы. Гэртон не разжал кулаков, и я положила пакет ему на колени. Он его все же не скинул. Я вернулась к своей работе. Кэтрин сидела, скрестив руки на столе и склонив на них голову, пока не услышала легкий шелест разворачиваемой обертки. Тогда она тихонько подошла и села рядом со своим двоюродным братом. Он дрожал, и лицо его горело: вся его грубость и вся угрюмая резкость сошли с него. Он сперва не мог собраться с мужеством, чтобы хоть полслова выговорить в ответ на ее пытливый взгляд и тихонько вымолвленную просьбу:

— Скажите, что вы меня прощаете, Гэртон! Да? Вы можете сделать меня такой счастливой, сказав одно только маленькое словечко.

Он что-то невнятно пробурчал.

— И вы станете моим другом? — добавила Кэтрин полувопросительно.

— Нет, вам придется за меня краснеть каждый день вашей жизни, — ответил он, — и тем сильней, чем больше вы будете узнавать меня; а этого я не снесу.

— Так вы не хотите быть моим другом? — сказала она с медовой улыбкой и подсела совсем близко.

Что говорили они дальше, мне не было слышно; но когда я снова оглянулась, я увидела два сияющих лица, склоненных над страницей принятой в подарок книги; так что у меня не осталось сомнения, что договор утвержден обеими сторонами и враги стали отныне верными союзниками.

В книге, которую они рассматривали, было много чудесных картинок; и это, да и самое соседство заключало в себе достаточно очарования, чтоб ни он, ни она так и не двинулись с места, пока не явился Джозеф. А тот, бедняга, пришел в суеверный ужас, когда увидел, что Кэтрин сидит на одной скамейке с Гэртоном Эрншо, положив руку ему на плечо, — и в крайнее смущение, что его любимец терпит эту близость: это так глубоко задело старика, что в тот вечер он не позволил себе на их счет ни единого замечания. Его волнение выдавали только отчаянные вздохи, которые он испускал, когда, торжественно раскрыв на столе свою огромную Библию, стал раскладывать на ней грязные банкноты, вынимаемые им из записной книжки — дневная выручка от торговых сделок. Наконец он подозвал к себе Гэртона.

— Отнеси это хозяину, мой мальчик, — сказал он, — и оставайся там. Я ухожу в свою комнату. А это помещение не про нас — тут нам сидеть не по чину: мы должны посторониться и подыскать себе другое.

— Идемте, Кэтрин, — сказала я, — нам тоже пора «посторониться». Я все перегладила. Вы готовы?

— Еще нет восьми, — ответила она, неохотно вставая. — Гэртон, я оставлю эту книгу на камине и принесу вам завтра еще несколько.

— Всякую книгу, какую вы тут оставите, я снесу в *дом*, — сказал Джозеф, — и хорошо еще, если вы после того найдете ее опять. Так что как вам будет угодно!

Кэти пригрозила, что ему придется поплатиться за ее книги собственной своей библиотекой; и, улыбнувшись Гэртону, когда проходила мимо, пошла, напевая, к себе наверх. И еще никогда, я посмею сказать, у нее под этой крышей не было так легко на сердце; разве что при первых ее свиданиях с Линтоном.

Дружба, так завязавшаяся, быстро крепла; иногда происходили и короткие размолвки. Эрншо не мог по первому велению стать культурным человеком, а моя молодая госпожа не была ни философом, ни образцом терпения. Но так как у обоих у них все силы души были устремлены к одной и той же цели — потому что одна любила и желала уважать любимого, а другой любил и желал, чтоб его уважали, — они в конце концов достигли своего.

Вы видите, мистер Локвуд, не так это было трудно — покорить сердце миссис Хитклиф. Но теперь я рада, что вы и не пытались. Их союз будет венцом моих желаний. В день их свадьбы я ни одному человеку на свете не буду завидовать: в Англии тогда не сыщется женщины счастливей меня!

Глава XXXIII

— На другой день, то есть во вторник утром, Эрншо все еще не мог приступить к своим обычным занятиям и, значит, оставался дома; и я быстро убедилась, что мне никак не удастся удержать мою подопечную возле себя, как я держала ее до тех пор. Она сошла вниз раньше моего, а затем и в сад, где Гэртон выполнял кое-какую нетрудную работу; и когда я вышла позвать их к завтраку, я увидела, что она его уговорила расчистить довольно большой кусок земли среди смородины и крыжовника, и теперь они обсуждают вдвоем, какую рассаду перенести сюда из Скворцов.

Я была в ужасе от опустошения, произведенного за каких-нибудь полчаса; кустами черной смородины Джозеф дорожил как зеницей ока, и среди них-то Кэтрин и надумала разбить свой цветник!

— Ну вот! — вскричала я. — Это, как только откроется, будет в тот же час показано хозяину, и чем вы станете тогда оправдываться, что позволяете себе так хозяйничать в саду? Не миновать нам грозы, вот увидите... Мистер Гэртон, меня удивляет, что у вас только на то и достало ума, чтобы взять да и наделать бед по ее указке!

— Я и забыл, что кусты — Джозефа, — ответил Эрншо, несколько смутившись, — но я ему скажу, что это сделал я.

Мы ели всегда вместе с мистером Хитклифом. Я исполняла роль хозяйки — разливала чай, резала мясо и хлеб; так что без меня за столом обойтись не могли. Обычно Кэтрин сидела подле меня, но сегодня она пододвинулась поближе к Гэртону; и я сразу поняла, что она так же не намерена скрывать свою дружбу, как раньше не скрывала вражды.

— Смотрите не разговаривайте много с двоюродным братом и не слишком его замечайте, — шепнула я ей в предостережение, когда мы входили в столовую. — Это, конечно, не понравится мистеру Хиклифу, и он разъярится на вас обоих.

— Я и не собираюсь, — был ее ответ.

Минуту спустя она бочком наклонилась к соседу и стала тыкать ему первоцвет в тарелку с овсяным киселем.

Гэртон не смел заговорить с ней, даже не смел взглянуть; и все же она продолжала его дразнить и дважды довела до того, что он чуть не рассмеялся. Я насупилась, и тогда она покосилась на хозяина, чьи мысли были заняты чем угодно, только не окружавшим его обществом, как ясно выдавало выражение его лица; и она остепенилась на минутку и с глубокой серьезностью всматривалась в него. Потом отвернулась и снова принялась за свои глупости. У Гэртона вырвался наконец сдавленный смешок. Мистер Хиклиф вздрогнул, глаза его быстро пробежали по нашим лицам. Кэтрин ответила свойственным ей беспокойным и все-таки вызывающим взглядом, который так его злил.

— Хорошо, что мне не дотянуться до вас, — крикнул он. — Какой черт в вас сидит, что вечно вы глядите на меня этими бесовскими глазами? Пропади они пропадом! И больше не напоминайте мне о своем существовании. Я думал, что давно отучил вас от смеха.

— Это я смеялся, — пробормотал Гэртон.

— Что ты сказал? — спросил хозяин.

Гэртон уставился в свою тарелку и не повторил признания. Мистер Хитклиф поглядел на него, потом молча вернулся к завтраку и к своему прерванному раздумью. Мы почти уже кончили, и молодые люди благоразумно отодвинулись подальше друг от друга, так что я не предвидела новых неприятностей за столом, когда в дверях появился Джозеф, дрожавшие губы которого и яростный взгляд показывали, что нанесенный его драгоценным кустам ущерб раскрыт. Он, верно, видел Кэти и ее двоюродного брата на том месте в саду и пошел проверить, не натворили ли они чего-нибудь. Работая челюстями, как корова, когда жует свою жвачку, так что трудно было разобрать хоть слово, он начал:

— Я вынужден просить свое жалованье, потому что вынужден уйти! Я располагал умереть там, где прослужил шестьдесят лет. И я думал: уберу-ка я свои книги к себе на чердак и все свои пожитки, а кухня пускай остается им, вся целиком, спокойствия ради. Нелегко отказываться от своего насиженного места у очага, но я все-таки решил уступить им свой угол. Так нет же: она отобрала у меня и сад, а этого, по совести скажу, хозяин, я не могу снести. Кому другому, может, и способно гнуться под ярмом и он согнется — я же к этому непривычен, а старый человек не скоро свыкается с новыми тяготами. Лучше я пойду дорогу мостить, чтоб заработать себе на хлеб да на похлебку.

— Ну, ну, болван, — перебил Хитклиф, — говори короче: чем тебя обидели? Я не стану мешаться в твои ссоры с Нелли. Пусть она тебя хоть в угольный ящик выбросит, мне все равно.

— Да я не о Нелли, — ответил Джозеф, — из-за

Нелли я бы не стал уходить, хоть она и злая негодница. Нелли, слава богу, ни у кого не может выкрасть душу! Она никогда не была так красива, чтоб на нее глядели, глаз не сводя. Я об этой богомерзкой распутнице, которая околдовала нашего мальчика своими наглыми глазами и бесстыжей повадкой до того, что он... Нет, у меня сердце разрывается! Позабывши все, что я для него сделал, как для него старался, он пошел и вырыл лучшие смородинные кусты в саду! — И тут старик разохался без удержу, сокрушаясь о горьких своих обидах и неблагодарности юного Эрншо, вступившего на гибельный путь.

— Дурень пьян? — спросил Хитклиф. — Гэртон, ведь он винит тебя?

— Да, я выдернул два-три кустика, — ответил юноша, — но я собирался высадить их в другом месте.

— А зачем тебе понадобилось их пересаживать? — сказал хозяин.

Кэтрин вздумалось вмешаться в разговор.

— Мы захотели посадить там цветы! — крикнула она. — Вся вина на мне, потому что это я его попросила.

— А вам-то какой дьявол позволил тронуть тут хоть палку? — спросил ее свекор в сильном удивлении. — И кто приказывал тебе, Гэртон, слушаться ее? — добавил он, обратившись к юноше.

Тот молчал, как немой; за него ответила двоюродная сестра:

— Вы же не откажете мне в нескольких ярдах земли для цветника, когда сами забрали всю мою землю!

— Твою землю, наглая девчонка? У тебя ее никогда не было, — сказал Хитклиф.

— И мои деньги, — добавила она, смело встретив его гневный взгляд и надкусив корку хлеба — остаток своего завтрака.

— Молчать! — вскричал он. — Доедай — и вон отсюда!

— И землю Гэртона и его деньги, — продолжала безрассудная упрямица. — Мы с Гэртоном теперь друзья, и я все ему о вас расскажу!

Хозяин, казалось, смутился: он побелел и встал, глядя на нее неотрывно взглядом смертельной ненависти.

— Если вы меня ударите, Гэртон ударит вас, — сказала она, — так что лучше вам сесть.

— Если Гэртон не выпроводит тебя из комнаты, я его одним ударом отправлю в ад! — прогремел Хитклиф. — Проклятая ведьма! Ты посмела заявить, что поднимешь его на меня? Вон ее отсюда! Слышишь? Вышвырнуть ее на кухню!.. Я ее убью, Эллен Дин, если ты позволишь ей попасться мне хоть раз на глаза!

Гэртон шепотом уговаривал Кэти уйти.

— Тащи ее прочь! — яростно крикнул хозяин. — Ты еще тут стоишь и разговариваешь? — И он подошел, чтобы самому выполнить свой приказ.

— Больше он не станет, злой человек, подчиняться вам, — сказала Кэтрин. — И скоро он будет так же ненавидеть вас, как я.

— Тише, не надо! — забормотал с укоризной юноша. — Я не хочу слышать, как вы с ним так разговариваете. Довольно!

— Но вы не позволите ему бить меня? — вскричала она.

— Уходите, — прошептал он серьезно.

Было уже поздно. Хитклиф схватил ее.

— Нет, ты уходи! — сказал он Гэртону. — Ведьма окаянная! Она раздразнила меня — и в такую минуту, когда это для меня нестерпимо. Я раз навсегда заставлю ее раскаяться!

Он запустил руку в ее волосы. Эрншо пробовал высвободить их, убеждая хозяина не бить ее на этот раз. Черные глаза Хитклифа пылали — казалось, он готов был разорвать Кэтрин на куски; я собралась с духом, хотела прийти к ней на выручку, как вдруг его пальцы разжались. Теперь он ее держал уже не за волосы, а за руку у плеча и напряженно смотрел ей в лицо. Потом прикрыл ладонью ее глаза, минуту стоял, словно стараясь прийти в себя, и, снова повернувшись к Кэтрин, сказал с напускным спокойствием:

— Учитесь вести себя так, чтоб не приводить меня в бешенство, или когда-нибудь я в самом деле убью вас! Ступайте с миссис Дин и сидите с ней. И смотрите — чтоб никто, кроме нее, не слышал ваших дерзостей. Что же касается Гэртона Эрншо, то, если я увижу, что он слушает вас, я его отошлю, и пусть ищет, где заработать свой хлеб. Ваша любовь сделает его отверженцем и нищим... Нелли, убери ее, и оставьте меня, все вы! Оставьте меня!

Я увела свою молодую госпожу: она была слишком рада, что дешево отделалась, и не стала противиться. Остальные последовали за нами, а мистер Хитклиф до самого обеда сидел в столовой один. Я присоветовала Кэтрин пообедать наверху; но, как только он заметил, что ее место пустует, он послал меня за ней. Он не говорил ни с кем из нас, ел очень мало и сразу после обеда ушел, предупредив, что не вернется до вечера.

Новоявленные друзья, пока его не было, расположились в *доме*, и я слышала, как Гэртон сурово оборвал свою двоюродную сестру, когда та начала разоблачать перед ним поведение своего свекра с Хиндли. Юный Эрншо сказал, что не допустит ни одного слова в осуждение хозяина. Пусть он дьявол во плоти — ничего не значит: он, Гэртон, все равно будет стоять за него; и пусть уж лучше она ругает его самого, как раньше, чем принимается за мистера Хитклифа. Кэтрин сперва разозлилась на это. Но он нашел средство заставить ее придержать язык: он спросил, как бы ей понравилось, если б он стал худо говорить о ее отце. Тогда она поняла, что Эрншо считает себя оскорбленным, когда чернят его хозяина; что он привязан к нему слишком крепкими узами, каких не разорвут никакие доводы рассудка, — цепями, выкованными привычкой, и жестоко было бы пытаться их разбить. Она показала доброту своего сердца, избегая с этого часа жаловаться на Хитклифа или выражать свою неприязнь к нему; и она призналась мне, что сожалеет о своей попытке поселить вражду между ним и Гэртоном: в самом деле, мне кажется, Кэти с тех пор никогда в присутствии двоюродного брата не проронила ни слова против своего угнетателя.

Когда это небольшое разногласие уладилось, они стали опять друзьями, и были оба — и ученик и учительница — как нельзя более прилежны в своих разнообразных занятиях. Управившись с работой, я зашла посидеть с ними; и так мне было любо и отрадно смотреть на них, что я не замечала, как проходит время. Вы знаете, они оба для меня почти как родные дети. Я долго гордилась одною, а теперь у меня явилась уверенность, что и другой станет источником такой же радости. Его честная, горячая натура и природный ум быстро стряхнули с себя мрак невежества и приниженности, в котором его воспитали; а искренние похвалы со стороны Кэтрин, поощряя юношу, побуждали его удвоить усердие. По мере того как просветлялся ум, светлело и лицо, и от этого внешность Гэртона стала одухотвореннее и благородней. Я едва могла себе представить, что предо мной тот самый человек, которого я увидела в памятный день, когда нашла нашу маленькую барышню на Грозовом Перевале после ее поездки к Пенистон-Крэгу.

Пока я любовалась ими и они трудились, надвинулись сумерки, а с ними пришел и хозяин. Он застал нас врасплох, войдя с главного хода, и не успели мы поднять головы и взглянуть на него, он уже увидел всю картину — как мы сидим втроем. Что ж, рассудила я, не было еще никогда более приятного и безобидного зрелища; и это будет вопиющий срам, если он станет бранить их. Красный отблеск огня горел на их склоненных головах и освещал их лица, оживленные жадным детским интересом, потому что, хоть ему было двадцать три, а ей восемнадцать, им обоим еще предстояло узнать и перечувствовать много неизведанного: ни в нем, ни в ней еще не выявились, даже не возникли чувства, свойственные трезвой, разочарованной зрелости.

Они вместе подняли глаза на мистера Хитклифа.

Вы, может быть, не замечали никогда, что глаза у них в точности те же, и это глаза Кэтрин Эрншо. У второй Кэтрин нет других черт сходства с первой — кроме разве широкого лба и своеобразного изгиба ноздрей, придающего ей несколько высокомерный вид, хочет она того или нет. У Гэртона сходство идет дальше. Оно всегда удивляло нас, а в тот час казалось особенно разительным, оттого что его чувства были разволнованы и умственные способности пробуждены к необычной деятельности. Уж не это ли сходство обезоружило мистера Хитклифа? Он направился к очагу в явном возбуждении; но оно быстро опало, когда он взглянул на юношу, — или, вернее сказать, приняло другой характер, — потому что Хитклиф все еще был возбужден. Он взял у Гэртона книгу из рук и посмотрел на раскрытую страницу; потом вернул, ничего не сказав, только сделав невестке знак удалиться. Ее товарищ не долго медлил после нее, и я тоже поднялась, чтоб уйти, но хозяин попросил меня остаться.

— Не жалкое ли это завершение, скажи? — заметил он, поразмыслив минуту о той сцене, которой только что был свидетелем. — Не глупейший ли исход моих отчаянных стараний? Я раздобыл рычаги и мотыги, чтоб разрушить два дома, я упражнял свои способности, готовясь к Геркулесову труду! И когда все готово и все в моей власти, я убеждаюсь, что у меня пропала охота сбросить обе крыши со стропил. Старые мои враги не одолели меня. Теперь бы впору выместить обиду на их детях. Это в моих силах, и никто не может помешать мне. Но что пользы в том? Мне не хочется наносить удар; не к чему утруждать себя и подымать руку. Послушать меня, так выходит, что я хлопотал все время только затем, чтобы в конце концов явить замечательное великодушие. Но это далеко не так: я просто утратил способность наслаждаться разрушением — а я слишком ленив, чтоб разрушать впустую.

Нелли, близится странная перемена: на мне уже лежит ее тень. Я чувствую так мало интереса к своей повседневной жизни, что почти забываю есть и пить. Те двое, что вышли сейчас из комнаты, — только они еще сохраняют для меня определенную предметную сущность, представляются мне явью, и эта явь причиняет мне боль, доходящую до смертной муки. О девчонке я не буду говорить, и думать о ней не желаю! Я в самом деле не желаю ее видеть: ее присутствие сводит меня с ума. А он — он вызывает во мне другие чувства; и все же, если б я мог это сделать, не показавшись безумцем, я бы навсегда удалил его с глаз. Ты, пожалуй, решила бы, что я и впрямь схожу с ума, — добавил он, силясь улыбнуться, — если б я попробовал описать тебе все представления, которые он пробуждает или воплощает, тысячу воспоминаний прошлого. Ведь ты не станешь говорить о том, что я тебе скажу; а мой ум всегда так замкнут в себе, что меня наконец берет искушение выворотить его перед другим человеком.

Пять минут тому назад Гэртон мне казался не живым существом, а олицетворением моей молодости. Мои чувства к нему были так многообразны, что невозможно было подступиться к нему с разумной речью. Во-первых, разительное сходство с Кэтрин — оно так страшно связывает его с нею! Ты подумаешь, верно, что это и должно всего сильней действовать на мое воображение, — но на деле в моих глазах это самое второстепенное: ибо что же для меня не связано с нею? Что не напоминает о ней? Я и под ноги не могу взглянуть, чтоб не возникло здесь, на плитах пола, ее лицо! Оно в каждом облаке, в каждом дереве — ночью наполняет воздух, днем возникает в очертаниях предметов — всюду вокруг меня ее образ! Самые обыденные лица, мужские и женские, мои собственные черты, — все дразнит меня подобием. Весь мир — страшный паноптикум, где все напоминает, что она существовала и что я ее потерял. Так вот, Гэртон, самый вид его, был для меня призраком моей бессмертной любви, моих бешеных усилий добиться своих прав; призраком моего унижения и гордости моей, моего счастья и моей тоски...

Безумие пересказывать тебе мои мысли; но пусть это поможет тебе понять, почему, как ни противно мне вечное одиночество, общество Гэртона не дает мне облегчения, а скорей отягчает мою постоянную муку; и это отчасти объясняет мое безразличие к тому, как он ладит со своей двоюродной сестрой. Мне теперь не до них.

— Но что разумели вы под «переменой», мистер Хитклиф? — сказала я, встревоженная его тоном; хотя, на мой суд, ему не грозила опасность ни умереть, ни сойти с ума. Он был крепок и вполне здоров, а что касается рассудка, так ведь с детских лет он любил останавливаться на темных сторонах жизни и предаваться необычайным фантазиям. Быть может, им владела мания, предметом которой являлся утраченный кумир; но по всем другим статьям ум его был так же здоров, как мой.

— Этого я не знаю, пока она не настала, — сказал он. — Сейчас я только предчувствую ее.

— А нет у вас такого чувства, точно вы заболеваете? — спросила я.

— Нет, Нелли, нет, — ответил он.

— Вы не боитесь смерти? — продолжала я.

— Боюсь ли? Нет! — возразил он. — У меня нет ни страха, ни предчувствия смерти, ни надежды на нее. Откуда бы? При моем железном сложении, умеренном образе жизни и занятиях, не представляющих опасности, я должен — и так оно, верно, и будет — гостить на земле до тех пор, покуда голова моя не поседеет добела. И все-таки я больше не могу тянуть в таких условиях! Я принужден напоминать себе, что нужно дышать... Чуть ли не напоминать своему сердцу, чтоб оно билось! Как будто сгибаешь тугую пружину — лишь по принуждению я совершаю даже самое нетрудное действие, когда на него не толкает меня моя главная забота; и лишь по принуждению я замечаю что бы то ни было, живое или мертвое, когда оно не связано с одной всепоглощающей думой. У меня только одно желание, и все мое существо, все способности мои устремлены к его достижению. Они были устремлены к нему так долго и так неуклонно, что я убежден: желание мое будет достигнуто — и скоро, потому что оно сожрало всю мою жизнь. Я весь — предчувствие его свершения. От моих признаний мне не стало легче, но, может быть, они разъяснят некоторые без них неразъяснимые повороты в состоянии моего духа, проявляющиеся с недавних пор. О боже! Как долго идет борьба, скорей бы кончилось!

Он зашагал по комнате, бормоча про себя страшные вещи, покуда я и сама не склонилась к мысли, которой будто бы держался Джозеф: к мысли, что совесть превратила сердце его хозяина в ад земной. Я дивилась, чем же это кончится. Раньше Хитклиф редко хотя бы внешним своим видом выдавал такое свое душевное состояние, — однако я давно уже не сомневалась, что оно стало для него обычным; так он и сам утверждал; но никто на свете по всему его поведению не догадался б о том. Ведь вот и вы не догадывались, мистер Локвуд, когда виделись с ним, — а в ту пору, о которой я рассказываю, мистер Хитклиф был точно таким же, как тогда: только еще более привержен уединению да, пожалуй, еще неразговорчивее на людях.

Глава XXXIV

После этого вечера мистер Хитклиф несколько дней избегал встречаться с нами за столом, однако он не хотел попросту изгнать Гэртона и Кэти. Его смущала такая полная уступка своим чувствам — уж лучше, считал он, самому держаться подальше; есть раз в сутки казалось ему достаточным для поддержания жизни.

Однажды ночью, когда в доме все улеглись, я услышала, как он спустился вниз и вышел с парадного. Прихода его я не слышала, а наутро убедилась, что его все еще нет. Это было в апреле: погода держалась мягкая и теплая, трава такая была зеленая, какой только может она вырасти под ливнями и солнцем, и две карликовые яблоньки под южными окнами стояли в полном цвету. После завтрака Кэтрин настояла, чтоб я вынесла кресло и села со своей работой под елками возле дома. Она уговорила Гэртона, который уже совсем оправился после того несчастного случая, вскопать и разделать ее маленький цветник, перенесенный по жалобе Джозефа в дальний конец сада. Я мирно радовалась весенним запахам вокруг и чудесной мягкой синеве над головой, когда моя молодая госпожа, убежавшая было к воротам надергать первоцвета для бордюра, вернулась лишь с небольшою охапкой и объявила нам, что идет мистер Хитклиф. «И он говорил со мной», — добавила она в смущения.

— Что же он сказал? — полюбопытствовал Гэртон.

— Велел мне поскорей убраться, — ответила она. — Но он был так не похож на себя, что я все-таки немного задержалась — стояла и смотрела на него.

— А что? — спросил тот.

— Понимаете, он был ясный, почти веселый. Нет, какое «почти»! Страшно возбужденный, и дикий, и радостный! — объясняла она.

— Стало быть, ночные прогулки его развлекают, — заметила я притворно беспечным тоном, но в действительности удивленная не меньше, чем она. И, спеша проверить, правильны ли ее слова, потому что не каждый день представлялось нам такое зрелище — видеть хозяина радостным, — я подыскала какой-то предлог и пошла в дом. Хитклиф стоял в дверях, он был бледен и дрожал, но глаза его и вправду сверкали странным веселым блеском, изменившим самый склад его лица.

— Не желаете ли позавтракать? — спросила я. — Вы, верно, проголодались, прогуляв всю ночь. — Я хотела выяснить, где он был, но не решалась спрашивать напрямик.

— Нет, я не голоден, — ответил он, отворотив лицо и говоря почти пренебрежительно, как будто поняв, что я пытаюсь разгадать, почему он весел.

Я растерялась: меня брало сомнение, уместно ли сейчас приставать с назиданиями.

— Нехорошо, по-моему, бродить по полям, — заметила я, — когда время лежать в постели; во всяком случае, это неразумно в такую сырую пору. Того и гляди простынете или схватите лихорадку. С вами творится что-то неладное.

— Ничего такого, чего бы я не мог перенести, — возразил он, — и перенесу с великим удовольствием, если вы оставите меня в покое. Входите и не докучайте мне.

Я подчинилась и, проходя, заметила, что он дышит учащенно, по-кошачьи.

«Да! — рассуждала я про себя. — Не миновать нам болезни. Не придумаю, что он такое делал».

В полдень он сел с нами обедать и принял из моих рук полную до краев тарелку, точно собирался наверстать упущенное за время прежних постов.

— Я не простужен, не в лихорадке, Нелли, — сказал он, намекая на мои давешние слова, — и готов воздать должное пище, которую вы мне преподносите.

Он взял нож и вилку и собрался приступить к еде, когда у него точно вдруг пропала охота. Он положил прибор на стол, устремил томительный взгляд в окно, потом встал и вышел. Нам видно было, как он прохаживался по саду, пока мы не отобедали, и Эрншо сказал, что пойдет и спросит, почему он не стал есть; он подумал, что мы чем-то обидели хозяина.

— Ну что, придет он? — спросила Кэтрин, когда ее двоюродный брат вернулся.

— Нет, — ответил тот, — но он не сердится; он, кажется, в самом деле чем-то чрезвычайно доволен. Только я вывел его из терпения, дважды с ним заговорив, и он тогда велел мне убраться к вам: его удивляет, сказал он, как могу я искать другого общества, кроме вашего.

Я поставила его тарелку на рашпер, чтоб не простыла еда; а часа через два, когда все ушли, он вернулся в дом, нисколько не успокоившись: та же неестественная радость (именно, что неестественная) сверкала в глазах под черными его бровями, то же бескровное лицо и острые зубы, которые он обнажал время от времени в каком-то подобии улыбки; и он трясся всем телом, но не так, как другого трясет от холода или от слабости, а как дрожит натянутая струна, — скорее трепет, чем дрожь.

«Спрошу-ка я, что с ним такое, — подумала я, — а то кому же спросить?» И я начала:

— Вы получили добрую весть, мистер Хитклиф? Вы так возбуждены!

— Откуда прийти ко мне доброй вести? — сказал он. — А возбужден я от голода. Но, похоже, я не должен есть.

— Ваш обед ждет вас, — ответила я, — почему вы от него отказываетесь?

— Сейчас мне не хочется, — пробормотал он торопливо. — Подожду до ужина. И раз навсегда, Нелли, прошу тебя предупредить Гэртона и остальных, чтоб они держались от меня подальше. Я хочу, чтоб меня никто не беспокоил — хочу один располагать этой комнатой.

— Что-нибудь приключилось у вас, что вы их гоните? — спросила я. — Скажите мне, почему вы такой странный, мистер Хитклиф? Где вы были этой ночью? Я спрашиваю не из праздного любопытства, а ради...

— Ты спрашиваешь из самого праздного любопытства, — рассмеялся он. — Но я отвечу. Этой ночью я был на пороге ада. Сегодня я вижу вблизи свое небо. Оно перед моими глазами — до него каких-нибудь три фута! А теперь тебе лучше уйти. Ты не увидишь и не услышишь ничего страшного, если только не станешь за мной шпионить.

Подметя очаг и стерев со стола, я вышла, озадаченная, как никогда.

В тот день он больше не выходил из дому, и никто не нарушал его уединения, пока, в восемь часов, я не почла нужным, хоть меня и не просили, принести ему свечу и ужин. Он сидел, облокотясь на подоконник, у раскрытого окна и смотрел в темноту — не за окном, а здесь. Угли истлели в пепел; комнату наполнял сырой и мягкий воздух облачного вечера, тихий до того, что можно было различить не только шум ручья близ Гиммертона, но и журчанье его и бульканье по гальке и между крупными камнями, которые выступали из воды. Возглас досады вырвался у меня при виде унылого очага, и я начала закрывать рамы одну за другой, пока не дошла до его окна.

— Можно закрыть? — спросила я, чтобы пробудить его, потому что он не двигался.

Вспышка огня в очаге осветила его лицо, когда я заговорила. Ох, мистер Локвуд, я не могу выразить, как страшно оно меня поразило в то мгновение! Эти запавшие черные глаза! Эта улыбка и призрачная бледность! Мне показалось, что предо мною не мистер Хитклиф, а бес. С перепугу я не удержала свечу, она у меня уткнулась в стену, и мы очутились в темноте.

— Да, закрой, — сказал он своим всегдашним голосом. — Эх, какая неловкая! Зачем же ты держишь свечку наклонно. Живо принеси другую.

В глупом страхе я бросилась вон и сказала Джозефу:

— Хозяин просит тебя принести свет и разжечь у него огонь. — Сама я не посмела войти туда опять.

Джозеф нагреб жара в совок и пошел; но он очень быстро вернулся с ним обратно, неся в другой руке поднос с едой, и объяснил, что мистер Хитклиф ложится спать и ничего не желает есть до утра. Мы услышали затем, как он поднимался по лестнице; но он прошел не в свою обычную спальню, а в ту, где огороженная кровать: окошко там, как я уже упоминала, достаточно широкое, чтобы в него пролезть кому угодно; и мне пришло на ум, что он затевает, верно, новую полночную прогулку, но не хочет, чтобы мы о ней заподозрили.

«Уж не оборотень ли он или вампир?» — размышляла я. Мне случалось читать об этих мерзостных, бесовских воплощениях. Затем я стала раздумывать о том, как я его нянчила в детстве, как он мужал на моих глазах, как шла я бок о бок с ним почти всю его жизнь; и как глупо поддаваться этому чувству ужаса! «Но откуда оно явилось, маленькое черное создание, которое добрый человек приютил на свою погибель?» — шептало суеверие, когда сознание ослабевало в дремоте. И я принялась в полусне самой себе докучать, изобретая для него подходящее родство; и, повторяя трезвые свои рассуждения, я снова прослеживала всю его жизнь, придумывая разные мрачные добавления, и под конец рисовала себе его смерть и похороны, причем, я помню, чрезвычайно мучительной оказалась для меня задача продиктовать надпись для его надгробья и договориться на этот счет с могильщиками; и так как у него не было фамилии и мы не могли указать его возраст, нам пришлось ограничиться одним только словом: «Хитклиф». Так оно и вышло. Если зайдете на погост, вы прочтете на его могильной плите только это и дату его смерти.

Рассвет вернул меня к здравому смыслу. Я встала и, как только глаза мои начали кое-что различать, вышла в сад проверить, нет ли следов под его окном. Следов не было. «Ночевал дома, — подумала я, — и сегодня будет человек как человек». Я приготовила завтрак для всех домашних, как было у меня в обычае, но сказала Гэртону и Кэтрин, чтоб они поели поскорее, пока хозяин не сошел, потому что он заспался. Они предпочли устроиться с завтраком в саду, под деревьями, и я вынесла им для удобства столик.

Войдя снова в дом, я увидела внизу мистера Хитклифа. Они с Джозефом обсуждали что-то касавшееся полевых работ. Хозяин давал ясные и подробные деловые указания, но говорил быстро, поминутно оглядываясь, и у него было все то же настороженное лицо — и даже еще более возбужденное. Потом, когда Джозеф вышел из комнаты, он сел, где всегда любил сидеть, и я поставила перед ним чашку кофе. Он ее придвинул поближе, затем положил неподвижно руки на стол и уставился в противоположную стену, рассматривая, как мне казалось, определенный ее кусок и водя по нему сверкавшими и беспокойными глазами с таким жадным интересом, что иногда на полминуты задерживал дыхание.

— Что ж это вы? — воскликнула я, пододвигая хлеб ему прямо под руку. — Ешьте же и пейте, пока горячее, кофе ждет вас чуть ли не час.

Он меня не замечал, но все-таки улыбался. Мне милее было бы глядеть, как он скалит зубы, чем видеть эту улыбку!

— Мистер Хитклиф! Хозяин! — закричала я. — Бога ради, не глядите вы так, точно видите неземное видение.

— Бога ради, не орите так громко, — ответил он. — Осмотритесь и скажите мне: мы здесь одни?

— Конечно, — был мой ответ, — конечно, одни.

Все же я невольно повиновалась ему, как если б не совсем была уверена. Взмахом руки он отодвинул от себя посуду на столе и наклонился вперед, чтоб лучше было глядеть.

Теперь я поняла, что смотрел он не на стену, потому что, хоть я-то видела только его одного, было ясно, что взгляд его прикован к чему-то на расстоянии двух ярдов от него. И что бы это ни было, оно, очевидно, доставляло ему чрезвычайное наслаждение и чрезвычайную муку, во всяком случае, выражение его лица, страдальческое и восторженное, наводило на такую мысль. Воображаемый предмет не был неподвижен: глаза Хитклифа следовали за ним с неутомимым старанием; и, даже когда он говорил со мной, они ни на миг не отлучались. Напрасно я ему напоминала, что он слишком долго остается без еды. Если он, уступая моим уговорам, шевелился, чтобы к чему-либо притронуться, если протягивал руку, чтобы взять ломтик хлеба, пальцы его сжимались раньше, чем дотягивались до куска, и застывали на столе, забыв, за чем потянулись.

Я сидела, набравшись терпения, и пробовала отвлечь его мысль от поглощавшего его раздумья, покуда он не встал, раздосадованный, и не спросил, почему я не предоставлю ему есть тогда, когда ему захочется; и он добавил, что в следующий раз мне незачем ждать — я могу поставить все на стол и уйти. Проговорив эти слова, он вышел из дому, медленно побрел по садовой дорожке и скрылся за воротами.

Тревожно проходили часы; снова настал вечер... Я до поздней ночи не ложилась, а когда легла, не могла уснуть. Он вернулся за полночь и, вместо того чтобы идти в спальню и лечь, заперся в нижней комнате. Я прислушивалась и ворочалась с боку на бок и наконец оделась и сошла. Слишком уж было томительно лежать и ломать голову над сотнями праздных опасений.

Мне слышно было, как мистер Хитклиф без отдыха мерил шагами пол и то и дело нарушал тишину глубоким вздохом, похожим на стон. Бормотал он также и отрывистые слова; единственное, что мне удалось разобрать, было имя Кэтрин в сочетании с дикими выражениями нежности или страдания; и он произносил его так, как если бы обращался к присутствующему человеку: тихо и веско, вырывая из глубины души. У меня недоставало храбрости прямо войти к нему в комнату, но я хотела отвлечь его от его мечтаний и для этого завозилась на кухне у печки — поворошила в топке и стала выгребать золу. Это привлекло его быстрей, чем я ждала. Он тотчас открыл дверь и сказал:

— Нелли, иди сюда. Уже утро? Принеси свечу.

— Бьет четыре, — ответила я. — Свеча нужна вам, чтобы взять ее наверх? Вы могли бы засветить ее от этого огня.

— Нет, я не хочу идти наверх, — сказал он. — Пойди сюда, разведи мне огонь и делай в комнате все, что нужно.

— Сперва я должна раздуть угли докрасна здесь, на кухне, а там уж можно будет принести жару и сюда, — возразила я и, придвинув стул, взялась за раздувальные мехи.

Он между тем шагал взад и вперед в состоянии, близком к сумасшествию; и его тяжелые вздохи так часто следовали один за другим, что, казалось, просто не оставляли ему возможности дышать.

— Когда рассветет, я пошлю за Грином, — сказал он. — Я хочу задать ему несколько юридических вопросов, пока я могу еще занимать свои мысли такими вещами и пока в состоянии действовать спокойно. Я до сих пор не написал завещания. Да и как распорядиться своею собственностью — все никак не надумаю. Я бы с радостью уничтожил ее в прах.

— Я бы так не говорила, мистер Хитклиф, — вставила я свое слово. — Повремените лучше с завещанием: вам самое время покаяться во многих ваших несправедливых делах. Я никогда не думала, что нервы у вас могут так ослабеть. Сейчас, однако, они у вас в крайнем расстройстве — и почти целиком по собственной вашей вине. Как вы провели последние три дня! Да это свалило бы с ног и титана. Поешьте хоть немного и поспите. Вы только посмотрите на себя в зеркало — и увидите, до чего необходимы вам и еда и сон: щеки у вас ввалились, а глаза налиты кровью, как у человека, который умирает с голоду и слепнет от бессонницы.

— Не моя вина, что я не могу ни есть, ни спать, — возразил он. — Уверяю вас, это происходит не вследствие определенного намерения. Я буду спать и есть, когда наконец получу возможность. Но это же все равно что предлагать человеку, бьющемуся в воде, чтоб он отдохнул, когда еще один только взмах руки, и он достигнет берега! Я должен сперва выбраться на берег, и тогда отдохну. Хорошо, не надо мистера Грина. А что касается покаяния в несправедливых делах, так я не совершал никаких несправедливостей, мне каяться не в чем. Я слишком счастлив; и все-таки я счастлив недостаточно. Моя душа в своем блаженстве убивает тело, но не находит удовлетворения для себя самой.

— Вы счастливы, хозяин? — вскричала я. — Чудное это счастье! Если вы можете выслушать меня без гнева, я дала бы вам один совет, который сделает вас счастливей.

— Какой же? — спросил он. — Говорите.

— Сами знаете, мистер Хитклиф, — сказала я, — с тринадцати лет вы жили себялюбиво, не по-христиански, и едва ли за все это время вы хоть раз держали в руках Евангелие. Вы, должно быть, позабыли, о чем говорится в Святом Писании, а теперь вам и некогда разбираться в этом. Разве так уж вредно было бы послать за кем-нибудь (за священником любого толка — все равно какого), кто мог бы разъяснить вам Евангелие и показать, как вы далеко отошли от его предписаний и как непригодны вы будете для его неба, если не переменитесь прежде, чем вам умереть.

— Я не только не гневаюсь, Нелли, я вам очень

обязан, — сказал он, — вы мне напомнили о том, как я хочу распорядиться насчет своих похорон. Пусть меня понесут на кладбище вечером. Вы и Гэртон можете, если захотите, проводить меня; и проследите непременно, чтоб могильщик исполнил мои указания касательно двух гробов! Никакому священнику приходить не надо, и никаких не надо надгробных речей: говорю вам, я почти достиг моего неба. Небо других я ни во что не ставлю и о нем не хлопочу.

— Но если, допустим, вы будете настаивать на своем упрямом говении и уморите себя таким способом и вас запретят хоронить на освященной земле, — сказала я, возмутившись его безбожным безразличием. — Это вам понравится?

— Не запретят, — возразил он. — А если запретят, вам придется перенести меня тайком. И если вы не исполните этого, вы узнаете на деле, что умершие не перестают существовать.

Как только он услышал, что и другие в доме зашевелились, он удалился в свою берлогу, и я вздохнула свободней. Но во второй половине дня, когда Джозеф и Гэртон ушли работать, он снова зашел на кухню и, дико озираясь, попросил меня прийти посидеть в *доме*: ему нужно, чтобы кто-нибудь был с ним. Я отказалась: заявила напрямик, что его странные разговоры и поведение пугают меня и у меня нет ни сил, ни охоты находиться в его обществе.

— Я, верно, кажусь вам самим нечистым, — сказал он, невесело усмехнувшись, — чем-то слишком мерзким, с чем и жить непристойно под одною крышей. — Затем, обратившись к Кэтрин, которая была тут же и спряталась за моей спиной при его появлении, он добавил полунасмешливо: — Не пойдете ли вы, моя пташка? Я вам худого не сделаю. Нет? Для вас я обернулся хуже, чем дьяволом. Что же, здесь есть одна, которая не будет меня чураться. Но видит бог, она безжалостна! Проклятье! Это несказанно больше, чем может вынести плоть и кровь — даже мои.

Больше он никого не упрашивал составить ему компанию. Когда смерклось, он пошел в свою комнату. Всю ночь и долго после рассвета мы слышали, как он стонал и о чем-то шептался сам с собой. Гэртон рвался зайти к нему, но я его попросила привести мистера Кеннета, и тогда они зайдут вдвоем навестить его. Когда врач пришел и я потребовала, чтобы нас впустили, и попробовала открыть дверь, она оказалась на замке; и Хитклиф послал нас ко всем чертям. «Мне лучше, — сказал он, — оставьте меня в покое», — с тем врач и ушел.

Вечер настал сырой, потом лило всю ночь до рассвета; и когда я поутру пошла в свой обход вокруг дома, я увидела, что окно у хозяина распахнуто и дождь хлещет прямо в комнату. Значит, не может он лежать в кровати, подумалось мне: промок бы насквозь. Он либо встал, либо вышел. Не буду подымать тревогу, зайду к нему смело и посмотрю.

Успешно отперев дверь другим ключом, я подбежала к кровати — в комнате оказалось пусто. Быстро раздвинув загородки, я заглянула внутрь. Мистер Хитклиф был там — лежал навзничь в постели. Его глаза встретили мои таким острым и злобным взглядом, что меня передернуло; и казалось, он улыбался. Я не допускала мысли, что он мертв, но его лицо и шея были омыты дождем; с постели текло, и он был совершенно недвижим. Створка окна, болтаясь на петлях, содрала кожу на руке, простертой по подоконнику. Из ссадины не сочилась кровь, и, когда я приложилась к ней пальцами, я больше не могла сомневаться: он был мертв и окоченел!

Я заперла окно на задвижку; зачесала назад его длинные черные волосы со лба; попробовала закрыть ему глаза, чтобы, если можно, погасить их страшный, как будто живой, исступленный взгляд, пока никто другой не встретил этого взгляда. Глаза не закрывались — они как будто усмехались на мои усилия. Разомкнутые губы и острые белые зубы тоже усмехались. Охваченная новым приступом страха, я кликнула Джозефа. Джозеф приплелся наверх и расшумелся. Но решительно отказался прикоснуться к нему.

— Черт уволок его душу! — кричал он. — По мне, пусть берет в придачу и ее оболочку, нужды нет! Эх, каким же он смотрит скверным покойником: скалится, гляди! — И старый грешник передразнил его оскал. Я подумала, что он вот-вот начнет скакать и паясничать вокруг кровати, но он вдруг приосанился; потом упал на колени, воздел руки к потолку и стал возносить благодарения господу за то, что законный владелец и древний род восстановлены в своих правах.

Я была подавлена ужасным событием, и память моя в какой-то гнетущей печали невольно возвращалась к минувшим временам. Но бедный Гэртон, больше всех обиженный, был единственным, кто в самом деле тяжко горевал. Он всю ночь сидел подле покойника и лил жаркие слезы. Он сжимал его руку и целовал дикое ослабленное лицо, на которое все другие избегали смотреть; он скорбел об усопшем той истинной скорбью, которая естественно возникает в благородном сердце, даже когда оно твердо, как закаленная сталь!

Мистер Кеннет затруднялся определить, от какой болезни умер хозяин. То обстоятельство, что он четыре дня не ел, я утаила, опасаясь, как бы это не привело к осложнениям; да к тому же я была убеждена, что он воздерживался от пищи не намеренно: это было не причиной, а следствием его странной болезни.

Мы его похоронили, к негодованию всей округи, так, как он того желал. Эрншо, я да могильщик и шесть человек, несших гроб, — больше никто не провожал покойника. Те шестеро удалились, как только опустили гроб в могилу. Мы же остались посмотреть, как его засыплют землей. Гэртон с мокрым от слез лицом накопал зеленого дерна и сам обложил им бурый холмик. Могила и сейчас такая же опрятная и зеленая, как две соседние, и я надеюсь, жилец ее крепко спит, как спят и в тех. Но люди на деревне, если вы их спросите, поклянутся на Библии, что он «разгуливает»: иные говорят, что сами встречали его близ церкви, и в зарослях вереска, и даже в этом доме. Пустые россказни, скажете вы, и я так скажу. Но тот старик, сидящий там на кухне у огня, утверждает, что видит, как оба они выглядывают из окна комнаты мистера Хитклифа каждую дождливую ночь со дня его смерти. И странная вещь приключилась со мной около месяца тому назад. Как-то вечером я шла на Мызу — темный был вечер, собиралась гроза, — и у самого поворота к Грозовому Перевалу я встретила маленького мальчика, который гнал перед собой овцу с двумя ягнятами. Он громко плакал, и я подумала, что ягнята заупрямились и не слушаются погонщика.

— В чем дело, мой маленький? — спросила я.

— Там Хитклиф и женщина — вон под той горой, — сказал он, всхлипывая, — я боюсь пройти мимо них.

Я не видела ничего, но ни мальчик, ни овцы не шли; и тогда я посоветовала ему обойти нижней дорогой. Он, верно, вспомнил, когда шел один по глухим местам, те глупости, о которых толковали при нем его родные и приятели, вот ему и померещились призраки. Но все же я теперь не люблю выходить в темноте; и не люблю оставаться одна в этом мрачном доме. Ничего не могу поделать с собой. Я рада буду, когда они съедут отсюда и переберутся на Мызу.

— Они собираются, значит, переехать на Мызу? — сказал я.

— Да, — ответила миссис Дин, — как только поженятся; свадьба у них намечена в день Нового года.

— А кто же будет жить здесь?

— Кто? Джозеф останется смотреть за домом и, может быть, возьмет к себе одного паренька. Они устроятся на кухне, а все остальное будет заперто.

— ...И предоставлено тем призракам, какие вздумают поселиться в доме, — добавил я.

— Нет, мистер Локвуд, — сказала Нелли, покачав головой, — я верю, что мертвые мирно спят. Но нехорошо говорить о них так легко.

В эту минуту распахнулись садовые ворота; те двое вернулись с прогулки.

— Их-то ничто не страшит, — проворчал я, наблюдая в окно, как они приближаются. — Вдвоем они готовы пойти против сатаны со всем его воинством.

Когда они взошли на крыльцо и остановились полюбоваться напоследок луной — или, верней, друг другом в ее свете, — меня потянуло снова уклониться от встречи; и, сунув кое-что на память о себе в руку миссис Дин и презрев ее упрек в неучтивости, я скрылся через кухню, когда они отворяли дверь дома. Таким образом, я укрепил бы Джозефа в его догадках насчет нескромных развлечений ключницы, если бы, к счастью, старик не признал во мне респектабельного человека, когда услыхал у своих ног сладостный звон соверена.

Обратный мой путь был длиннее, потому что я сделал крюк, завернув к церкви. Остановившись под ее стенами, я увидел, что разрушение сильно продвинулось вперед даже за эти семь месяцев: многие окна зияли без стекла черными проемами, и шиферные плиты крыши выбились кое-где за ее черту, чтобы постепенно осыпаться в надвигающихся бурях осени.

Я стал искать и вскоре нашел три надгробных камня на склоне окрай болота: средний из них был серым и утопал наполовину в вереске; только камень Эдгара Линтона отчасти гармонировал с ним, убранный дерном и мхом, заползшим на его подножие; камень Хитклифа был еще гол.

Я бродил вокруг могил под этим добрым небом; смотрел на мотыльков, носившихся в вереске и колокольчиках, прислушивался к мягкому дыханию ветра в траве — и дивился, как это вообразилось людям, что может быть немирным сон у тех, кто спит в этой мирной земле.

1847

Литературно-художественное издание

Эмили Бронте

ГРОЗОВОЙ ПЕРЕВАЛ

Ответственный редактор *М. Яновская*
Младший редактор *П. Левакова*
Художественный редактор *А. Сауков*
Технический редактор *Н. Носова*
Компьютерная верстка *Г. Павлова*
Корректор *Н. Сгибнева*

В оформлении обложки использован кадр из фильма
«Грозовой перевал» («Wuthering Heights»),
США / Великобритания, 1992 год: Cinetext / Legion Media
Photo12 / FOTOLINK

ООО «Издательство «Эксмо»
127299, Москва, ул. Клары Цеткин, д. 18/5. Тел. 411-68-86, 956-39-21.
Home page: **www.eksmo.ru** E-mail: **info@eksmo.ru**

Өндіруші: «ЭКСМО» АКБ Баспасы, 127299, Мәскеу, Клара Цеткин көшесі, 18/5 үй.
Тел. 8 (495) 411-68-86, 8 (495) 956-39-21.
Home page: www.eksmo.ru E-mail: info@eksmo.ru.
Қазақстан Республикасындағы Өкілдігі: «РДЦ-Алматы» ЖШС, Алматы қаласы,
Домбровский көшесі, 3«а», Б литері, 1 кеңсе. Тел.: 8 (727) 2 51 59 89,90,91,92,
факс: 8 (727) 251 58 12 ішкі 107; E-mail: RDC-Almaty@eksmo.kz
Қазақстан Республикасының аумағында өнімдер бойынша шағымды Қазақстан
Республикасындағы Өкілдігі қабылдайды: «РДЦ-Алматы» ЖШС,
Алматы қаласы, Домбровский көшесі, 3«а», Б литері, 1 кеңсе.
Өнімдердің жарамдылық мерзімі шектелмеген.

Подписано в печать 14.12.2012. Формат 76×100 $^1/_{32}$.
Гарнитура «Таймс». Печать офсетная. Усл. печ. л. 19,7.
Доп. тираж 4000 экз. Заказ № 9528.

Отпечатано с готовых файлов заказчика
в ОАО «Первая Образцовая типография»,
филиал «УЛЬЯНОВСКИЙ ДОМ ПЕЧАТИ»
432980, г. Ульяновск, ул. Гончарова, 14

ISBN 978-5-699-53428-9